W0276845

BASTEI LÜBBE
TASCHENBUCH

Weitere Titel der Autorin:

Perfect Passion – Stürmisch
Perfect Passion – Verführerisch
Perfect Passion – Sündig
Perfect Passion – Feurig
Perfect Passion – Fesselnd
Perfect Passion – Berauschend

Perfect Touch – Ungestüm
Perfect Touch – Intensiv
Perfect Touch – Ergeben
Perfect Touch – Untrennbar
Perfect Touch – Vereinigt

Perfect – Für immer verführt (enthält die Kurzromane Perfect Passion – Verführt und Perfect Touch – Für immer)

Wild Games – In einer heißen Nacht
Wild Games – Mit einem einzigen Kuss

Über die Autorin:

Jessica Clare lebt mit ihrem Mann in Texas. Ihre freie Zeit verbringt sie mit Schreiben, Lesen, Schreiben, Videospielen und noch mehr Schreiben. Sie veröffentlicht Bücher in den unterschiedlichsten Genres unter drei verschiedenen Namen. Als Jessica Clare schreibt sie erotische Liebesgeschichten. Ihre Serie *Perfect Passion* erschien auf den Bestseller-Listen der *New York Times*, der *USA Today* und des *Spiegel*.
Mehr Information unter: www.jillmyles.com

Jessica Clare schreibt als

JILL MYLES

QUEEN *of* BLOOD

DIE BESTIMMUNG

Aus dem amerikanischen Englisch
von Frauke Meier

BASTEI LÜBBE TASCHENBUCH

BASTEI LÜBBE TASCHENBUCH
Band 20920

Dieser Titel ist auch als E-Book erschienen.

Vollständige Taschenbuchausgabe

Deutsche Erstausgabe

Für die Originalausgabe:

Titel der amerikanischen Originalausgabe: »Queen of Blood«
This edition is made possible under a license arrangement originating with Amazon Publishing, www.apub.com, in collaboration with Agence Hoffman.

Für die deutschsprachige Ausgabe:

Titelillustration: © Trevillion/Kylli Sparre; © fotostudiya_com/Thinkstock; Wavebreakmedia Ltd/Thinkstock; mayakova/Thinkstock; Stanislav Stasyuk/ Thinkstock
Umschlaggestaltung: Guter Punkt, München | www.guter-punkt.de
Satz: Dörlemann Satz, Lemförde
Gesetzt aus der DTLDocumentaT
Druck und Verarbeitung: CPI books GmbH, Leck – Germany

ISBN 978-3-404-20920-0

2 4 5 3 1

Sie finden uns im Internet unter www.luebbe.de
Bitte beachten Sie auch: www.lesejury.de

Am Anfang …

Einst, vor langer Zeit, waren jene vom Blute normale Menschen. Sie aßen wie normale Menschen, lebten unter der Sonne wie normale Menschen und starben wie normale Menschen.

Dann jedoch, vor Tausenden von Jahren, als Athon kaum mehr war als ein Häufchen Schafhirten und das Land ein Flickwerk aus Dutzenden kleiner Königreiche, gab es einen unbarmherzigen Herrscher, der hatte eine Tochter, von der es hieß, sie sei die schönste Frau in den neun Ländern, und viele wünschten, sie zu ehelichen. Der Mann jedoch, der sie am meisten begehrte, war der König von Praava, ein grausamer und gefürchteter Regent. Der König von Athon war sehr daran interessiert, eine Ehe mit dem König von Praava zu arrangieren, doch seine Tochter weigerte sich. Sie bestand darauf, Priesterin zu werden und der Göttin zu dienen. Sie würde keinen Mann heiraten, vor allem aber nicht den König von Praava.

Dem König von Athon behagte dieser Gedanke nicht. Sollte seine Tochter ihr Leben dem Gebet widmen, war sie nutzlos für ihn, und er wünschte sich inständig eine strategische Allianz mit Praava. Da aber seine Tochter keine Vernunft annehmen wollte, sperrte er sie bis zum Abend der Hochzeit ein. Sie jedoch schmiedete Pläne, sich im Schutz der Nacht davonzuschleichen und im Tempel der Göttin Zuflucht zu suchen. Bis ihr Vater herausgefunden hätte, dass sie fort war, wäre es längst zu spät.

Doch ihr Vater bekam Wind von ihrem Vorhaben und war zutiefst erbost. Wie konnte seine undankbare Tochter es nur wagen, seine Pläne zu durchkreuzen? Ungeachtet dessen, dass der ihr zugedachte Gatte bereits drei seiner früheren Gemahlinnen getötet hatte, war der König blind für alles andere; das Einzige, was er noch sah, war der Treuebruch seiner Tochter. Als er sie vor dem Altar der Göttin kniend fand, erdolchte er sie mit seiner eigenen Klinge. Mit dieser blutigen Rache noch immer nicht zufrieden, befahl er dann zur Strafe für den Verrat die Exekution aller Priester und Priesterinnen.

Die Göttin zürnte, dass der König sich erdreistet hatte, jene zu vernichten, die sie als die Ihren beanspruchte, noch dazu in ihrem eigenen Haus. Sie verfluchte ihn und sein Geschlecht. Da er seine eigene Tochter getötet hatte, wollte sie ihm keine weitere zugestehen. Wenn seine Lenden zeugten, würden sie Söhne zeugen, die ebenso verflucht wären wie er selbst. Seine ganze Blutlinie sollte dazu verdammt sein, den Tag zu meiden und bei Nacht zu leben. Sie sollten gezwungen sein, das Blut anderer zu trinken, um zu überleben, von Kehle zu Kehle, von Geliebter zu Geliebter zu flattern und nie Befriedigung oder Linderung zu finden. Jeder warme Leib sollte rasch sein Aroma einbüßen und nicht mehr geeignet sein, sie zu nähren. Die Dynastie vom Blute sollte für immer verflucht sein, ewig hungrig und doch unfähig, ihren Durst zu stillen.

Aber die Göttin kannte Erbarmen.

Sollte sich erweisen, dass einer derer vom Blute anders war als der Rest seiner Blutlinie, weil er Empathie und Bedauern offenbarte, so würde sie ihm ein Geschenk machen: eine Eterna, eine ewige Braut für den Gemahl aus der Dynastie vom Blute. Er würde nie wieder von einer anderen trinken müssen, um seinen Durst zu stillen, denn sie sollte sein Ein und Alles sein.

Aber seit Beginn der Geschichtsschreibung hatte es nie eine Eterna gegeben, und die Dynasten setzten ihre endlose, verfluchte

Existenz fort. Und während Athon immer mächtiger wird und all die anderen Königreiche mit Finsternis überzieht, fragt sich mancher, ob die Eterna nur ein Mythos ist, ein verblassendes Fanal der Hoffnung für ein mächtiges, aber verdammtes Geschlecht.

EINS

Von ihrem Thron auf dem zerklüfteten Felsen aus beobachtete Seri die Karawane, die sich knarrend ihren Weg über die Hauptstraße bahnte, und bemühte sich, ihre Angst im Zaum zu halten. Seit Tagen schon fielen die Kutschen in die Ländereien der Vidari ein, auf dem Weg zu dem großen Schloss in der Ferne. Sie musste die leuchtenden seidenen Banner und die schmuck gekleideten Passagiere gar nicht sehen, um genau zu wissen, wer die Neuankömmlinge waren.

Sie waren Athoniten, und sie waren Feinde.

Wie an jedem anderen Tag des vergangenen Siebentags zog sich die Karawane, so weit das Auge sehen konnte. Aber anders als zuvor schwärmten nun auch Soldaten um die Kutschen herum, schützten sie mit Speeren und metallenen Schilden. Hinter dem Wagenzug marschierten Regimenter geordneter Bataillone, deren rote Mäntel Farbe auf den Horizont brachten. Unmöglich zu übersehen.

Besorgt drehte sich Seri zu ihrem Begleiter um. »Vielleicht ist es ein Würdenträger, der gekommen ist, um sich in dem alten Schloss niederzulassen«, mutmaßte sie. »Deine Schwester sagte mir, der Athonitenprinz sei zurückgekehrt, um die ›Wilden‹ mit zivilisierter Hand zu führen.«

Da sie beide zu den sogenannten Wilden zählten, erwartete Seri, dass Rilen ihre Worte mit einem Lächeln quittierte. Jeder Athonitenlord hätte alle Hände voll zu tun, um die Vidari zu beschwichtigen, die auch nach hundert Jahren der Knechtschaft, in denen sie gezwungen waren, auf dem kargsten Ackerland des Königreichs zu leben, noch immer Verbitterung empfanden.

Stattdessen bedachte Rilen sie mit einem misstrauischen Blick. »Elen redet zu viel.«

Stirnrunzelnd studierte Seri Rilens Gesicht. »Du widersprichst nicht?«

»Warum sollten sie sonst hier sein?«, fragte er. »Warum sollten sie sonst das Schloss umbauen?«

Seri blickte hinauf zu dem riesigen Palast hoch oben auf den Klippen über der Stadt. Er hatte leer gestanden, solange irgendjemand sich erinnern konnte, ein alter, abschreckender Steinhaufen, ein Überbleibsel aus einer längst vergangenen Zeit. Dann, in der letzten Grünen Zeit, waren Hunderte von Zimmerleuten und Steinmetzen eingetroffen. Unter den Augen der Einheimischen hatten sie ein Dach auf die Ruine gesetzt, die brüchigen Mauern repariert und die steinernen Hallen restauriert. Und nun strömten schon seit zwei Mondzyklen Gardisten und Edelleute der Athoniten in einem steten Fluss zu dem Schloss.

»Sollen sie nur versuchen, uns ihre Gepflogenheiten aufzuzwingen.« Rilen warf einen Stein in Richtung der Karawane wie ein mürrischer Junge.

Auch wenn die Athonitensoldaten das unmöglich gesehen haben konnten, bekam Seri doch Herzklopfen. »Tu so etwas nicht, Rilen. Jeder, der mit einer Waffe erwischt wird …«

»Es war ein Stein«, entgegnete er verächtlich.

»Das ist egal. Sie haben schon Leute für weniger gehängt!«, stellte Seri klar.

Kopfschüttelnd kletterte er von dem Felsblock herab. »Du machst dir zu viele Sorgen.«

Und du machst dir nicht genug Sorgen, wollte sie ihn zurechtweisen, doch das war nutzlos. Selbst wenn er sich nicht an die Toten erinnern konnte, die an den Toren von Vidara-Stadt gehangen hatten, sie tat es. Es waren Menschen gewesen, die sie gekannt hatte. Menschen, die auch er gekannt hatte: Kraig, der Bauer, der sich geweigert hatte, sich auf der Straße vor einem Edelmann zu verbeugen; Selwyn, ein Weber, der es gewagt hatte, einen Gobelin zu wirken, auf dem der Niedergang der Athoniten dargestellt wurde; Lesten, der einen Soldaten bedrängt hatte, nachdem seine Tochter vom Feld verschwunden war. Aber Rilen hatte schon immer mehr Temperament als Verstand besessen. Und das gehörte zu den Dingen, die sie an ihm bewunderte – er hegte große Träume, während sie sich nur den Kopf darüber zerbrach, was sie am nächsten Tag als Abendessen auf den Tisch bringen konnte.

Ihre Gänseschar stob auseinander, als er davonstürmte. Sie eilte ihm nach. »Gehst du?«

»Ein paar der Männer treffen sich auf Jovis' Hof. Ich habe ihm gesagt, ich werde dort sein.«

Seri legte die Stirn in Falten. Jovis war sogar noch hitzköpfiger als Rilen, und er verachtete alles und jeden, der nicht Vidari war. »Worum geht es bei dem Treffen?«

»Das weißt du, Seri«, sagte Rilen und bedachte sie mit einem gereizten Blick.

»Nein, das weiß ich nicht.« Seri achtete darauf, in lieblichem Ton zu sprechen, während sie eine Handvoll Maisgries für die Gänse hervorholte. Den letzten Maisgries, wie sie feststellte. Nur eine Sache mehr, über die sie sich Sorgen machen konnte. »Es ist verboten, sich zu versammeln«, ermahnte sie ihn. Das Einzige, was die Obrigkeit ihnen zugestand, waren religiöse Feste. »Und ich weiß, dass Jovis dich nicht zu einem Treffen einladen würde, denn das würde dich nur in Schwierigkeiten bringen. Und ich weiß, du würdest nicht losziehen und dich in Gefahr begeben, weil du weißt, dass ich dann traurig wäre.«

Rilen schnaubte und deutete auf die Straße. »Sei redlich, Seri. Schau dir diesen Wagenzug an, und sag mir, unsere Leute hätten es nicht verdient zu erfahren, was da vorgeht.«

»Unsere Leute haben Augen. Sie werden die Soldaten kommen sehen.«

»Ja, aber wenn diese Athonitenhunde denken, sie können unsere Leute beschwichtigen, nachdem sie uns gezwungen haben, ganze hundert Jahre lang von dem zu leben, was sie wegwerfen, dann haben sie einiges zu lernen!« Die Sehnen an seinem Hals traten hervor, so zornig war er.

Seri schüttelte den Kopf und schluckte ihre Enttäuschung hinunter. Darüber hatten sie in jüngster Zeit viel zu oft gestritten. »Du weißt, dass mir das nicht behagt, Rilen. Es ist gefährlich. Jovis bettelt um Ärger, indem er diese Treffen abhält. Was denkt er denn, was ihr tun könntet?«

Mit einem aufgeregten Funkeln in den Augen trat Rilen näher. »Rebellion, Seri. Die Männer reden über einen Aufstand.«

Ihr wurde das Herz schwer. »Rilen, nein …«

»Doch.« Er nahm ihre Hand und drückte sie, und der Maisgries war gefangen zwischen ihren Handflächen. »Würdest du nicht gern ohne das Athonitenjoch leben?«

»Ich würde auch gern in einem Haus voller exotischer Speisen leben und den ganzen Tag vertändeln, während jemand anderes meine Gänse hütet, aber das sind nur Träume«, gab sie zurück.

»Diese Träume könnten eines Tages wahr werden«, wandte er ein. »Einige von uns sind bereit, um das zu kämpfen, was wir wollen.«

Seri streute den Rest des Maisgrieses vor ihren schnatternden Gänsen aus und griff zu dem Hirtenstab, den sie am Fuß des Felsens zurückgelassen hatte. »Einige von uns haben gewichtigere Sorgen, wie beispielsweise Essen auf den Tisch zu bringen.«

»Komm mit mir«, drängte Rilen und deutete mit einem Nicken in die Richtung, in der Jovis' Hof lag. »Schau selbst. Wenn du hörst, was die anderen zu sagen haben, wirst du deine Meinung ändern.«

»Ich kann bei so etwas nicht mitmachen, Rilen.« Schon der Gedanke versetzte sie in Angst und Schrecken. »Wenn die Soldaten mich an solch einem Ort schnappen, was wird dann aus meiner Schwester? Meinem Vater?«

»Du hast recht«, gab er mit beschämter Miene zu. »Es tut mir leid. Lass uns nicht streiten.« Er küsste ihre schwielige Handfläche. »Vergibst du mir?«

Sie legte ihre Hand über seine. »Natürlich. Versprichst du mir, nicht zu gehen?«

»Ich verspreche es«, tat er feierlich kund.

Das Zugeständnis war ein bisschen zu schnell erfolgt, um glaubwürdig zu sein, aber Seri hatte über Rilen genauso wenig Kontrolle wie über die Anzahl der Eier, die ihre Gänse legten. »Sei vorsichtig, mehr verlange ich nicht.«

»Immer.«

Rilen drückte ihr einen derben, hastigen Kuss auf die Lippen. »Ich kann das Frühlingsfest kaum erwarten.«

Mit einem breiten Lächeln erwiderte Seri seinen Kuss. »Das geht mir ebenso.« Bei diesem Fest sollten sie vor dem ganzen Vidaridorf ihre Handfeste besiegeln. Dann würde Rilen auf ihren kleinen Hof ziehen und ihr helfen, sich um Vater und Josdi zu kümmern, und sie würden sich gemeinsam ein Leben aufbauen.

»Aber jetzt …« Rilen küsste sie noch einmal. »Jetzt muss ich gehen.«

Sie lachte, als er davonrannte und seine nackten Füße durch das braune Gras flogen. »Dann geh eben«, stichelte sie und winkte ihm mit ihrem Hirtenstock nach. »Wir sehen uns morgen.«

Lächelnd widmete sie sich wieder ihrer Gänseschar. Mit Zungenschnalzen und dem Versprechen, sie mit nicht existentem Maisgries zu versorgen, trieb sie die Tiere zusammen und zurück in den maroden Stall am Rande des Gehöfts ihrer Familie. Es sah nach Regen aus, und das Letzte, was sie zu tun wünschte, war, am Morgen Eier aus dem Schlamm zu angeln. Als die Gänse untergebracht waren, machte sie sich auf den Heimweg zu dem kleinen Bauernhaus am Rande der Felder.

Kurz bevor sie das Haus betrat, drehte sie sich um, um einen letzten Blick auf die ferne Straße zu werfen. Wenn sie genau hinsah, konnte sie immer noch die leuchtend roten Banner der Karawane erkennen. *Wie Blut*, dachte sie voller Unbehagen und ging schaudernd hinein.

ZWEI

Im Inneren des Zwei-Zimmer-Häuschens war es dunkel wie in einer Höhle. Jegliches Licht war von dem Moment an ausgesperrt, in dem Seri die Tür hinter sich geschlossen hatte.

»Seri, bist du das?« Josdis schwache Stimme klang besorgt. Auf ihrem Hocker vor dem Kamin zog sie die ausgefranste Decke fester um ihre Schultern. Sie hatte das Feuer wieder ausgehen lassen.

»Ja«, bestätigte Seri und griff kurz nach Josdis zarter Hand, ehe sie zu der schwelenden Asche ging. »Wie geht es Vater?« Sie stocherte in der Asche herum und legte neues Zunderholz auf die Torfbriketts, in der Hoffnung, sie damit zum Aufflammen zu bringen. Wenn die Sonne erst unterging, würde es kalt werden.

Josdis blicklose Augen folgten Seri. »Er hat nach dir gerufen«, gestand das Mädchen, und seine Finger krallten sich in die Säume eines Kissens. »Ich wollte dich suchen gehen ...«

Seri trat zu ihr und berührte liebevoll Josdis Wange. »Schon gut. Ich bin draußen Rilen begegnet, und wir haben uns unterhalten, darum war ich etwas länger weg, als ich erwartet hatte. Aber du weißt, dass ich immer zu euch nach Hause komme.« Sie tätschelte Josdis Knie und betastete das neueste Werk ihrer Schwester. »Noch ein Kissen?«

Josdi nickte errötend. »Ich habe ein paar Reste von alten Kleidern genommen und die Kanten mit hübschen Knoten verziert, genau, wie Mutter es mir gezeigt hat. Wie sieht es aus?«

Seri strich mit der Hand über das weiche Gewebe der aufwendigen Handarbeit, die ihre Schwester vollbracht hatte, obwohl sie schon seit fünf Jahreszeiten blind war. »Es ist wunderschön, Josdi. Mutter wäre so stolz auf dich.« Ihre Mutter war gestorben, als Josdi noch ein junges Mädchen gewesen war; Seri vermisste sie immer noch. Sie dachte oft an sie, und sie wusste, ihr Vater und ihre Schwester trauerten ebenso sehr wie sie selbst.

»Da bin ich froh«, antwortete Josdi. »Ich freue mich, wenn ich nützlich sein kann.«

»Das bist du«, versicherte Seri ihr und drückte ihr liebevoll die Schulter. »Ich sehe schnell nach Vater.«

Er regte sich nicht, als sie die Tür öffnete und eintrat, aber seine Brust hob und senkte sich unter der Decke. Mit leisen Schritten trat sie an sein Bett und setzte sich auf den Rahmen. Seine Stirn fühlte sich heiß an unter ihrer Hand, und als Seri die Decke lüftete, drang ihr der Geruch von faulendem Fleisch in die Nase. Sie verzog das Gesicht und kontrollierte die Verbände. Sie waren schon wieder durchfeuchtet.

»Vater?«, wisperte Seri. »Wie fühlst du dich?«

Der Mann bewegte sich, erwachte aber nicht. Bekümmert seufzte sie. Der Heiler war bereits vorbeigekommen und hatte ihnen Gebete offeriert, und der örtliche Kräuterkundler hatte angeboten, einen Trunk anzurühren, doch der Preis war so hoch, sie könnte ihn nicht einmal bezahlen, wenn sie alle Gänse und die Eier einer ganzen Legezeit verkaufen würde.

Mit den Fingerspitzen strich sie über die Stirn ihres Vaters, ehe sie wieder aufstand, hinausging und die Tür hinter sich schloss. Müde kehrte sie zu Josdi zurück und setzte sich zu ihr.

»Ich habe sein Bein vorhin gewaschen, aber der Geruch ist heute schlimm.« Josdi unterbrach sich, als widerstrebe es ihr, weiterzureden. »Er hat nach Butter zu seinem Brot gefragt.«

Butter. Schon bei dem Gedanken lief Seri das Wasser im Munde zusammen. »Wir hätten alle gern Butter, nehme ich an.« Seit Monden hatten sie keine mehr gehabt. Nicht mehr seit der letzten Erntezeit, bevor ihr Vater von der zehrenden Krankheit befallen worden war und sein Bein nicht mehr hatte benutzen können. Nun war niemand mehr da, um die Ernte einzubringen, und die Felder lagen brach. Rilen kam und half ihr, wann immer er konnte, aber er musste sich auch um das Gehöft seines Vaters kümmern. Sein jüngerer Bruder würde an seine Stelle treten, wenn Rilen und Seri ihre Handfeste besiegelt hatten, aber bis dahin musste sie allein zurechtkommen.

»Ich fürchte, wir können von Glück reden, überhaupt Brot zu haben«, sagte Seri.

Der Bemerkung antwortete Stille, und Seri begriff voller Schrecken, dass auch das aufgebraucht war. »Kein Brot mehr? Ich dachte, wir hätten noch ein paar Kanten übrig.«

»Du hättest zum Müller gehen und mehr Mehl kaufen müssen«, entgegnete Josdi mit schwacher Stimme.

Ach ja. Das zu tun, hatte sie erst gestern versprochen, doch dann war sie von einem Fuchs abgelenkt worden, der in das Hühnerhaus eingedrungen war. Er hatte zwei Hennen und einen Hahn verspeist, ehe sie ihn verscheuchen und das Loch verschließen konnte, das er gebuddelt hatte. Und dann, heute, waren es Rilen und die Karawane gewesen. »Es tut mir leid«, sagte Seri, rieb sich das Gesicht und fühlte sich zutiefst erschöpft. Und dabei musste sie immer noch ein Abendessen kochen, Geschirr säubern und Stroh zu Ballen binden, ehe sie sich am Abend auf ihre jämmerliche Schlafstatt fallen lassen konnte.

»Es ist Ruhetag, nicht wahr?«, unterbrach Josdis hoffnungsvolle Stimme ihren Gedankengang.

Seri fixierte ihre Schwester. »So ist es. Warum fragst du?«

»Am Ruhetag findet auf dem Schloss ein Nachtmarkt statt. Damit haben sie erst im letzten Mond angefangen.« Josdi lächelte. »Rilen hat es erwähnt, als er hier war. Er sagte, die Händler würden Zelte aufbauen, und Kaufleute aus ganz Athon würden in Vidara-Stadt eintreffen.« Ihre Hände krallten sich in ihren Schal. »Meinst du, wir können etwas vom Markt holen?«

Oh Rilen. Seri seufzte. Wenn es darum ging, Josdis Kopf mit Unsinn zu füllen, konnte sie sich auf ihn verlassen. »Ein Markt bei Nacht, das klingt dumm.« *Und gefährlich.*

»Das liegt daran, dass die Athoniten das Tageslicht meiden. Das hat mir Elen erzählt. Und sie hat mir auch erzählt, dass sie sich am Fleisch gütlich tun und niemals altern.« Josdi schauderte.

Rilen hatte recht. Elen redete in der Tat zu viel. »Davon weiß ich nichts, Josdi.«

»Findest du nicht, dass das erstaunlich ist? Ein Nachtmarkt!«, flüsterte sie aufgeregt. »Du könntest die Gänsedaunen verkaufen, die wir gesammelt haben. Und meine Kissen. Ich weiß, dass sie bestimmt zumindest ein paar Rumma einbringen würden, und vielleicht können wir etwas Butter und Käse kaufen. Vielleicht können wir uns sogar eine Kuh leisten.«

Ihre alte, magere Kuh war in der letzten Grünen Zeit von Strauchdieben gestohlen worden, während Seri mit Rilen bei einem Scheunenbau geholfen hatte. Es war der letzte, an dem sie teilgenommen hatte. »Ach, komm, Josdi«, sagte sie matt. »Mit Kissen und Federn werden wir nicht genug einnehmen, um eine neue Kuh zu beschaffen.«

»Dann wenigstens Butter?« Hoffnung spiegelte sich in Josdis blinden Augen. »Und ein bisschen frisches Brot?«

Seri brachte es nicht über sich, ihre Schwester, die so wenige Freuden im Leben kannte, zu enttäuschen. »Ich werde versuchen, Brot zu besorgen. Vielleicht auch Butter, wenn ich feilschen kann.«

Ihre Gedanken kehrten zurück zu der Karawane, den Edelleuten auf ihrem Weg zu dem wiedererrichteten Schloss. Die hatten zweifellos genug Geld. Vielleicht waren sie bereit, Vidariwaren zu kaufen.

Ihr Vater stöhnte im anderen Zimmer, und Seri biss sich auf die Lippe. Womöglich gab es auf dem Markt einen Athonitenheiler, bei dem sie etwas finden könnte, um die Qualen ihres Vaters zu lindern. Damit war es entschieden. Gefährlich oder nicht, sie musste hingehen.

Während Josdi vergnügt schwatzend ihre kleinen, dekorativen Kissen einsammelte, ging Seri zu ihrem Altar. Vor dem hölzernen Gestell sank sie auf die Knie und erhob die Hände, um stumm ein traditionelles Gebet zu den vier Göttern zu sprechen. *Kasla, Göttin des Lebens, schenke uns Regen und grünende Pflanzen. Hast, Gott der Jagd, schenke uns reichlich Wild. Naree, Göttin der Sonne, halte dein leuchtend Antlitz über uns, und schenke uns deinen Segen. Oren, Gott des Mondes, verschone uns vor dem Hieb deiner finsteren Hand.* Sie dachte kurz nach und fügte dann hinzu: *Helft mir, meiner Familie zu helfen. Ich tue alles, nur helft mir, für Josdi und Vater zu sorgen.*

Sie schüttelte die letzten Körnchen Maisgries aus ihrer Tasche und legte sie auf dem Altar vor dem Symbol des Hast ab. Der erste Bissen Nahrung wurde stets dem Gott dargeboten, und wenn sie selbst auch noch kein Abendessen zu erwarten hatte, musste er doch seinen Anteil bekommen. Kurz berührte sie jedes der vier Symbole, ehe sie sich wieder erhob.

Als sie auf dem Weg zur Tür ihren Schal vom Tisch nahm, fiel ihr Blick auf das Holzmesser, das sie dazu benutzten, Fleisch zu schneiden. Sogleich umklammerte ihre Hand den geschnitzten Griff. Die Stadt war nicht sicher, und sie würde bei Nacht ganz allein hinausgehen. Doch dann schüttelte sie den Kopf. Ganz gleich, wie gefährlich die Straßen dort draußen waren – als Vidari eine Waffe zu tragen, kam einem Todesurteil gleich.

»Hier«, sagte Josdi atemlos und reichte ihr einen säuberlichen Stapel Kissen. »Ich habe sie in meinen Schal gewickelt. Hoffentlich bekommst du gutes Geld dafür.«

Seri gab ihrer Schwester einen Kuss auf die Wange. »Gib auf Vater acht und versuch, dann und wann das Feuer zu schüren. Ich bin bald zurück.«

»Sei vorsichtig«, mahnte Josdi. »Ich werde an meinem Altar beten, dass die Götter auf uns herablächeln mögen.«

Seri seufzte. So viele Gebete für einen einfachen Marktbesuch. Sie hoffte nur, dass es auch genug waren.

Das hochgewachsene Maultier, beladen mit Beuteln voller Gänsedaunen und Josdis Kissen, folgte Seri der Hauptstraße zur Stadt. Bedrohlich ragte das alte Schloss hoch oben auf der Klippe über den engen Gassen von Vidara-Stadt auf. Sie hatte einen Weg von gut zwei Stunden vor sich, und die Sonne ging bereits unter.

Seri wickelte sich den Schal fester um die Schultern, als sie neben einer Athonitenkutsche ritt. Auf ihrem beladenen Muli kam sie sich albern vor, und sie war die einzige Vidari, die dieselbe Richtung eingeschlagen hatte wie die Athoniten. Als sie spürte, dass die Leute sie anstarrten, nahm ihr Unbehagen noch weiter zu. Zwei Damen mit kunstvollen Frisuren und feinen Kleidern warfen durch das Fenster der Kutsche nur einen Blick auf sie und fingen an zu kichern. Eine andere wedelte mit ihrem Fächer und rümpfte hochmütig die Nase.

Seris Wangen glühten. Sie bremste das Muli, um die Kutsche passieren zu lassen.

Die nächsten zwei Längen vergingen recht friedlich, wenn auch langsam. Währenddessen erlosch das letzte Sonnenlicht um sie herum. Ihr Maultier, Bialla, war auf ihre alten Tage recht träge und steif geworden und fing auf dem Weg hangaufwärts bald an zu schnaufen. Seri beschloss, den Rest des Weges zu Fuß zurückzulegen, glitt von dem Tier herab und führte es am Zügel, als hinter ihr ein Pfiff ertönte. Ruckartig blickte Seri auf.

Eine Gruppe Soldaten musterte sie auf der Straße mit lüsternen Blicken. Einer befingerte seinen Schritt. »Vidarimädchen«, rief er. »Auf dem Weg, im Schloss ein paar Münzen zu machen? Ich habe hier was, worauf du reiten kannst.« Unzüchtig zeigte er zwischen seine Beine. »Wie wäre es, wenn du deine langen Schenkel hier rüberschaffst?«

Seri zupfte an ihrem ausgewaschenen Kleid. Es reichte ihr nur bis zu den Knien – skandalös in der Welt der Athoniten, aber praktisch in der der Vidari. Mit geröteten Wangen ignorierte sie den Mann und wandte sich wieder dem Schloss zu.

Gelächter brach unter den Soldaten aus, und noch mehr von ihnen riefen aus der Dunkelheit nach ihr, brüllten ihr finstere, wollüstige Dinge zu. Seri ballte die Fäuste. Sie mochten denken, ihre Leute seien liederlich, weil sie die langen Haare offen trugen und sich anders kleideten, aber musste sie sich deswegen wie eine gewöhnliche Hure behandeln lassen? Sie zerrte an den Zügeln und ging etwas schneller, ohne auf die Gesteinssplitter zu achten, die sich in ihre Fußsohlen bohrten.

»Hey, Mädchen, komm her, und zeig mir ein bisschen mehr von deiner braunen Haut!«, blökte ein Mann mit einer Narbe, die sich von seiner Stirn bis zur Lippe zog. »Oder soll ich zu dir kommen?«

Seri schlug das Herz bis zum Hals. Geschichten von Vidarimädchen, die allein unterwegs gewesen waren, schossen ihr durch den Kopf. Mädchen, die tagelang verschwunden und dann geprügelt und voller Schrammen im Dorf aufgetaucht waren. Mädchen, die in

Athonitenbordelle verschleppt worden waren. Oder Mädchen, die einfach nie wieder nach Hause zurückgekehrt waren.

Während sie Bialla den Hang hinaufführte, rutschte sie auf einem lockeren Stein aus, stolperte auf der ausgefahrenen Straße und prallte hart gegen die Tür einer der noblen Kutschen, die daraufhin abrupt anhielt. Die Pferde wieherten, und die Soldaten schienen kollektiv die Luft anzuhalten. Dann wurden die Vorhänge vor dem Fenster zurückgezogen, und Seri keuchte erschrocken auf.

Von drinnen starrte der schönste Mann zu ihr heraus, den sie je gesehen hatte. Er hatte unergründlich dunkle Augen, ein starkes, kantiges Kinn, und seine Wangenknochen waren so maskulin wie aristokratisch. Er sah aus, wie sie sich den Gott des Mondes vorstellte – bleich und jenseitig –, wäre da nicht der angewiderte Ausdruck auf seinen Lippen. Tadelnd blickte er sie an, als wäre sie diejenige, die sich danebenbenahm, nicht die Soldaten um sie herum.

Seri errötete noch mehr als zuvor. Dies war ein Athonitenedelmann, so weit oberhalb des Standes einer Gänsehirtin der Vidari, dass er sie vermutlich schon dafür bestrafen könnte, dass sie seine Kutsche berührt hatte. Trotzdem musste sie ihn weiter anstarren, sie konnte einfach nicht anders. Sein zurückgekämmtes dunkles Haar schmiegte sich in gepflegten Wellen an seinen Kopf und kräuselte sich über den Ohren. Gewandet war er mit einer reich bestickten Tunika und einem dicken Mantel, der von zwei goldenen Schnallen an seinem Platz über seinen Schultern gehalten wurde.

»Vergebt mir, Herr.« Ihre Worte klangen grollend, sogar für ihre eigenen Ohren, und sie zuckte innerlich zusammen. Sie wusste von Vidari, die wegen weit geringerer Vergehen Prügel bezogen hatten. Jovis' Schwester war öffentlich ausgepeitscht worden, weil sie den Umhang einer Adligen mit Schlamm bespritzt hatte. Verängstigt leckte sie sich die Lippen. »Ich bin gestolpert.«

Er kniff die Augen zusammen und musterte sie so lange, dass ihr unbehaglich zumute wurde. Dann glitt sein Blick weiter die Straße hinunter zu den Soldaten. Wie ein Mann verfielen sie in Schweigen und standen ernst und stocksteif da. »Hört auf, mit dem Mädchen zu spielen«, sagte er laut, und seine Stimme überbrückte mühelos die Distanz zu den Männern. »Wäre das Kind vom Glück geküsst, wäre es wohl nicht mit einem Muli, das schon auf dem Zahnfleisch geht, auf der Straße unterwegs. Ihr tätet gut daran, den Straßenschmutz zu ignorieren und euch zu erinnern, dass ihr stolze Soldaten des Athonitenheers seid.«

Dann fiel der Vorhang zu, und das Gesicht des Mannes verschwand.

Seri war regelrecht erstarrt. Zorn erblühte in ihrem Inneren und vertrieb die Furcht. Plötzlich verstand sie, warum Rilen an Jovis' Treffen teilnahm. Diese arroganten, unausstehlichen Lords bildeten sich ein, sie könnten einfach in die Lande der Vidari einfallen und über ihr Volk gebieten. Das war unerträglich.

Dann brüllte Bialla, riss Seri aus ihren Gedanken und veranlasste die Soldaten hinter ihr, in schallendes Gelächter auszubrechen. Einer von ihnen krümmte sich vor Lachen. Sein Schwert glänzte in dem schwindenden Licht, und im Nu wusste Seri wieder, wo ihr Platz war und wie sie sich zu verhalten hatte. Dass sie still zu sein hatte. Dass sie nur zum Markt und zurück gehen sollte, gesund und mit Essen für Josdi und Medizin für Vater.

Nicht mehr und nicht weniger.

DREI

Die letzten Sonnenstrahlen schwanden dahin, und Graeme spürte, wie seine Kraft zurückkehrte. Zum ersten Mal seit Stunden fühlte er sich entspannt, als er sich an die Polster in der Kutsche lehnte.

Ihm gegenüber führte Lady Jinda Ia Santor ein besticktes Taschentuch an ihre Nase. »Wilde«, höhnte sie hochmütig. »Ich kann gar nicht glauben, dass Ihr sie habt davonkommen lassen, nachdem sie Eure Kutsche berührt hat, Prinz Graeme.«

Graeme musterte Lady Jinda kühlen Blicks. Der hohe Kragen ihres roten Samtgewands verbarg die Bissspuren ihrer früheren Freier, und sie hatte wenig Zweifel daran gelassen, dass sie als nächste Eroberung ihn im Auge hatte. Sie war schön und emotional erfreulich unabhängig und mit ihrem neckischen Lächeln und der endlosen Tratscherei geradezu der Inbegriff einer Hofschranze. Außerdem war sie gefährlich und hatte nicht nur eine Rivalin mit Dunkelwurz vergiftet ... nicht, dass sie je dabei erwischt worden wäre. Aber er zweifelte nicht daran, dass die Gerüchte der Wahrheit entsprachen. Für eine Hofdame war Dunkelwurz die Waffe der Wahl, so wie das Schwert für einen Soldaten.

Graemes Blick wanderte weiter zu Lady Aynee, der stillen Frau mit den lieblichen Zügen, die neben ihm saß. Seit drei langen Monaten war sie seine Weggefährtin und Bettgenossin, und er hatte von ihrem wundervollen Hals getrunken. Doch büßte sie wie alle Sterblichen ihren Geschmack ein. Ihr gehaltreiches Blut lag sauer auf seiner Zunge, und seine Fangzähne waren nicht länger erpicht darauf, sich in ihre blasse Haut zu bohren. Bald würde er sich eine neue Geliebte suchen müssen.

Dies war die Lebensweise eines Prinzen vom Blute. Nie sollte er mit einer Gefährtin Erleichterung finden, es sei denn, er verbände sich mit der mythischen Eterna, der einzigen Frau, deren Blut der Sage nach für immer süß schmecken würde. Müde rieb sich Graeme die Stirn. Einhundert Jahre bei Hof, einhundert Jahre der Intrigen, des Austauschs von Gefälligkeiten und der Verleumdung. Einhundert Jahre des Wartens auf eine Eterna, die doch nie erschien. Er war das alles so göttinverdammt leid, und doch konnte er den Zyklus nicht brechen.

Und auch wenn Lady Jinda hochmütig und stolz war, so ganz anders als die süße Lady Aynee, war es nicht unwahrscheinlich, dass er sie als seine nächste Geliebte erwählte. Noch hatte er nicht von ihrer kühlen Kehle gekostet. Sie eignete sich so gut wie jede andere.

Wenn er sie doch nur dazu bringen könnte, ihren Mund zu halten.

»Habt Ihr den Geruch dieser Kreatur bemerkt? Widerwärtig.« Wieder führte Lady Jinda ihr Taschentuch an die Nase.

Graeme hatte das Mädchen kaum angesehen. Alles, was er wahrgenommen hatte, waren erschrockene Augen, braune Haut und wirre blonde Haare. Er hatte sich weitaus mehr für das unmanierliche Auftreten seiner Soldaten interessiert. »Eine Einheimische, nehme ich an«, sagte er.

»Eine Vidari«, murmelte Lady Aynee neben ihm.

Jinda fächelte sich Luft zu. »Streifen die immer noch in heidnischen Rudeln durch die Ebenen?«

»Nicht mehr, seit mein Vater sie vor hundert Jahren besiegt hat«, entgegnete Graeme trocken. Jindas Possen dienten ebenso wie ihre gestelzten Bemerkungen dazu, ein Gespräch in Gang zu bringen – aber er wollte sie zum Schweigen bringen, nicht ermutigen.

»Wart Ihr dabei?«, fragte Jinda mit leuchtenden Augen.

»Vor hundert Jahren war ich ein Baby an der Brustwarze meiner Mutter«, erwiderte Graeme. »Velair war an der Seite meines Vaters.«

Jinda beugte sich vor. »Machen diese Wilden Ärger? Zieht Ihr deswegen mit Eurem Hof in dieses schreckliche Land?«

Die Vidari sind keine Wilden, sondern Unterdrückte, hätte er gern geantwortet, aber er hielt sich zurück. Schließlich war sein Vater – der König der Athonitenländer – derjenige, der sichergehen wollte, dass die Vidari blieben, wie sie waren: verdrießlich, gebrochen und bedeutungslos. Und es war Graemes Aufgabe, dafür zu sorgen. Sein Vater hatte ihm dieses Land vermacht und ihm befohlen, sein Domizil in dieser Ruine eines Schlosses aufzuschlagen. Jüngst hatte es Berichte über Aufstände gegeben, und er war hier, um das Geschlecht derer vom Blute wieder an die vorderste Front im Bewusstsein der Vidari zu rücken, sie daran zu erinnern, wem sie Respekt schuldeten. Daran, die Blutdynasten, die Unsterblichen, die Gesegneten zu achten.

Graeme unterdrückte ein erbittertes Lachen. *Gesegnet.* Eher verflucht. Der einzige Grund, warum die Göttin sie unsterblich gemacht hatte, war, ihr Leiden zu verlängern. Da sie in endlosem, sich ständig wiederholendem Überdruss lebten, litten die meisten der Dynasten unter quälender Langeweile. Wann immer sie seinen Vater befiel, ritt er hinaus und suchte sich ein Land, das er unterwerfen konnte. Wann immer sein Bruder diesen nagenden Schmerz verspürte, ersann er noch grausamere Spiele, initiierte kleinliche Rivalitäten und sah zu, wie Familien sich gegenseitig zerstörten. Graeme verkroch sich bloß in sich selbst und studierte die Karten von Ländern, die zu bereisen ihm noch bevorstand.

Er hegte den Wunsch, Zeit an der windumtosten Küste von

Craelish zu verbringen oder die sattgrünen Hügel Praavas zu besuchen, aber stattdessen hatte sein Vater ihn hierhergeschickt, in die staubigen Lande von Vidara. Gewiss, die Reise war nicht so schlimm gewesen. Die Straßen waren zwar reine Schmutztrassen, doch das Wetter war ihnen gewogen. Und in Vidara befand er sich am äußersten Rand des Athonitenreichs. Westlich von hier gab es weiter nichts mehr als Berge und Eis, östlich nur ausgedehnte Wälder. Hier war er isoliert und hatte seine Ruhe. Zumindest hätte er die gehabt, wäre ihm nicht der Hof gefolgt.

»Ich habe den Hof nicht eingeladen, er hat sich selbst eingeladen. Aber wenn Ihr dieses Land so furchtbar findet, steht es Euch frei, jederzeit nach Athon zurückzukehren«, sagte Graeme zu guter Letzt.

Jindas Fächer bewegte sich schneller. »Auf keinen Fall! Dies ist ein aufregendes Abenteuer, mein Prinz.« Ihre schmalen Lippen verzogen sich zu einem Lächeln. »Ich war nur neugierig, warum Ihr gerade jetzt herkommt.«

»Vielleicht steht ihm der Sinn nach einer Abwechslung«, warf Aynee auf ihre süße Art ein, ehe sie Graeme ein scheues Lächeln schenkte. »Ich jedenfalls genieße dieses Abenteuer.«

So lauteten ihre Worte. Doch die düstere Miene, die sie jeden Morgen aufsetzte, ehe sie in die goldene Kutsche stieg, erzählte eine andere Geschichte. Aber Graeme wusste so oder so, warum Jinda und Aynee ihm in die Wildnis folgten; warum sie nicht nach Athon zurückkehren würden, wo die Straßen gepflastert waren und der König alle vierzehn Tage einen Ball veranstaltete. In nur einem Siebentag würde Graeme seine sechste und letzte Verlöbniszeremonie begehen, den letzten seiner vielen fruchtlosen Versuche, seine Eterna zu finden. War diese Zeremonie erst wieder fehlgeschlagen, was zweifellos geschehen würde, konnte er mit der Erlaubnis seines Vaters die Bewerberin seiner Wahl ehelichen. Jede heiratswürdige Frau im ganzen Königreich der Athoniten und jede ehrgeizige Mutter einer solchen würde bei dem Ball zugegen sein und hoffen, dass die Göttin keine Eterna für Graeme gewählt hatte, er sich jedoch für eine der Damen als Braut entscheiden würde. Alle warteten atemlos auf sein Wort.

Und Graeme wusste, was passieren würde. Es würde keine Eterna geben, und es war im Grunde egal, wen er zur Braut nahm. Auch die Frau, die er heiratete, würde für ihn schon bald langweilig und geschmacklos sein. Und während er für alle Zeiten seine ewige Jugend behalten würde, würde sie altern und sterben, und dann würde der alte, nervtötende Kreislauf von vorn beginnen. Er würde sich eine neue Frau suchen und ihr Söhne schenken, die ebenso verflucht waren wie er selbst.

Jinda hob erneut zu sprechen an, was Graeme mit einem ärgerlichen Blick quittierte, der sie einschüchtern und zum Schweigen bringen sollte. Was natürlich auch funktionierte. Niemand würde es wagen, einen Prinzen vom Blute zu erzürnen. Niemand, so schien es zumindest, mit Ausnahme der aufständischen Vidari, die zu unterjochen sein Vater fest entschlossen war.

VIER

Als Seri endlich die Tore des Schlosses Vidara erreicht hatte, nahmen ihre düsteren Vorahnungen weiter zu. Überall waren Athonitentruppen, angetan mit roten Insignien und Mänteln, die sie als Männer der Garde auswiesen. Alle Soldaten trugen Kürasse und Dolche in Gürtelscheiden, was Seri an das Holzmesser erinnerte, das sie zu Hause gelassen hatte. Solch ein Instrument gegen deren stählerne Klingen zu erheben wäre, als würde ein Kätzchen gegen einen Drachen aufbegehren.

»Seri«, rief jemand hinter ihr.

Verwundert, ihren Namen zu hören, drehte sie sich um und sah Rilen mit sorgenvoller Miene am Straßenrand reiten. Er kam näher, zügelte seine Stute neben ihrem kleinen Muli und stieg ab.

»Was machst du hier, Seri?« Er strich ihr eine Locke aus dem Gesicht und musterte sie mit besitzergreifendem Blick. »Du solltest nicht allein bei Nacht hier draußen sein.«

»Du hast Josdi mit den Geschichten über den Nachtmarkt verrückt gemacht, und nun bin ich hier, um Abendessen zu besorgen.« Sie lächelte, um ihren Worten etwas von der Schärfe zu nehmen.

»Oh Seri.« Rilen zog die alte Bialla mit starker Hand weiter, während er mit der anderen sein Pferd führte. »Du hättest mit mir kommen sollen, dann hätte ich dich begleiten können.«

»Du hattest ein Treffen«, wandte sie ein und bemühte sich, ihre Besorgnis darüber zu unterdrücken, dass er offenbar direkt von dem

Treffen zum Schloss gezogen war, zum Feind. »Und wir haben kein Essen im Haus.«

»Hier«, sagte er und gab ihr Biallas Zügel. Als sie sie nahm, griff er in seine Tasche. »Nimm meinen Lohn.«

»Nein, Rilen. Das gehört dir.« Eine Mischung aus Dankbarkeit und Scham ergriff Besitz von ihr. Sie war dankbar dafür, dass Rilen ihr gewogen genug war, ihr helfen zu wollen, damit sie für ihre Familie sorgen konnte, aber auch beschämt, Almosen anzunehmen.

»Nimm es«, forderte er sie auf und beäugte die Truppen, die langsam vorüberzogen. »Lass uns hier nicht streiten, einverstanden?«

Sie nickte, nahm den kleinen Beutel Münzen entgegen und ließ ihn in ihre Tasche gleiten, als sie sich wieder dem Schloss zuwandten. Das Tor bestand aus einem mächtigen Fallgatter aus Metallstreben und Dornen, die im Fackelschein schimmerten. Es sah nicht aus wie der Eingang zu einem friedvollen Schloss, eher wie die erste Verteidigungslinie eines Guts, das sich auf einen Krieg vorbereitete. Auf einer Seite des Tores hing etwas von einer sonderbaren Form, bei dessen Anblick Seri aufkeuchte.

Rilen zog sie an sich. »Sieh nicht hin, Seri.«

Sie schluckte einen Aufschrei hinunter. Es war zu spät, den Schrecken ungesehen zu machen. »Das ist ... das ist ...«

»Kasmar, ich weiß.« Rilen drückte sie fest an seinen Körper. »Die Soldaten haben ihn im letzten Siebentag geholt. Sie haben gesagt, er hätte gestohlen.«

»Das kann nicht sein.« Furcht breitete sich in ihrem Inneren aus. Kasmars Familie war die reichste in ihrer ganzen Gemeinde. Kasmar selbst war derjenige, der ihnen ihre letzte Kuh verkauft hatte. Er hatte keinen Grund, irgendetwas zu stehlen.

»Sie wollten einfach nur ein Exempel statuieren«, erklärte Rilen mit erbitterter Miene.

»Hatte er etwas mit der Rebellion zu tun? Rilen ...«

»Still, Seri. Wir reden später.« Er drückte sie noch fester und nickte einem Soldaten zu, als sie direkt unter Kasmars geschundenem Leichnam durch das Tor gingen.

Der Innenhof des Schlosses war weitaus einladender, als es von außen ausgesehen hatte. Trotz der düsteren, bedrohlichen Wehrtürme, die über ihnen aufragten, wirkte der Markt festlich und aufregend. Gestreifte Zelte und mit Laternen erhellte Stände säumten jede der vier Wände. Überall wurden Waren verhökert und erworben. Ein Mann in Narrenkleidung schwenkte eine Stange, an der Einbackzöpfe baumelten. Kleine, gähnende Knaben trugen Laternen und spendeten Licht, wo immer es gebraucht wurde. An einem Stand in der Nähe wurden Marionetten feilgeboten, und der Händler ließ eine davon für ein lachendes Kind tanzen. Aus der Ferne konnte Seri eine Schilfflöte und noch mehr Gelächter hören. In der Tat ein Nachtmarkt, dessen Stimmung sie beinahe den Anblick von Kasmars Leichnam vergessen ließ.

Beinahe.

Rilen reichte ihr ihren Beutel mit Gütern. »Geh deine Federn verkaufen und Essen besorgen, Seri. Ich muss mit jemandem reden. Du bist hier sicher. Überall sind Soldaten, schau.« Er deutete auf die Soldaten in den roten Mänteln, die zwischen den Ständen patrouillierten. Aber das konnte ihre Furcht nicht lindern. Wenn überhaupt, dann wurde sie nur schlimmer. Aber Rilens Miene bat um ihr Verständnis, flehte sie an, keine Fragen zu stellen.

Leise seufzend nickte sie. »Ich werde Maester Grimalds Zelt suchen. Du findest mich in seiner Nähe.«

»Ich bin bald zurück«, versprach er, gab ihr einen raschen Kuss und zog eilig sein Pferd durch die geschäftige Menge.

Rilens Münzen klimperten in ihrer Tasche, während Seri vorsichtig ihr Muli an den Zelten vorbei und durch die Menschentrauben führte und nach Schildern Ausschau hielt. Das kleine Zelt der

Kräuterkundigen erkannte sie am Geruch von Fäulnis und feuchter Erde.

»Hallo«, rief sie, während sie das Maultier an einem Pfosten vor dem Eingang festband. »Verkaufst du auch Tränke für Kranke?«

Die blasse Frau an dem Stand hatte dunkle Haare. Tiefe Furchen gingen von ihren geschürzten Lippen aus, und sie trug ein langes Kleid mit hohem Kragen. Also eine Athonitin. »Ja, ich verkaufe Tränke.«

Seri trat einen Schritt näher und begutachtete die Auslage leuchtend bunter Pülverchen und verschrumpelter Wurzeln, die auf dem Tisch arrangiert waren. »Ich brauche etwas für einen kranken Mann, der an der Zehre leidet und Fieber hat.«

Die Kräuterfrau reckte das Kinn vor und sagte: »Ein Dru.«

Seri stockte der Atem. Ein Dru? Damit könnte sie ihren ganzen Hof ein Jahr lang mit Nahrung versorgen. Der Kräuterkundige der Vidari hatte ihr nur ein fettes Huhn berechnet. »Ich habe keinen Dru.«

Ein harter Ausdruck trat in die Augen der Frau. »Dann nimm dein Muli und verschwinde.«

»Gibt es denn gar nichts, was du mir geben kannst? Er ist sehr krank.« Seri umklammerte den Münzbeutel in ihrer Tasche. »Bitte, hilf mir.«

»Ich kann«, erwiderte die Frau herrisch. »Für einen Dru.«

Wütend zeigte Seri auf das Tablett mit den Kräutertees. »Wie viel willst du für einen von denen?«

Die Frau musterte Seri aus zusammengekniffenen Augen. »Zwei Dru für Vidari.«

So war das also, ja? Tee kostete nur Pennys. Allenfalls ein paar Rumma. »Ich verstehe«, würgte Seri hervor, machte auf dem Absatz kehrt und ging. Ihre Hände zitterten vor Zorn, als sie die Zügel des Mulis von dem Pfosten wickelte und es wegführte. Die Frau wollte ihr mehr berechnen, weil sie eine Vidari war? *Widerliches Weib.* Für einen kurzen Moment wünschte sie sich, die Vidari wären in der Tat so wild und kriegerisch, wie die Athoniten glaubten. Dann hätte sie nur mit einem Messer vor der Nase der Frau wedeln und sich nehmen können, was immer sie brauchte.

Natürlich hätte sie dann am Tor neben Kasmars Leichnam geendet. Seri führte ihr Maultier davon, bahnte sich einen Weg zwischen den Ständen hindurch, bis sie den Schneider in seinem Stoffzelt gefunden hatte, von dessen Dach Laternen herabbaumelten.

»Seri, wie schön, dich zu sehen«, begrüßte Maester Grimald sie warmherzig. Er war ein alter Freund ihres Vaters und wohnte in Vidara-Stadt, reiste aber von einem Bauerndorf zum nächsten und bot alles von zarter Seide bis hin zu der derben Wolle, die Seri trug, feil.

»Gleichfalls«, sagte sie lächelnd.

Er rieb sich die Hände. »Was führt dich zu mir?«

Sie schlug Josdis Schal auf und zeigte ihm ihre Ware.

»Ich kann dir nicht mehr als sechs Rumma für alle drei Federbeutel geben, Seri«, beschied er ihr bedauernd.

»Sechs Rumma?«, fragte sie niedergeschlagen. »Kannst du mir nicht wenigstens acht geben?« Gänsefedern waren so entsetzlich gewöhnlich, und Seri schämte sich, dass sie wegen des Preises feilschen musste, aber von sechs Rumma konnte sie kaum einen Sack Mehl erstehen.

»Das ist alles, was ich dir geben kann, mein Kind«, sagte er und tätschelte ihren Arm. »Hast du von den Aufständen im Norden gehört?«

Sie schüttelte den Kopf. Erst Rilens Gerede über die Rebellion, dann Kasmars Tod und nun auch noch Kämpfe im Norden? Waren denn alle verrückt geworden?

Ein harter Zug zeigte sich um Grimalds Mund. »Die Athoniten versuchen, die rebellischen Splittergruppen auszumerzen, indem sie bei allen Vidariwaren das Dreifache der üblichen Steuer einfordern. Sie denken, wenn wir zu sehr mit unserem Überleben beschäftigt sind, haben wir keine Zeit zu rebellieren.«

»Aber das ist irrwitzig.« Sie dachte an die unverschämte Kräuterfrau und ihre unerhörten Preise. War das jetzt normal? »Wie sollen wir das durchhalten?«

»Ich weiß es nicht«, sagte er in einem düsteren Ton. »Alles, was ich weiß, ist, dass so das Gesetz lautet und ich mich fügen muss, wenn ich mein Geschäft behalten möchte.«

Seri blinzelte gegen die Tränen an, als sie nickte und die Hand nach den Münzen ausstreckte. »Was immer du mir geben kannst, werde ich nehmen, Maester Grimald. Sei bedankt.«

Maester Grimald schaute noch einmal in Josdis Schal und zog eines der Kissen hervor. »Ich gebe dir auch sechs Rumma für diese kleinen Kissen.«

Sechs Rumma mehr würden es ihr immerhin ermöglichen, ein paar anständige Vorräte zu kaufen. Erleichtert stimmte Seri zu, obgleich sie etwas verwundert war. »Ich hätte nicht gedacht, dass es einen größeren Markt für Kissen als für Bettfedern gibt.«

»All die Adelsfrauen in der Stadt geben ihr Geld für nutzlose Dinge aus, und das mit vollen Händen«, klärte Maester Grimald sie auf, und sein Widerwille schlug sich auf seine Stimme nieder. »Die werden sie kaufen, sobald ich sie feilbiete, warte es nur ab.« Er tätschelte ihr die Schulter und zwinkerte ihr wohlwollend zu. »Josdis letzte Lieferung hat sich gut verkauft. Sag deiner Schwester, ich werde ihr alles abkaufen, was sie fertigt.«

Dankbar für seine Güte schenkte Seri dem älteren Mann ein Lächeln. »Das wird sie freuen. Sie gibt sich große Mühe.«

»Sie hat eine Gabe«, lobte Maester Grimald und reichte ihr einen Beutel mit Stoffresten für Josdi. Dann, nach einem kurzen Zögern, beugte er sich zu ihr. »Ist Rilen mit dir gekommen?«

Sie nickte. »Soll ich ihm eine Nachricht zukommen lassen?«

Maester Grimald schaute sich kurz zu den Gardisten vor dem Zelt um, ehe er seinen Blick wieder auf sie richtete. »Nein, nein«, antwortete er etwas zu unbeschwert. »Wenn er vorbeikommt, kann ich später noch mit ihm reden.« Wieder sah er hinaus zu den Gardisten. »Also, sag mir, wie geht es deinem Vater?«

»Nicht gut.«

Grimald nickte geistesabwesend und wickelte einen Stoffballen wieder auf. Seris Magen verkrampfte sich, während sie dem nervösen Händler zuschaute. Doch ehe sie ihn fragen konnte, ob auch er etwas mit der Rebellion zu tun hatte, wandte sich Maester Grimald ab, räusperte sich und verschwand hinter seinem Verkaufstisch. In ihrem Kopf überschlug sich alles, als sie die kleine Börse mit den Münzen in ihrem Gürtel verstaute, den Beutel mit den Stoffresten an sich nahm und zur Vorderseite des Zelts ging.

Auf dem Weg hinaus hielt sie an einem Tisch mit Stoffen inne, betastete einen grünen Brokat und überlegte, ob sie wohl in der Lage wäre, ein hübsches Kleid für ihre Handfeste anzufertigen. Wenn es so weiterging, war das wenig wahrscheinlich, aber vielleicht konnte sie Rilens Geld dazu verwenden, etwas Stoff zu erstehen, und Josdi könnte ihr helfen, ihn zu besticken.

»Das ist ein ziemlich kostspieliges Tuch für jemanden wie dich, liebes Mädchen.«

Seri drehte sich zu der fremden Stimme um.

Eine wunderschöne Frau stand auf der anderen Seite des Zelts, dicht hinter ihr eine finster blickende Magd. Eine Krone aus Goldgeflecht zierte ihre Stirn über den dunklen Zöpfen, die kunstvoll um ihren Kopf geschlungen waren. Ihre Haut war so weiß wie Milch, und ihre Augen schimmerten in einem katzenhaften Grün. Ein Seidenkleid in dem hochgeschlossenen Athonitenstil – eng an Brust und Taille, doch mit weitem, fließendem Rock und bestickten Säumen – kennzeichnete sie als eine der zu Gast weilenden Aristokratinnen.

Die Frau hob ihre Röcke, als sie vortrat und Seri musterte. »Interessant. Ein bisschen dunkelhäutig und ungehobelt, aber doch recht typisch für euch wildes Volk, nehme ich an.« Sie kam noch näher und berührte eine Locke von Seris dunkelblondem Haar. »Mit der passenden Kleidung könnte das recht faszinierend wirken …« Gedankenverloren summte die Frau vor sich hin und griff nach Seris Hand, drehte sie um und betrachtete die Schwielen in ihrer Handfläche.

Seri riss sich von der Fremden los. »Was wollt Ihr von mir?«

Die Frau gab ein tadelndes Geräusch von sich und entblößte lächelnd die weißen Zähne. »Weißt du, wer ich bin, Mädchen?« Als Seri nicht antwortete, lachte sie. »Mein Name ist Mila de Vray, Herrin von Goldental, Tochter des Lords de Vray, der einer der wichtigsten Berater des Königs ist.«

Als Seri keinerlei Erkennen zeigte, sackten Milas Mundwinkel herab. »Der Prinz wird noch während des nächsten Siebentags eine Verlöbniszeremonie abhalten, und ich gehöre zu den aussichtsreichsten Kandidatinnen für die Wahl seiner Gefährtin.« Hoheitsvoll warf sie den Kopf zurück.

Angesichts ihrer bildschönen Kleider zweifelte Seri nicht an ihren Worten, was ihre Verwirrung jedoch nicht zu lindern vermochte. »Was hat das mit mir zu tun?«

Lady Mila beäugte sie mit einem halb amüsierten, halb gereizten Lächeln. »Für eine aus dem wilden Volk bist du recht ansehnlich – wie nennt ihr euch gleich?«

»Vidari«, sagte Seri angespannt. An ihrem Volk hatte es seit Generationen nichts »Wildes« gegeben, doch derlei Dinge schienen den Athoniten nicht aufzufallen. »Wir sind genauso normale Menschen wie die Athoniten.«

»Nicht mit diesen Händen. Ich kann mir gar nicht vorstellen, wie deine Füße aussehen müssen.«

Seris Zehen bohrten sich in den festgestampften Erdboden. »Wir sind keine Wilden.«

»Nicht?«, fragte sie geziert und maß Seri mit einem langen, forschenden Blick. »Dann muss ich wohl falschliegen.«

»Das tut Ihr. Nun lasst mich gehen.« Seri machte Anstalten, um sie herumzugehen.

Die Frau verstellte ihr den Weg. »Möchtest du nicht hören, was ich zu sagen habe, wildes Mädchen?«

»Warum sollte ich irgendetwas hören wollen, das Ihr zu sagen habt? Es steht Euch ins Gesicht geschrieben, was Ihr von mir und den Meinen haltet.« Seri wusste, dass sie dabei war, eine Grenze zu überschreiten, aber nach der Begegnung mit der Kräuterfrau und dem, was Grimald über die Steuern erzählt hatte, hatte sie einfach genug.

Die Lady wackelte mit ihren juwelengeschmückten Fingern. »Habe ich deine Gefühle verletzt? Das war nicht meine Absicht. Du bist genau das, was ich brauche. Schau, Mädchen, ich suche etwas Erquickendes und ein bisschen Skandalöses, um bei der Zeremonie die Aufmerksamkeit des Prinzen zu wecken.« Ihre Augen schimmerten im Lichtschein der Laterne. »Was könnte besser geeignet sein als ein wildes Mädchen, das mich als meine Dienerin begleitet?«

Seri schaffte es, ihr mit gelassener Miene zu antworten. »Ich bin nicht interessiert.«

»Ich werde dich gut entlohnen. Drei Dru für den Siebentag, vorausgesetzt, du kommst schon morgen her, damit wir …« Sie schnupperte. »… dich ein bisschen säubern und in den Grundlagen der Dienstbarkeit unterweisen können.«

Seri drückte den Rücken durch. Drei Dru? Das war mehr, als ihre Familie in einem ganzen Jahr verdiente. Ein Dru allein würde reichen, um eine Kuh zu kaufen. Zwei waren unerhörter Luxus. Drei? Das war Wahnsinn. Sie könnte ein Heilmittel für ihren Vater kaufen und hätte immer noch genug übrig für eine Kuh und andere wichtige Dinge.

Aber waren drei Dru auch ein akzeptabler Grund, sich vor dem Athonitenadel zu erniedrigen und ihre Leute zum Gespött zu machen?

»Ich bin nicht interessiert«, wiederholte sie und bedachte die Aristokratin mit finsterem Blick. Sie würde sich nicht kaufen lassen. Oh, aber drei Dru … Sie hätte heulen können.

»Schade.« Lady Mila schnalzte mit der Zunge. »Nun, solltest du es dir anders überlegen, frag am Tor zum inneren Hof des Schlosses nach mir.«

»Das werde ich nicht«, versprach Seri und rauschte aus dem Schneiderzelt, so würdevoll es einem barfüßigen Vidarimädchen eben möglich war.

FÜNF

Als Seri schließlich Bialla mit ihren spärlichen Anschaffungen belud, war auch Rilen wieder da. Sein Freund Timmar war bei ihm und rieb einen Apfel an seiner fleckigen Baumwolltunika ab. »Ah, meine süße Seri. Hast du dein Geld bekommen?«

»Genug, um ein paar Dinge zu kaufen, die uns einige Tage lang ernähren werden«, entgegnete sie.

»Und die Medizin für deinen Vater?«

Sie zögerte. »Ich habe ein paar Zutaten für eine kräftige Suppe erstanden.« Sie blinzelte hektisch, um die Tränen der Enttäuschung niederzukämpfen. »Für Medizin haben sie zu viel Geld verlangt.«

»Warst du bei einem Athoniten?« Timmar kniff die haselnussbraunen Augen zusammen und strich sich eine Strähne seines lockigen braunen Haars aus dem Gesicht.

Seri nickte.

Er sah Rilen an. »Wusste ich es doch.« Mit einem verächtlichen Schnauben biss er in seinen Apfel, und Seri lief das Wasser im Munde zusammen.

»Ja, nun, es tut mir leid, das zu hören, Seri«, sagte Rilen und zog ein kleines, in ein Seihtuch gewickeltes Päckchen hervor. »Ich habe dir ein Stück Einback gekauft, weil ich wusste, du würdest keinen Penny für dich selbst ausgeben.«

Dankbar fiel Seri Rilen um den Hals. »Du bist ein wunderbarer Mann.«

»Ich kümmere mich um das, was mein ist«, entgegnete er und gab ihr das Gebäck. »Und nun iss.«

Sie wickelte das Brotstück aus und fing ein paar Nüsse auf, die sich gelöst hatten, ehe sie zu Boden fallen konnten. Der Drang, sie gleich in den Mund zu werfen, war beinahe überwältigend, aber sie zwang sich, zur nächsten Kohlenpfanne zu gehen und sie zusammen mit dem ersten Bissen für die Götter hineinzuwerfen. Dann erst grub sie die Zähne in das noch warme Brot und seufzte angesichts des köstlichen Aromas.

Während sie aß, schaute sich Rilen zu Grimalds Zelt um und wechselte einen Blick mit Timmar, ehe er näher zu Seri rückte und dabei einen der Gardisten beobachtete, der in der Nähe vorüberschlenderte. »Ich muss mit Grimald reden. Nur einen Moment.«

Mitten im Kauen erstarrte Seri. Ihr Verdacht traf also zu. »Darüber haben wir doch gesprochen, Rilen.«

»Möchtest du lieber den Rest deines Lebens in Sklaverei verbringen?« Seine Lippen zuckten, und Ungeduld spiegelte sich in seinem Blick. »Wir tun das für unser ganzes Volk, Seri, nicht nur für dich oder mich oder Timmar.«

»Es ist zu gefährlich.«

»Das ist das Leben unter der Knute der Athoniten auch«, raunte Timmar.

Sie seufzte. Mit den beiden zu diskutieren war nutzlos. »Dann beeil dich, bitte. Ich muss heim zu Vater und Josdi und Essen machen.«

»Du arbeitest zu schwer.« Rilen ergriff ihre Hand, drehte sie um und küsste ihre schwielige Handfläche. »Wenn du erst meine Frau bist, wird sich das ändern.«

»Braucht deine Familie kein Essen?« Lächelnd entriss sie ihm ihren Arm. »Und warum sind eigentlich alle so fasziniert vom Zustand meiner Hände?«

Ein besitzergreifender Zug huschte über Rilens Gesicht, und er trat einen Schritt dichter an Seri heran. »Wer sonst hat dich angefasst?«

Unbehaglich wich Seri in Richtung Kohlenpfanne aus. »Niemand von Bedeutung. Eine zu Gast weilende Adelsdame hat mir einen Vorschlag unterbreitet, das ist alles.«

Er kniff die Augen zusammen. »Was für einen Vorschlag?«

Sie aß den Rest der Leckerei und steckte das Seihtuch in die Tasche. »Nichts Wichtiges. In ein paar Tagen findet eine Zeremonie statt, und sie wollte einen kleinen Schoßhund an ihrer Seite haben, um Aufmerksamkeit zu erregen.« Es gelang Seri nicht, den Abscheu aus ihrer Stimme herauszuhalten. »Und sie hat mir drei *Dru* für den Siebentag angeboten.«

»Für einen Siebentag?« Rilen schaute sich zu Timmar um. »Und du würdest im Schloss wohnen?«

»Das nehme ich an.« Seri musterte ihn voller Unbehagen und tat einen Schritt zu ihrem Muli, um ihn subtil darauf hinzuweisen, dass sie gehen sollten. Sie hatte angenommen, der Gedanke, sie könnte sich für ein paar Münzen herabwürdigen, würde Rilen erzürnen. Stattdessen strich er sich mit den Fingern über das Kinn und musterte sie auf die gleiche nachdenkliche Art wie Lady Mila.

»Überleg doch, Seri«, fing er an. »Wenn du innerhalb der Mauern des Palasts bist, als Dienerin einer Adligen, dann bekommst du alles mit, was da drin vor sich geht. All die Dinge, über die wir nur rätseln können.« Aufregung schlich sich in seine Stimme. Timmar nickte eifrig.

»Ich wäre ein Spielzeug einer dieser verdorbenen Adelsfrauen, eine Verhöhnung für unser ganzes Volk, herausstaffiert zum Vergnügen der Athoniten.«

Er riss die Arme in die Luft. »Sollen sie doch lachen! Du kannst herausfinden, wen der Prinz heiraten wird und was er hier will. Dieses Wissen können wir nutzen.« Er senkte die Stimme und beugte sich näher zu ihr. »Du könntest für uns spionieren. Für die Rebellion. Denk nur an all die Dinge, die wir dadurch erfahren könnten.«

»Aber mein Vater und meine Schwester …«, wandte sie ein, auch wenn sie seiner Begeisterung kaum etwas entgegenzusetzen hatte. Demütigung hin oder her, es ging auch um drei Dru … und das Geld war ihr wichtiger als die Aussicht, als Heldin gefeiert zu werden.

Rilen schüttelte den Kopf. »Ich werde sie jeden Tag besuchen, sie werden gut versorgt sein. Es geht nur um einen Siebentag, und denk nur, wie sehr du unserer Sache helfen könntest. Wenn wir in Erfahrung bringen können, was die Athoniten im Schilde führen, dann wissen wir auch, wann wir am besten zuschlagen! Schon bald werden wir das Schloss erobern, und das Land wird wieder den Vidari gehören!«

»Ich weiß nicht, Rilen.« Der Gedanke, ganze sieben Tage innerhalb der mächtigen Steinmauern des Palasts zu verbringen, allein, ohne Freunde und als Gegenstand des Gespötts, ängstigte sie. Was, wenn noch mehr Soldaten versuchten, sich ihr zu nähern? Würden die dann auch innehalten? Oder würden sie einen Schritt weiter gehen? Aber dann dachte sie an die Athonitenheilerin, die sich geweigert hatte, ihrem Vater zu helfen, nur weil er Vidari war. An die neuen Steuern, von denen Grimald ihr erzählt hatte, und daran, wie sehr sie sich die Finger würde wundarbeiten müssen, um ihren Hof weiterzubetreiben.

Rilen legte seine Hände an ihre Wangen und zwang sie, ihm in die Augen zu sehen. »Ich liebe dich, Seri. Kannst du das nicht für mich tun? Für uns? Damit unsere Kinder nicht unter der Herrschaft der Athoniten aufwachsen müssen?«

Er beugte sich vor und küsste sie leidenschaftlich, und damit war es entschieden.

SECHS

»Nein, Seri, bitte. Du darfst nicht gehen«, rief Josdi.

»Rilen wird nach euch sehen«, sagte Seri und wappnete ihr Herz gegen den Schmerz ihrer Schwester. »Es ist nur für einen Siebentag. Ich bin wieder zurück, ehe du es dich versiehst, und ich werde mit den Taschen voller Geld zurückkommen. Denk doch nur, Josdi, drei Dru! Stell dir vor, was wir damit alles kaufen können.« Sie holte ihren besten Schal hervor und fing an, allerlei Dinge darin zu verstauen: ein abgetragenes Nachthemd, ein sauberes Kleid für die Arbeit und die vier Götterbilder von ihrem persönlichen Altar.

»Aber Seri, das ist so gefährlich.« Josdi kam zum Bett und streckte die Hand nach Seri aus. »Und Vater ist so krank ...«

»Ich weiß«, antwortete Seri mit sanfter Stimme. »Rilen wird sich um die Gänse und Hühner kümmern. Ich habe zusätzliches Brot gebacken, und die Suppe sollte auch noch ein paar Tage halten. Iss sie einfach kalt, wenn es nicht anders geht. Bitte Rilen, sich um das Feuer zu kümmern, wenn er hier ist. Und sorg dafür, dass er mehr Kleinholz herbringt.« Ach, ihr Götter, die Liste der Dinge, die getan werden mussten, wurde mit jedem Moment länger. Sie küsste das Symbol Kaslas, in der Hoffnung, es möge ihr Glück bringen, und stopfte es dann in ihren Schal. »Ich weiß, das ist schwer, aber ich muss das tun.«

»Was, wenn es Vater schlechter geht?« Josdis Flüstern zerriss die Luft.

Seri schluckte und zwang sich zu einem munteren Tonfall. »Dann werde ich endlich das Geld für anständige Medizin haben.« Sie verknotete den Schal und klemmte sich das kleine Bündel unter den Arm. »Jetzt komm, gib mir einen Kuss, und bring mich raus.«

Schluchzend schlang Josdi die Arme um Seri.

Seri drückte ihre Schwester an sich, ehe sie in das Zimmer ihres Vaters ging. So früh am Morgen schlief er fest, und sie beugte sich vor, um seine Stirn zu küssen, ehe sie rasch den Raum verließ. *Ich werde nicht Lebewohl sagen*, dachte sie bei sich.

Lebewohl deutete an, sie würde nicht zurückkommen.

Stunden später traf Seri im Schloss Vidara ein, allein und außer Atem. Sie hatte ihr sauberstes und am wenigsten verschlissenes Kleid angezogen, trotzdem fingen die Gardisten bei ihrem Anblick an zu lachen. Für die war sie nur eine arme Gänsemagd mit nackten Beinen und offenem Haar, die brav ihren Herren diente. Unter dem Leichnam von Kasmar passierte sie das äußere Fallgitter, doch dieses Mal blickte sie nicht hinauf.

All die Zelte vom Markt waren fort, und der Hof war voller Pferde und emsig exerzierender Soldaten. In der Nacht hatte es geregnet, ihre Füße platschten durch den Schlamm, als sie zu den zwei Gardisten ging, die zu beiden Seiten des kleineren Fallgitters standen, das in das Schloss hineinführte.

Einer der Gardisten erkannte sie wieder, als sie sich näherte, und er betastete sein Schwert, während er sie lüstern musterte. »Na, wen haben wir denn da? Ein nettes wildes Reh, das gekommen ist, unseren Appetit zu wecken?«

Seri erstarrte und widerstand mühsam dem Bedürfnis, den Rückzug anzutreten und die ganze Sache zu vergessen. »Ich bin gekommen, um mit Lady Mila zu sprechen.« Als er sich nicht rührte, fügte sie hinzu: »Sie hat mich gebeten, ihre Dienerin zu werden.«

»Hat sie, ja?« Er stupste seinen Kameraden mit dem Ellbogen an. »Mir war nicht bewusst, dass Lady Mila einheimische Wilde anzuwerben pflegt.«

»Sie hat mich gebeten zu kommen«, wiederholte Seri und drückte die Schultern durch. »Bitte lasst sie wissen, dass ich hier bin.«

Der Gardist winkte einem dritten Mann zu und wies ihn an, Lady Mila zu holen, ehe er sich wieder auf Seri konzentrierte. »Wenn sich herausstellt, dass du gelogen hast, wie willst du es dann wiedergutmachen, meine Zeit vergeudet zu haben, kleines wildes Mädchen?« Er strich mit einem Finger über ihren Arm. »Ist schon ein paar Monde her, seit ich und meine Jungs eine Frau gekostet haben.«

Hastig wich sie zurück und wandte den Blick ab. Im Stillen betete sie, dass Lady Mila sie nicht nur mit Versprechungen, die sie nicht zu halten beabsichtigte, gefoppt hatte.

»Also, stimmt es, dass Vidari vor niemandem auf die Knie fallen? Denn wenn du in den Palast gehst, kleines Reh, dann wirst du vor dem Prinzen knien müssen.« Der Gardist musterte sie mit glühenden Augen. »Die Athoniten verlangen, dass du ihnen so Respekt zollst. Eigentlich könnte ich gerade jetzt von dir verlangen, vor mir zu knien, nicht wahr?«

O ihr Götter. Doch sie schwieg und hielt den Blick weiter abgewandt.

»Sieh mich an«, befahl der Gardist und packte ihren Arm. »Warum kniest du jetzt nicht vor mir?«

»Vidari knien nur vor den Göttern«, sagte sie mit angespannter Stimme, während sie sich losriss. »Nicht vor Menschen.«

»Verrückte Heiden«, kommentierte er lachend. »Dutzende von Göttern passen auf euch arme, unterdrückte, wertlose Leute auf.«

Seri hätte ihm entgegenhalten können, dass sie nur vier Göttern dienten – einem für jede Jahreszeit –, aber für die Athoniten waren das drei zu viel, also presste sie die Lippen zusammen und sagte nichts.

»Ich habe gehört«, fuhr der Gardist fort und beugte sich vor, sodass sie seinen stinkenden Atem an ihrem Hals spürte, »dass ihr Vidarimädchen gern grob genommen werdet … und dass ihr euch die ganze Zeit wehrt. Ich glaube, das könnte mir gefallen …«

»Faren«, meldete sich der dritte Gardist, der gerade zurückgekommen war, zu Wort. »Lady Mila ist hier.«

Der Gardist richtete sich auf, wandte sich von Seri ab und verbeugte sich. »Lady de Vray«, sagte er und trat zur Seite. »Wir hatten nicht erwartet, dass das Mädchen die Wahrheit spricht …«

»Was ihr erwartet, ist nicht meine Sorge.« Lady Mila de Vray stand in einem Gewand aus fließender reinweißer Seide auf der anderen Seite des Tors. Drei Frauen warteten hinter ihr und fummelten an ihrem Rock herum. Sie sah kühl und lebhaft zugleich aus, erhaben über den schmutzigen Schlammboden des Hofes. Mit einer gebieterischen Neigung ihres Kopfes starrte sie den Gardisten an und wartete.

Der ergriff das Rad am Tor und kurbelte das Fallgatter herauf, sodass sie hinausgehen konnte. Ihre Hofdamen flatterten hinter ihr her, um den zarten Saum ihres Kleides von dem Schmutz fernzuhalten. Ohne den Gardisten noch mehr als einen flüchtigen Blick zu gönnen, zog Lady Mila an ihnen vorbei und näherte sich Seri.

Schließlich verweilte ihr Blick auf Seri. »Wie ich sehe, ist mein neues Dienstmädchen gekommen. Ich wünsche, dass sie von diesen Lumpen befreit und gewaschen wird. Danach dürft ihr sie in meine Räumlichkeiten geleiten.«

Ein Grinsen huschte über das Gesicht des Gardisten, und Panik stieg in Seri auf. »Ja, gnädige Frau«, sprach er in einem beängstigend erfreuten Ton.

»Nicht du, Dummkopf«, blaffte Lady Mila.

Überrascht starrte der Mann sie an, ehe er mit einer respektvollen Geste seine Stirn berührte.

Lady Milas Blick schweifte über die drei anderen Frauen, und dann schnippte sie mit den Fingern und zeigte auf die Dienerin mit dem verkniffenen Gesicht, die sie am vergangenen Abend begleitet hatte. »Winna, befrei das Mädchen von diesen Fetzen und sorg dafür, dass es sich wäscht.« Dann wandte sie sich an ihre jüngste Magd. »Kiane, bring frische Zofenkleider zu den Ställen, und dann geleitest du sie zu meinen Gemächern. Ich traue diesem wilden Land nicht.« Hochmütig rümpfte Lady Mila die Nase, ehe sie wieder jenseits der Palasttore verschwand und ihr Gefolge mitnahm.

Nur Winna blieb zurück, das schwarze Haar straff zurückgebunden und einen gestrengen und arroganten Ausdruck im Gesicht, der dem ihrer Herrin allzu ähnlich war.

»Nun?« Sie musterte Seri, als wäre sie eine streunende Hündin. »Schmutz reinigt sich nicht von selbst. Je früher wir anfangen, desto früher können wir dich in weniger vulgäre Kleider stecken.«

Das Kleid der Dienerin war, wie Seri bemerkte, lang, der Kragen eng und hochgeschlossen, sodass ihre Haut vom Kinn abwärts bedeckt war. Auf ihrer Stirn schimmerten kleine Schweißperlen. Sie sah überhitzt und elend aus.

Du tust das für dein Volk, ermahnte sich Seri im Stillen. *Um Informationen zu sammeln … und um drei Dru zu verdienen.* Sie nickte und setzte ein falsches Lächeln auf. »Ich bin bereit zu dienen.«

SIEBEN

»Noch mal«, wies Winna Seri zum dritten Mal an, kippte ihr einen weiteren Kübel Wasser über den Kopf und reichte ihr die Seife. »Du musst deine Haut noch mehr schrubben. Sie sieht immer noch schmutzig aus.«

Seris Haut brannte schon, nachdem sie so oft abgeschrubbt worden war. Sie gab Winna die Seife zurück, bemüht, eine liebenswürdige Miene beizubehalten. »Es tut mir leid, dich zu enttäuschen, aber das ist meine natürliche Hautfarbe, kein Schmutz.« Auch die stärkste Athonitenseife würde ihre sonnengebräunte Haut nicht so milchig und nachtfahl machen wie die von Winna.

Im Gegenzug schnaubte die Zofe reichlich undamenhaft und kippte Seri noch einen Eimer Wasser ins Gesicht. »Wenn du dreckig bleiben willst, dann sei es so.«

Seri strich sich das nasse Haar aus den Augen und zog ein finsteres Gesicht. »Ich versichere dir, ich bade regelmäßig. Das ist ...« Sie suchte nach einer höflichen Formulierung. »... entbehrlich.«

Gerade in diesem Moment steckte Lady Milas jüngstes Dienstmädchen den Kopf zum Stall herein, einen Stapel Kleidungsstücke auf dem Arm. »Winna, ich habe die Uniform hier, falls du dich wieder deinen üblichen Pflichten widmen willst.«

»Der Göttin sei Dank.« Winna ließ den Eimer los, der mit Getöse zu Boden fiel. »Zeig ihr erst ihr Quartier. Danach kommt ihr in die Gemächer der gnädigen Frau.«

Das Mädchen nickte und trat zur Seite, um Winna hinauszulassen. Seri seufzte erleichtert auf, als die Stalltür hinter ihr zufiel.

»Ich bin Kiane«, sagte das brünette Mädchen mit einem freundlichen Lächeln und reichte Seri ein Handtuch. Dann musterte sie Seris Füße. »Hast du Schuhe?«

»Nein«, sagte Seri.

»Dann, fürchte ich, müssen wir einfach hoffen, dass diese hier passen«, antwortete Kiane vergnügt und hielt ein Paar brauner Arbeitsstiefel hoch.

Als sie das steife graue Kleid mit dem hohen Kragen angelegt hatte, folgte Seri Kiane ins Innere des Schlosses. Ihre Füße schmerzten in den neuen Schuhen, und ihre Augen tränten immer noch von der scharfen Seife, mit der sie sich die Haare gewaschen hatte.

»Die Dienstbotenquartiere sind in dieser Richtung«, erklärte Kiane und führte sie zu einer schmalen Treppe.

Seri war noch nie zuvor im Schloss gewesen. Rilen, Jovis und Kasmar hatten als Kinder in der Ruine gespielt, aber Seri war immer zu zaghaft gewesen, um mit ihnen zu gehen. Die abzweigungsreichen Gänge waren der reinste Irrgarten, und sie war überzeugt, ohne Hilfe würde sie nie wieder hinausfinden. Die Decke war hoch über ihrem Kopf, die steinernen Wände mit einem Fresko verziert, das Soldaten während einer historischen, blutigen Schlacht zeigte. Beim Anblick der Kampfszene beschlich sie ein banges Vorgefühl. Zu leicht konnte sie sich Rilen als einen der Soldaten mit erhobenem Speer vorstellen.

»Bleib in der Mitte des Gangs«, warnte Kiane, zog Seri zurück, als die den Wänden zu nahe kam, und zeigte auf die Wandleuchter. »Sonst bekommst du Tropfen ab.«

Zwar war es mitten am Tag, doch alle Fenster waren mit dicken, gobelinartigen Vorhängen verhängt. Flackernde Kerzen verbreiteten den einzigen Lichtschein. Es war, als würde sie eine Höhle betreten … oder eine Athonitengruft. Sie erschauerte. »Mögen Athoniten kein Sonnenlicht?«, fragte Seri. Vielleicht fürchteten sie, sie könnten ebenso braun werden wie sie selbst.

Kiane schaute sich zu ihr um. »Die Dynasten sind in ihren Gemächern. Einige der Dienstboten arbeiten bei Tag, aber die meisten verrichten ihre Dienste für die Edelleute bei Nacht.«

Seri wusste nicht recht, was sie damit anfangen sollte, doch sie konzentrierte sich darauf, sich möglichst alles einzuprägen, was die Dienerin ihr unterwegs über das Schloss erzählte. Der Raum mit der roten Tür diente der Aufbewahrung von Bettzeug und Tischwäsche. Dieser schmale Korridor führte in einen anderen Flügel mit Dienstbotenquartieren. Der da drüben zu den Soldatenunterkünften. Es gab drei Küchen in dem weitläufigen Schloss, aber nur eine diente der Versorgung der Edelleute, der Rest war für Dienstboten und Soldaten zuständig.

»Und als Dienstmagd darf ich … überallhin gehen?«, fragte Seri und lugte in einen dunklen Gang.

»Überall dorthin, wo Lady Mila dich hinschickt«, entgegnete Kiane. »Gib acht auf Räume, die von Gardisten bewacht werden.«

Seri drehte sich zu dem Mädchen um. »Warum?«

»Die werden von dem Prinzen beansprucht.« Sie wackelte mit den Brauen. »Und er gehört nicht zu den Leuten, die sich gern stören lassen.«

»Der Prinz?«, fragte Seri gedehnt und mit hämmerndem Herzen. Also war es wahr. Der Prinz war hier. »Gibt es nicht zwei Prinzen?«

Kiane nickte zwei Frauen zu, die, bepackt mit Armladungen voller Kleidung, an ihnen vorbeihasteten. »Prinz Velair und Prinz Graeme. Lady Mila verbringt ihre Zeit gegenwärtig am Hof von Prinz Graeme, was auch der Grund ist, warum wir hier in der Wildnis sind.«

Endlich blieben sie vor einem mit einem Wandteppich verhängten Bogengang stehen. Kiane zog den Stoff zur Seite. »Türen wurden in Auftrag gegeben, hat man mir erzählt, aber sie sind noch nicht alle eingetroffen.« Sie betraten den Raum, und Kiane seufzte leise. »Da sind wir. Ich weiß, es sieht nicht nach viel aus, aber das ist nun einmal nicht unsere Entscheidung, nicht wahr?«

Seri antwortete nicht. Der Raum war riesig. Sechs Pritschen standen an den Wänden, jeweils drei nebeneinander. Im Kamin in der Ecke knisterte ein warmes Feuer. Kiane mochte wenig von dieser Unterbringung halten, doch für Seri war es der hübscheste Raum, in dem sie sich je aufgehalten hatte. Die Bettwäsche war von guter Qualität, es zog nicht, und sie musste sich ihr Bett mit niemandem teilen.

»Das ist deins«, sagte Kiane und huschte zu einer der Schlafstätten. »Da ist ein Haken für deine Kleider und ein Bord für deine Habe. Wir teilen uns den Raum mit den anderen vier Zofen von Lady Mila.«

»Auch mit Winna?«, fragte Seri verunsichert.

Kiane lachte. »Nein, der Göttin sei Dank. Sie schläft in einer kleinen Kammer gleich neben den Gemächern von Lady Mila. Die gnädige Frau wünscht, dass immer jemand in ihrer Nähe ist.«

»Immerhin etwas.« Seri legte ihr Bündel auf eine Ecke des Betts und wickelte den Schal auseinander. Dann nahm sie die kleinen, geschnitzten Götterbilder heraus und stellte sie vorsichtig auf das Bord. Als sie anschließend ihr Kleid an dem Wandhaken aufhängte, knurrte ihr Magen vernehmlich.

Kiane kicherte. »Hungrig?«

»Ein bisschen«, entgegnete Seri mit einem schwachen Lachen. Sie hatte sich nur so viel von dem Eintopf genommen, wie unbedingt nötig gewesen war, damit Vater und Josdi genug für den Siebentag hatten.

»Ich muss dich erst zu Lady Mila bringen«, erklärte Kiane, »aber danach gehen wir in die Küche, und du bekommst etwas zu essen, einverstanden?«

»Das wäre wunderbar.«

Kiane bedachte sie mit einem wissenden Lächeln. »Das ist ein guter Ort, um andere Dienstboten zu treffen und Informationen auszutauschen.«

»I-Informationen?« Seri räusperte sich. War sie so leicht zu durchschauen?

Kiane hakte sich kichernd bei Seri unter und führte sie wieder zurück auf den Korridor. »Ja. Informationen. Tratsch. Das hält das Schloss am Leben. Nichts ist aufregender, als herauszufinden, welche Edeldame einen Wutanfall bekommen hat, weil sie in Gegenwart des Prinzen zweimal die gleiche Farbe getragen hat.«

Seri schenkte ihr ein schwaches Lächeln, erleichtert, dass sie sich offenbar doch nicht verraten hatte. Aber in ihrem Inneren wütete es. Während sie sich draußen um ihre Gänse kümmerte, während Josdi im Dunkeln saß und Kissen aus Stofffetzen fertigte, während ihr Vater im Sterben lag, brachten die Athonitenfrauen ihre Zeit damit zu, kostbare Kleider wegzuwerfen und Klatsch zu verbreiten.

Vielleicht war die Göttin der Athoniten doch mächtiger als die Götter der Vidari. Zumindest schien ihr Volk ein herrliches Leben zu haben.

Lady Milas Gemächer lagen auf der anderen Seite des Bergfrieds an einem breiten Korridor mit dicken Teppichen und goldenem Wandschmuck. Gardisten schlenderten durch die Gänge und passten unauffällig auf all die reich gekleideten Damen und Herren auf.

Vor einer großen hölzernen Doppeltür hielt Kiane inne. Während die Dienerschaft damit zufrieden sein musste, ihren Privatbereich mit einem Gobelin zu schützen, genoss Lady Mila natürlich das Beste, was das Schloss zu bieten hatte. Sie klopften. Winna öffnete die Tür und maß Seri mit einem kalten Blick.

»Endlich.« Mit einem Nicken bedeutete sie ihnen, ihr in das enorme Gemach zu folgen, das größer war als der Viehstall von Rilen. Seide kleidete die Wände, rote und blaue Teppiche bedeckten den Marmorboden, und am Ende einer großen Estrade, auf der ein schweres Himmelbett stand, glomm eine Kohlenpfanne vor sich hin. Dort entspannte sich die gnädige Frau Mila und ließ sich von einer Dienstmagd Luft zufächeln, während sie an einer Birne knabberte.

Beim Anblick von Kiane und Seri wurde sie munter, schwang die Beine vom Bett und schlenderte gähnend auf sie zu.

Kiane verbeugte sich vor Lady Mila. Seri bedachte die Frau lediglich mit einem schwachen Lächeln, rührte sich aber nicht. Als Kiane mit einem vielsagenden Blick in Seris Richtung einen Knicks machte, wurde Seris Lächeln ein bisschen gezwungener, ein bisschen steifer. Dann drehte Winna sich um und maß Seri mit einem tadelnden Blick.

Doch der vergnügte Gesichtsausdruck von Lady Mila wurde allenfalls stärker. »Du wirst dich nicht verbeugen?«

Seri stockte für einen Moment der Atem. »Das werde ich nicht.«

»Hervorragend«, sagte Mila mit leuchtenden Augen. »Wenn sonst nichts hilft, wird das bestimmt die Aufmerksamkeit des Prinzen erregen. Dem wird Lady Aynee nichts entgegenzusetzen haben.«

»Ist Lady Aynee wichtig?«, fragte Seri und prägte sich den Namen ein.

Mila maß Seri mit einem schiefen Blick. »Das denkt zumindest der Prinz, im Gegensatz zu uns anderen, aber nicht mehr lange. Sie ist nun schon seit einigen Monden seine Geliebte, was bedeutet, dass er sie aus dem Bett werfen wird, sobald sein Hunger zurückkehrt.«

»Und Ihr wünscht, ihren Platz einzunehmen«, sagte Seri vorsichtig.

Die gnädige Frau lächelte selbstgefällig. »Ich beabsichtige, ihm beim Verlöbnisball meine Schönheit vor Augen zu führen und ihn damit ein für alle Male für mich zu gewinnen. Lady Aynee ist nur eine Adlige von niederem Stand, und ich bin die Tochter eines großen und mächtigen Landbesitzers.« Sie musterte Seri vom Scheitel bis zur Sohle und betrachtete zufrieden die graue Uniform. »Du siehst beinahe zivilisiert aus.«

»Ach, danke«, sagte Seri trocken.

»Das gefällt mir nicht.« Lady Mila legte den Kopf schief. »Es geht doch darum, dass du eine Wilde bist.« Sie zuckte mit den Schultern. »Nun, für den Augenblick sollte die Dienstbotenkleidung es tun. Für die Zeremonie benötige ich jedoch etwas Spektakuläreres.«

Und dann, mit einer kurzen Bewegung aus dem eleganten Damenhandgelenk, war Seri entlassen.

ACHT

Seri saß in der Küche und aß Eintopf und gebutterte Semmeln. In den Küchen des Schlosses gab es reichlich Essen, sowohl für die Herrschaft wie auch für die Dienstboten. Die Gespräche waren ungezwungen und offen, auch wenn mit Ausnahme von Kiane keiner der anderen Dienstboten das Wort direkt an Seri richtete – ihre dunklere Haut kennzeichnete sie ebenso als nicht dazugehörig wie ihre Manieren. Seri wischte den Rest ihres Eintopfs mit einem Stück Semmel auf und lauschte den Frauen um sich herum, die sich das Maul zerrissen über die bevorstehende Verlöbniszeremonie und die Damen im Schloss, die gekommen waren, um ihr Glück beim Prinzen zu versuchen.

»Hier«, erklang eine freundliche Stimme, und als Seri aufblickte, schaute sie direkt in das lächelnde Gesicht des Küchenmädchens. Die Frau stellte einen neuen Teller vor ihr ab. »Du siehst aus, als könntest du ein bisschen mehr zu essen brauchen. Sind in eurem Volk alle so dünn wie du?«

Kiane kicherte. »Sie hat schon zwei Teller gegessen.«

»Dann wird einer mehr auch nicht verkehrt sein.« Die Frau grinste. Zwischen ihren Vorderzähnen klaffte eine breite Lücke. Wuscheliges Haar umrahmte ihr sommersprossiges Gesicht.

Dankbar nahm Seri die Gabe an. »Die, die sich kein anständiges Essen leisten können, schon, ja, die sind so dünn, wie ich es bin.« Seri füllte ihren Löffel und zögerte dann. Sie ging zum Feuer und schüttete den Löffelinhalt hinein. Dabei sprach sie hastig ein Gebet zu den Göttern, um sich für die Fülle an Essen zu bedanken.

Kiane, die das bereits zweimal verfolgt hatte, schüttelte nur den Kopf, aber die Frau runzelte die Stirn. »Stimmt was nicht mit dem Eintopf?«

»Oh nein«, sagte Seri. »Der erste Bissen ist immer für die Götter.«

»Jemine.« Die Frau mit der Zahnlücke zuckte mit den Schultern. »Nun, ich denke, es ist genug für alle da. Ich bin Idalla. Bin erst seit ein paar Wochen hier, um alles für die Ankunft des Herrn vorzubereiten. Du bist eine der … Einheimischen?«

»Vidari«, bestätigte Seri. »Mein Name ist Seri. Wir waren schon hier, bevor die Herren gekommen sind«, sagte sie, bemüht, den Zorn aus ihrer Stimme herauszuhalten. Die Frau konnte schließlich nichts dafür, dass die Athonitenkönige beschlossen hatten, das Land der Vidari zu erobern. »Wirst du dem Prinz auch folgen, wenn er mit seinem Hof wieder abreist?«

Idalla lachte. »Oh, der Prinz wird nicht wieder abreisen. Merk dir meine Worte: Er ist gekommen, um zu bleiben.«

Seri drehte sich der Magen um. Athoniten, hier … für immer?

»Das weißt du doch gar nicht. Lady Mila sagt ständig, sie könne es gar nicht erwarten, in die Zivilisation zurückzukehren. Der Hof wird keinen dauerhaften Aufenthalt hinnehmen.«

»Der Hof vielleicht nicht, der Prinz schon. Zu viele Aufstände in der Umgebung«, plapperte Idalla weiter. »Mein Gemahl ist gut befreundet mit einem der Kompanieführer. Er sagt, der Prinz ist hier, um mit fester Hand über die … Einheimischen zu herrschen.« Ihre freundliche Miene fiel in sich zusammen. »Verzeihung.«

»Schon gut. Einfache Leute wie du und ich haben mit den Kriegen des Adels nichts zu schaffen. Wo hat es Aufstände gegeben?« Nervös leckte sich Seri die Lippen. Wenn die Athoniten von Aufständen gehört hatten, war die Rebellion von Rilen und Jovis gestorben, ehe sie begonnen hatte.

»Das weiß allein die Göttin«, sagte Idalla achselzuckend. »Jedenfalls erzählt mancher, das sei eine willkommene Ausrede für Prinz Graeme, um den Hof hinter sich zu lassen. Er war immer schon ein Einzelgänger. Aber die Soldaten werden mindestens sechs Monate hierbleiben, daran hat der Prinz keinen Zweifel gelassen. Und wenn er gefragt wird, ob er vorhat, zum Hof zurückzukehren, wechselt er immer das Thema.« Sie zog die Brauen hoch, als wollte sie sagen: *Seht ihr?*

»Dieser Gedanke wird Lady Mila nicht gefallen«, stellte Kiane fest. »Sie findet es schrecklich hier.«

Idalla zog sich einen Hocker heran und setzte sich zu Seri und Kiane. »Ich habe meinem Gemahl gesagt, dass ich mit dem neuen Schloss nichts zu tun haben will, aber er steht gern im Dienst des Prinzen – er ist einer seiner Stallmeister –, und wenn der Prinz in die Wildnis zieht, dann gehen wir mit ihm.« Sie nickte, als wäre damit alles entschieden, griff nach einer warmen Semmel, rupfte sie auseinander und nahm einen Bissen. »Also, was führt eine von deinem Volk in unsere Mitte? Ich kann mir nicht vorstellen, dass du besonders erfreut bist, uns hier zu haben.«

»Bin ich nicht«, gab Seri zu. »Aber Lady Mila hat mir drei Dru dafür geboten, für diesen Siebentag ihre Dienerin zu sein, und das Angebot konnte ich nicht ausschlagen.«

»Drei *Dru*?« Idalla stieß einen Pfiff aus, und Kiane nickte. »Das ist happig, aber ich nehme an, für eine der ihren ist das so gut wie nichts. Es heißt, ihr Vater besäße mehr Land als der König, auch wenn ich nicht weiß, wie das möglich sein soll. Also, dann bist du nur bis zu der Zeremonie hier?«

Seri nickte. »Ich fürchte, diese ganze Zeremonie ist mir ein Rätsel.« Sie sah Kiane an. »Wenn wir Vidari zu heiraten beschließen, dann warten wir auf das Frühjahrsfest und besiegeln die Handfeste vor der ganzen Gemeinde.«

»Handfeste?«

»Wir reichen uns vor unseren Vätern die Hände, dann werden die Säume der Kleider, die wir für die Handfeste anlegen, zusammengenäht. Das ist sehr romantisch.«

»Die Säume werden zusammengenäht?« Kiane kicherte. »Wirklich?«

»Das symbolisiert unsere Einheit als Familie.« Der Gedanke entlockte Seri ein Lächeln. »Beim nächsten Fest wird meine Handfeste besiegelt werden.«

Idalla beugte sich vor. »Erzähl uns von deinem Liebsten. Wie ist er? Wie habt ihr euch kennengelernt?«

»Ach, er ist nur ein einfacher Bauer. Ich kenne ihn schon mein ganzes Leben lang«, sagte Seri und wechselte schnell das Thema. »Wird diese Verlöbniszeremonie oft abgehalten?«

Idalla schüttelte den Kopf. »Alle zehn Anni. Jeder erscheint in seinen besten Kleidern. Es ist prachtvoll, wie etwas aus einer der alten Geschichten, weißt du? Sollte der Prinz tatsächlich von der Göttin erwählt sein, wird seine Braut ihm durch ein strahlend weißes Licht offenbart werden, und seine Regentschaft wird gesegnet sein mit vielen Töchtern, neuen Eternae für seine Brüder unter den Dynasten. Wird jedoch keine würdige Braut für ihn gefunden, kann er die Zeremonie alle zehn Anni erneut abhalten, bis er eine erwählt hat. Prinz Graeme hat nach fünf solcher Zeremonien noch keine Eterna gefunden, und der König hat verkündet, dass er nun heiraten kann, falls die Göttin keine Frau für ihn erwählt.«

Fünf Zeremonien, und nur eine alle zehn Anni? Fünfzig Anni? Das hörte sich faszinierend und erschreckend zugleich an. Allein die Vorstellung, dass sich all diese Edeldamen im Schloss versammelt hatten, um die Hand eines tattrigen, alten Prinzen zu gewinnen.

»Hat die Göttin schon einmal jemanden erwählt?«

Idalla folgte mit den Fingern dem Rand eines Astlochs in der Tischplatte. »Bisher nicht. Prinz Velair hatte sechs Verlöbniszeremonien, ehe der König ihm erlaubt hat, sich mit Lady Brey zu vermählen, die den Dynasten wieder zu enormem Reichtum verholfen hat.«

Prompt empfand Seri Mitleid mit Lady Brey, die vermutlich noch jung war, aber ihr Bett mit einem altersschwachen Prinzen teilen und noch mehr männliche Nachkommen hervorbringen musste.

»Du solltest die Kleider sehen.« Idalla seufzte sehnsüchtig. »Die letzte Zeremonie habe ich als Kind erlebt. Jede der Damen hat versucht, die anderen auszustechen. Ich habe gehört, Lady Aynee hat vor, leuchtendes Rot zu tragen, Blutrot.«

»Das kommt mir töricht vor«, bekundete Seri. »All diese Pracht und Herrlichkeit für etwas, das nicht eintreten wird. Lady Mila macht sich vielleicht zu große Hoffnungen.«

»Vor der würde ich mich hüten«, warnte Idalla sie. »Ihre Motive mögen harmlos erscheinen, aber Lady Mila denkt nur an sich und ist ausschließlich auf den eigenen Vorteil bedacht.«

»Mit Lady Mila komme ich zurecht«, entgegnete Seri. »Die Frau hat in ihrem Leben noch nie ernsthaft gearbeitet.«

»Mag sein«, erwiderte Idalla nachdenklich. »Aber du solltest nie eine Dame bei Hofe unterschätzen. Die können bösartiger sein, als du dir vorstellen kannst.«

»Wie das?«, fragte Seri, die nicht begriff, wie eine Frau, die sich nicht einmal allein anziehen konnte, eine ernste Bedrohung darstellen sollte.

Idalla schaute sich um und senkte die Stimme. »Es ist nicht so außergewöhnlich, dass Rivalinnen bei Hofe einfach verschwinden oder krank werden, nachdem sie mit Dunkelwurz vergiftet wurden.« Sie räusperte sich. »Sei besser vorsichtig, liebe Freundin, sonst wirst du womöglich irgendwann ein Opfer ihres Grolls.«

Die Semmelbrocken klebten an Seris trockener Zunge, und sie zwang sich zum Schlucken. Der Gedanke, Lady Mila könnte sie vergiften, schreckte sie nicht. Doch sollte irgendjemand herausfinden, warum sie tatsächlich hier war, dann würde sie bald neben Kasmar am Tor hängen.

NEUN

Prinz Graeme wanderte durch die Korridore der oberen Stockwerke des Schlosses, die er zum ersten Mal seit seiner Ankunft begutachtete. Das Gebäude unterschied sich gar nicht so sehr von denen in der Heimat, auch wenn kein Athonitenpalast so viele Fenster hatte. Der Gedanke, dass ihn nur ein bisschen Stoff von der Sonne abschirmte, war zwar leicht beunruhigend, aber da die Luft hier in Vidara frischer und sauberer roch, kam er zu dem Schluss, dass das keine so schlechte Sache war.

Jardish, sein Wesir, trippelte neben ihm, ein großer, schlanker, gealterter Mann, der seine Arbeit sehr gut verrichtete … und sich sehr schwer damit tat, liebenswürdig aufzutreten. Gerade jetzt ließ er sich mit leiernder Stimme über Saaten und die Kosten für den Warentransfer in die »Wilden Lande« aus, wie die Athoniten die Steppe Vidaras nannten. Graeme wusste, Jardish war nur einer von vielen bei Hofe, denen der Gedanke, hier zu leben, gar nicht zusagte, die sich jedoch durch die höfische Politik gezwungen sahen, dem Prinzen zu folgen.

»Wie viel musste wiederaufgebaut werden?«, erkundigte sich Graeme, während er einen kunstvoll behauenen steinernen Türsturz bewunderte.

»Das Dach war vollständig eingestürzt, wir mussten Stützbalken herbringen lassen. Die Fresken und Wandteppiche sind neu, aber ein großer Teil des Bodens und des Mauerwerks konnte erhalten werden.« Während sie den Gang hinunterschritten, zeigte der Wesir auf einen türlosen Durchgang. »In etlichen Räumen fehlen die Türen. Das Holz hier ist weich und der Erhabenheit Eurer Residenz nicht angemessen.«

»Ich verstehe. Und wie viel kosten mich diese erhabenen Türen?«

»Der Preis ist recht annehmbar«, sagte Jardish. »Gewiss wünschen Euer Gnaden nicht, Gäste ohne geeignete Unterkünfte zu bewirten.«

Vermutlich nicht. Dennoch gingen Graeme die Leute, die dieses Schloss vor so langer Zeit erbaut hatten, nicht aus dem Kopf. Nicht die Vidari, die einst in Zelten im Wald gelebt hatten und nun in schmuddeligen Hütten hausten. Dies war eine weitaus ältere Zivilisation gewesen, eine, die vielleicht sogar den Dynasten vorausgegangen war.

Seinem Vater gefiel das gar nicht. Er bildete sich gern ein, alles begänne und endete mit Athon.

»Der Waffenmeister wartet in Eurem Studierzimmer auf Euch, Euer Hoheit«, sagte Jardish. »Wann immer Ihr Euren Rundgang abgeschlossen habt.«

Graeme nickte. »Gehen wir zu ihm.«

Etliche gewundene Gänge später trafen Graeme und sein Wesir an dem Gemach ein, das Graeme als Studierzimmer und Lageraum beanspruchte. Er hatte seine bevorzugten Bücher aus Athon darin untergebracht – Historienschinken, Biographien und philosophische Schriften – und ein Porträt seines Vaters aufgehängt. Eine große Karte des Königreichs der Athoniten war auf einem schweren Holztisch ausgebreitet und festgeheftet worden, und ein Ahnenschwert hing über einem mit Meißelarbeiten verzierten steinernen Kamin. Ein Diener eilte geschäftig vor ihnen hinein und entzündete die Kerzen.

Der Waffenmeister wartete bereits in dem Gemach. Graeme nickte ihm zu, setzte sich an den Kopf des Tisches und schenkte sich einen Kelch voll Wasser ein. Er war durstig, doch dies würde die Qual nur für eine kurze Zeit dämpfen können. Er nippte an dem Trinkgefäß und sah dann Jardish an. »Sorgt dafür, dass Aynee mich in meinen Privatgemächern erwartet.«

Der Wesir verbeugte sich. »Gewiss, Euer Gnaden.« Er nickte seinerseits dem Waffenmeister zu und ging hinaus.

Graeme wandte sich an den Soldaten. »Wie gefällt Euch Euer neues Heim, Sir?«

Für einen Moment arbeitete es sichtlich in dem Gesicht des Mannes, ehe er sich zu einer vorsichtigen, neutralen Antwort durchrang: »Dies ist ein Ort, der große Möglichkeiten verspricht, Euer Gnaden.«

»Wir sind nicht am Hof meines Vaters«, sagte Graeme und rieb sich die Stirn. Bei der Göttin, an Abenden wie diesem spürte er wahrlich jeden Augenblick seiner hundert Jahre. »Sprecht offen, oder ich suche mir jemanden, der es tut.«

»Die Vidari sind ein Problem«, entgegnete der Waffenmeister prompt.

»Das war mir bewusst«, bemerkte Graeme und nippte wieder an seinem Wasser. Es schmeckte brackig, doch er wusste, das lag nicht an Verunreinigungen, sondern an dem Fluch. »Wie ist Euer Name, Sir?«

»Serrol, Euer Gnaden.«

»Warum sind sie ein Problem, Serrol?« Er deutete auf den Kartentisch. »Setzt Euch. Bitte.«

Der Mann nahm Platz. Er war kräftig gebaut, hatte ein derbes Gesicht und einen struppigen Bart. Er wirkte ehrlich, aber auch müde, als er sich mit der Hand über das Gesicht fuhr. »Ich bin jetzt seit vier oder fünf Monden hier, Euer Gnaden …«

»Nennt mich Graeme.« Andere dazu zu bringen, offen zu sprechen, war einfacher, wenn man sich gegenseitig mit Vornamen anredete. Das war einer der vielen Tricks, die er sich von seinem Vater abgeschaut hatte.

Serrol nickte. »Ich bin seit vier oder fünf Monden hier«, begann er von vorn. »Und ich muss sagen, die einheimischen Vidari widersetzen sich, wo es nur geht.«

Graeme dachte an das zerlumpte Bauernmädchen, das er von der Kutsche aus gesehen hatte. Es hatte missmutig ausgesehen, aber keineswegs den Eindruck erweckt, es könne ihnen Ärger bereiten. »Nun, darum hat mein Vater uns hergeschickt. Was haben sie angestellt?«

»Sie sind unzufrieden mit unseren Gesetzen. Sie beklagen sich und schlagen jedes Mal Krawall, wenn sie unseren Soldaten begegnen. Greifen sie grundlos an. Ein Mann, der sein Pferd auch nur für fünf Minuten unbeaufsichtigt lässt, wird feststellen müssen, dass es gestohlen wurde. Das kostet eine Menge Geld und sorgt dafür, dass die Männer schon beim Anblick der Vidari nervös werden. Je länger das so weitergeht, desto mehr Probleme wird es uns bereiten.«

»Sind sie bewaffnet?«, fragte Graeme.

»So offen gehen sie nicht vor, Euer Gn… äh, Graeme.« Der Mann kratzte sich an seinem Bart und schaute unbehaglich drein. »Aber sie tun ihr Bestes, um uns zu zeigen, dass wir nicht willkommen sind. Man könnte glauben, der Krieg hätte erst gestern stattgefunden, nicht schon vor hundert Anni.«

»Sie sind also stur und widerspenstig. Ich verstehe nicht, inwiefern das ein Problem für uns ist.«

»Es ist ein Problem, weil sie unsere Autorität untergraben«, sagte der Mann. »Es sind schon Gardisten während ihrer Patrouille verschwunden. Andere wurden verprügelt, nur weil sie ihre Farben in der Stadt getragen haben. Wenn wir eingreifen, machen wir es noch schlimmer.« Er tippte mit den Fingern auf die Tischkante. »Einer der Gardisten hat sich eine lautstarke Auseinandersetzung mit ein paar Hitzköpfen der Vidari geliefert. Hat sie aus einer Bierschenke werfen lassen. Am nächsten Tag ist die Schenke bis auf die Grundmauern abgebrannt. Es heißt, man habe ein paar Vidari davonlaufen sehen. Man wisse, dass es Vidari gewesen seien, weil sie barfuß waren.«

Graeme runzelte die Stirn. Übergriffe auf bewaffnete Truppen waren eine Sache, aber ein Angriff auf einen gewöhnlichen Wirt? »Habt Ihr sie erwischt?«

Der Mann nickte. »Haben sie auf dem Stadtplatz aufgeknüpft, vor aller Augen, und dann ihre Leichen als Warnung am Tor aufgehängt. Daraufhin wurden die Leichen gestohlen und die diensthabenden Gardisten ermordet.« Erkennbar wütend schnaubte der Mann. »Das Problem ist, dass die Vidari nicht zuhören. Sie werden einfach nur noch garstiger, je mehr wir uns bemühen, sie zu disziplinieren. Und es werden noch mehr von denen auftauchen.«

Der Prinz zog eine Braue hoch. »So? Was habt Ihr gehört?«

Serrol deutete auf die unbewohnten Ebenen am nördlichen Ende der Karte. »Es gibt Gerüchte, die besagen, dass sich dort oben Sippen sammeln, nördlich von Uday.« Uday war ein kleines Städtchen, gleich flussaufwärts von Vidara-Stadt. Graeme war auf dem Weg zum Schloss durch den Ort gekommen. Er war ihm recht still erschienen, doch schien es dort mehr Vidari zu geben, als er vermutet hatte. »Ich habe Männer zum Kundschaften ausgesandt, und sie haben große Sippen vorgefunden. Keine versprengten Familien, sondern Hunderte von Vidari, alles Männer. Sie warten und lagern weiter westlich im Gebirge. Und wisst Ihr, was mir das sagt?«

»Dass das eine Kriegerschar ist«, sagte Graeme.

»Exakt.« Serrol deutete mit dem Daumen auf die Karte. »Meine Kundschafter glauben, sie verstecken sich im Gebirge und in dem Wald im Westen der Berge.«

»Ich dachte, diese Wälder wären unbewohnt.«

»Das dachte ich auch.« Serrol zuckte mit den Schultern. »Aber nun schleichen Tausende von Vidari auf die Stadt zu, und von irgendwoher müssen sie gekommen sein.«

Graeme nickte. »Ich kann darauf bauen, dass Ihr mich über die weitere Entwicklung auf dem Laufenden halten werdet?«

»Gewiss.« Der Mann drückte die Schultern durch.

»Und die Soldaten? Haben wir genug Soldaten?«

»Mehr als genug, um die Vidari plattzumachen.«

Während der nächsten Stunde berichtete Serrol, wie vieler Regimenter sich das Schloss brüsten konnte, wie viele immer noch auf dem Weg von Athon hierher waren und wie es um den Drill und die Koordination der Truppen bestellt war. Serrol war kenntnisreich und tüchtig, aber etwas an seiner geringschätzigen Abneigung gegenüber den Vidari machte Graeme zu schaffen. *Vermutlich nur* meine *Abneigung gegen die Kriegsleidenschaft meines Vaters.*

Als sie fertig waren, überließ er Serrol sich selbst und eilte zu seinen Privatgemächern. Sein Kopf dröhnte, und der Durst trieb ihn zum Wahnsinn.

Seine Gemächer waren schummerig. Nur eine Kohlenpfanne neben seinem Bett spendete ein wenig Licht. Aynee saß auf einem Hocker nahe dem Fuß des Betts, und ihr langes, hauchdünnes Schlafgewand breitete sich um ihre Füße herum aus. Der Kragen war offen und ihre kühle Haut gut zu sehen.

»Du hast nach mir verlangt, Graeme?« Ihr Ton klang süß. Glücklich darüber, dass er sie in dieser Nacht doch wieder zu sich gerufen hatte.

»Das habe ich«, sagte er und schüttelte seinen Übermantel ab. Er dankte ihr nicht für ihr Kommen. Immerhin war er ein Prinz vom Blute und konnte jeden Hals fordern, nach dem es ihn gelüstete.

Aynee wandte sich ihm zu und neigte den Kopf zur Seite, um den langen, köstlichen Hals bloßzulegen, auf dem noch das Mal seines Bisses neben vielen anderen, älteren prangte. Seine Zähne waren nicht die ersten, die sich in ihre weiche Haut bohrten, und sie würden nicht die letzten sein. Graeme trat neben sie, umfasste sanft ihr Kinn und legte eine Hand an ihre Kehle.

Sie verkrampfte nicht. Sie kannte die Regeln dieses Spiels.

Er kostete ihre Haut, hoffte, den süßen Duft des Blutes zu erhaschen, aber da war nichts. Aynee hatte während der letzten zwei Siebentage jegliches Aroma verloren. Dennoch verlangte er nach wie vor nach ihr. Sturheit, vielleicht. Unwille, eine weitere Blume des Hofes zu pflücken und mit Hoffnung zu erfüllen, nur um sie bald darauf zu zertreten.

Seine Zähne drangen tief ein, und ihr Blut wogte unter seiner Zunge auf.

Sie keuchte auf, stöhnte vor Wonne, während er von ihr trank.

Der Genuss war allein auf ihrer Seite. Aynees Blut schmeckte schal, metallisch und unangenehm. Ach, Göttin, er war diesen Fluch so leid. Von wie vielen Frauen hatte er getrunken? Wie viele Male hatte sich der anfangs süße, reine Geschmack kaum einen oder zwei knappe Monde später in etwas verwandelt, das ihm wie Asche auf der Zunge lag?

Wie konnte sein Vater das nun schon seit Hunderten von Anni vertragen?

Er fuhr mit der Zunge über ihren Hals, versiegelte die Wunde und beendete seinen Trunk früher als üblich. Sogar jetzt war es ihm zuwider, mit der Zunge über seine Zähne zu gleiten, so faulig schmeckte das Blut in seinem Mund.

Sie ließ ihr Gewand tiefer herabsinken, entblößte ihre Arme und eine wohlgeformte Brust. »Soll ich mich entkleiden, Graeme?«

»Nicht heute Nacht«, entgegnete er kühl. »Und sag meinem Kammerdiener, er möge mir ein Glas Wasser bringen.« Er brauchte etwas, um ihren Geschmack wegzuspülen.

ZEHN

»Nicht so!«, schimpfte Lady Mila, und ihre schrille Stimme gellte durch den ganzen Raum. »Sei nicht so grob zu meinen Röcken, du kleines Biest!«

Seri ließ die mächtige Schleppe fallen und rechnete mit dem nächsten Schlag, nachdem sie an diesem Tag schon einige hatte einstecken müssen. Glücklicherweise befand sich Lady Mila dieses Mal auf der anderen Seite des Kleides. Zähneknirschend schluckte Seri eine wütende Entgegnung hinunter und sagte: »Ich bitte um Vergebung, gnädige Frau. Bitte, zeigt mir, wie ich den Stoff halten muss.«

Grobe Hände packten die von Seri, und sie starrte in Winnas ernstes, dünnlippiges Gesicht, während die Frau ihr Anweisungen erteilte. »Nimm die Haken, und wickel sie dir um die Finger. Halte den Stoff weit.« Die Frau wickelte ihr gereizt die dünne goldene Schnur um die braunen Finger. »Als wärest du ein Rabe und wolltest die Schwingen ausbreiten.«

Seri spreizte die Finger. Die Schlingen, an denen die schwere Schleppe hing, gruben sich in ihre Haut. »So?«

»Finger spreizen!«, blaffte Winna.

»Ich spreize sie doch!« Tagelang hatte sie diese Fingerhaltung nun geübt, doch Winna war immer noch nicht zufrieden. Seri war nie anmutig genug, ihre Bewegungen nie geschmeidig genug. Wenn sie hinter Lady Mila ging, galoppierte sie hinterher und zerrte an den

Röcken, statt sie so zu halten, dass sie elegant im Schlepptau der gnädigen Frau einherschwebten.

Winna gab einen verächtlichen Laut von sich. »Im Augenblick siehst du aus wie eine Bettlerin, die sich an die Füße der gnädigen Frau klammert.«

Seri hatte Mühe, ihre unbeteiligte Miene aufrechtzuerhalten und sich nicht anmerken zu lassen, was ihr durch den Kopf ging. *Du tust das für Rilen, für deine Familie*, ermahnte sie sich wieder einmal. *Drei Dru. Davon kannst du eine Kuh und Saatgut kaufen.*

Der Gedanke gab ihr neuen Mut. Sie hatte diese unangenehmen Athonitendamen schon drei Tage lang ertragen, da würde sie es sicher auch noch ein paar Tage mehr schaffen. Also atmete Seri tief durch und folgte gehorsam, als Lady Mila sich wieder in Bewegung setzte.

»Besser«, sagte Lady Mila und wirbelte herum, um Seri anzuschauen. »Du wirst heute Abend weiterüben. Ich will, dass du das bei der Zeremonie perfekt beherrschst, und uns bleiben nur noch vier Tage.«

»Gewiss, gnädige Frau«, versicherte Seri und fing an, die Schlingen von ihren Fingern zu streifen.

»Ist dein Kostüm fertig?« Milas Züge ordneten sich zu einer eisigen Maske des Missfallens an. »Alles muss bereit sein.«

Seri stutzte. »Was soll ich tragen?« Sie schaute sich zu Winna um und erinnerte sich mit Bangen, dass die gnädige Frau etwas »Spektakuläres« verlangt hatte.

Winna zupfte einen losen Faden von Lady Milas Gewand und wich Seris Blick aus. »Das siehst du früh genug. Die Schneiderin der gnädigen Frau legt gerade jetzt ein letztes Mal Hand an. Es wird kurz vor dem Ball angepasst werden.«

»Hervorragend«, bekundete Mila, und das Lächeln kehrte auf ihre roten Lippen zurück. »Wir werden die Aufmerksamkeit jedes einzelnen Mannes auf dem Ball erregen. Aber natürlich ist der Prinz der Einzige, auf den es ankommt.« Sie kicherte mädchenhaft und zupfte am Mieder ihres Kleides. »Komm und nimm mir das ab, Winna. Ich brauche meinen Schönheitsschlaf. All dieser Ärger mit dem wilden Mädchen strapaziert meine Nerven.«

»Gewiss, gnädige Frau«, sagte Winna und eilte zu ihr. Die anderen Frauen flüchteten sogleich aus dem Raum, womit nur Seri übrig war, die immer noch die Schleppe des Kleides hielt.

Winna bedachte sie mit einem hasserfüllten Blick. »Was machst du noch hier?«

Seri ließ den Stoff samt den verhedderten Schnüren zu Boden sinken und verschwand aus Lady Milas Gemächern. Doch statt zu üben, wie sie die Schleppe korrekt zu halten hatte, beabsichtigte Seri, genau das zu tun, was sie schon während der letzten drei Tage getan hatte: Sie würde durch das Schloss schlendern und versuchen, in Erfahrung zu bringen, was hinter den einzelnen Türen verborgen war und wer die Schlüssel zu welcher Tür hatte, sobald die Gardisten des Abends abgezogen waren. Zuerst aber ging sie in die Dienstbotenküche, sagte rasch Idalla guten Tag und schnappte sich ein Tablett mit heißem Tee.

»Ist deine Herrin wieder durstig?«, fragte Idalla und zog die Brauen hoch.

»Immer«, log Seri lächelnd, hielt das Tablett vor die Brust und ging hinaus. Sie hatte herausgefunden, dass niemand Fragen stellte, wenn eine Dienerin ein Teetablett trug, selbst dann nicht, wenn die Dienerin eine Vidari war.

Die Lage der Dienstbotenquartiere kannte sie bereits, und sie hatte die Betten in den Soldatenunterkünften gezählt, bis ihr angesichts der schieren Zahl ganz schwindelig geworden war, doch sie musste immer noch die schmucken Gänge zu den Adelsquartieren erforschen. Da die Abenddämmerung gerade hereingebrochen war, blieben ihr noch ein paar Stunden, bis der Großteil der Aristokraten erwachte.

Das Tablett sicher in Händen, machte sich Seri auf den Weg zur anderen Seite des Schlosses. Eine Zofe mit flammend rotem Haar streifte sie mit einem Blick, und ein Gardist flüsterte etwas Unverständliches, aber Seri starrte einfach stur geradeaus, und niemand hielt sie auf. Sie stieg die Treppe zum dritten Stock hinauf und fand sich in einem Korridor wieder, der ihr vollends fremd war. Der steinerne Boden in dem breiten Gang war kahl, und es gab in dem ganzen Flügel nur eine Tür. Kerzen flackerten zu beiden Seiten des Türrahmens, aber außer ihren eigenen Schritten war in dem verlassenen Gang kein Laut zu hören.

Seri verlagerte ihr Tablett auf eine Hand und griff nach dem Knauf. Die Tür ließ sich mühelos öffnen, und sie bereitete sich darauf vor, ihre gewohnte Ausrede herunterzuspulen – dass sie nur eine dumme Dienerin sei und sich verirrt habe –, doch sie war allein in dem in tiefer Dunkelheit liegenden Raum. Sie stellte das Tablett auf dem Boden ab und fummelte an dem Feuerzeug herum, das sie stets in der Tasche ihrer Uniform hatte, um eine Kerze anzuzünden. Als der Docht Feuer fing, stellte sie fest, dass dieses Gemach sogar noch opulenter war als das von Lady Mila. Reich bestickte Vorhänge verdeckten eine ganze Reihe Fenster. Holzbalken verliefen unter der Decke, und die Wände waren mit handgeprägtem Leder verkleidet. Eine mächtige Holztruhe mit Elfenbeinintarsien stand in der Mitte des Raums, umgeben von passenden, mit Schnitzereien verzierten Stühlen. Auf einer Seite sah sie mehrere Bücherregale und ein Ölgemälde, das einen ernst aussehenden jungen Mann mit langem, welligem schwarzen Haar und einem grausamen Zug um den Mund darstellte. Einer seiner Füße ruhte auf einem Helm, und sein Schwert lag locker auf seinem Oberschenkel.

Sie betrachtete das Gemälde – der Prinz, vielleicht? –, ehe sie sich dem Schreibtisch zuwandte, auf dem ein Bild ausgebreitet worden war. Nein, eine Karte, stellte sie einen Moment später fest. Sie konnte nicht lesen, aber sie konnte die Symbole recht gut entschlüsseln. Da war ein winziges Bild des Schlosses Vidara, und da waren Wellenlinien, die das hügelige Ackerland der Umgebung darstellen sollten. Eine weiße Fläche bedeckte ein gutes Stück Land im Norden, und das Gelände war gesprenkelt mit grellroten, schrägen Strichen. Sie beugte sich vor, versuchte zu begreifen, was diese Symbole zu bedeuten hatten, als sie Schritte auf dem Korridor hörte. Sofort blies Seri die Kerze aus und hielt mucksmäuschenstill.

Da war ein Geräusch an der Tür, die gleich darauf aufschwang.

Zitternd blickte sich Seri nach einem Versteck um, doch sie konnte nirgends hin. Sie entfernte sich von der Karte, doch dabei streifte ihr Fuß den Rand eines der Teppiche, und die Person auf der Schwelle hielt inne. »Ist da jemand?«

Ein Kloß bildete sich in ihrer Kehle, als ein Licht aufflackerte und ihr dunkle Augen und ein blasses Gesicht offenbarte. O ihr Götter, es war der Mann aus der Kutsche. Wie gelähmt sah sie zu, wie er die Laterne entzündete, hochhielt und sich in dem Raum umsah. Als sein Blick schließlich auf sie fiel, breitete sich ein kühler Ausdruck auf seinem Gesicht aus.

»Entschuldigung?« Seine Stimme klang tief und kultiviert.

»Ich-ich-ich …« Der Mut verließ sie.

»Dies ist ein Privatgemach. Was machst du hier?« Seine Schritte waren kaum zu hören, als er durch den Raum auf sie zukam. Furcht ergriff Besitz von ihr. Würde er sie heimschicken? Oder Schlimmeres? Mit Schaudern dachte sie erneut an Kasmars geschundenen Leichnam.

Sie riss sich zusammen und reckte ihr Kinn hoch. »Ich habe mich verirrt.«

Er trat noch einen Schritt näher, und ihr fiel auf, dass sein Haar schwarz und gerade eine Spur zu lang war. Es lockte sich über dem Kragen seines Lederwamses, das vermutlich mehr Geld gekostet hatte, als sie in ihrem ganzen Leben zu Gesicht bekommen würde.

»Ich hörte ein Gerücht, das besagt, Lady Mila habe eine Vidari in ihre Dienste aufgenommen«, sagte er. »Ich nehme an, das bist du?«

»Ja«, antwortete sie und kämpfte darum, in dem gleichen entsetzlich neutralen Tonfall zu sprechen.

Sein Blick huschte über sie hinweg, als wäre sie nichts. »In Zukunft schlage ich vor, dass du Manieren lernst, wenn du in deiner neuen Stellung bestehen willst. Du hast dich vor jedem Angehörigen des Adels respektvoll zu verbeugen und ihn mit dem ihm zustehenden Titel anzusprechen. Hast du mich verstanden?« Seine lapidare Höflichkeit geriet nicht für einen Moment ins Wanken.

»Ja.« Sie reckte das Kinn noch etwas höher und fügte hinzu: »Gnädiger Herr.« Als würde sie sich vor ihm verbeugen. Niemals, und wenn sie hundert Jahre alt werden sollte.

Er studierte sie aus seinen dunklen Augen, als würde er etwas unter der Oberfläche suchen, ohne jedoch fündig zu werden. Nach einem langen Moment des Schweigens ergriff er erneut das Wort: »Dein Naturell mag die Folge deines Mangels an Bildung sein. Du kannst gehen.«

Wütend biss sie die Zähne zusammen. Typisch Athonitenadel. Das eiskalte Herz eines eiskalten Diktators mitten in ihrem warmen, wundervollen Land. Sie maß seinen Rücken mit einem bitterbösen Blick und hasste ihn mit jeder Faser ihres Seins.

»Ach, und Mädchen«, sagte er.

Auf der Schwelle blieb sie stehen und drehte sich noch einmal zu ihm um.

Wieder maß er sie mit einem forschenden Blick. »Du solltest nicht allein durch das Schloss streifen. Erwische ich dich noch einmal in einem Privatgemach, werde ich nicht so nachsichtig sein.«

»Ich verstehe«, sagte sie und hielt erfolgreich ihren Hass aus ihrer Stimme heraus. Gedemütigt und verängstigt ergriff Seri ihr Tablett und hastete mit klappernden Tassen zur Tür hinaus. Sie eilte den Gang hinunter, rannte zur Küche und betete, dass dieser abscheuliche Mann sie nicht bei Lady Mila oder einem der anderen Aristokraten verriet. Frustriert seufzte sie auf. Wie sollte sie noch das Schloss erkunden, nun, da dieser Mann auf der Hut vor ihr war?

Als sie es beinahe bis zur Küche geschafft hatte, packte eine Hand ihren Arm.

Seri keuchte auf, wirbelte um die eigene Achse und sah die Uniform eines Gardisten und einen schwingenden Umhang von unverkennbarem Rot.

»Du«, sagte er ruppig. »Komm mit.«

ELF

Angstvoll wich Seri zurück, als der Soldat sie packte und den Korridor hinunterschleifte, vorbei an der Küche und weiter zur Vorratskammer. Ein Schrei stieg in ihrer Kehle auf, doch eine raue Hand hielt ihr den Mund zu. Ihre Brust verkrampfte sich vor Panik, und sie drehte sich ruckartig um, um ihren Entführer anzuschauen … und starrte in ein Paar vertrauter, fröhlicher grüner Augen. *Rilen.*

So verdattert war sie, dass sie sich von ihm ohne ein Wort des Protests in den nächsten Raum zerren ließ. Kaum drinnen, ließ er den Gobelin über den Durchgang fallen und zerrte sie zu einem Regal mit Wurzelgemüse. »Überraschung«, flüsterte er ihr ins Ohr. »Froh, mich zu sehen?«

Sie versetzte ihm einen Hieb an die Schulter. »Du hast mich erschreckt!« Dann umfasste sie seinen Nacken und küsste ihn wie rasend. »So furchtbar froh! Was machst du hier, Rilen?« Sie strich seine Uniform glatt, die bis in jede Einzelheit den Uniformen der Athonitengarde glich. »Und wo um alles in der Welt hast du die her?«

»Das ist nicht wichtig«, erwiderte er.

»Aber, Rilen …«

Er schnaubte entnervt und ergriff ihre Hand. »Ein paar der Männer haben einen Soldaten in einen Hinterhalt gelockt und ausgeraubt, wenn du es unbedingt wissen musst.«

»Rilen, warum gehst du das Risiko ein, wenn ich doch schon im

Schloss bin? Du hättest sterben können«, tadelte Seri. »Wie bist du überhaupt hier hereingekommen?«

»Im Krieg muss man Risiken auf sich nehmen.« Er zeigte ihr eine Tür aus verzogenen Brettern auf der Rückseite des Gemüsekellers. »Da gibt es einen Eingang. Ich glaube, er dient dazu, Gemüselieferungen von den Bauern aufzunehmen. Du bist nicht die Einzige im Schloss. Wir haben überall Augen, wenn auch keine so gut platzierten wie deine. Wie ist es dir ergangen?«

Seris Kopf platzte fast vor lauter Fragen. Aber sie Rilen zu stellen würde ihn nur noch mehr reizen, also schluckte sie ihre Sorgen hinunter. »Recht gut. Lady Mila ist ein verzogenes Biest, aber einige der Dienstboten sind ziemlich nett.«

Besonders Kiane war nett. Sie hatte das Bett neben Seris im Schlafraum, und manchmal unterhielt sie sich mit ihr, wenn sie auf ihren Pritschen lagen. Sie half Seri bei Arbeiten, die neu für sie waren, und sie gab ihr nie das Gefühl, ein Außenseiter zu sein. Es war, als hätte sie wieder eine Schwester an ihrer Seite. Und einmal, als Seri in das Schlafzimmer gekommen war und feststellen musste, dass jemand ihren persönlichen Altar abgeräumt hatte, da hatte Kiane ihr geholfen, alles wieder herzurichten, und sie hatte sogar ein paar frische Semmeln aus der Küche geholt, damit Seri ein Opfer zur Beschwichtigung der Götter darbringen konnte.

Rilen verdrehte die Augen. »Nett? Bitte. Die treten dir ins Gebiss, wenn du sie nur anlächelst.«

»Nein, eigentlich …«

»Du hörst dich schon an wie eine von ihnen«, verkündete er mit einem tadelnden Blick. »Seri, ich habe mein Leben nicht dafür riskiert, dass du mir von deinen *Freunden* erzählst. Ich bin gekommen, um nach dir zu sehen und mich zu erkundigen, ob du irgendetwas hast in Erfahrung bringen können.«

»Ein bisschen.« Nervös fuhren ihre Finger über seinen geraubten

Umhang, der aus einem viel feineren Gewebe war als ihre Dienstbotenuniform. »Du siehst gut aus.«

»Ich sehe aus wie ein Narr.« Er beugte sich vor und stupste ihre Nase mit seiner an. »Du sehnst dich nur nach einem echten Mann, weil du von all diesen Gecken umgeben bist, die so bleich sind wie ein Fischbauch.«

Ihr Lächeln wurde breiter, und sie legte den Kopf in den Nacken, um seinen Kuss zu empfangen. Doch er reckte eine Hand hoch. »Wir haben nicht viel Zeit, Seri. Ich muss wissen, was du herausgefunden hast.«

Es tat weh, dass er mehr Interesse an ihren Erkenntnissen hatte als an ihrer Sicherheit, aber sie wusste selbst, dass die Zeit knapp war, also schluckte sie ihren Groll hinunter und sagte: »Nun, zunächst mal ist der Prinz hier, und es klingt ganz so, als beabsichtige er zu bleiben.«

Seine Augen weiteten sich. »Was? Erzähl mir alles.« Fest packte er ihre Schultern.

Flüsternd berichtete sie, was sie erfahren hatte. Sie beschrieb ihm alles, was ihr in den Sinn kam: Wege durch das Schloss, Truppen, die Anzahl der Hauptmänner, Lieferungen aus Athon und den Prinzen. Den bevorstehenden Verlöbnisball und die Karte, die sie in dem Studierzimmer entdeckt hatte. Die drei verschiedenen Küchen im Bergfried, die bizarren Schlafgewohnheiten und die unzähligen Kerzen.

»Das ist so sonderbar, Rilen«, sagte sie zu ihm. »Sie entzünden Kerze um Kerze und geben so viel Geld für Talg und Wachs aus, lassen aber keinen einzigen Sonnenstrahl hinein.«

»Genau, wie in den alten Legenden«, stichelte Rilen und krümmte die Finger zu Klauen. »Die Athoniten sind furchterregende Bestien, die nur bei Nacht angreifen und die Lebenden fressen.«

Sie schlug seine Hände weg. »Sei nicht albern.«

»Was denn, haben sie noch nicht versucht, sich an deinem süßen Vidarifleisch zu laben?« Er knabberte an ihrem Kinn und zupfte an ihrem hohen Kragen. »Oder können sie es unter all diesem Stoff einfach nicht finden?«

Seri kicherte. »All die Damen hier sind vom Kopf bis zu den Zehen verhüllt. Es scheint, als wäre es anrüchig, abseits des Gesichts Haut zu zeigen. Vor allem die am Hals.«

»Warum der Hals?«

»Wer weiß das schon?« Sie zuckte mit den Schultern. »Nur wieder so eine merkwürdige Athonitensitte.«

»Erzähl mir mehr über den Prinzen.« Rilen schaute über ihre Schulter, als jemand draußen vorbei und zum nächsten Raum ging. »Hat er viele Edelleute hier? Viele hochrangige Gardisten?«

»Das weiß ich nicht«, erwiderte sie kopfschüttelnd. »Er verbringt seine Zeit in seinen Gemächern. Ich bin ihm noch nicht begegnet.«

»Keine Feste, keine Gelage?«

Seri runzelte die Stirn. »Nicht, soweit ich es gesehen habe. Vielleicht warten sie auf die Verlöbniszeremonie?«

»Du musst zugeben, dass das seltsame Leute sind«, sagte Rilen und legte die Hände an Seris Taille.

»Oh, das gebe ich gern zu.« Sie legte die Wange an seine Brust und lauschte seinem Herzschlag. »Wie geht es Josdi und Vater? Sie fehlen mir. Sind sie wohlauf?«

Er zögerte. Dann tätschelte er ihre Schulter. »Sie vermissen dich auch.«

In diesem Moment schlug die Uhr die Stunde. Rilen ergriff ihre Schultern und war wieder ganz auf seine Mission konzentriert. »Ich muss gehen. Halt die Ohren auf, Seri. Die Arbeit, die du hier tust, ist von unschätzbarem Wert. Und vergiss nicht, du wirst drei Dru für deine Mühen bekommen. Wenn du das Schloss verlässt, bist du eine reiche Frau, und dann dauert es nur noch ein paar kurze Monate bis zu unserer Handfeste.«

»Oh, aber …«

»Ich muss gehen.« Er küsste sie rasch und schaute zur Tür hinaus. Mit einem Funkeln in den grünen Augen grinste er sie noch kurz an und war verschwunden.

Und sie musste ihre Schwermut erneut hinunterschlucken, eine tapfere Miene aufsetzen und in die Küche zurückkehren. Noch vier Tage, ermahnte sie sich gestreng. Noch vier Tage, und sie hätte all das hinter sich.

ZWÖLF

Seri fing an zu denken, dass drei Dru vielleicht nicht genug Geld waren. Am Nachmittag vor der Zeremonie saß sie in der hölzernen Wanne im Dienstbotenzimmer, und zwei Frauen schrubbten ihre Haut und wuschen ihr langes blondes Haar. Ein wenig abseits stand Winna und hielt Seris Kostüm auf den Armen. Seri drehte sich zu dem Stoffbündel um.

»Wo ist der Rest?«, fragte sie Winna und rieb sich die Seife aus den Augen.

»Der Rest wovon?«

»Von dem Kleid«, sagte Seri. »Da fehlt die Hälfte. Wo ist der Rock? Wo sind die Ärmel?«

»Ärmel gibt es nicht, und der Rock ist hier«, erwiderte Winna barsch, während Kiane in der Ecke stand und ihre Füße anstarrte.

»Das ist viel zu wenig Stoff«, klagte Seri, und ihr Bauch verkrampfte sich vor Unbehagen.

»Inwiefern unterscheidet sich das von den Lumpen, mit denen du hergekommen bist?«, herrschte Winna sie mit zusammengekniffenen Augen an.

Seri starrte die Frau nur fassungslos an. Dieses Kostüm war eine Verhöhnung der Kleider ihrer Leute. Bei den Vidari wurden Mädchen nicht schief angesehen, wenn ihre Arme bar oder die Beine bis zu den Knien entblößt waren, damit sie bei der Arbeit nicht durch ihre Kleidung behindert wurden, aber dieses Kostüm war auch im

Vergleich zu ihrer gewohnten Kleidung mehr als knapp. Das Oberteil bestand aus kaum mehr als einem locker sitzenden Dreieck aus weißem Stoff, das im Nacken gebunden wurde und den Rücken frei ließ, der Rock aus zwei langen Streifen des gleichen weißen Materials, die an einem gewobenen Kranz aus golden eingefärbten Federn hingen.

»Das kann ich nicht in der Öffentlichkeit tragen«, sagte sie in flehentlichem Ton. Weil sie eine Vidari war, beäugten die Männer im Schloss sie so oder so schon, als wäre sie eine liederliche Frau, und bei diesem Fetzen würde der kleinste Luftzug reichen, um ihre Brüste vor der ganzen Athonitenhorde zu entblößen.

»Du wirst es tragen«, erwiderte Winna mit falschem Lächeln. »Lady Mila hat sich viele Gedanken über dein Kostüm gemacht.«

Bestimmt hat sie das, dachte Seri finster und entwand sich den beiden Waschfrauen. »Gib mir meine alten Kleider. Ich gehe. Ihr könnt mir die Zeit bezahlen, die ich bereits hier verbracht habe, und der gnädigen Frau mein Bedauern ausrichten.« Eine Kuh würden sie nicht bekommen, aber immerhin genug Lebensmittel, um für eine Weile gut zurechtzukommen.

»Ich fürchte, der Rest deiner Kleider wurde bereits verbrannt«, klärte Winna sie auf und rümpfte hochmütig die Nase. »Wir wussten schließlich nicht, welches Ungeziefer du mitgebracht hast.«

Seri schlug mit der Faust auf die Wasseroberfläche. »Also haltet ihr mich hier gefangen?«

Wieder rümpfte Winna die Nase. »Natürlich nicht. Du kannst jederzeit gehen.«

Ohne Geld und ohne einen Fetzen Kleidung, nach dem herablassenden Lächeln auf Winnas Lippen zu urteilen. »Ich verstehe«, sagte Seri und erhob sich aus dem lauwarmen Wasser. Sofort rieben die beiden Waschfrauen sie mit einem derben Handtuch ab. »Ihr habt mich in der Hand, nicht wahr?«, fragte sie.

Winna bedachte sie mit einem zufriedenen Grienen. »Lady Mila hat ihre Anweisungen erteilt. Ich führe sie nur aus. Sie wünscht, dass ihre Schleppe heute Abend von einer Wilden getragen wird, also soll sie eine Wilde haben.«

Finsteren Blicks kletterte Seri aus der Wanne und nahm das gefiederte Kleidungsstück entgegen.

»Du hast doch die korrekte Anrede und die richtige Art, die Schleppe der gnädigen Frau zu tragen, geübt, richtig?«, fragte Winna, als sie ihr den Fetzen überreichte.

»Den ganzen Tag«, bestätigte Seri resigniert und schob sich den gefiederten Gürtel tief auf die Hüfte. Der Rock ließ ihre Beine weitgehend unverhüllt, braun und lang hoben sie sich gegen das dünne Gewebe ab. »Wozu die Federn?«

»Bitte?« Winna drehte sich zu ihr um.

»Die Federn«, wiederholte Seri und deutete auf den Gürtel. »Ich verstehe nicht, wozu die gut sind.« Die Zofen führten sie zu einem Hocker. Dann griff eine zu einem breitzinkigen Kamm und fing an, ihn grob durch Seris nasse Haare zu ziehen. Seri hielt die Luft an, um nicht vor Schmerz aufzuschreien.

»Lass mich das machen«, sagte Kiane, stupste die Zofe zur Seite und kämmte Seri das Haar auf vorsichtigere Weise.

Winna berührte ihren ordentlichen Dutt. »Das ist doch stammesüblich bei euch, oder nicht? Eine eurer Sitten?«

Stammesüblich? War die Frau übergeschnappt? »Mein Volk lebt schon seit hundert Jahren nicht mehr in Stämmen«, sagte Seri. »Die einzige Zeremonie, die wir haben, dient dazu, die Wiederkehr der Grünen Zeit zu feiern, und dabei tragen wir Blumenkränze.«

»Nun, in der Kalten Zeit gibt es keine Blumen, also werden die Federn reichen müssen«, sagte Winna, ohne weiter auf Seris Widerspruch einzugehen. Stattdessen gab sie einer der Zofen ein Gebinde aus vergoldeten Federn. »Kämmt ihr das Haar, aber lasst es offen –

wir wollen die Wildheit hervorheben. Und webt die in ihr Haar.« Damit machte sie auf dem Absatz kehrt. »Wenn du dein Geld zu Gesicht bekommen willst, Mädchen, dann erwarte ich, dass du dich binnen einer halben Stunde in Lady Milas Gemächern einfindest.«

Wütend starrte Seri Winna nach und überlegte, welche Möglichkeiten ihr blieben, während die Frauen an ihrem Haar herumzupften. Sie könnte auf der Stelle gehen und nach Hause zurückkehren, aber sie war dem Geld schon so nahe, konnte sie da noch ohne gehen? Und was würde Rilen dazu sagen?

»Soll ich dir den Kranz ins Haar stecken?«, fragte Kiane ängstlich und hielt ihn hoch.

Mit zusammengebissenen Zähnen musterte Seri die gefiederte Ungeheuerlichkeit. Ihr Stolz sagte Nein. Aber … sie brauchte das Geld. Ihr Vater benötigte Medizin. Sie musste den Hof in Ordnung bringen und sich, auf was immer die Zukunft bei all der brodelnden Unruhe bringen würde, vorbereiten.

Scharf atmete sie aus und wappnete sich für den bevorstehenden Abend. »Ja.«

Wenn sie schon ihr Leben riskierte, dann spazierte sie entweder mit dem Geld davon, oder ihr Kopf endete auf einer Pike.

DREIZEHN

In ihrem goldenen Kleid sah Lady Mila traumhaft aus. Ein hoher aufgefächerter Kragen umrahmte ihren Hals, ließ aber dennoch ein großzügiges Dekolleté aufblitzen. Unter ihrem Kinn baumelte eine auffällige goldene Kette bis hinab zum Schlüsselbein. Ihr dunkles Haar war aufgedreht und zu einem kunstvollen Knoten frisiert worden, in dem ein paar goldene Federn aufblitzten. Ihre Wimpern waren geschwärzt, die Lippen rot angemalt.

Kritisch musterte sie Seri. »Ihre Haut sticht nicht genug hervor«, beklagte sie sich bei Winna und zog einen Schmollmund. »Trag Goldpuder auf ihre Haut auf, vielleicht verstärkt das die Farbe.«

»Puder?«, fragte Seri noch, als ihr auch schon jemand eine fedrige Puderquaste ins Gesicht drückte. Sie hustete, während die Frau ihren ganzen Körper mit dem metallischen Pulver bearbeitete, das sich klebrig anfühlte und auf der Haut juckte. Ihr war nur zu bewusst, dass sie einfach lächerlich aussah.

»Sehr schön«, lobte Lady Mila. »Sehr unzivilisiert und sehr wild. Ich werde die Sensation der Zeremonie sein.«

Und danach bin ich endlich frei, dachte Seri erleichtert und zog auf dem kalten Boden die Zehen an. Zumindest war sie barfuß. Das war nur ein kleiner Freiraum, aber vorerst musste sie sich damit zufriedengeben.

Lady Mila klappte ihren Fächer auf. »Gehen wir.«

Winna wickelte die goldenen Schnüre von Milas Röcken um

Seris Finger. Der Draht grub sich tief in ihre Haut, als sie ihren Platz hinter der gnädigen Frau einnahm. Anschließend machte sich die kleine Gesellschaft auf den Weg durch die verlassenen Korridore des Schlosses. »Lady Mila wünscht einen mondänen Auftritt«, erklärte Winna auf Seris fragenden Blick hin. »Wir treffen spät ein, aber früh genug für die Zeremonie.«

Seri nickte und konzentrierte sich darauf, ihre Hände ruhig und die Röcke weit fließend zu halten. »Gibt es sonst noch etwas, das ich zu tun habe?«

Die Edeldame wedelte mit ihrem Federfächer. »Halte nur immer meine Röcke, steh nicht im Weg herum, und gib dich so wild und flegelhaft wie möglich.«

»Soll ich die Leute anknurren, gnädige Frau?« Dieser ganze Abend erschien ihr so albern, dass sie am liebsten laut gelacht hätte.

»Wenn du es für angemessen hältst«, entgegnete Lady Mila leichthin, ohne so recht bei der Sache zu sein, während sie das Treppenhaus hinter sich ließen und den Korridor betraten, der zum Ballsaal führte. Die Böden waren mit zartblauen Kacheln ausgelegt, doch davon war in Anbetracht des Menschenauflaufs kaum etwas zu sehen. Das Meer der Gesichter wandte sich ihnen zu, und Seri fand sich im Mittelpunkt der Aufmerksamkeit wieder.

Zu gern hätte sie die Schultern hängen lassen und sich tief hinter Lady Milas voluminöse Röcke gekauert, um ihre fadenscheinige Kleidung zu verstecken, doch sie zwang sich, aufrecht zu bleiben, und verzog die Lippen zu einem leichten Zähnefletschen.

Sie würde denen zeigen, dass sie Stolz hatte, ganz gleich, wie sehr sie versuchten, sie zu demütigen.

Das Geflüster ging los, kaum dass Lady Mila die Schwelle zum Ballsaal überschritten hatte. *Eine Wilde*, hörte sie sie raunen. *Ein wildes Mädchen. Vidari.*

Leuchter säumten die Wände, und die Buntglasfenster waren

geöffnet, die Gobelins entfernt worden, um den Rauch hinauszulassen. Dennoch war es muffig in dem überfüllten Raum. Frauen in Gewändern mit bauschigen Röcken tanzten mit Männern in Tuniken, die mit metallischen Fäden bestickt waren, und hoch oben über dem Tanzboden brannten Kerzen in goldenen Kronleuchtern.

Gleich jenseits der Tanzfläche war ein Podest, auf dem der Prinz persönlich auf einem vergoldeten Thron saß. Hinter ihm standen zwei Männer in langen, fließenden gelben Roben mit grünen Säumen. Sie sahen aus wie Priester, auch wenn außer ihrer Nähe zum Prinzen nichts auf ihren Rang oder ihre Bedeutung schließen ließ. Von der eigenen Neugier übermannt, kniff Seri die Augen zusammen, um den Prinzen genauer zu betrachten.

Das ist er, erkannte sie erschrocken. Der arrogante, schöne Edelmann aus dem Studierzimmer.

In den wabernden Schatten sah er aus wie eine Marmorstatue. Mit seinen edlen, kantigen Zügen starrte er hinab in die wogende Menge, die so bunt war wie ein Regenbogen. Sein dunkles Haar war zurückgekämmt, und dann und wann, wenn einer der Adligen zu ihm trat, nickte er, sagte aber nichts. Er sah, wie Seri dachte, nicht so aus, als würde er sich mit all dem Pomp vor seinen Augen wohlfühlen.

Unbehagen ergriff Besitz von ihr. Wie konnte dieser arrogante *junge* Mann der Prinz sein? Sie dachte daran, was Idalla ihr erzählt hatte – dies war die *sechste* Verlöbniszeremonie des Prinzen, und die fanden nur alle zehn Jahre statt.

»Lady Mila«, fing sie an.

Die Frau drehte sich um und maß sie mit einem grimmigen Blick. »Sprich nicht, wenn ich es dir nicht befehle, Mädchen! Verstanden?«

Seri schluckte eine wütende Entgegnung hinunter und korrigierte ihren Griff. Dabei nickte sie, verkniff sich ihre Fragen und schaute wieder zu dem Podest hinüber. Vielleicht hatte sie Idalla einfach falsch verstanden. Der Mann auf dem Podest konnte höchstens ein oder zwei Jahre älter sein als sie selbst.

Lady Mila zerrte an ihren Röcken, sodass sich die Schnüre tiefer in Seris Hände gruben und sie mitzogen, als die Edeldame durch den Raum fegte. Seri trottete hinterher. Ihre Haut war dank der Hitze jetzt schon schweißnass. Bald darauf hielt Lady Mila inne, um mit zwei Frauen zu sprechen, eine in einem pfauenblauen Gewand, das sich kräuselte wie Wasser, die andere in orangefarbener Seide.

»Wenn diese letzte Zeremonie fehlgeschlagen ist, steht es dem Prinzen frei, eine Braut zu wählen«, sagte die Frau in Blau, nachdem sie Lady Mila auf beide Wangen geküsst hatte. »Meint Ihr, er wird Lady Aynee erwählen? Oder wird er eine andere bevorzugen?«

»Aynee sieht heute Abend alt aus«, flüsterte Mila. »Lasst es Euch gesagt sein, er wird eine Jüngere wählen.«

»Was, wenn heute Nacht doch eine Braut in Erscheinung tritt, wie es die alten Geschichten erzählen?«, fragte die andere Frau. »Was geschieht dann?«

Die Frau in Blau schnaubte undamenhaft. »Dazu wird es nicht kommen. Prinz Velair hat keine gefunden, dabei ist er weit attraktiver als Prinz Graeme. Dem steht der eigene Stolz im Weg, umso mehr, wenn man bedenkt, dass er nur ein jüngerer Nachfahre ist.«

Er sieht allerdings sehr stolz aus, dachte Seri. Zumindest in einem Punkt lagen diese albernen Weiber richtig.

Nachdem sie beide Frauen erneut auf die Wangen geküsst hatte, zog Mila weiter zu der nächsten Gruppe Hofdamen. Seri blieb wie eine pflichtbewusste Dienerin stets zwei Schritte hinter ihrer »Herrin«. Als ihr ein junger Lord versehentlich den Weg verstellte, maß sie ihn mit einem giftigen Blick. Zu ihrer Verwunderung wich er zurück und verschwand in einer Gruppe von Frauen. Ein zufriedenes Lächeln huschte über ihre Lippen.

Seri sah rote Röcke vorüberhuschen, und sie verdrehte sich den Hals, begierig, einen Blick auf Lady Milas verhasste Rivalin, die sagenhafte Lady Aynee, zu werfen. Seri war viele Male durch das Schloss gestreift und wusste, dass der Prinz seine Geliebte in den Gemächern neben seinen untergebracht hatte, doch begegnet war sie der Dame noch nie, und deren Dienstboten waren berühmt für ihre Verschwiegenheit.

Lady Aynee war wunderschön. Ihr Gesicht war ein reizendes Oval, die Wimpern lang und dunkel, das mondhelle Haar fiel ihr in einer Kaskade herrlicher Locken auf die entblößten Schultern, und ihr rotes Kleid wirkte munter, trotz des erstickend hohen, sittsamen Kragens. Sie drehte sich zum Prinzen um, und ein besitzergreifendes Lächeln umspielte ihren Mund.

Sie scheint sich keine Sorgen wegen Lady Mila zu machen. Plötzlich empfand Seri beinahe so etwas wie Mitleid mit ihrer Arbeitgeberin, in die beim Anblick ihrer Rivalin sofort Leben kam. Als sie gleich darauf in lautes, spöttisches Gelächter ausbrach, trug ihr das die Aufmerksamkeit mehrerer Adliger in der näheren Umgebung ein.

Aber, wie Seri bemerkte, nicht die des Prinzen. Doch der schien auch an Lady Aynee, die sich von den anderen abhob wie ein Blutfleck inmitten von Edelsteinen, wenig Interesse zu hegen. Stattdessen schweifte sein Blick suchend über die Menge, und sie glaubte, Ungeduld und Enttäuschung hinter seiner teilnahmslosen Miene wahrzunehmen. Sie fragte sich, was wohl seinen Ärger erregt haben mochte. Immerhin war dies sein Fest.

In diesem Moment verstummte die langsame Musik, und Stille senkte sich über den vollen Saal. Seri hielt ihre Stellung, und das Rascheln der herumschweifenden Gewänder erstarb. Alle Gesichter wandten sich dem Podest zu, wo der Prinz sich erhoben hatte, flankiert von den beiden Männern in den gelben Roben. Einer von ihnen bedeutete der Menge, sie möge sich teilen, und sogleich strebten alle Anwesenden auseinander.

»Geh nach rechts«, zischte Lady Mila und schleifte Seri durch das Gedränge. Ein Diener rückte den mit Samt bezogenen Thron auf die Vorderseite des Podests, woraufhin der Prinz wieder Platz nahm und mit strenger Miene die Menge beäugte.

»Die Damen des Königreiches mögen sich für die Verlöbniszeremonie präsentieren«, intonierten die beiden Priester wie aus einem Munde. »Möge Seine Gnaden an diesem Abend mit der Macht und der Weisheit der Göttin gesegnet sein.«

Die Menge drängte voran, und Seri fand sich bald eingeklemmt zwischen einer Frau in einem purpurnen Gewand und Lady Mila wieder. Letztere warf ihr einen finsteren Blick zu. »Komm mir nicht so nahe, wildes Mädchen. Wahre Distanz. Und vergiss nicht, dich unzugänglich zu geben. Wir wollen eine geheimnisvolle Aura schaffen.«

Seri bleckte die Zähne und wurde mit einem erschrockenen Wedeln des adligen Fächers belohnt. »Besser«, billigte die gnädige Frau ihr zu. »Und nun pass gut auf und schau, wie er auf all die Frauen reagiert. Beim letzten Mal hat er überhaupt keine Neigung erkennen lassen, doch das war, bevor Lady Aynee ihre Klauen in ihn geschlagen hat.« Sie schwenkte ihren Fächer herum und klopfte Seri unter das Kinn.

Seri hielt den Mund und zog sich mit einem Nicken weiter zurück. Die Menge drängte sich noch immer in den äußeren Bereichen des Saals, sodass sich in der Mitte eine freie Fläche bildete. Lady Mila gelang es, sich weit genug nach vorn zu schlängeln, um freie Sicht auf das weitere Geschehen zu haben.

Einer der Priester räusperte sich, trat vor und wickelte eine Schriftrolle auseinander. Er studierte sie kurz und hob dann den Kopf. »Lady Penella Si Emolle.«

Lady Penella trat vor und überquerte den freien Bereich des Ballsaals. Sie zitterte erkennbar, als sie sich dem Prinzen näherte, und ein angespanntes Lächeln zierte ihr rundes Gesicht. Seri hatte sich mit Penellas Zofen unterhalten und erfahren, dass die Lady jung, flatterhaft und impulsiv war, aber von »gutem Blut«. *Was immer das bedeuten sollte.*

Die Lady verbeugte sich tief, während sie zur Mitte des Raums schritt. Durch all die silbernen Rüschen an ihrem Kleid erinnerte sie an Steppenläufer. Der Prinz nickte der Frau zu, sagte aber keinen Ton. Neben ihm reckten die beiden Priester die Hände in die Luft.

Lady Mila atmete hörbar ein.

»Göttin«, intonierten die Priester, »Hüterin des Volkes, Gnadenvolle, schenke diesem Prinzen deinen Segen. Entbinde ihn von dem Fluch des Blutes, und übe Nachsicht. Gewähre ihm eine Eterna, und befreie ihn von der endlosen Qual.«

Endlose Qual? Seri runzelte die Stirn. Das hörte sich an, als wäre es eine Strafe und kein Glück, als Prinz geboren zu werden.

Als die Priester mit ihrer Anrufung fertig waren, rührte sich niemand im ganzen Saal. Sogar Prinz Graemes Züge waren wie erstarrt. Alle schienen auf etwas zu warten. Lady Aynee umklammerte fest ihren Fächer, und die Lippen von Lady Mila bildeten zwei dünne rote Striche. Eine Frau, die aussah wie die Mutter der Lady Penella, presste eine Hand an ihre Brust.

Endlich ließen die beiden Priester die Arme sinken, und es war, anscheinend, vorbei. Rundherum schnappten die Leute nach Luft, und Lady Mila atmete erleichtert auf.

»Nein, bitte«, bettelte Lady Penella. »Versucht es noch einmal. Ich weiß, ich bin es. Ich weiß es!«

Der Prinz starrte sie nur an, als wollte er sie mit seinem Blick versengen.

Untröstlich sackte Penella in ihrem Korsett und den mehrlagigen Röcken in sich zusammen und fing an, lauthals zu schluchzen. Sogleich eilte ihre Mutter an ihre Seite, bedachte den Thron mit einem bedauernden Blick und brachte ihre weinende Tochter weg.

»Nun, das war ungezogen«, konstatierte Lady Mila und fächelte sich Luft zu.

Seri sagte nichts, sondern sah nur zu, wie die beiden die freie Fläche räumten. Der Priester hob erneut die Schriftrolle und las einen anderen Namen vor. »Lady Jinda Ia Santor.«

Die nächste Frau trat näher. Diese hatte das dunkle Haar über dem schmalen, spitzen Gesicht zu einem dicken Gretchenzopf geflochten. Sie verbeugte sich vor dem Prinzen und wartete, während die Priester wieder ihre Arme erhoben. »Göttin …«

Das Gebet wurde wiederholt. Der Prinz regte sich nicht, seine Miene war so kühl und ausdruckslos wie eh und je. Bald endete das Gebet, und die Priester winkten der Frau zu, sie möge gehen. Glühende Röte stieg ihr in die fahlen Wangen, und sie rauschte davon, allerdings würdevoller als die erste.

Seri unterdrückte einen ärgerlichen Seufzer, als die Schnüre von Lady Milas Kleid ihr in die Handflächen schnitten. Diese Leute waren Narren. So viel Vertrauen und Hoffnung in eine Zeremonie zu investieren, die schon seit Jahrhunderten misslang.

Die Zeit schien langsamer zu laufen, während eine Dame nach der anderen in ihrem prachtvollen, erstickenden Gewand vor das Podest trat. Die Priester wurden allmählich heiser, weil sie ihr Gebet zu der Göttin so häufig wiederholen mussten. Und eine Dame nach der anderen wurde fortgeschickt. Wie immer die geheimnisvollen Kriterien der Göttin aussehen mochten, keine von ihnen schien ihnen zu genügen. Nicht einmal Lady Aynee, die ihr süßes Lächeln beibehielt und dem Prinzen einen Luftkuss zuwarf.

»Lady Mila de Vray«, rief der Priester.

Endlich.

Seri wappnete sich und richtete rasch die Schnüre. Vor ihr stolzierte die gnädige Frau in die Mitte des Saals und legte mit einigen knappen Bewegungen ihres Fächers ihren großen Auftritt hin. Die Finger gespreizt, wie man es sie gelehrt hatte, glich Seri ihre Schritte denen der Lady Mila an, während sie die übertrieben große Schleppe trug. Prinz Graemes Blick huschte kurz zu Seri, ehe er zu der Dame vor dem Podest zurückkehrte. Sollte er auch nur eine der beiden Frauen erkannt haben, so ließ er sich nichts davon anmerken.

Lady Mila machte einen tiefen Knicks, sodass ihre Röcke sie umwogten.

Hinter ihr, die Hände in der Schleppe verheddert, zögerte Seri. Lady Milas tiefer Knicks hob den Umstand, dass Seri hinter ihr stand, noch mehr hervor. Gehörte das demnach alles zum Spiel? Wollte Mila sie in Zugzwang bringen und sie zugleich verleiten, den Hof zu beleidigen? Jemand hüstelte, ein Geräusch, das in der Stille unpassend erschien, und sie spürte die Hitze der Blicke, während alle Augen im Saal auf sie gerichtet waren.

Sollen sie mich doch neben Kasmar aufknüpfen, dachte sie. *Ich werde mich dem nicht beugen.*

Seri biss sich auf die Lippe, schloss die Augen und senkte das Haupt, zu mehr Ehrerbietung konnte sie sich nicht überwinden.

Und dann wartete sie. Wartete auf ein Zeichen von Lady Mila oder einen Ruck in den Schnüren. Wartete darauf, dass die Priester ihnen zu verschwinden bedeuteten. Wartete auf irgendetwas.

Plötzlich erklang ein überraschter Aufschrei, und dann brandete leises Gemurmel in der Menge auf. Seri blickte auf und keuchte. Ein weißer Lichtschein schwebte in der Mitte des Saals, gleich über Lady Milas Kopf. Dort gab es weder eine Kohlenpfanne noch einen Kronleuchter oder irgendeine andere erkennbare Lichtquelle. Es war einfach so aus eigener Kraft in Erscheinung getreten, als hätten die Götter es gerufen … oder die Athonitengöttin persönlich.

»Die Braut!«, hauchte Lady Penella, und ihre Tränen schienen vergessen. Ein Schock erfasste Seri. Lady Mila? Wahrhaftig? Der kleine, grausame Teil ihrer selbst war enttäuscht. Lady Mila würde nur noch unerträglicher werden. Die arme Lady Aynee wäre in Seris Augen eine probatere – und liebenswertere – Braut für den Prinzen gewesen.

Die beiden Priester fuhren so beglückt wie andächtig mit ihrem Loblied für die Göttin fort. Der ganze Saal brummte vor Geflüster, und Lady Mila stand mit strahlendem Lächeln da und badete in dem Lichtschein. Der Prinz erhob sich und stieg von dem Podest herab, und das Licht wurde stärker, bis Seris Haut sich anfühlte, als stünde sie in Flammen. Ihr wurde übel, und sie zerrte an den Schnüren, plötzlich ergriffen von dem verzweifelten Bedürfnis, sich zu befreien, aus diesem überhitzten Raum herauszukommen, fort von den Athoniten und ihrer Göttin und ihren sonderbaren Sitten. Doch ehe sie irgendetwas tun konnte, landete eine schwere Hand auf ihrer Schulter.

Der Prinz. Er war geradewegs an Lady Mila vorbei zu Seri gekommen …

Und da sah Seri, dass die gnädige Frau eine verkniffene Miene aufgesetzt hatte und vor kaum verhohlenem Zorn rot angelaufen war, und ihr wurde bewusst, dass das Licht nicht auf Mila herabschien.

Sondern auf sie selbst.

Seris Körper fühlte sich plötzlich taub an. »Ich bin das nicht«, protestierte sie. »Das ist unmöglich.«

Der Prinz blickte für einen langen Moment aus dunklen, gefühllosen Augen auf sie hernieder, und sie konnte den Tumult spüren, der in ihm herrschte … als wäre er genauso aufgebracht und erschrocken wie sie. Seri machte Anstalten, sich umzudrehen, wollte fliehen. Das durfte nicht sein. Sie war nicht die Braut von Prinz

Graeme. Sie war Vidari, und sie musste nach Hause zu Josdi und Vater. Zu Rilen …

Als würde er ihre Furcht spüren, ergriff der Prinz ihren Ellbogen und drehte sie zu der Menge um. Sein Griff war fest und fixierte sie unerbittlich an Ort und Stelle. »Die Göttin hat mir eine Braut gewährt«, rief er mit monotoner, aber tragender Stimme, sodass jeder im Saal ihn hören konnte. »Wahrlich, ich wurde gesegnet.«

Der ganze Raum brach in Jubelgeschrei und aufgeregtes Geplapper aus.

»Ich bin das nicht«, sagte Seri erneut. »Das kann nicht sein.«

»Eure Worte sind das exakte Echo meiner Gedanken, Madame«, flüsterte der Prinz ihr ins Ohr. »Und nun lächelt!«

VIERZEHN

Seri fühlte sich furchtbar schwach, aber der Prinz hielt sie immer noch unnachgiebig fest. Sein Gesicht war so ausdruckslos wie eine Maske, als er sie durch die verdatterte Gästeschar führte. Priester eilten herbei wie ein See wogender gelber Roben, und alle traten zur Seite, um Platz zu machen. In dem zuvor von Lärm erfüllten Ballsaal herrschte Totenstille.

War das irgendein grausamer Witz? Seri konnte doch gewiss nicht die Gemahlin des Prinzen werden. Das ergab keinen Sinn – sie glaubte ja nicht einmal an seine Göttin. Was sollte sie nur tun? Was würden die sagen, wenn sie erfuhren, dass sie versprochen hatte, mit einem anderen die Handfeste einzugehen?

Ach, Rilen. Wartete er womöglich gerade jetzt auf dem Hof auf sie?

Wie benebelt folgte sie den Priestern, die sie in ein anderes prächtiges Gemach führten. Ein großer Steintisch, flankiert von schmalen Bänken, nahm den größten Teil des Raums ein. Am Kopf der Tafel stand ein Thron, der offenkundig für den Prinzen gedacht war. Hinter ihnen fielen die Türen ins Schloss, und die Geräusche aus dem Ballsaal erstarben.

Mit einem Ruck entzog sich Seri dem Prinzen. »Was geht hier vor?«

Der Prinz zog ein Taschentuch hervor und wischte sich mit angewiderter Miene die Hand ab. Als er sich dann auf seinen Thron setzte, war sein eisiger Verdruss unübersehbar. »Wenn wir das nächste Mal gemeinsam in der Öffentlichkeit auftreten, dann sei so nett und trage keinen Goldstaub auf deine Haut auf.« Er sah zu ihr hinüber, und sein Blick wanderte von ihren Schultern hinab zu ihren blanken Beinen. »Und da wir gerade dabei sind, bitte kleide dich künftig angemessener.«

»Denkt Ihr etwa, ich würde das freiwillig tragen?« *Waren denn alle verrückt geworden?*

»Nicht?«, fragte er kalt. »Ich kann mir kaum vorstellen, dass jemand dich festgehalten und zwangsweise damit beschmiert hat. Du musst zumindest mitgespielt haben.«

Ein alter Priester mit einem runzligen Gesicht kam auf sie zu und reichte ihr einen Umhang. Sie nahm ihn und wickelte ihn um ihren zitternden Leib.

»Nun gut, das ist eine … Überraschung«, sagte der alte Priester, als für eine Weile Schweigen eingekehrt war. Er sah sich zu dem anderen Geistlichen um, dessen Missfallen sich in einem grimmigen Gesicht mit dunklen Brauen spiegelte.

»Allein der Gedanke, dass die erste Eterna eine … eine …«, stammelte er und riss die Hände in die Luft.

»Überraschung«, wiederholte der ältere Priester und tätschelte Seri die Schulter.

Der Prinz lachte hart und erbittert. »Ich glaube nicht, dass Überraschung das richtige Wort ist.« Er rieb sich die Stirn. »Verdammnis trifft es besser.«

Panik regte sich in Seris Brust, und sie zog den Umhang fester um den Körper. »Ich bin nicht diese Frau. Diese Eterna. Da muss ein Fehler vorliegen.«

Die dunklen Augen des Prinzen begegneten ihrem Blick und nagelten sie fest. Für einen Moment fragte sie sich, wie sie wohl aussähen, würde sich in ihnen ein Gefühl zeigen, irgendein Gefühl –

nur kein Widerwille. »Das ist kein Fehler. Die Göttin hat bestimmt, dass du mein bist.«

»Das bin ich nicht.« Sie hatte das Gefühl, in einem luftleeren Raum zu sein. »Wenn ich irgendjemandem gehöre, dann Lady Mila, doch nur für diesen Siebentag. Sie ist diejenige, die für meine Dienste bezahlt.«

Der Priester schien erschüttert über Seris Worte.

»Ihr seid die Braut des Prinzen, die Erste unter den Frauen. Die einzige Segensbraut seit Beginn der Geschichtsschreibung«, sagte ein birnenförmiger Berater mit einer Stimme, die ebenso heftig bebte wie sein Kinn. »Eure Position ist einzigartig.«

»Und was *ist* meine Position?«, fragte sie.

»Sobald die Krönungszeremonie stattgefunden hat«, erklärte der Berater, »werdet Ihr als Gemahlin und Eterna des Prinzen Graeme von Athon bestätigt werden, von allen geliebt und geehrt und von der Göttin erwählt. Wenn Ihr heiratet, werdet Ihr eine königliche Prinzessin des Reiches sein.«

Seri starrte in Prinz Graemes kalte Augen und wollte lachen. Oder weinen. *Das ist ein Albtraum.* »Ich bin einem anderen versprochen. Ich kann Euch nicht heiraten.« *Und der plant gerade jetzt Euren Sturz*, hätte sie am liebsten hinzugefügt.

Prinz Graeme sagte nichts.

»Das ist nicht von Bedeutung«, ging stattdessen der Priester dazwischen. »Er ist der Athonitenprinz. Sein Wort ist Gesetz. Selbst wenn Ihr schon verheiratet wäret, hättet Ihr nun Euren Gemahl zurücklassen müssen.« Er deutete auf den Prinzen. »Er ist der Mann, der Euch bestimmt ist. Die Göttin hat entschieden. Von nun an seid Ihr verbunden, spirituell vereinigt. Spürt Ihr es nicht?«

»Alles, was ich spüre, ist Wut. Ich bin Vidari«, protestierte sie erneut, doch ihr Widerspruch klang sogar in ihren eigenen Ohren hohl. »Ich glaube nicht einmal an Euren Gott.«

»Die Gesetze der Göttin gelten für alle, sogar für die königlichen Hoheiten«, warf Prinz Graeme ein. »Ich fürchte, Wünsche oder Glauben sind hier nicht von Bedeutung.« In seinen Worten lag etwas Endgültiges.

Seri wimmerte verängstigt. »Ich will nach Hause.«

Das stoische Lächeln des Prinzen blieb unverändert. »Nach Hause? Du *bist* zu Hause.«

Das war wie ein Schlag in den Magen.

Ihr Vater lag im Sterben. Ihre Schwester saß vermutlich im Dunkeln und wartete bang auf Seris Rückkehr. Wer würde sich um sie kümmern? Wer würde für Josdi sorgen und darauf achten, dass sie das Feuer schürte? Wer würde ihres Vaters krankes Bein waschen? Wer würde auf ihre Gänse aufpassen und sich um den Hof kümmern? Wer würde die Hausarbeit machen und achtgeben, dass alle zu essen bekamen?

Und Rilen? Was war mit ihm?

Was wurde nun aus allem, was sie sich je gewünscht hatte? Allem, was sie geplant hatte?

»Ihr könnt mich nicht zwingen zu bleiben«, sagte sie.

»Kann ich nicht? Dieses Land gehört mir.« Er zog eine dunkle, wohlgeformte Braue hoch. »Das bedeutet, du gehörst auch mir.«

»Ihr könnt keinen Menschen besitzen«, wandte Seri ein. »Ihr könnt mich nicht besitzen.«

Der Prinz stand auf und trat auf sie zu, bis er so dicht vor ihr stand, dass sie seinen Atem auf ihrer Wange spüren konnte, und der Blick aus seinen dunklen Augen bohrte sich in ihre bernsteinfarbenen. »Die Priester sagen, es gibt eine Verbindung zwischen uns, also lass dir von mir gesagt sein: Ich kann dich besitzen, und ich werde dich besitzen. Die Göttin hat ihre Entscheidung getroffen. Es ist vollbracht.«

Und bei Kasla, während sie dastand, festgenagelt von seinem

Blick, da konnte sie ihn *fühlen.* Trotz seiner ausdruckslosen Miene wusste sie um seine Gefühle. Um den kontrollierten Zorn. Die tiefe Unrast. Die Verzweiflung darüber, in der Falle zu sitzen. Doch stärker als alles andere nahm sie seine kalte, gleichgültige Gewissheit wahr, dass Seri sich seinem Willen fügen würde, ob es ihr gefiel oder nicht.

FÜNFZEHN

Nach wenigen Stunden unruhigen Schlafs erwachte Seri in einem ihr fremden Raum. Sie blinzelte in das Licht, das durch die Bleiglasfenster hereinströmte. Ihr Kopf pochte heftig, und sie presste die Handflächen an die Schläfen und versuchte sich zu erinnern, wie sie hergekommen war. Sie wusste noch, dass sie in Tränen ausgebrochen war und die Priester angefleht hatte, sie gehen zu lassen. Als das nicht funktioniert hatte, hatte sie versucht zur Tür zu laufen und sich mit Händen und Füßen zu Wehr gesetzt, als die Männer sie festgehalten hatten, bis sie schließlich keine Kraft mehr gehabt hatte. Danach hatten sie ihr einen schweren, süßen Wein aufgedrängt, bis sie zu betrunken gewesen war, noch weitere Widerworte zu erheben.

Vage erinnerte sie sich an eine Zofe, die ihr ein weißes Spitzennachthemd übergestreift und sie zu einem Himmelbett geführt hatte, das ungefähr so groß war wie das Zimmer, das sie sich mit Josdi teilte. Unter sich hatte sie eine echte Federmatratze gespürt, und ihr Kopf hatte auf einem Federkissen gelegen. Für einen Moment hatte sie beinahe geglaubt, sie würde dort eines von Josdis läppischen Federkissen finden.

Josdi. Vater.

Rilen.

Fest entschlossen, aus diesem verfluchten Schloss zu verschwinden, sobald sie ihre Kleider gefunden hatte, setzte Seri sich auf und schwang die Beine aus dem Bett, als plötzlich die Tür geöffnet wurde.

»Ich sehe, Ihr seid wach, gnädige Frau.«

Eine Frau in einem grauen Dienstbotenkleid stand in der Tür und lächelte ihr freundlich zu. Seri konnte es nicht sicher sagen, aber sie glaubte, dies war die Frau, die sie in der Nacht zuvor ins Bett gebracht hatte. Nun stellte sie ein Tablett mit frischem Brot auf einen der Tische und winkte Seri zu, sie möge Platz nehmen. »Brecht das Fasten, gnädige Frau, dann können wir den Tag beginnen.«

Gnädige Frau? Argwöhnisch blickte Seri zum Eingang und sah eine offen stehende Holztür, keinen Vorhang. Auf dem Flur konnte sie einen Gardisten ausmachen. Bei allen Göttern, sie war wichtig genug, um Gardisten und hölzerne Türen zu erfordern.

Mit steifen Bewegungen näherte sie sich dem Stuhl und ergriff ein zuckriges Gebäckstück, während sie im Stillen überlegte, was zu tun war. Sobald die Dienerin gegangen war, konnte sie fliehen. Sie würde den Gemüsekeller suchen, den Rilen ihr gezeigt hatte, und dann zu den Gehöften der Vidari außerhalb der Stadt laufen. Ihren persönlichen Altar würde sie zurücklassen müssen. Ihre Kleider. Ihr Geld. Das war schlimm, aber dieses Opfer war sie bereit zu bringen.

Obwohl sich ihr Magen anfühlte wie versteinert, aß sie ein Stückchen Brot, dann noch eines, und wartete darauf, dass die Zofe sie allein ließ. Doch stattdessen machte die Frau sich in dem Gemach nützlich, strich die blaue Seidendecke glatt, schüttelte die Kissen auf. Dann zog sie summend an einer Schnur in einer Ecke des Raums und öffnete das Fenster.

Seri räusperte sich. »Gibt es irgendetwas, das ich tun kann?«

»Ihr?« Die Frage schien die Frau in Erstaunen zu versetzen. »Aber nein, gnädige Frau. Die anderen Zofen sind schon unterwegs. Wenn Ihr Euer Bad genommen habt, werden wir Euch eines der Gewänder anlegen, die Prinz Graeme für Euch geschickt hat. Danach müssen wir Eure Maße für das offizielle Verlöbnisgewand nehmen; bis zur Zeremonie sind es nur ein paar Tage. Anschließend müsst Ihr Euer Mittagsbankett mit Fräulein Anneve einnehmen, um Eure Verpflichtungen für den Rest der Woche durchzugehen ...«

Seri wollte gerade in das vierte Stück Brot beißen, als sie abrupt innehielt. Wie sollte sie entkommen, wenn sie keinen Moment allein war? »Ich will das alles nicht.«

Die Frau starrte sie an. »Aber gnädige Frau«, sagte sie, brach jedoch ab, als die Tür erneut geöffnet wurde. Dienstmädchen strömten herein, eine trug Handtücher und Kübel mit dampfend heißem Wasser, eine andere schleppte eine gehämmerte Kupferwanne auf dem Buckel herein. »Möchtet Ihr nicht wenigstens ein Bad nehmen und Euch schicklich kleiden?«

Seri sah zu, wie die Zofen die Kupferwanne füllten, und glaubte, eine Gelegenheit auszumachen. »Schön, ich werde baden. Ich rufe euch, sobald ich fertig bin.«

Ein unglücklicher Zug erschien um die Lippen der Frau. »Ich bin angewiesen, Euch nicht allein zu lassen, gnädige Frau. Wenn Ihr wünscht, dass ich gehe, wird jemand anderes hereinkommen müssen.«

Also war sie doch eine Gefangene. Mit zornbebenden Nasenflügeln schüttelte sie den Kopf. »Ich nehme das Bad.«

Nie zuvor hatte Seri ein heißes Bad genommen, und trotz ihrer Missstimmung empfand sie die Erfahrung als überaus entspannend. Die Zofe rubbelte ihr den klebrigen Goldpuder von der Haut und wusch ihr vorsichtig die Haare, ehe sie sie in ein flauschiges weißes Handtuch einwickelte. Doch im Anschluss fand sich Seri mit schreckensgeweiteten Augen vor einer Reihe von Athonitengewändern wieder, die anzulegen von ihr erwartet wurde.

Sie hatte den Kleidern von Lady Mila nicht viel Aufmerksamkeit gewidmet und sie im Geist schlicht als »fremd« eingestuft, ohne sich weitere Gedanken zu machen. Doch nun stand diese Zofe vor ihr und war fest entschlossen, ihr eine Lage nach der anderen überzustülpen. Als Erstes war ein hauchdünnes Kleid aus einem weichen Stoff dran. Dann folgte eine kurze Pluderhose, die ihre Scham bedecken sollte. *Dämliche Athoniten.* Als würde es irgendetwas an dem ändern, was man war, wenn man seinen Körper unter unzähligen Lagen von Stoff versteckte. Schließlich folgte eine starre Vorrichtung, die aussah wie ein kleiner Sattel.

Das ist unerträglich, dachte Seri, während die Frau sie in das Ding schnürte.

»Steht aufrecht«, bat die Frau. Eine weitere Warnung bekam sie nicht. Im nächsten Moment wurden die Schnüre straff gespannt, und die Atemluft wurde aus ihrer Lunge gepresst. Ächzend versuchte sie, sich zu entwinden, doch die Frau schnürte sie nur immer fester in den Käfig ein, während Seri mühsam um Atem rang.

»Was ist das für ein Ding?«, keuchte sie.

»Ein Korsett. Es wird dafür sorgen, dass Ihr unter Eurem Kleid eine schmale Taille bekommt.«

Seri schnappte nach Luft – atmen war nicht mehr so einfach, wie es einmal gewesen war. »Ist das wirklich notwendig?«

Anstelle einer Antwort grunzte die Frau nur zufrieden und beendete ihr Werk mit einem letzten Rucken. »Nun zum Kleid«, sagte sie und warf Seri einen Riesenballen blauer Seide über den Kopf.

Nach einigem Reißen und Zerren und einem Glätten über den Hüften ließ die Frau endlich mit einem zufriedenen Glucksen von Seri ab. »So wird es gehen. Ich fürchte, Ihr seid etwas größer als die frühere Eignerin dieses Gewands, aber es muss reichen, bis die neuen Gewänder genäht sind.« Kritisch musterte sie Seri. »Aber man sieht unzüchtig viel von Euren Waden.«

Seri blickte hinab und zuckte mit den Schultern. Die unzähligen Lagen Stoff streiften ihre Fesseln, was ihr recht züchtig erschien. Sie machte sich viel mehr Gedanken über den erstickend hohen Kragen und das Korsett, das ihr das Atmen erschwerte und ihre Brüste arg betonte.

Es war fürchterlich. Sie fühlte sich, als hätte man sie in Decken gewickelt, nicht in eleganten Staat gehüllt. Jede Lage Stoff erinnerte sie nur daran, wie sehr sie in der Falle saß. Aber sie war nicht die Einzige, die in der Falle saß.

Sie dachte an das mürrische Gesicht des Prinzen, daran, wie unglücklich er dort oben auf seinem Podest ausgesehen hatte. Vor den Priestern hatte er sich stark gegeben, aber sie hatte ihn und seinen Zorn *gefühlt*. Vielleicht würde er, wenn sie allein und ohne seine berobten Berater mit ihm sprechen konnte, zustimmen, sie ziehen zu lassen – mit ihren Sachen *und* ihrem Geld.

»Darf ich jetzt gehen?« Es gelang ihr nicht, die Ungeduld aus ihrer Stimme fernzuhalten – wenn sie hier noch einen Moment herumstehen musste, nur um in einen Zustand gezwungen zu werden, den Athoniten als »akzeptable Garderobe« bezeichneten, würde sie schreien.

»Euer Haar«, sagte die Frau und verzog das Gesicht. »Es ist nass. Ihr werdet die ganze Mühe zunichtemachen, wenn ihr es offen hängen lasst. Wartet, bis es trocken ist, dann werden wir Euch frisieren.«

Ein endloser Moment zog dahin, während Seri die Zofe nur finster musterte. Endlich gab die Frau seufzend nach, flocht Seris nasses Haar zu einem dicken Zopf, den sie anschließend aufdrehte und an ihrem Hinterkopf feststeckte. »Nun gut«, sagte sie und hielt einen Spiegel hoch, damit Seri sich betrachten konnte. »Das sollte genehm sein.«

Stirnrunzelnd blickte Seri ihre Reflexion an. Was sie sah, war eine Fremde – eine Athonitenadlige. Eine Feindin. »Lasst mich jetzt zum Prinzen«, forderte Seri und wandte sich vom Spiegel ab.

Die Zofe schüttelte den Kopf. »Der Prinz ist nicht abkömmlich. Ihr könnt mit Fräulein Anneve sprechen. Oder, wenn Ihr darauf besteht, mit dem Wesir.«

»Ich will den Prinzen sehen – oder Lady Mila«, fügte sie hinzu. »Sie muss mich immer noch auszahlen.«

»Ihr könnt den Prinzen nicht sehen«, fauchte die Frau nun. »Ihr werdet Euch mit seinem Wesir zufriedengeben müssen. Lady Mila hat sich, wie man mir gesagt hat, in ihre Gemächer zurückgezogen und will niemanden sehen.«

Zweifellos gekränkt wegen ihrer Niederlage, dachte Seri. »Schön«, sagte sie, faltete die Hände und bemühte sich um eine duldsame Miene. »Ich werde hier warten und mich darauf konzentrieren, Luft zu bekommen.«

Mit einem entnervten Seufzer machte die Zofe auf dem Absatz kehrt und fegte in einem Wirbel grauer Röcke zur Tür hinaus.

Seri unterdrückte ein Lächeln, als sie die Frau gehen sah. *Gepriesen sei Kasla.* Sie ging zur Tür, und ihre neuen, spitzen Schuhe klatschten auf die Marmorfliesen. Wegen des Korsetts konnte sie sich nicht bücken, also hob sie ihren Fuß, schüttelte erst den linken und dann den rechten Schuh ab und ging barfuß weiter.

Der Gardist stand immer noch vor der Tür. Aber er war allein. Seri biss sich auf die Lippe und tat, als wäre sie zutiefst erschüttert. »Oje. Hast du gesehen, wo meine Zofe hingegangen ist?«

Der Mann musterte sie stirnrunzelnd, und sein Blick huschte zu ihrem mächtigen Dekolleté. »Ich glaube, sie wird bald zurück sein, gnädige Frau.«

»Ich brauche sie jetzt«, erwiderte Seri. Als das nicht reichte, legte sie sich den Arm um den Bauch. »Ich fühle mich … unwohl. Kannst du sie bitte holen?« Schwer lehnte sie sich an die Tür und versuchte, möglichst elend auszusehen.

Der Mann zauderte kurz, nickte aber dann und eilte den Korridor hinunter.

Seri sah ihm einige Augenblicke nach, ehe sie in die Gegenrichtung davonhastete, fest entschlossen, den Prinzen zu suchen.

SECHZEHN

»Ich frage mich, wie das wilde Blut im Vergleich zu dem von Lady Aynee wohl schmecken wird«, sagte Lord Tedrov gedehnt und hob sein Weinglas. Gedankenverloren ließ er die Flüssigkeit darin kreisen, ehe er Graeme anblickte. »Habt Ihr sie schon gekostet, Euer Gnaden?«

Diese schlaue Frage war ihm während des vergangenen Tages unzählige Male in den unterschiedlichsten Formulierungen gestellt worden, wenn auch höflicher als nun von Tedrov. Dieser konnte sich dergleichen auch nur leisten, weil er seit der Kindheit mit Graeme befreundet war und sich Frechheiten in Gegenwart des Prinzen schon früh angewöhnt hatte.

Annum um ungezähltes Annum hatte Graeme seinen Wein mit Lord Tedrov, dessen Bruder Nevren und den zwanzig anderen Dynasten geteilt, die sich hier versammelt hatten. Da waren Laranar, der noch nicht so lange bei Hofe war, und Jenar, der wenig sagte, doch über alles, was in den diversen Kreisen bei Hofe vor sich ging, bestens im Bilde war. Da waren Vettern und Nachbarn und reiche Landbesitzer. Diese Männer waren seine Kameraden. Seine Freunde.

Jedenfalls wären sie das gewesen, hätte ein Prinz vom Blute denn Freunde.

Sie alle saßen am Bankettisch und tranken Wasser oder Wein. Doch nichts davon konnte ihren Durst stillen; die Getränke dienten lediglich dazu, ihre Kehlen zu befeuchten, bis sie sich zurückziehen und in trauter Zweisamkeit von ihren Geliebten trinken konnten. Kerzen flackerten über ihnen, und ein paar Dienstmägde in Grau warteten in den Ecken des dämmrigen Raums darauf, die Gläser aufzufüllen. Gelegentlich streckte einer der Männer die Hand aus und umfasste die Taille einer der Frauen, zog sie auf seinen Schoß und bat sie inständig, ihm später in einem stillen Winkel einen kleinen Schluck aus ihrem Hals zu gewähren. Die Frauen kicherten und antworteten mit Ja oder Nein.

Doch Nein sagten sie selten. Nicht zu den Dynasten.

Graeme schenkte sich einen Kelch Wasser ein. Er sollte Tedrovs Frage besser endlich beantworten, um all den Spekulationen ein Ende zu machen. »Das Mädchen wird bis zur Hochzeit nicht angerührt werden. Die Göttin ist auch so reizbar genug. Das Letzte, was ich mir wünschen kann, ist, dass sie mir ihre Gunst wieder entzieht, ehe sie ganz gewährt wurde.«

Damit reckte er sein Glas zu einem ironischen Salut an die Göttin himmelwärts.

Leises Gelächter breitete sich am Tisch aus, und plötzlich fühlte er sich beinahe wie am Hof seines Vaters. Graeme hasste all das, hasste es, herumzusitzen und mit seinen Brüdern dummes Zeug zu reden, aber es war nun einmal ein notwendiges Übel. Die Männer waren verstimmt – und neidisch – angesichts des unerwarteten Auftauchens von Graemes geheimnisvoller und unpassender Eterna, und er musste wissen, was sie dachten. Besser, sie sagten es ihm ins Gesicht, als dass sie es hinter seinem Rücken im Flüsterton verbreiteten. Solange er hier das Sagen hatte, würde es keine Überraschungen geben und auch keine Geheimnisse, die hinter verschlossenen Türen geteilt wurden.

»Nun, wenn Ihr sie gekostet *habt*, müsst Ihr uns erzählen, wie eine Eterna schmeckt.« Nevren beugte sich vor. »Ob sie süßer schmeckt.«

»Sollte sie das nicht tun, wären wir sehr enttäuscht«, warf Laranar ein und drehte einen der vielen Ringe, die er an den Fingern trug. »Schließlich, wozu müssen wir uns mit einem Fluch herumschlagen, wenn die Göttin gar nicht beabsichtigt, uns von ihm zu befreien?«

»Wer kann schon für die Göttin sprechen?«, fragte Tedrov. »Ich jedenfalls bin neidisch. Ob sie eine Wilde ist oder nicht, Ihr habt nun eine Eterna. Jeder Mann, der hier an diesem Tisch sitzt, wäre nur zu gern an Eurer Stelle.«

»Dank Eurer Eterna werden wir das vielleicht eines Tages alle sein«, wandte Laranar ein. »Ihr werdet Töchter bekommen, und sie werden Eternae sein, wenn die Legenden zutreffen. Denkt doch nur: kein unstillbares Verlangen mehr. Keine Hofdamen, die schon von hundert anderen Mündern gekostet wurden. Nie mehr den eigenen Biss auf den Bissmalen eines anderen platzieren.« Seine Augen glühten vor Habgier.

Graeme bedachte ihn mit einem spitzen Blick. »Haltet Euch von meinen Töchtern fern«, knurrte er spöttisch, und Gelächter erfüllte den Raum. Er war froh, dass zumindest seine Höflinge guter Stimmung waren. Es war eine Sache, eine Eterna zu haben, eine andere, ihr im wahren Leben zu begegnen und festzustellen, dass sie kaum mehr war als ein wildes Mädchen, das ihn verabscheute. Das hatte er sich nicht gewünscht. Sie, eine wilde Vidari, hatte er sich nicht gewünscht. Und trotz all der kecken Worte waren doch alle Angehörigen des Hofes schockiert. Aynee hatte geweint.

Und nun verteilten seine eigenen Männer seine Töchter unter sich, bevor sie überhaupt geboren waren.

Graeme spannte gedankenverloren die Finger um den Kelch, während um ihn herum das Gespräch weiterging. Sein Vater musste über diese missliche Lage in Kenntnis gesetzt werden. Er hatte Graeme die Erlaubnis gegeben zu heiraten, sobald diese letzte

Zeremonie beendet war, doch keiner von ihnen hatte ernsthaft damit gerechnet, dass er seine Eterna finden könnte. Dass diese Eterna eine arme Gänsemagd war und keine der Hofdamen, verschärfte das Problem.

Doch die Göttin hatte ihre eigenen Vorstellungen.

»Bedeutet das nun, dass Ihr Lady Aynee ablegen werdet?«, fragte Nevren. »Von dieser süßen Kehle habe ich noch nicht getrunken.«

Flegelhafter Narr. Er konnte nicht einmal bis zu Graemes Hochzeit warten, ehe er Ansprüche auf seine Geliebte erhob. Graeme nahm an, dass er mehr Ärger zeigen sollte, doch das alles ermüdete ihn nur. »Lady Aynee steht es frei zu tun, was sie will. Ich habe ihr nie etwas vorgeschrieben.« Er war nicht einmal eifersüchtig. Vielleicht konnte ein neuer Liebhaber Aynees Tränen stillen und den verletzten Blick auslöschen, den sie Graeme jedes Mal zuwarf, wenn sie einander begegneten. Als wäre das *seine* Entscheidung gewesen.

In diesem Augenblick ertönte an der Tür ein lauter Knall, als wäre ein Körper gegen die schweren Holzbohlen geschleudert worden. Graeme und die anderen Edelmänner blickten auf, als die Tür geöffnet wurde. Und herein rauschte seine neue Braut, deren nasses Haar sich aus dem Zopf gelöst hatte und über ihre Schultern ergoss. Sie war barfuß und hielt ihre Röcke unschicklich auf Kniehöhe. Ihre Brüste hoben sich in dem engen Korsett, und ihre Haut sah im Vergleich zu der blassblauen Farbe ihres Gewands noch sonnengebräunter aus. Erschrocken blickte sie sich um, bis ihr Blick auf Graeme fiel.

In dem Moment, in dem er die Verbindung spürte, befiel ihn ein Schaudern, und er fühlte etwas tief in seiner Brust, genau wie letzte Nacht, als er ihr in die Augen geschaut hatte. Seine Zähne wuchsen, und er spannte die Kiefermuskulatur, um nicht vor Gier nach einem Trunk zu zischen.

»Ich störe offenbar«, fing sie an und sah sich zur Tür um.

Sofort drängte sich ein Gardist hinter ihr herein. Auch der blieb abrupt stehen und verbeugte sich tief, wenn auch ein wenig zittrig. »Ich bitte tausendmal um Verzeihung, edle Herren. Mein Prinz, mir war nicht bewusst, dass Ihr in diesem Raum seid.« Sein Blick schoss zu Seri, und er packte sie am Arm. »Ich fand sie, als sie durch die Gänge streifte, aber ich werde sie sofort in ihre Gemächer zurückbringen ...«

Graeme hob eine Hand. »Es steht dir nicht zu, Hand an eine königliche Braut zu legen.«

Der Gardist ließ den Arm des Mädchens los, als hätte er sich verbrannt.

Seri wirkte nicht minder verdattert. Doch dann trat sie vor, maß Graeme mit einem trotzigen Blick und reckte das Kinn. »Die Dienstboten zwingen mich, in meinen Gemächern zu bleiben. Habt Ihr die Gardisten dort postiert?«

»Das habe ich nicht«, sagte Graeme. »Ich werde wegen Eurer Diener mit dem Wesir sprechen. Ihr seid keine Gefangene in Eurem eigenen Heim.« Dann bedachte er den Gardisten mit einem scharfen Blick. »Hast du mich verstanden?«

»Ich ... ich habe verstanden, Euer Gnaden«, stammelte der Gardist.

Seri, die Hände immer noch in den Stoff ihrer Röcke gekrallt, zögerte, und ihre Kiefermuskulatur arbeitete erkennbar, aber lautlos.

»Wünscht die gnädige Frau zu bleiben?« Er hob sein Weinglas.

Einen Moment überlegte Seri, und dann nickte sie energisch und mit entschlossener Miene. »Wir müssen reden.« Sie schaute sich unter den anderen Männern im Raum um, und obwohl ihr offensichtlich unbehaglich zumute war, reckte sie das Kinn noch ein bisschen höher.

Graeme wusste nicht recht, ob er ihren Stolz als amüsant oder als enervierend empfinden sollte. Schließlich deutete er auf den Platz neben seinem, den Lord Tedrov umgehend frei machte. »Setzt Euch zu uns.«

Sie trat zum Kopf der Tafel und ließ sich mit einem wenig eleganten Plumps auf den Stuhl fallen, den der Prinz ihr zurechtgerückt hatte. Sofort eilte ein Diener mit einem sauberen Weinglas herbei und schenkte ihr ein.

»Darf ich davon ausgehen, dass Ihr wohl geschlafen habt in der letzten Nacht?«, erkundigte sich Graeme, während sich seine Finger zum Stiel seines Kelches bewegten und er sich bemühte, sie nicht anzustarren und sich nicht den Kopf darüber zu zerbrechen, was die Göttin in ihr gesehen haben mochten. Dafür war später noch genug Zeit.

Argwöhnisch schaute sie sich zu ihm um. »Für eine Gefangene recht gut.«

»Ihr seid keine Gefangene. Ihr seid nun ein Teil unseres Hofes. Euch wurde ein seltenes Privileg zuteil«, tadelte er sie, enttäuscht von ihrem kindischen Auftreten.

»Privileg?«, schnaubte sie verächtlich und zerrte an dem hohen Kragen ihres Kleides.

Hitze flammte in seinem Körper auf, als sie das tat. Plötzlich wollte er nichts mehr als über den Tisch greifen, sie an der Taille packen und an sich ziehen, um ihren Hals zum Biss zu entblößen. Stattdessen schüttelte er den Kopf und grub schwer atmend seine Fingernägel in die Oberschenkel. Nein, das konnte nicht sein. Er fühlte sich zu dieser Kreatur nicht hingezogen. Das war einfach nur eine neue Variante des Fluchs, eine neue Methode der Göttin, ihn zu quälen.

»Die meisten würden es so empfinden. Können wir irgendetwas tun, um Euch den Aufenthalt angenehmer zu gestalten?«, fragte er.

»Ja, ich darf mich überglücklich schätzen, dass ich auserwählt wurde, nicht wahr?« Sie nippte an dem Wein und starrte ihn herausfordernd an. »Wenn ich bleiben soll, dann will ich meine Zofen selbst auswählen.«

»Benennt sie, und Ihr sollt sie haben«, sagte er und nahm einen großen Schluck von seinem Wasser, bemüht, seine Selbstbeherrschung nicht zu verlieren. Nein, er wollte sie eigentlich gar nicht. Es war nur das Band zwischen ihnen, von dem die Priester gesprochen hatten.

»Kiane«, sagte sie und lehnte sich zurück, als ein Diener einen Teller mit Einback vor ihr auf den Tisch stellte. »Und Idalla aus der Küche. Sie waren nett zu mir.«

»Ihr sollt sie beide haben«, sagte er. »Nur zwei Zofen?«

»Ich kann selbst für mich sorgen.« Sie nahm einen Bissen von dem Einback. Zucker sprenkelte ihre Lippen, und Graemes Fangzähne wurden wieder länger. »Wenn ich mich schon von Athoniten peinigen lassen muss, dann ziehe ich diese beiden vor.«

»In der Tat«, kommentierte Graeme trocken. »Ihr seht sehr gepeinigt aus.«

Sie bedachte ihn mit einem vernichtenden Blick, wie ihn die geübtesten Höflinge nicht besser hinbekommen hätten, und nahm trotzig noch ein Stück von dem zuckrigen Gebäck. Er konnte den Blick nicht abwenden, während sie aß und sich dann die Finger ableckte. »Ich will mein Geld.«

»Mein Wesir wird sich darum kümmern«, sagte Graeme und winkte ab.

»Vielleicht sollte ich einfach Euren Wesir ehelichen. Er scheint sich hier um alles zu kümmern.«

Totenstille senkte sich über den Raum.

Graemes Nasenflügel bebten, als er zugleich von Ärger und einer seltsamen Besitzgier erfasst wurde. Merkwürdigerweise versetzte ihn die Kränkung kaum halb so sehr in Rage wie der Gedanke, sie könnte einen anderen heiraten.

Was in der Göttin Namen war nur über ihn gekommen?

Neben ihm schluckte das Vidarimädchen krampfhaft, als hätte es nun erst begriffen, was es gesagt hatte, und stünde kurz davor, die Nerven zu verlieren. Ohne den Blick von ihm abzuwenden, trank Seri einen weiteren Schluck von ihrem Wein.

»Lasst uns allein.« Graemes Worte hallten durch den Raum.

Sofort erhoben sich all die anderen Männer von ihren Plätzen, und auch das Mädchen stand auf.

Mit seinem Blick und einem kaum wahrnehmbaren Kopfschütteln hielt er Seri auf. Es war Zeit, dass sie sich unter vier Augen unterhielten.

Die Augen weit aufgerissen ließ sie sich laut und wenig anmutig wieder auf den Stuhl plumpsen.

Binnen Minuten waren die Edelleute verschwunden, und Graeme winkte den Gardisten zu, ihnen zu folgen. »Ihr könnt ebenfalls gehen.«

»Mein Prinz«, sagte einer, sank auf ein Knie und neigte den Kopf. »Der Waffenmeister wünscht, dass wir Euch nicht allein lassen …«

Seine Stimme verlor sich, als das Mädchen in ein harsches, spöttisches Gelächter ausbrach. »Haben die Angst, eine einfache Gänsemagd könnte ihrem teuren Prinzen etwas antun?«

Ein frostiges Lächeln huschte über Graemes Lippen, doch er ging nicht auf Seris Worte ein, sondern konzentrierte sich auf den Gardisten. »Der Waffenmeister ist ein umsichtiger Mann, aber eure Anwesenheit im Raum ist nicht vonnöten. Wartet draußen.«

Die Männer zögerten noch einen kurzen Augenblick, ehe sie den Raum verließen und die große Doppeltür hinter sich schlossen.

Sie waren allein.

Nun wandte er sich wieder Seri zu und studierte ihre trotzige Miene. »Also? Nun habt Ihr meine volle Aufmerksamkeit.«

»Euch ist doch klar, dass das nicht funktionieren kann«, platzte Seri heraus.

»Wenn ich mich recht erinnere, hat man mir keine Wahl gelassen, und Euch auch nicht. Die Göttin hat diese Entscheidung für uns getroffen.« Er stellte seinen Kelch ab und schürzte abschätzig die Lippen. »Ihr wurdet bereits zu meiner Braut erklärt, und in drei Tagen werden wir heiraten. Wie ich schon gestern Abend sagte, es ist entschieden.«

»Es ist nicht entschieden«, hauchte sie. »Eure Leute werden mich hassen, und meine werden denken, ich hätte sie verraten. *Bitte.*«

»Gnädige Frau«, sagte Graeme kalt, bemüht, nicht darauf zu achten, welche Wirkung ihre Worte bei ihm erzielten. »Vertraut mir, wenn ich Euch sage, hätte ich selbst eine Frau zu meiner Eterna erwählen können, wäret das nicht Ihr gewesen.«

»Bitte«, flehte sie erneut, und Tränen schimmerten in ihren Augen. »Ich bin einem anderen versprochen. Ihn liebe ich. Euch nicht.«

»Das hat nichts mit Liebe zu tun, aber alles mit Kindern.« *Und meinem Durst*, aber er würde nicht so plump sein, das laut auszusprechen.

»Kinder?« Sie schien überrascht zu sein. »Wenn ich Euch ein Kind schenke, lasst Ihr mich dann gehen?«

Graeme trommelte mit den Fingern auf dem Tisch. »Warum sollte ich Euch gehen lassen? Die Göttin hat dies verfügt, und wir müssen mit den Konsequenzen leben. Es macht nichts, dass meine Leute Euch jetzt schon hassen. Es ist nicht mehr zu ändern. Euer gesetzloses Volk weigert sich, irgendwelche Regeln zu befolgen. Ihr seid barbarisch und wild, ständig nur halb angezogen, und Ihr habt mich schon jetzt zum Gespött des ganzen Hofes gemacht.«

»Warum *sollten* meine Leute Euch gehorchen?« Seris Stimme wurde mit jedem Wort lauter. »Ihr seid nichts als Eindringlinge, närrische Eroberer, die sich einbilden, sie könnten über uns herrschen, nur weil sie mehr Soldaten haben.«

»Krieg ist etwas Unabwendbares, meine Liebe«, griff er einen bevorzugten Ausspruch seines Vaters auf. »Es wird immer einen Sieger geben, und es wird immer Besiegte geben. Werft mir nicht vor, dass Eure Leute die falsche Seite gewählt haben.«

Nach diesen Worten versetzte sie ihm einen Hieb direkt auf den Mund. Er schmeckte Blut, und seine Fangzähne schossen hervor. Außerstande, sich zusammenzureißen, bleckte er zischend die Zähne vor ihr.

Vor Entsetzen riss das Mädchen die Augen weit auf. Ihre Pupillen weiteten sich, und sie wich vor ihm zurück. Ehe er irgendetwas tun konnte, machte sie kehrt und rannte zur Tür hinaus.

Graeme rieb sich das Kinn, folgte ihr aber nicht. In ihrer Gegenwart traute er sich selbst nicht über den Weg. Womöglich würde er sich zu besitzergreifenden Äußerungen hinreißen lassen ... oder Schlimmeres. Denn wie sehr er sich auch dagegen sträubte, wie sehr er wünschte, er könnte sie zurück auf ihren kleinen Hof schicken und wäre sie für immer los, sehnte er sich doch in Wahrheit danach, sie zurückzuholen, den hohen Kragen von ihrem Kleid zu reißen und seine Fangzähne in ihrer Kehle zu versenken.

SIEBZEHN

Seri rannte. Ihre Füße klatschten auf den Marmorboden, das straffe Korsett schnürte ihr den Atem ab. Als sie in einen Gang einbog, fand sie sich plötzlich vor lauter Edelleuten in Begleitung ihrer Dienstboten wieder. Bei ihrem Anblick stutzten sie, worauf sie auf dem Absatz kehrtmachte und in die andere Richtung lief. Wo sie auch hinsah, immer glaubte sie Fangzähne zu erblicken.

Ein Schluchzer stieg in ihrer Kehle auf. Was sie in Prinz Graemes Gesicht erblickt hatte, war nicht menschlich. Die Geschichten über die Blutigen? Die Geschichten, über die Rilen gelacht hatte, die Elen Josdi erzählt hatte, Geschichten von Kriegern, die andere Menschen fraßen, von Kreaturen, die nie alterten und Blut tranken?

Sie waren alle *wahr*. Prinz Graeme war kein Mensch, er war ein blutrünstiges Monster. Und Seri hatte ihn geschlagen.

Und bei den vier Göttern, sie sollte mit ihm vermählt werden. Schaudernd riss Seri eine Tür auf und rannte über einen gewundenen Korridor zu dem Gemüsekeller neben der Küche. Sie huschte hinein und nahm sich einen Moment Zeit, um wieder zu Atem zu kommen, ehe sie durch die Hintertür auf den Hof hinauslugte. Er war voller exerzierender Soldaten und Dienstboten, die mit Wäschesäcken umherhasteten. Seri lehnte sich an die kühle Mauer und verwünschte ihre Lage. In ihrem kostbaren Kleid würde sie auffallen und im Handumdrehen geschnappt werden. Sie dachte einen Moment nach, sammelte sich und ging in die Küche.

Idalla war gerade dabei, einen Teig auf dem Küchentisch zu kneten. »Idalla!«, sagte Seri vorsichtig. »Ich brauche deine Hilfe.«

»Oh Seri«, grüßte Idalla, senkte den Blick und korrigierte sich: »Äh, gnädige Frau …«

»Bitte«, drängte Seri und ergriff die mehlbedeckte Hand der anderen Frau. »Hilf mir.«

Idalla schaute sie neugierig an, wischte sich die Hände an der Schürze ab und folgte Seri zur Tür. »Ist alles in Ordnung?«

Seri legte einen Finger an die Lippen, aber es war schon zu spät. Die Küchenmeisterin, eine Frau von beachtlicher Größe, stürmte mit einem tropfenden Löffel in der Hand herbei und blickte Idalla finster an. »Was faulenzt du hier herum?«, blaffte sie. »Hast du nicht …« Sie verstummte abrupt, als sie Seri neben Idalla stehen sah. Ihre Augen weiteten sich, ihr Blick huschte von Seri zu Idalla und wieder zurück zu Seri, und sie verbeugte sich hastig. »Gnädige Frau.«

Alle Augen in der Küche richteten sich auf Seri, die vor Unbehagen am liebsten im Boden versunken wäre. Stattdessen reckte sie das Kinn und bedachte das Personal mit ebenjenem kühlen, kalkulierenden Blick, den sie bei Graeme erlebt hatte. »Habt ihr vor, mich anzustarren, oder beabsichtigt ihr zu arbeiten?«

Die Köchin zögerte kurz, verbeugte sich dann aber erneut. »Gewiss, gnädige Frau.« Damit machte sie kehrt und wedelte drohend mit ihrem Löffel vor den anderen. »Zurück an die Arbeit!«

Ein Machtgefühl wogte in Seri auf. Rasch warf sie Idalla, die ihre übliche graue Uniform trug, einen Blick zu. »Komm mit.«

Idalla nickte und starrte Seri aus großen Augen an. Seri führte sie aus der Küche hinaus in die Vorratskammer und schloss die Tür.

»Geht es dir gut, Seri?«, fragte Idalla leise.

Sie schluckte krampfhaft und drehte sich händeringend zu Idalla um. »Ich habe den Prinzen geschlagen.« Idallas Augen wurden noch größer, und Seri fuhr fort: »Das ist noch nicht das Schlimmste. Ihm … sind Fangzähne gewachsen.«

»Ja, natürlich.« Doch dann schlich sich ein Ausdruck des Begreifens in ihre Mimik. »Ich dachte … ich dachte, das wüsstest du.«

»Soll das heißen, jeder weiß, dass er ein Monster ist, nur ich nicht?« Ein hysterischer Ton schlug sich in Seris Stimme nieder.

Idalla berührte sacht ihren Arm. »Es tut mir leid, Seri. Ich hätte es dir gesagt, hätte ich geahnt, dass du nicht im Bilde warst.«

Seri schauderte. »Er sieht aus wie ein Mann, aber das ist er nicht, richtig?« Männer hatten keine Fangzähne. Männer alterten. Männer wagten sich auch bei Sonnenschein hinaus. Auf die Blutigen jedoch traf all das nicht zu. Als Idalla sie nur traurig anschaute, schüttelte sie den Kopf. »Das ist jetzt nicht wichtig.« Seri öffnete die Hintertür und zeigte Idalla das Gewimmel auf dem Hof. »Das ist mein einziger Fluchtweg. Oder gibt es in der Nähe einen anderen Weg nach draußen?«

Idalla lugte ihr über die Schulter und schüttelte ihrerseits den Kopf. »All die anderen Türen werden inzwischen von Gardisten bewacht. Die Einzigen, die diese Tür benutzen, sind die Küchenmädchen, weil sie nahe am Abfallhaufen liegt.«

Seri schürzte die Lippen, zog Idalla die schmutzige weiße Mütze vom Kopf und setzte sie auf. Dann drehte sie ihr blondes Haar zu einem festen Knoten zusammen, den sie unter der Mütze verbarg. »Gib mir dein Kleid.«

Erschrocken legte Idalla eine Hand an ihren Kragen. »Was?«

»Gib mir dein Kleid«, wiederholte sie und öffnete mit hektischen Fingern die Reihe winziger, schmückender Knöpfe an ihrem eigenen Kleid.

»Dein Kleid wird mir nicht passen«, protestierte Idalla, fing aber an, die Schnüre an den Seiten ihrer Uniform zu lösen.

Seri ergriff ihre Hände. »Bitte, hilf mir. Die halten mich für eine

Wilde. Sag ihnen, ich hätte dich mit einem Messer bedroht und du hättest keine andere Wahl gehabt, als die Kleider mit mir zu tauschen.« Seri drückte Idallas Hände etwas fester. »Ich kann ihn nicht heiraten. Ich kann einfach nicht.«

Idalla zauderte erneut, doch dann seufzte sie und fuhr fort, sich zu entkleiden. »Das muss aber ein großes Messer sein.«

»Das größte.«

Minuten später war Seri in Idallas sackartiges Kleid geschlüpft, während Idalla sich in die vielen Lagen von Seris Gewand gequetscht hatte, das jedoch am Rücken offen bleiben musste. »Darin sehe ich aus wie eine Wurst«, klagte sie, und ihre Brüste wackelten hin und her.

Seri nahm sie in die Arme. »Danke, danke, tausend Dank.«

»Gewiss doch«, sagte Idalla leise und erwiderte die Umarmung. »Möge die Göttin über dich wachen.«

Seri nickte und schlüpfte zur Tür hinaus.

Sie wagte kaum zu atmen, als sie, den Blick gesenkt, über den Hof ging. Es wimmelte nur so vor Soldaten, die unverkennbar auf der Suche nach ihr waren, aber niemand hielt sie auf. Niemand sah auch nur zweimal hin, als sie sittsam, aber zielgerichtet ihrer Wege ging, darauf bedacht, den langen Rock nicht anzuheben und so ihre nackten Füße zu offenbaren.

Die Gardisten am Tor schauten sie kaum an. Seri zog sich die Mütze tiefer ins Gesicht und tat, als würde sie die Augen vor der Sonne abschirmen, um ihr Gesicht vor ihren Blicken zu verbergen.

Als sie sicher die Hauptstraße erreicht hatte und die Gardisten nur noch kleine Punkte in der Ferne waren, wagte sie es endlich, den langen, flatternden Rock zu raffen und loszurennen.

Sie rannte beinahe zwei Stunden, bis endlich ihr Dorf in Sicht kam. Rilens Hof war näher als ihr eigener, nur ein paar kurze Meilen entfernt, also eilte sie schwer atmend zuerst dorthin, und die Tränen liefen ihr über das Gesicht.

Rilen stürzte zur Tür heraus und kam ihr entgegen, kaum dass sie in den Weg zu seinem Hof eingebogen war.

»Was ist los?«, rief er, packte sie an den Schultern und zwang sie, stehen zu bleiben.

Röchelnd atmete sie aus und ließ sich an seine Brust fallen, barg ihr verschwitztes Gesicht an seinem Hemd.

»Ich bin weggelaufen«, japste sie.

»Was?« Er hielt sie auf Armeslänge von sich und schaute ihr forschend ins Gesicht. »Langsam, Seri. Erzähl mir, was passiert ist.«

Sie schluchzte so sehr, als bräche gerade alles, was sie im letzten Siebentag erlebt hatte, über sie herein.

Besänftigend legte Rilen eine Hand an ihre Wange. Sie spürte seine rauen Schwielen auf ihrer Haut. »Seri«, sagte er und führte sie zur Scheune. »Beruhige dich, sonst fällst du mir noch um.«

Sie nickte, zwang sich, gleichmäßig zu atmen und ihren Tränenfluss zu stoppen. Tränen brachten sie nicht weiter. Tränen würden ihr nicht helfen, Josdi wiederzusehen, und sie würden ihr auch die Arbeit auf dem Hof nicht erleichtern. Und ganz bestimmt würden Tränen diesen monströsen Prinzen nicht vertreiben. »Rilen«, sagte sie, als sie im kühlen Schatten der Scheune waren und sie sich wieder imstande fühlte, zu schlucken und mit ruhiger Stimme zu sprechen. »Ich kann nicht zurückgehen. Ich kann nicht.«

Ein finsterer Ausdruck huschte über sein Gesicht, und er zog ihr einen Melkschemel heran, damit sie sich setzen konnte, ehe er neben ihr in die Knie ging. »Warum?« Ärger und Verzweiflung spiegelten sich für einen Moment in seinen Zügen. »Was ist passiert? Hast du ihnen von mir erzählt?«

Seine Frage brachte sie ins Stutzen. »Was meinst du? Ich würde dich nie verraten.«

Er streichelte ihr Haar, befreite es von dem Knoten am Hinterkopf. Er mochte es, wenn sie das lange Haar offen trug. »Dann sag mir, was vorgefallen ist.«

»Er ist ein Monster ...«

»Erzähl mir von dem Ball«, unterbrach er sie. »Wie viele Männer haben die Türen bewacht?«

Es tat weh, dass es ihm so egal zu sein schien, wie man sie behandelt hatte. »Die Wachen interessieren mich nicht, Rilen! Du hörst mir nicht zu. Auf dem Ball ...«, sagte Seri, um ihn zurück zu der wichtigen Sache zu führen, von der sie ihm erzählen wollte. »Da gab es eine religiöse Zeremonie – der Prinz musste eine Braut auswählen. Sie haben jede Frau zu den Priestern geführt, die einen Segen gesprochen haben, und die Frau, bei der die Göttin ihnen ein Zeichen gab, sollte die Braut des Prinzen sein.«

Rilen lachte abfällig. »Die Athoniten und ihre albernen Sitten«, kommentierte er. »Die Frau ist wahrscheinlich sechs Fuß groß, hat noch nie die Sonne gesehen und Eis in den Adern. Also, haben sie eine Braut für ihren hässlichen, schwachen Prinzen gefunden?«

Sie zögerte einen Moment. Dann sah sie ihm direkt in die Augen. »Ja. Mich.«

Rilen grinste, als ginge er davon aus, dass Seri nur gescherzt hatte, doch als sie nicht lachte, setzte er eine verwirrte Miene auf. »Was soll das heißen, dich?«

Nun platzte alles auf einmal aus ihr hervor, die Zeremonie, das weiße Licht und schließlich Graemes Fangzähne und die Erkenntnis, was die Blutdynasten tatsächlich waren. Rilen sagte nichts, schaute sie nur an, während sie redete.

»Und jetzt wollen die, dass ich diese schreckliche Kreatur in drei Tagen heirate. *Ich*. Eine Vidari, eine Gänsemagd.« Angewidert schürzte sie die Lippen. »Und wenn wir verheiratet sind, machen sie mich zur Prinzessin, und alles nur, weil ihre Göttin es ihnen befohlen hat.« Sie krallte die Finger in Rilens Leinenhemd, ein Hemd, das er zum Pflügen getragen hatte und das nach Heu und Schweiß und gutem, klarem Sonnenlicht roch. »Du musst mir helfen. Ich kann den Prinzen nicht heiraten. Ich … ich habe ihn geschlagen.« Ihr Mund wurde ganz trocken, als sie nur daran dachte. An diese Fangzähne.

»Du hast ihn geschlagen?« Rilen lachte erfreut auf. »Ehrlich?«

Sie presste die Lippen zusammen und dachte an Kasmar, der aufgeknüpft über dem Tor hing. »Das ist nicht wichtig. Wir müssen verschwinden.« Sie löste sich von ihm. »Ich werde Vater und Josdi holen, und du …«

»Warte.« Rilen erhob sich und zog auch sie auf die Füße.

Ihr Herz donnerte vor Bestürzung. »Wir können nicht warten. Die Truppen werden bald hier sein …«

Ein angestrengter Ausdruck trat in seine Züge. »Konzentrier dich, Seri. Der Prinz will dich heiraten? In drei Tagen?«

Jetzt würde er bestimmt wütend werden. Jetzt würde er sie an sich ziehen und sie für sich beanspruchen. Sie würde ihn davon abhalten müssen, sich den Prinzen vorzunehmen – ihn zur Rede zu stellen, wäre blanker Wahnsinn. »Rilen, ich versichere dir …«

Er lächelte, doch das war kein zögerliches Lächeln, sondern ein mächtiges, strahlendes, dem sogleich lautes Gelächter folgte, und er packte sie an der Taille und schwang sie herum, sodass der lange graue Rock um ihre Beine flatterte. »Seri«, rief er immer noch lachend. »Du bist wunderbar.«

Verdattert drückte sich Seri an ihn. »Ich verstehe dich nicht, Rilen. Was ist in dich gefahren?«

Er wirbelte sie noch einmal herum und nahm sie dann fest in die Arme. »Du hast uns einen Ausweg verschafft! Eine Möglichkeit, die Athoniten zu bezwingen und sie dazu zu bringen, von unserem Land zu verschwinden.«

Seri schüttelte den Kopf. »Ich kann dort nicht wieder hingehen,

Rilen. Niemals. Die werden mir wehtun. Und Vater und Josdi brauchen mich. Sie …«

»Pst.« Sein Lächeln erstarb, und er streichelte ihr Haar, als wollte er ein Kind beruhigen. »Denen geht es gut. Mach dir keine Sorgen. Und natürlich kannst du da wieder hingehen.«

»Ich habe den Prinzen geschlagen …«

Er fiel ihr ins Wort: »Du bist die Braut, die ihm auf magische Weise gegeben wurde. Verstehst du denn nicht? Sie werden dich nicht anrühren.« Wieder lachte er. »Das ist einfach zu gut!«

Verletzt riss sie sich los. »Ich verstehe *dich* nicht«, sagte sie, und der Schmerz schlug sich auf ihre Stimme nieder. »Er ist kein *Mensch*, Rilen. Ich muss gehen, ich muss hier weg, und ich kann nie mehr zurückkommen. Wir werden den Hof verkaufen müssen, um ein Fuhrwerk für Vater zu besorgen.« Ruhelos ging sie auf und ab, ohne auf Rilen zu achten, der sie angrinste wie ein Wahnsinniger. »Was denkst du …?«

Er packte ihre Schultern und griff dann unter ihr Kinn. Seine grünen Augen suchten ihre bernsteinfarbenen. »Seri«, sagte er nun vollkommen ruhig. »Du musst zurückgehen.«

»Warum? Warum muss ich das?« Wieder traten ihr die Tränen in die Augen. Mehr als alles andere wollte sie in ihr eigenes Bett kriechen. Es war nur ein hartes Strohlager, klumpig und muffig, aber es gehörte ihr. Sie wollte Josdis leise Atemzüge neben sich hören und Vaters Schnarchen von der anderen Seite der Hütte. Sie wollte fort aus dieser Albtraumwelt, aus der niemand sie entkommen lassen wollte, nicht einmal Rilen. »Wenn ich diesen Mann heirate, bin ich für immer an ihn gebunden, Rilen. Für immer.«

Er beugte sich vor und küsste sie. »Aber du wirst nicht lange verheiratet bleiben.« Als er sich von ihr löste, lag ein fanatisches Funkeln in seinen Augen.

Furcht ergriff Besitz von ihr. »Was soll das heißen?«

»Sollen sie dich doch ausstaffieren«, sagte Rilen, ergriff ihre Hand und küsste sie inbrünstig, als bräuchte es nur ein paar wilde Gesten, um sie zu überzeugen. »Sollen sie doch glauben, dass du ihre auserwählte Prinzessin bist. Sollen sie dich mit schönen Worten und hübschen Kleidern und exotischen Speisen umwerben. Sollen sie ihre Zeremonie abhalten und dich an ihren Prinzen binden.«

»Aber, Rilen ...«

»Und wenn sie das alles getan haben, dann wirst du auf deine hübsche, sanfte Art lächeln und dich von ihm zu Bett führen lassen, und du wirst ihm einen Becher Wein reichen. Und du wirst ihn vergiften.« Rilens Lächeln haftete etwas Beängstigendes an. »Und er soll in seinem eigenen Erbrochenen sterben, ehe er dich auch nur anrühren kann.«

ACHTZEHN

»Ihn ermorden?«, flüsterte Seri heiser. »Du willst, dass ich den Prinzen vor aller Augen ermorde?« Wie sollte sie das anstellen? Wie konnte sie einen Mann umbringen? Nicht nur irgendeinen Mann, sondern einen Prinzen der Athoniten. Ihr eigenes Leben wäre gewiss ebenso verwirkt.

Aber Rilen grinste nur, rannte zur Rückseite der Scheune und fing an, große Heuballen aus einem Stall zu holen, bis darunter die Umrisse einer verborgenen Falltür zum Vorschein kamen. Er hob sie und gab den Blick frei auf einen winzigen Raum voller Schwerter, Messer und Harnische.

»Rilen!« Furchtsam keuchte sie auf, als er einen schimmernden Dolch hervorzog. »Die werden dich töten, wenn sie je herausfinden, was du da hast.« Zorn brodelte in ihrem Inneren. Diesen unbesonnenen Dummkopf sollte sie heiraten und in ihr Haus zu Josdi und Vater holen, auf dass er für sie sorgte. Stattdessen würde er sie alle in Gefahr bringen. »Rilen, *nein.*«

»Seri, doch.« Er deutete auf die Schwerter. »Sie haben sie für die Soldaten der Schlossgarnison hergebracht.« Als sie ihn nur verständnislos anblickte, fügte er hinzu: »Begreifst du denn nicht? Das sind keine Spielzeuge, die man Kindern in die Hand drücken kann. Das ist kein Futter für Hungernde. Das sind auch keine Werkzeuge für den Ackerbau. Sie schaffen Waffen her, Seri. Zusätzliche Waffen für zusätzliche Truppen. Sie rüsten sich gegen uns.«

»Aber wo hast du die her?«

»Wir haben sie ihnen abgenommen.« Ein triumphierender Ausdruck trat in seine Züge. »Wir haben den Wagenzug abgefangen und jeden Einzelnen von ihnen getötet. Jetzt können wir sie auf gleicher Höhe bekämpfen. Wir schaffen gleiche Voraussetzungen für den Krieg, Seri.«

»Indem ihr Leute tötet?« Entsetzt starrte sie ihn an.

»Seri, das sind die gleichen Athonitentruppen, die Geevens Hof niedergebrannt und seine Tochter Nedda vergewaltigt haben.«

Sie keuchte auf. »Was? Wann?«

Er nickte ergrimmt. »Sie hat es kaum lebend bis zur Heilerin geschafft. Wir müssen handeln, Seri. Wir müssen.«

Sie drückte die Handballen an die Augen und dachte an Nedda, die kaum älter als zwölf war. Es kam ihr vor, als würde sich die ganze Welt in einen Albtraum verwandeln. Sogar Rilen, der Mann, den sie liebte, wurde ihr fremd. Das Leuchten in seinen Augen, wenn er von der Rebellion sprach, vom Töten, kündete von Inbrunst. Vielleicht von zu viel Inbrunst.

Aber wie konnte sie nur denken, dass er falschlag? Immerhin verteidigte er ihre Leute. Er handelte zum Besten aller Vidari. Er beschützte die Menschen, mit denen sie aufgewachsen waren, mit denen sie bei Festmahlen gelacht hatten, mit denen sie seit der Kindheit befreundet waren. Warum also fühlte sie sich dabei so ... sonderbar? Warum zögerte sie?

Nun schämte sie sich. »Also, wie geht es weiter?«, fragte sie ihn. »Was willst du, das ich tue?«

Er reichte ihr den Dolch und einen kleinen Lederbeutel. »Dies ist ein Gift, das seine Lunge und seine Organe zerstören wird, während er im Bett auf dich wartet. Sorg nur dafür, dass er davon in deiner Hochzeitsnacht trinkt, dann kannst du fliehen, während er im Sterben liegt, ohne auch nur Hilfe rufen zu können.«

Sie schluckte schwer. Mord. Sie sollte den Prinzen töten, der dann zugleich ihr Gemahl wäre.

»Du sagst gar nichts.«

Sie wusste nicht, was sie sagen sollte, schlang bloß die Arme um den Leib. Nun, da er es laut ausgesprochen hatte, kam es ihr noch zehnmal schlimmer vor. »Ich denke.«

»An unsere Leute?«, fragte er in bissigem Ton. »Daran, dass die Not vieler wichtiger ist als die Gefühle eines Einzelnen? An Nedda und Geeven?«

Ihr wurde übel, und sie schlug eine Hand vor den Mund. Er hatte recht. Anders konnte es gar nicht sein. Sie mussten etwas tun. »Gibt es denn keine andere Möglichkeit?«

»Die lassen uns keine Wahl.« Härte spiegelte sich in Rilens Zügen. »Denkst du, die hören uns zu, wenn wir nur nett genug fragen?«

Dem hatte sie nichts entgegenzusetzen. Geschlagen ließ sie die Schultern hängen und nickte. »Wie entkomme ich? Es werden Gardisten vor der Tür stehen. Da sind immer Gardisten.«

»Häng ein rotes Banner aus deinem Fenster, wenn du in den Palast zurückkehrst. Ich werde am Morgen danach Ausschau halten, und in drei Tagen warte ich unter dem Fenster, um dich zu retten.« Er wühlte in der Kammer und zog ein Seil hervor, das er zu einer einfachen Strickleiter verknotete und ihr übergab. »Ich kümmere mich um den Rest.«

»Den Rest? Beispielsweise darum, was wir anrichten, wenn wir den Prinzen ermorden? Die werden zweifellos Vergeltung üben! Rilen, das ist Irrsinn …«

»Wir haben einen Plan, Seri. Hab Vertrauen.«

»Einen, der über das hier hinausgeht? Hast du weiter gedacht als nur bis zum Tod des Prinzen? Meinst du nicht, dass du mir das dann erzählen solltest? Schließlich muss ich deswegen mein Leben aufs Spiel setzen.«

Rilen schüttelte den Kopf und maß sie mit einem kühlen Blick. »Wir setzen alle unser Leben aufs Spiel. Was den Rest des Plans betrifft … Das kann ich dir um deiner eigenen Sicherheit willen nicht sagen. Je weniger du weißt, desto besser.«

Das war keineswegs tröstlich. Sie starrte die Gegenstände an, die er ihr gegeben hatte. Ein Seil, Gift und einen Dolch. Zwei Todesurteile, die sie an ihrem Körper verbergen musste. »Die werden mich durchsuchen.«

Er lachte erbittert. »Die werden dich nicht durchsuchen. Du bist die auserwählte Braut.«

Er mochte überzeugt sein, sie war es nicht, und sie betrachtete den Dolch mit grenzenloser Bestürzung. »Was soll ich damit anfangen, wenn ich ihn doch vergifte?«

Er beugte sich vor und küsste sie auf die Stirn. »Der ist für dich, falls etwas schiefgeht.«

Schockiert blickte sie auf. »Ich werde mich nicht selbst entleiben.«

Er zog eine Braue hoch. »Es gibt schlimmere Schicksale als den Tod, liebe Seri. Ich biete dir lediglich einen Ausweg.«

Allzu bald musste Seri sich mit Rilens Waffen in einem Lederbeutel auf ihrem Rücken wieder auf den Weg zum Schloss Vidara begeben.

Am Ende des Weges, der zum Dorf führte, hielt sie inne. Dort unten im Tal konnte sie die funkelnden Lichter der Häuser sehen, als das Zwielicht in Dunkelheit überging, und weit hinten am Rand des Dorfes erkannte sie ihren eigenen, baufälligen Hof, in dem Josdi und Vater auf ihre Heimkehr warteten. Ihr Gewissen machte ihr zu schaffen. »Ich sollte sie wenigstens besuchen, Rilen.«

»Ich habe dir doch gesagt, es ist für alles gesorgt.« Seine Miene war eisern. »Seri, vertraust du mir nicht?«

»Natürlich vertraue ich dir«, gab sie zurück. »Wem sonst kann ich trauen?«

Er drückte ihre Schultern. »Dann vertrau mir auch in diesem Punkt. Du hast deine Aufgabe, und ich sorge für deine Familie, das verspreche ich dir.«

Innerlich zerrissen nagte sie an ihrer Lippe. »Und du sagst ihnen, dass es mir gutgeht?«

Rilen legte seine Stirn an ihre. »Natürlich. Außerdem wirst du sie in drei Tagen wiedersehen, wenn ich dich da rausgeholt habe.«

Verzweifelt umfasste sie seine Hände. »Und dann verschwinden wir von hier? Mit meiner und deiner Familie? Wir ziehen in die Wälder im Osten und warten, bis sich der Sturm verzogen hat, ehe wir zurückkehren?«

Mit einem sanften Stupser bugsierte er sie zurück auf ihren Weg. »Geh jetzt, Seri. Erzähl niemandem von unserem Plan, und vergiss das rote Tuch nicht.«

Sie nickte.

Er küsste sie und flitzte dann den Pfad hinab und zurück ins Tal. Seri hoffte, sie würde ihn zu ihrem Hof laufen sehen, doch stattdessen bog er zu dem von Jovis ab. Sie schaute ihm nach, bis er nicht mehr zu sehen war, während ihre Gefühle in einem erbitterten Widerstreit lagen.

Den schweren Lederranzen auf dem Rücken, drehte sich Seri seufzend zu dem Schloss hoch oben über dem Ort um. Sie war gerade ein paar Längen die Straße hinaufmarschiert, als sie einer Patrouille in die Arme lief. Statt sie jedoch mit den lüsternen Blicken zu plagen, die sie früher über sich hatte ergehen lassen müssen, schaute der Hauptmann dieser kleinen Truppe sie mit einem Ausdruck unverhohlener Erleichterung an. »Gnädige Frau«, sagte er und streckte in höfischer Manier die Hand nach ihrem Arm aus.

Nervös und voller Furcht, er könnte in ihren Ranzen schauen

und den tödlichen Inhalt finden, schüttelte sie ihn ab. »Nimm die Hände weg!«

Zu ihrer Verwunderung wich er zurück und verbeugte sich respektvoll vor ihr. »Gewiss. Wenn Ihr mir folgen würdet, werden wir Euch zurück zum Schloss begleiten.« Die anderen Gardisten blieben achtungsvoll auf Distanz zu ihr.

Einen Moment zögerte Seri, doch wie es schien, behielt Rilen recht – sie würden sie nun nicht mehr anrühren. Sie war die Eterna, die Auserwählte. Neben dem Kommandanten schritt sie aus, und die übrigen Soldaten folgten ihnen. Nur ein Bote rannte voraus, um den anderen Regimentern zu berichten, dass man sie gefunden hatte. Sie sah sich nicht mehr zu dem Dorf oder dem Tal um, das ihr Zuhause war.

Vor ihr lag nun eine größere Aufgabe, eine, die Herz und Seele von ihr fordern würde. Tränen rannen über ihr Gesicht, stumm und in der Dunkelheit unbemerkt, doch ihre Hände waren zu Fäusten geballt, während sie voller Entschlossenheit in ihr Gefängnis zurückkehrte.

Sie würde es für Rilen und Josdi und Vater tun. Sie würde diese schreckliche Tat für ihr Volk auf sich nehmen.

Ganz gleich, was es sie kosten mochte.

NEUNZEHN

Wieder im Schloss brachte man Seri nicht direkt zu ihren Gemächern, sondern führte sie durch den zentralen Korridor. Etliche Angehörige des Hofes, die durch die Gänge bummelten, sahen neugierig zu, wie die Gardisten sie in ihrer staubigen, gestohlenen Dienstbotenkleidung durch den Palast eskortierten, doch Seri hielt den Kopf hoch erhoben und achtete nicht auf die verächtlichen Blicke, die ihr auf dem Weg zu Graemes Studierzimmer begegneten.

Es sah noch genauso aus, wie sie es in Erinnerung hatte: Die Karte war auf dem Tisch ausgebreitet, Bücher lagen auf Pulten, und in den Ecken des Raums flackerten Kerzen.

Der Prinz saß auf einem Stuhl mit hoher Lehne, die langen Beine bequem ausgestreckt, und blätterte müßig in einem Buch. Trotz seiner entspannten Haltung konnte sie den verborgenen Schmerz auf einer tieferen Ebene spüren. Irgendwie wusste sie, dass er sich im Grunde gar nicht für das Buch interessierte. Dass er in Gedanken bei ihr war.

Das ergab keinen Sinn. Nichts von alldem ergab einen Sinn.

Als sie den Raum betrat, richtete Prinz Graeme sich auf, schob das Buch zur Seite und nickte den Gardisten zu. »Ihr dürft euch zurückziehen.«

Seris Herz donnerte in ihrer Brust, doch sie hielt den Kopf stolz erhoben, den Blick abgewandt. Dabei hatte sie das Gefühl, der Ranzen auf ihrem Rücken stünde in Flammen.

Die Tür wurde geschlossen, und Seri war allein mit Prinz Graeme. Er stand auf, und seine Kleidung rutschte in Wellen an ihren rechten Platz zurück. Seine Tunika war von einem kraftvollen Mitternachtsblau, das seine dunklen Augen heller erscheinen ließ, und über seinen Schultern lag ein tiefroter Umhang. Die Hände hinter dem Rücken, umrundete er sie gemessenen Schrittes.

Nach einer langen Zeit des Schweigens sagte er endlich: »Ihr seid gegangen.«

»Ja.«

Ohne stehen zu bleiben, rieb er sich das Kinn. »Ich habe es gespürt, genauso, wie ich jetzt Eure Traurigkeit spüre. Dieses Band zwischen uns …« Mit bohrendem Blick und bebenden Nasenflügeln baute sich der Prinz vor ihr auf und beugte sich zu ihr herab.

Seri wich zurück. Ein merkwürdiges Gefühl breitete sich in ihrem Inneren aus, etwas, das an Neugier und Verlangen erinnerte, aber nicht zu ihr zu gehören schien. »Was tut Ihr da?«

»Ich erprobe unsere Verbindung.« Er trat ein paar Schritte zurück und runzelte die Stirn. »Sie wird stärker, je näher ich Euch bin. Ich nehme an, das ist das Werk der Göttin.«

»Ich glaube nicht an Eure Göttin«, erinnerte sie ihn.

Der Prinz drehte beide Handflächen nach oben. »Ob Ihr an sie glaubt oder nicht, wir wurden beide von ihrem Fluch erfasst.«

Das war alles? Kein Zorn, nachdem sie ihn geschlagen hatte? Verwirrt starrte Seri seinen Mund an. Sie erinnerte sich an seine bestürzte Miene, nachdem sie zugeschlagen hatte. An die hervorschießenden Fangzähne.

»Was denkt Ihr?«

Erschrocken sah sie auf und begegnete seinem Blick. »Ich … ich weiß nicht, was ich denken soll«, platzte sie heraus. »Über Euch. Über all das.«

Er deutete zum Tisch. »Vielleicht sollten wir reden.«

Sie dachte an den Ranzen auf ihrem Rücken, an seinen verbotenen Inhalt. »Wenn Ihr es wünscht.« Seri setzte sich an den Tisch und war erleichtert, als er gegenüber Platz nahm, nicht neben ihr.

Unbehagliche Stille senkte sich über den Raum.

Seri starrte die Karte an, nicht bereit, ihm ins Gesicht zu schauen. Wie konnte jemand mit so schönen, edlen Zügen so ... unmenschlich sein?

»Ich werde Euch kein Leid zufügen«, sagte er mit leiser Stimme.

Sie blickte auf. »Erwartet Ihr, dass ich dafür dankbar bin?«

Er zuckte mit den Schultern. »Ich dachte, Ihr wüsstet Bescheid über den Fluch. In Athon ist das allgemein bekannt.«

»Ich war nie in Athon.«

Ein sarkastischer Zug trat in sein Gesicht. »Davon ist wohl auszugehen. Soll ich Euch dann erklären, was es mit dem Fluch auf sich hat?«

Zwar war ihr entschieden unbehaglich zumute, doch sie nickte und hörte schweigend zu, als er ihr von einem König aus alter Zeit erzählte, der die Göttin erzürnt hatte. Sie hatte seine ganze Familie mit dem Fluch des Blutes gestraft, der sie zwang, von anderen zu trinken. Sonnenlicht sollte fortan ihr Verderben sein, ihre Lenden sollten nur Söhne hervorbringen, und sie sollten rastlos auf die geheimnisvolle Eterna warten, die allein imstande wäre, ihren Durst zu stillen. Als Graeme fertig war, dachte Seri eine Weile über seine Worte nach und zupfte dabei am Saum ihres geborgten Kleides.

»Nun?«

»Nun was?«

»Was denkt Ihr?« Ungeduld färbte seinen Tonfall.

»Es liegt auf der Hand, dass Eure Göttin den Vidari noch weniger gewogen ist als den ›Verfluchten‹ Eures Volkes«, sagte Seri schließlich.

Verwirrt zog er eine Braue hoch. »Wieso?«

»Ich soll Euch Töchter gebären, auf dass diese das gleiche Schicksal erleiden wie ihre Mutter? Auf dass sie mit Monstern vermählt werden und für den Rest ihrer Tage als Trinkgefäß dienen?«

»Das werden sie«, bestätigte er. »Doch über die Begriffe *Monster* und *Trinkgefäße* lässt sich trefflich streiten.«

»Und was ist mit der Liebe?« Sie schüttelte den Kopf. »Ich liebe einen anderen, doch das scheint niemanden zu interessieren.«

Er maß sie mit einem harten Blick. »Die Göttin hat verfügt, dass Ihr und ich zusammengehören.«

Sie strich ihr Kleid glatt und kam sich schrecklich hilflos vor. »Dennoch müsst Ihr mein Problem doch begreifen. Ihr habt entschieden. Eure Göttin hat entschieden. Selbst über das Los meiner Kinder wurde bereits entschieden.«

»Einen Dynasten zu ehelichen gilt als große Ehre.«

Seri schnaubte verächtlich. »Dann gestattet mir, die Erste zu sein, die dem nicht zustimmt.«

Seine Lippen zuckten. »Die meisten Frauen empfinden unseren Biss als recht verlockend. Sie sehen darin keinen Schrecken, sondern einen sinnlichen Akt.«

Seri spürte, wie ihr die Hitze ins Gesicht stieg. »Dann nehme ich an, es wird unzählige Damen geben, die sich nach unserer Vermählung Eurer Gesellschaft erfreuen werden.«

»Ich fürchte nicht«, erwiderte Graeme. Ein sonderbares Interesse schlug sich auf seine Stimme nieder, und sie sah zu, wie er mit den Fingern auf der Tischplatte trommelte. »Die Legende besagt, dass ein Mann mit einer Eterna von keiner anderen mehr trinken wird. Ihr werdet in mir den beständigsten Gatten finden, den Ihr Euch vorstellen könnt.«

»Wahrlich, ich bin vom Glück verwöhnt«, entgegnete sie trocken.

»Und Ihr seid immer noch die Erste, die dem nicht zustimmt«, bemerkte er mit einem Funkeln in den Augen.

Neugierig neigte sie den Kopf zur Seite. »Ihr wünscht dies so wenig wie ich, nicht wahr?«

»Wenn ich auch keine Liebe für Euch heucheln kann, meine Dame, bin ich doch gleichermaßen entsetzt über diese Wahl und erleichtert, dass die endlosen Mühen meines Lebens nun bald ein Ende haben werden.«

Sie wusste nicht recht, was sie dazu sagen sollte, und zerrte unruhig an dem hohen Kragen von Idallas Kleid.

»Ihr solltet Euch ausruhen«, sagte Graeme und stand auf. »Bis zur Hochzeitsfeier steht uns noch einiges bevor. Es ist noch so viel zu tun.«

Seri erhob sich ebenfalls und folgte ihm zur Tür. »Bitte, ich flehe Euch an, lasst uns das alles vergessen und getrennte Wege gehen«, sagte sie, um ihm eine letzte Chance zu geben, sein Leben zu retten. Rilen konnte ihr schließlich keinen Vorwurf machen, sollte sie aus dem Schloss geworfen werden.

Der Prinz drehte sich um und sah sie mitfühlend an. »Wäre ich nicht der, der ich bin, meine Dame, ich würde Euch augenblicklich gehen lassen. Aber wer oder was ich bin, kann ich so wenig ändern, wie Ihr es könnt.« Er strich ihr ein paar Haarsträhnen aus dem Gesicht.

Seine Haut an ihrer zu spüren war ein erschreckend intensives Gefühl – ihr stockte der Atem, und ihr ganzer Körper schien in Flammen zu stehen. Offenbar war er nicht minder erschrocken als sie, und als sie verdattert zu ihm aufschaute, stellte sie fest, dass er sie anstarrte.

Und dann beugte er sich zu ihr herab und küsste sie.

Es war nur eine sanfte Berührung ihrer Lippen, und doch ging der Kuss ihr durch und durch. Kaum eine Sekunde später lösten sie sich voneinander, und Seri schlug eine Hand vor den Mund, halb erstaunt und halb schockiert.

Für einen Moment zeigte sich in beider Mienen der gleiche fassungslose Ausdruck, aber der Prinz erholte sich rasch und senkte den Kopf zu einem formellen Abschied. »Habt einen schönen Tag.«

»Es ist Nacht«, sagte sie leise, ehe sie ihrer Wege gingen.

Seri konnte die Edelleute im Schloss Vidara bis zum frühen Morgen lachen und tanzen hören, während sie in ihrem riesigen Bett lag. Den Ranzen hatte sie unter der Matratze versteckt, seinen Inhalt unter ihren Kissen verborgen.

Ihre Gedanken drehten sich ständig im Kreis.

Sie hatte einen Fehler begangen. Sie hätte nicht zurückkehren sollen.

Auf der Suche nach einer bequemen Haltung drehte sie sich auf die Seite und stopfte sich ein Kissen unter die Wange. Im Geiste sah sie immer und immer wieder die Augen des Prinzen vor sich, spürte seine Lippen auf ihren. Sie konnte ihn in dem Raum dort unten wahrnehmen, fühlte seine Gegenwart, als könnte sie ihn unmittelbar berühren. Würde dieses Gefühl verschwinden, wenn sie ihn getötet hatte? Oder würde sie sich für alle Zeiten verloren fühlen? Tränen liefen ihr über die Haut und sickerten in die weiche Kissenhülle.

Sie zuckte zusammen, war plötzlich rastlos und hellwach. Etwas … geschah. Ihr ganzer Körper wurde von einem heftigen Verlangen erfasst.

Dann hörte sie das leise Klicken des Türschlosses. Trotz ihrer inneren Anspannung schloss Seri die Augen und tat, als schliefe sie, zwang sich, ruhig und gleichmäßig zu atmen. So lag sie regungslos und von der Decke nur halb verhüllt im Bett, als jemand ihr Schlafgemach betrat.

Sie musste nicht hinschauen, um zu wissen, dass es der Prinz war. Sie spürte ihn so klar und deutlich, wie sie die Emotionen jenseits seiner ruhigen Fassade wahrnahm.

Die harten Sohlen seiner kostspieligen Stiefel schlugen mit jedem Schritt auf dem Boden auf und verstummten erst direkt neben ihrem Bett. Sie wünschte, sie hätte die Daunendecke, die am Fuß des Betts zusammengerollt war, über sich gezogen, um sich seinem Blick zu entziehen, denn sie trug nur ein hauchdünnes Nachtgewand. Nun blieb ihr nur, die Ruhe zu bewahren und reglos zu warten.

Doch er tat gar nichts. Er stand nur einige Minuten lang dort und betrachtete sie, ehe er schließlich wieder hinausging.

In ihrem Kopf überschlug sich alles, und sie setzte sich auf, kaum dass er die Tür hinter sich ins Schloss gezogen hatte, und überlegte, was er wohl gesehen hatte, während er dort neben dem Bett gestanden hatte. Ein verängstigtes Mädchen ... oder den Feind?

Seri stand auf und zog den roten Umhang aus ihrer Tasche. Einen Moment lang starrte sie ihn nur an. Dann ging sie zum Fenster und hängte ihn dort auf. Für sie konnte es kein Zurück mehr geben. Nicht jetzt. Sie hatte keine Wahl. Sie musste das Monster heiraten und ihr Volk retten, wollte sie nicht wie ein Feigling davonlaufen und ihre Leute dem Untergang weihen.

Ihre Entscheidung stand fest.

Sie war immer noch wach, als die Dämmerung am Horizont heraufzog und eine Zofe hereinkam, um die schweren Vorhänge zu schließen. Beim Anblick des Umhangs, der aus dem Fenster hing, schnalzte die Frau mit der Zunge und machte Anstalten, ihn zu entfernen.

»Lass das!«, blaffte Seri. Das Mädchen gehorchte und huschte rasch zur Tür hinaus.

Seri drehte sich auf die andere Seite, zog sich die Decke über den Kopf und fiel endlich in einen erschöpften Schlaf. Doch sogar in ihren Träumen kehrte Graeme zu ihr zurück, betrachtete sie mit seinen dunklen Augen und flüsterte ihr Dinge ein mit seinen vollen Lippen. Er hatte recht. Ob sie an die Göttin glaubte oder nicht, sie konnte nicht bestreiten, dass es zwischen ihnen eine Verbindung gab. Dass sie und der Prinz irgendwie innig und unauflösbar vereint waren, ihre Seelen miteinander verknüpft, als wäre es ihr Schicksal.

ZWANZIG

Seri erwachte erst, als die Sonne schon beinahe unterging.

Jemand pochte an ihre Tür und trat ein, und als sie sich aufsetzte und ein Gähnen unterdrückte, sah sie Idalla in einem grauen Zofenkleid vor sich. »Seid Ihr wach, gnädige Frau?«, fragte sie strahlend.

Sie hatte ein kleines Tablett in den Händen, gefüllt nicht mit Speisen, sondern mit Toilettenartikeln – eine Bürste, ein Krug Wasser und mehrere duftende Seifenstücke.

Seri schwang die Beine aus dem Bett, stand auf und wollte Idalla das Tablett abnehmen. »Komm, überlass das mir.«

Empört tat die Zofe einen Schritt zurück. »Gnädige Frau Seri!« Dann schaute sie sich um, als wollte sie sich vergewissern, dass niemand sie belauschen konnte. »Bitte, gnädige Frau, lasst mich Euch dienen. Wir sind nicht länger Ebenbürtige. In wenigen Tagen werdet Ihr eine Prinzessin sein.«

Protest stieg in Seris Kehle auf, doch Idallas besorgte Miene brachte sie zum Schweigen.

»Wenn ich meine Arbeit nicht gut mache, werde ich womöglich in die Küche zurückgeschickt«, erklärte Idalla mit einem schwachen, bedauernden Lächeln. »Also müsst Ihr mir gestatten, Aufhebens um Euch zu machen, wie es sich gehört.«

Seri fügte sich. »Ich will keine Last sein. Kommt Kiane auch? Ich habe auch nach ihr verlangt.«

Idalla kicherte und führte sie zu einem Hocker, als wäre sie nicht imstande, allein hinzugehen. Dann schüttete sie Wasser in eine Schüssel, damit Seri ihr Gesicht mit einem der Handtücher waschen konnte. »Kiane wird herkommen, sobald Lady Mila ihren Wutanfall beendet hat.«

Seri klappte der Unterkiefer herab. »Oh nein, habe ich sie in Schwierigkeiten gebracht?«

Idalla tätschelte ihre Schulter. »Macht Euch darüber keine Gedanken. Der Prinz hat Lady Mila gesagt, dass Ihr nach Kiane verlangt habt, worauf sie ihm mit einem gekünstelten Lächeln gesagt hat, für die neue Eterna würde sie eine so geschätzte Freundin natürlich gern ziehen lassen. Und dann, kaum dass er weg war, hat sie mit allen möglichen Dingen herumgeworfen.« Seris besorgte Miene entlockte Idalla ein Grinsen. »Sie ist wütend, weil er sie in der Hand hat, und das weiß sie. Sie kann sich dem Prinzen nicht widersetzen. Niemand kann sich ihm widersetzen.«

Auch das machte Seri Sorgen. Dass ein Mann verlangen konnte, was immer er wollte, und er würde es bekommen. »Ich möchte ihr keine Probleme bereiten.«

»Es gibt keine Probleme«, sagte Idalla energisch. »Ihr werdet die Prinzessin sein. Lady Mila ist nur wütend, dass sie es nicht wird.« Sie befeuchtete Seris Haar und fing an, es zu der bei den Hofdamen so beliebten Gretchenfrisur zu flechten. »Wenigstens verhält sich Lady Aynee erheblich besser. Von ihr sind keine Wutausbrüche zu erwarten. Nur höfliches Lächeln. Ihre Zofen sagen, sie hofft, dass Graeme sie dennoch behält.«

»Behält?«

»Als seine Geliebte.« Idalla zupfte vorsichtig eine Strähne von Seris Haar heraus, um sie zu flechten. »Ihr gefällt die Macht, die sie durch das Verhältnis zu dem Prinzen bekommen hat, zu sehr, um sie einfach aufzugeben.«

Seri dachte an Graemes Versprechen der letzten Nacht. Er hatte ihr Treue gelobt, aber hatte er auch die Wahrheit gesagt? Und warum interessierte sie das überhaupt? Nervös nagte sie an ihrer Lippe. »Und die anderen Damen?«, fragte sie schließlich, darauf bedacht, den Kopf still zu halten, während Idalla mit ihren Haaren beschäftigt war. »Hassen die mich alle?«

»Die meisten wissen nicht, was sie von der Geschichte halten sollen«, gestand Idalla. »Es hat noch nie eine Eterna gegeben. Sie sind alle perplex, dass die erste ausgerechnet eine Vidari ist.«

»Mmm.«

»Aber keine Sorge, Ihr habt ja mich, ich werde Euch bei allem zur Seite stehen.« Sie lächelte so breit wie enthusiastisch. »Mein Gemahl ist so stolz auf mich. Kaum zu glauben, dass ich bald einer Prinzessin dienen werde!«

Seri ließ sich nichts anmerken, auch wenn ihr das Herz schwer wurde. Sie konnte nur hoffen, dass Idalla kein Leid geschah, wenn Seri den Prinzen ermordete und floh. Ihre Hände fummelten nervös an ihrem Gewand herum, als weitere Dienstmädchen den Raum betraten und geschäftig herumwuselten.

»Ihr werdet eine wunderschöne Prinzessin sein«, sagte Idalla vergnügt und steckte Seris dickes Haar mit Haarnadeln fest. »Ihr werdet ein Sonnenstrahl unter all diesen blassen, mondgesichtigen Damen sein.«

»Bei den Vidari ist der Mond der Gott des Todes«, bemerkte Seri geistesabwesend und dachte an das Gift und das Messer. Dann schluckte sie schwer und bemühte sich, das Thema zu wechseln. »Kann mir jemand etwas zu essen bringen?«

Eine junge Frau mit braunen Locken wechselte einen Blick mit einer älteren Dienstmagd mit furchterregend finsterer Miene, die die Schlüssel in ihrer Schürze hatte.

Die Frau – offenbar die Haushälterin, wenn der Umstand, dass all die anderen sie zu fürchten schienen, etwas zu bedeuten hatte – kam auf Seri zu. »Keine Speisen in Euren Gemächern, gnädige Frau. Der Prinz hat Anweisung gegeben, dass Ihr heute Abend mit ihm zu speisen habt.«

Kein Essen? Was für ein albernes Gebot! »Und Ihr seid …?«

»Fräulein Anneve.« Sie nickte knapp und winkte die brünette Zofe herbei. »Vya, hilf der Prinzessin mit ihrem Gewand.«

In diesem Moment rauschte Kiane herein, vollbepackt mit Seris Altarfigürchen. »Seri! Ich dachte, du würdest vielleicht …« Sie brach ab, und die Worte erstarben auf ihrer Zunge, als sie hastig einen Knicks vor der finster blickenden Dame machte. »Fräulein Anneve.«

»Sprich die Prinzessin so an, wie es sich gehört«, kommandierte Anneve barsch.

Kiane nickte mit großen Augen, senkte den Blick und verbeugte sich tief. »Vergebung, gnädige Frau.«

Seri zeigte auf sie. »Ist das mein Altar?«

»Ja«, antwortete Kiane. »Ich wollte ihn in Sicherheit bringen, ehe jemand ihn rauswerfen kann.«

Dankbar nahm sie Kiane die Figürchen ab. »Vielen Dank.« Ihre Finger strichen über die vertrauten Schnitzereien, über Flamme und Mond, Blume und Hirsch. »Ich wäre untröstlich gewesen, hätte ich sie verloren.«

Fräulein Anneve schnippte vor Kiane mit den Fingern. »Steh nicht nur herum. Hol frische Kleider für die gnädige Frau.« Kiane nickte und eilte davon. Kurz darauf kam sie mit einigen Korsetts und Röcken zurück.

»Das sind meine Kleider?«, fragte Seri. Sie sahen warm und kratzig aus.

Anneve baute sich erschrocken vor Kiane auf, die prompt den Kopf einzog. »Pardon?«

»Die gehören alle mir? Wie ist das möglich?«

Die Haushälterin hatte Mühe, ihre Mimik zu beherrschen. »Sie gehören Euch, Prinzessin. Die Schneider haben eifrig gearbeitet, um passende Kleider für Euch anzufertigen.«

Seri starrte die Gewänder mit unverhohlenem Entsetzen an. So viele Bänder und Haken und dann noch der schwere Stoff, in den man ihren Körper einschnüren würde. »Wie viele Lagen sind das?«

»Sieben«, sagte Fräulein Anneve voller Stolz. »Und ein Überkorsett.«

Ein Korsett, das über dem Korsett getragen wurde? Seri schüttelte den Kopf. »Nein, das ziehe ich nicht an.«

»Jede anständige Athonitin ...«, stammelte Anneve.

Seri zog herausfordernd eine Braue hoch. »Genau.«

Das Fräulein versuchte es mit einer anderen Taktik. »Ihr werdet die Korsetts brauchen, damit die höfischen Gewänder passen.«

Seri verzog keine Miene. »Ich werde keine höfischen Gewänder tragen.«

Fräulein Anneve war schockiert. »Was werdet Ihr dann tragen?«

»Was immer mir gefällt, nehme ich an.«

»Ich werde dem Prinzen berichten müssen, dass Ihr Euch widersetzt habt«, verkündete Anneve erzürnt.

»Oh, bitte, tu das.« Stille senkte sich über den Raum. Als Seri spürte, dass sich sämtliche Blicke auf sie richteten, musste sie sich ein Lächeln verkneifen. Wenn sie wirklich ein paar Tage lang Prinzessin war, dann würde sie sich auch wie eine gebärden. Sie wedelte gebieterisch vor Fräulein Anneve mit der Hand, ganz so, wie sie es bei Lady Mila beobachtet hatte. »Du darfst dich entfernen.«

Anneve erstarrte, verbeugte sich aber gleich darauf und stolzierte in einem Wirbel aus grauen Röcken und klimpernden Schlüsseln zur Tür hinaus. Kaum war Anneve fort, schauten die angespannten Zofen Seri an.

»Schließt bitte die Tür hinter ihr. Und irgendjemand soll mir etwas zu essen bringen«, sagte sie.

»Das mache ich«, antwortete Idalla und tätschelte Seris inzwischen fertig geflochtenen Zopf. Die anderen Zofen zögerten kurz, ehe sie sich wieder in Bewegung setzten. Eine verließ den Raum, die anderen folgten ihr und schlossen die Tür, sodass Seri mit Kiane allein war.

Das Mädchen grinste vergnügt. »Ich glaube, wir werden heute Nacht in der Küche viele böse Worte von Fräulein Anneve zu hören bekommen.«

Seri schnaubte verächtlich. »Das ist eine schreckliche Frau.«

»In der Tat«, stimmte Kiane zu und hielt die weiten Röcke hoch. »Was soll ich damit machen?«

»Verbrennen?«, fragte Seri hoffnungsvoll.

Kichernd schüttelte Kiane den Kopf. »Ich werde sie zum Schneider zurückbringen und ihm sagen, dass sie Euch nicht gefallen haben. Er wird erschüttert sein.«

»Sieben Lagen«, sagte Seri und zeigte auf den Kleiderberg auf Kianes Armen. »Und das, obwohl es sowieso schon so warm ist? Das ist Irrsinn. Ich würde lieber Männerkleidung tragen.« Die gegürteten Tuniken waren lang, aber es gab nur eine Schicht – und kein Korsett.

»Soll ich dem Schneider sagen, wir brauchen Männerkleider … für eine Frau?« Kianes Augen funkelten vor Übermut.

Warum nicht? Dann könnte Seri sich wenigstens hinauswagen. »Sag ihm, er soll seine Stoffe und alles, was er derzeit hat, herbringen. Und falls du dieses Kleid willst, kannst du es haben.«

Erfreut sah Kiane sie an, sprang auf und verbeugte sich erneut. »Danke, gnädige Frau.«

»Und hör damit auf. Meine Güte, so viele Verbeugungen, ich komme mir vor wie ein Altar.«

Kiane fing erneut an zu kichern und sauste hinaus. Seri erhob sich von ihrem Hocker und baute ihren Altar auf, verbeugte sich vor ihm und schickte ein rasches Gebet an die vier Götter. *Bitte lasst mich alles richtig machen. Lasst nicht zu, dass ich bei dem, was ich tun muss, versage. Gestattet mir, den Prinzen zu töten und zu Rilen und meiner Familie zurückzukehren, dorthin, wo ich hingehöre.*

Kurze Zeit später aß Seri mit Wurst belegte Brote und lauschte dem Geschnatter des Schneiders, währenddessen Helfer sie mit Nadeln pikten. Eine Frau hielt Stoff hoch und wartete auf Seris Zustimmung, während eine andere eilends eine eisblaue Tunika säumte, die ihren Maßen angepasst wurde. Der Schneider hatte sie für einen der Dynasten gefertigt, dem die Stickerei nicht gefallen hatte, also hatte Seri sie zusammen mit einer passenden silbernen Hose für sich beansprucht.

All dieser Wirbel war recht ... lustig. Wenn sie bedachte, dass sie ihr Kleid für die Handfeste zu Hause allein bei Kerzenschein hätte nähen müssen, in der Hoffnung, der Stoff möge nicht gar zu billig aussehen. Hier sprangen so viele Leute um sie herum, boten ihr Speisen dar und zeigten ihr prächtige Stoffe, bemüht festzustellen, ob Seegrün besser zu ihrem Haar passte als Türkis.

Der Gedanke erschien ihr eigennützig, und sie zupfte ein Stück von ihrem Essen ab und warf es zur Abbitte für die Götter ins Feuer. Ihr einfaches Leben war ihr ganz recht, sie war nur vorübergehend ein wenig geblendet, das war alles.

»Was ist mit dieser grünen Tunika, gnädige Frau?«, fragte der Schneider und hielt ein Kleidungsstück hoch, das mit goldener Stickerei bedeckt war. »Sie hat dem ursprünglichen Eigentümer nicht gut gepasst, aber wir können sie für Euch enger machen. Wollt Ihr sie anprobieren?«

Sie nickte und wollte schon den Kragen ihrer Tunika öffnen, als es an der Tür klopfte. Ehe irgendjemand reagieren konnte, wurde die Tür von einem der Gardisten des Prinzen aufgestoßen.

Die Näherinnen kreischten, aber Seri verschränkte lediglich die Arme vor der Brust.

Gleich darauf betrat Prinz Graeme den Raum. Seine dunklen Augen schimmerten im Kerzenschein. Als er Seri in der Tunika erblickte, stutzte er.

Seri reckte das Kinn hoch. »Kann ich Euch behilflich sein, gnädiger Herr?«

Prinz Graeme musterte sie gestreng. »Eure Anwesenheit bei Tisch war bereits vor einer halben Stunde gefordert.«

Seri zuckte mit den Schultern. »Ich war beschäftigt.« Demonstrativ nahm sie einen Bissen von ihrem Wurstbrot.

»Und darf ich fragen, warum Ihr beschlossen habt, Euch mir absichtsvoll zu widersetzen?«, fragte er.

Sie zupfte ihre Tunika zurecht. »Ich werde mich nicht vor Euch erklären.«

»Zumindest nicht während der nächsten zwei Tage.«

Sie spürte seine Enttäuschung. Es fühlte sich an wie ein Juckreiz, doch alles, was er tat, war, ihr seinen Arm zu bieten, um ihr von dem Hocker herunterzuhelfen.

Argwöhnisch ergriff sie seinen Arm und drückte mit der anderen Hand die Tunika fest an ihren Körper.

»Würdet Ihr es vorziehen, in Euren Gemächern zu speisen?«, erkundigte er sich.

Seri zögerte. »Beabsichtigt Ihr, hier bei mir zu bleiben?«

Ein schwaches Lächeln huschte über seine Lippen, das erste, das sie überhaupt zu sehen bekam, und es war atemberaubend. Plötzlich waren seine Lippen das Schönste, was sie je zu Gesicht bekommen hatte. *Ich werde verrückt*, dachte sie und zwang sich, den Blick abzuwenden.

Graeme schaute sich in dem Gemach um, ehe er sich wieder auf sie konzentrierte. »Würde es Euch ärgern?«

Sie wusste nicht, ob sein Ton kokett oder herausfordernd war, was ihr wenig behagte. »Ihr könnt bleiben, wenn es Euch gefällt«, entgegnete sie widerwillig.

Der Prinz bedeutete seinen Gardisten, sie sollten hinausgehen, und in dem Raum brach hektisches Treiben aus. Die Zofen schoben Seri hinter einen Paravent, befreiten sie aus der mit Nadeln gespickten Tunika und steckten sie in ein fließendes Gewand mit hohem Kragen. Augenblicke später war sie erneut allein mit Graeme und einem neuen Tablett mit geröstetem Huhn, schmackhaften, mit Gemüse gefüllten Teigtaschen in würziger Soße und klebrigen süßen Brötchen. Seri nahm eines der süßen Gebäckstücke von der Servierplatte, legte es auf ihren Teller und leckte sich die Finger ab. »Vielleicht sollte ich Euch öfter einladen, mit mir zu speisen«, kommentierte sie trocken.

»Wenn Ihr es wünscht«, sagte Prinz Graeme.

Sie wusste nicht, was sie wünschte. Alles, was sie wusste, war, dass der Gedanke, mehr Zeit in seiner Gegenwart zu verbringen, ihr Herz in einen verräterischen Aufruhr versetzte. Als sie ihren Teller füllte und die Köstlichkeiten, die man ihr gebracht hatte, aß, fiel ihr auf, dass der Prinz sich kaum rührte. Er nippte nur dann und wann an einem Kelch mit Wasser und beobachtete sie aus halb geschlossenen Augen.

»Isst deine Art nicht?«, fragte Seri.

»Ich bedaure, sagen zu müssen, dass wir nichts von dem verspeisen, was auf diesem Tablett ist.« Er bedachte sie mit einem kaum wahrnehmbaren Lächeln.

»Also nur Blut?« Sie musterte die unschuldigen Lippen, hinter denen sich die Fangzähne verbargen.

Er neigte den Kopf.

Wieder stellte sich unbehagliche Stille ein. Seri leckte sich die Finger ab, hielt aber inne, als sie merkte, wie er ihre Bewegungen verfolgte.

Gleich darauf streckte er seine Hände aus.

»Darf ich sie sehen?«

»M-meine Hände?«

Graeme nickte.

Zögernd reichte sie ihm ihre Hände. Er ergriff sie und studierte sie eingehend, ohne etwas zu sagen.

»Was seht Ihr?«, fragte sie.

»Das sind nicht die Hände einer Dame. Eure Nägel sind zu kurz, die Hände schwielig und vernarbt.« Sie wollte sich losreißen, aber er schloss die Finger um ihre Handgelenke. »Ich wollte Euch nicht kränken.« Unter ihren Augen strich er mit den Fingern über ihre Handflächen. »Es war nur eine interessante Beobachtung.«

Ein Schauder erfasste ihren Körper bei dieser schlichten Berührung. »Kann ich meine Hand wiederhaben?« Sie hatte die Frage leichthin stellen wollen, doch ihr erstickter Ton machte ihre Bemühungen zunichte.

Er bedachte sie mit einem traurigen Blick. »Ihr wollt tatsächlich kein Stück nachgeben, nicht wahr?«

Sie wusste nicht recht, wie sie reagieren sollte. »Warum soll ich geben, wenn Ihr nur nehmt?«

Er zog eine Braue hoch. »Habe ich Euch je schlecht behandelt?«

»Ihr wollt mich nicht gehen lassen!«, warf Seri ihm vor.

»Weil wir beide an eine uralte Tradition gebunden sind. Denkt Ihr denn, es wäre mein Wunsch, nur deswegen zu heiraten, weil die

Göttin es so beschlossen hat?« Er beugte sich näher zu ihr. »Denkt Ihr, das ist der Gipfel meiner Hoffnungen und Träume? Mehr als alles andere ist es ein Ärgernis, denn ich würde es vorziehen, mich in meine Gemächer zurückzuziehen und meinen Studien zu widmen, aber stattdessen muss ich eine Hochzeit planen. Statt dass die Höflinge allmählich verschwinden, kommen wegen der Zeremonie noch mehr her. Statt dem prüfenden Blick meines Vaters zu entkommen, stehe ich nun erneut im Zentrum seiner Aufmerksamkeit, und das alles nur, weil die Göttin entschieden hat, dass Ihr und ich eins sein sollen.«

Seri lehnte sich auf ihrem Stuhl zurück. Aus seinem Blickwinkel hatte sie die Sache bisher gar nicht betrachtet. Aber sie wollte nicht mit ihm fühlen. Er mochte sich machtlos vorkommen, doch tatsächlich war sie diejenige, für die es keinen Ausweg gab. Sie versuchte erneut, sich aus seinem Griff zu befreien, und dieses Mal ließ er los. Ihre Handfläche kribbelte von seiner Berührung, und sie empfand eine sonderbare Wärme. Es fühlte sich an, als wäre sie von den Zehen bis zu den Haarwurzeln rot angelaufen. »Mögt Ihr Euren Vater nicht?«

Er zuckte auf eine träge, beinahe gelangweilte Art mit den Schultern. »Er ist mein König, und ich bin sein loyaler Untertan.«

»Das bedeutet nicht, dass Ihr ihn mögt.«

»Ich glaube, Ihr seid die erste Person, die mir diese Frage je gestellt hat.« Ein Hauch eines Lächelns erschien auf seinen Lippen, und ihr Herz flatterte. Sie biss sich in die Wange, um den verzweifelten Drang, das Lächeln zu erwidern, unter Kontrolle zu bringen.

»Ich vermisse meinen Vater«, sagte sie leise.

Er richtete sich auf seinem Stuhl auf. »Sollen wir ihn ins Schloss holen?«

Seri blinzelte. Ein *Ja, bitte* lag ihr schon auf der Zunge, als ihr wieder einfiel, was sie zu tun hatte. In zwei Tagen sollte sie diesen

Mann töten. Ihre Familie war dem Schloss jetzt schon viel zu nahe. »Nein«, sagte sie sanft. »Er würde nicht herkommen wollen.«

Der offene, beinahe freundliche Ausdruck in seinem Gesicht verflüchtigte sich wieder. »Ich verstehe.«

Und wieder trat unbehagliches Schweigen ein.

Sie griff zu ihrem Kelch, trank einen tiefen Schluck und wünschte sich, er würde etwas anderes als nur Wasser enthalten.

Der Prinz spielte mit seinem Glas. Trotz der Tatsache, dass sie allein in ihrem Salon speisten, hatte er eine steife, majestätische Haltung. »Also, sagt mir, was hat es mit dem roten Tuch an Eurem Fenster auf sich?«

Sie verschluckte sich an ihrem Wasser. »B... bitte?«, würgte sie hustend hervor, als er zum Fenster zeigte.

»Das Gewand. Ihr habt es gestern hinausgehängt.«

O ihr Götter! »Das ist ... ein Hochzeitsbrauch der Vidari«, log sie mit erstickter Stimme. »Wenn ich heiraten soll, dann ist es nur angemessen, wenn ich auch an meinen Bräuchen festhalte und nicht nur Eure übernehme. Zumindest, wenn Ihr das Herz habt, mir diese eine Freiheit zu gewähren.«

Er nickte knapp. Der Augenblick gegenseitigen Verständnisses war vorüber, das konnte sie sehr genau spüren. Sie fühlte seine Traurigkeit, und es verwirrte sie. Eigentlich sollte sie das nicht kümmern, aber aus irgendeinem Grund tat es das doch.

Prinz Graeme erhob sich. »Ich muss gehen. Die Pflicht ruft, und ich muss noch einige Briefe schreiben, ehe ich mich an die Hochzeitsvorbereitungen machen kann. Wahrscheinlich werden wir uns vor der Zeremonie nicht mehr sehen. Solltet Ihr etwas brauchen, lasst es mich wissen.«

Sie richtete sich auf ihrem Stuhl auf. »Was soll ich tun?«

Der Blick, mit dem er sie bedachte, war unpersönlich und teilnahmslos. »Ihr werdet beschäftigt genug sein, vertraut mir.« Dann verbeugte er sich kurz und verließ den Raum, und Seri war zum ersten Mal seit einer gefühlten Ewigkeit allein.

Grund genug, erleichtert zu sein, doch stattdessen empfand sie ein sonderbares Gefühl des Verlusts, nun, da er gegangen war.

EINUNDZWANZIG

Als Prinz Graeme ihr gesagt hatte, sie würde beschäftigt genug sein, war Seri nicht auf die Idee gekommen, dass das Anprobe um Anprobe und endlose Segnungen seitens der Athonitenpriester beinhalten könnte.

Zwei Tage lang wurde sie von Betsaal zu Betsaal geschickt, traf jeden Geistlichen, den sie in den umliegenden Ortschaften hatten finden können, und jeder bot ihr seinen Segen für sie und ihre Hochzeit an. Stunde um endlose Stunde musste Seri die Gebete der Priester mit einem erzwungenen Lächeln über sich ergehen lassen.

Vidaripriester waren natürlich nicht zugelassen. Andererseits kannten die Vidari auch gar keine formelle Form der Religionsausübung, wogegen bei den Athoniten einfach alles voller Pomp und Überheblichkeit zu sein schien.

Wenn sie mal nicht gesalbt wurde, war sie von einem endlosen Heer an Frauen umgeben, die an ihr herumfummelten und ihre Arme, Beine, Füße und Hände für den Hochzeitsputz vermaßen. Zwar hatte Seri protestiert, doch dieses Mal konnte sie nicht mit Tunika und Hose davonkommen. Das Kleid für ihre Hochzeit musste aus dem edelsten Stoff gefertigt sein und mindestens zehn Lagen aufweisen, um ihre bedeutende Position bei Hofe aufzuzeigen. Da gab es Korsetts und Unterkleider und Überkleider, einen Umhang, ein Schnürleibchen, Ärmlinge und allerlei Dinge, die sie nicht zuordnen konnte, die an ihre Kleidung gestückelt, vermessen und zum Nähen wieder abgenommen wurden. Juwelen wurden aus Truhen herbeigeschafft, und Seri erhielt Ringe für ihre Finger, Broschen für die Brust und kleine, mit Edelsteinen besetzte Klammern für ihre Haare.

Es war, als wäre kaum ein Lidschlag vergangen, und schon war der Hochzeitstag gekommen.

Oder die Hochzeits*nacht*, da die Blutigen während des Tages zu schlafen pflegten.

Wie sehr es ihr auch missfiel, sie wurde gebadet und anschließend mit einer Lage Stoff nach der anderen überhäuft. Acht schimmernd weißen Lagen von Unterröcken folgte ein rubinroter Brokatrock. Ein mit Perlen und Edelsteinen besetztes Korsett schnürte ihre Taille ein, und ein langer Schleier wurde an ihrem geflochtenen Haar festgesteckt. Heilige Öle wurden an ihrem Hals aufgetragen, und die Priester kamen ein weiteres Mal zu ihr, um einen Segen zu sprechen.

Zuletzt folgten die drückenden Schuhe. Sie liefen spitz zu und klapperten dank der harten Sohlen bei jedem Schritt. Die hasste sie sogar noch mehr als das Korsett.

»Ihr seid wunderschön«, sagte Kiane leise, als die Vorbereitungen endlich abgeschlossen waren, und faltete zufrieden die Hände vor ihrer Uniform; die Zofen hatten Gewänder in einem gedeckten Rot erhalten, passend zu Seris Hochzeitskleid.

»Nur eines noch.« Idalla raffte ihre Röcke, eilte zu Seri und fixierte den hohen Kragen an Seris Gewand. Er umrahmte ihr Gesicht und ihr hochgebürstetes, mit Juwelen geschmücktes Haar, ließ aber die Kehle und ihre wogenden Brüste frei. »So. Ihr seht wundervoll aus, gnädige Frau«, sagte Idalla mit Tränen in den Augen.

Seri fühlte sich wie erstarrt, als ihr auffiel, wie golden ihre Haut vor dem prächtigen Rot des Stoffes aussah. »Lady Aynee sollte dies tragen, nicht ich. Eine Athonitendame, nicht ich.« Sie zitterte vor

Furcht und Nervosität. Das konnten die Götter ihr doch gewiss nicht bestimmt haben.

»Lady Aynee würde nicht halb so exotisch aussehen wie Ihr«, verkündete die stets loyale Idalla. »Sie ist hübsch, aber sie ist nicht die Richtige für den Prinzen. Ihr werdet heute sein Herz erobern, Prinzessin.«

Am liebsten wäre Seri in hysterisches Gelächter ausgebrochen. Sie wollte nicht sein Herz. Sie wollte sein Leben. Sie wollte, dass er und sein Volk ihr Land verließen, auf dass ihre Leute ihre Freiheit zurückbekamen.

»Lasst ihr mich für einen Moment allein? Damit ich beten kann?« Sie deutete auf ihren Altar.

»Gewiss«, sagte Idalla und scheuchte all die Frauen winkend und mit der Zunge schnalzend hinaus, bis Seri allein in dem Gemach war.

Es war still, bedrohlich still. Ihr Kopf fühlte sich schwer an, ihre Füße schmerzten in den schmalen Schuhen. Ihr war heiß, die endlosen Lagen des Gewands brachten ihre Haut zum Jucken, und das Parfüm roch klebrig süß. Jeder Schritt fiel ihr schwer, aber sie schaffte es zum Bett und zog den Ranzen hervor, den sie unter der schweren Matratze versteckt hatte. Sie nahm das Päckchen mit den giftigen Kräutern heraus und schob es in ihr Kleid, verbarg es unter der linken Brust und zupfte anschließend ihr Dekolleté zurecht.

Das karmesinrote Banner hing immer noch an ihrem Fenster. Das Gift war greifbar. Der Dolch lag unter ihrem Kissen. Sie war so weit.

In einem schwachen Moment wanderten ihre Finger zu ihren Lippen, als sie an den Kuss dachte, den Graeme ihr gegeben hatte. Seine weichen Lippen auf ihren, das warme Gefühl, als ihre Hand in seiner gelegen hatte …

»Gnädige Frau.« Idalla platzte zur Tür herein, und Seri wirbelte schuldbewusst um die eigene Achse, beinahe, als wäre sie bei etwas Verbotenem ertappt worden. »Es ist Zeit! Die Priester kommen!«

Seri strich ihr Gewand glatt. Nur noch ein paar Stunden, und sie würde frei sein.

In ein paar Stunden würde sie eine Mörderin sein.

Eine Heldin.

Eine Witwe.

Und wahrscheinlich eine Märtyrerin.

Seri zwang sich, nicht weiter darüber nachzudenken, und setzte ein mattes Lächeln auf. »Ich bin bereit.«

Dann füllten die Priester den Raum, und der größte von ihnen trat zu ihr. Er trug eine schwere gelbe Robe, deren Säume mit Ranken bestickt waren. Sein Gesicht war runzlig, die Augen waren freundlich, als er ihre Hand ergriff. »Seid Ihr bereit, meine Prinzessin?«

Seri fasste sich noch einmal unter die Brust und atmete tief durch. *Du tust das für deine Leute. Dein Weg liegt klar vor dir. Die Götter werden vergeben, was im Namen der Gerechtigkeit geschieht.*

Vor ihrem geistigen Auge sah sie Prinz Graemes vornehmes Antlitz, und sie hätte schwören können, dass sie seine Anspannung aus der Ferne spüren konnte. »Ich bin bereit.«

Die Zeit verschwamm. Der Priester bot ihr seinen Ellbogen und führte sie aus ihren Gemächern. Diener hatten im Gang Aufstellung genommen. Etliche hatten Tränen in den Augen, und sie berührten ihr Gewand, als sie vorüberging. Gebete aus hundert Mündern drangen auf ihrem Weg an ihre Ohren. Niemand spuckte sie an, niemand nannte sie »Barbarin« oder »wildes Mädchen«.

Dabei wäre alles so viel leichter, würden all diese Leute sie hassen.

Seri schluckte krampfhaft und mit trockenem Gaumen, als der Priester sie durch die Gänge des Schlosses geleitete. Der Weg schien sich ewig hinzuziehen, während sie sich mit langsamen Trippelschritten in den drückenden Schuhen, die bei jedem Auftreten klapperten, voranbewegte.

Dann wurde die Doppeltür zum Ballsaal geöffnet, und der Priester überließ sie sich selbst. Vor ihr war ein riesiger Raum voller edel gewandeter Adliger und warmer stickiger Luft, eine körperlich wahrnehmbare Erinnerung an den schrecklichen Verlöbnisball vor vier Tagen, der alles verändert hatte.

Das Herz schlug ihr bis zum Hals, als sie das Meer der Gesichter erblickte. Da war Lady Penella und weinte unglückselige Tränen. Dort stand Lady Aynee mit ruhiger Miene und liebreizendem Antlitz und Lady Mila mit einem ebenso boshaften wie hämischen Grinsen. Ein paar der Lords, die sie mit Prinz Graeme hatte sprechen sehen, verbeugten sich, als sie sie passierte und die Schleppe raschelnd über den Boden schleifte.

Und vor ihr wartete Prinz Graeme – das entsetzliche, schöne Monster, das sie heiraten sollte.

Und sie *fühlte* ihn. Sie musste nicht hinsehen, um ihn vor sich zu spüren, wie sie an einem warmen Tag die Sonne auf ihrer Haut spüren konnte. Er stand vor dem Podest in einer Tunika aus Goldbrokat mit roten Bordüren. Ein reich verzierter Schwertgurt hing an seiner Hüfte, und er trug einen dicken goldenen Torques am Hals, überzogen mit den Symbolen des athonitischen Königshauses. Ein schwerer roter Mantel lag über seinen Schultern.

Er streckte eine Hand nach ihr aus. »Meine Eterna.«

Seri verließ der Mut, als sie an die Handfeste dachte, die sie mit Rilen geplant hatte, und an den schlichten Blumenkranz und das neue Kleid, das noch viele Anni hätte halten sollen. Das Kleid, das sie anstelle all dieser Juwelen getragen hätte. Dort wäre sie umgeben gewesen von fröhlichen, strahlenden Freunden, und sie hätten stundenlang gefeiert.

Graemes dunkle Augen fixierten sie, und Seri fühlte sich gefangen unter seinem wissenden Blick. Es war, als könnte er tief in sie hineinsehen, als wüsste er um ihre Furcht und ihre Unsicherheit. Wusste er auch, dass sie Gift bei sich hatte und seinen Niedergang plante? Oder konnte er nur ihren Gefühlswirrwarr spüren?

Sie studierte sein Gesicht. Seine Miene veränderte sich nicht, aber die Hand, die er ihr entgegenreckte, sagte ihr etwas. Sie legte ihre eigene zierliche, schwielige Hand in seine, und er umfing sie mit seinem kühlen Griff.

»Mein Prinz«, sagte sie mit einem Nicken.

Die Priester stellten sich vor ihnen auf das Podest, und Graeme führte sie zu ihnen. Sie segneten ihre vereinten Hände und begannen in einer Sprache zu sprechen, die Seri nicht verstehen konnte – harte, abgehackte Silben verrieten ihr, dass es sich um Alt-Athonitisch handeln musste. Seri stockte der Atem. Liebe Götter, sie sollte ihren Feind heiraten. Den Prinzen. Ein Monster. Alles nur, damit sie ihn ermorden konnte. Der Raum verschwamm vor ihren Augen, während die Stimmen der Priester lauter wurden, frohlockender, und sich erneut das Licht über sie herabsenkte. Sie konnte das nicht tun, sie konnte nicht …

»Atmen.«

Ein sanfter Druck an ihrer Hand erschreckte Seri und holte sie zurück in die Gegenwart. Kurz schaute sie Prinz Graeme an, der sie mit undurchdringlichem Blick betrachtete. Diese gelassene, distanzierte Haltung erinnerte sie an ihre Mission, und sie spürte das kleine Giftpäckchen unter ihrer Brust.

Der Blick des Prinzen war ernst und feierlich, seine dunklen Augen fragend.

»Es ist nichts«, log sie.

»Gut«, flüsterte er.

Der Lichtschein um sie herum wurde heller und heller, bis sie so geblendet war, dass sie kaum noch etwas sehen konnte. Es war, als wäre die Sonne selbst herabgestiegen. Wieder schaute sie Graeme an. Schweißperlen tüpfelten seine fahle Haut, und sie fragte sich, ob das Licht ihn peinigte.

Der Priester sagte noch ein letztes Wort, ehe er sie erwartungsvoll anblickte.

Prinz Graeme zog ihre Hand hoch in die Luft. »Meine Eterna. Dank sei der Göttin.«

Seine Stimme klang kühl, beinahe beleidigend, und gewiss nicht so, als wäre er dankbar, sodass sie das Bedürfnis niederkämpfen musste, ihm ihre Hand zu entreißen und sie ihm ins Gesicht zu schlagen.

Der grelle Lichtschein um sie herum wurde schwächer und nahm eine angenehme Farbe an, bis sie von einem sanften Schimmer umgeben waren.

»Nun ist es Zeit für den Kuss der Vereinigung«, verkündete der Priester mit einem wackligen alten Tenor und nickte ihnen mit einem wohlwollenden Ausdruck im faltigen Gesicht zu.

Prinz Graeme drehte sie zu sich. Seris Augen weiteten sich, als er nach der Vorderseite ihres Kleides griff, genau dahin, wo der hohe Kragen sie würgte. Als hätte er ihren Schrecken gespürt, kam er ein wenig näher.

»Es ist nur ein Kuss auf den Hals. Beruhige dich.«

»Aha«, machte sie leise. Noch so ein seltsamer Athonitenbrauch. Stocksteif blieb sie stehen, als er den obersten Knopf ihres Kleides öffnete und ihren Hals entblößte. In der Menge klang hier und da Gekicher auf, und ihre Wangen fingen an zu glühen.

Er beugte sich herab, und der Duft würziger Seife stieg ihr in die Nase, als er die Seite ihres Halses küsste.

Sie ignorierte das unsägliche Verlangen, das in ihr aufflammte, und schloss die Augen.

Die Menge brach in erregtes Gemurmel aus.

Und schon war es so weit, Seri, die Vidari, die Gänsemagd, war verheiratet mit Prinz Graeme von Athon.

ZWEIUNDZWANZIG

Der Festsaal war nicht minder prachtvoll als der Ballsaal. Banner aus parfümierter roter Seide hingen von den Dachbalken herab, und Kandelaber erhellten jeden Winkel des Raums. Platten mit Hasenbraten, Hirsch- und Kalbsfleisch reihten sich auf glänzenden Holztischen, und die Höflinge stellten sich plaudernd in einer Reihe an, um die Köstlichkeiten auf ihre Teller zu häufen und sich am Wein zu laben.

Seris eigener Teller war leer, ihr Magen zu verkrampft, um irgendetwas anderes aufzunehmen als den Wein aus dem Kelch, den die Diener unentwegt nachfüllten. Gemeinsam mit Graeme saß sie am Kopf der Tafel. Keiner von ihnen aß oder redete, aber er hielt immer noch ihre verschwitzte, zitternde Hand umfasst. Prinz Graeme schien beinahe genauso angespannt zu sein wie sie selbst, während die Adligen des Blutes sie beide fasziniert beobachteten.

Die Festlichkeiten schienen sich ewig hinzuziehen. Irgendwann sah sie die Dämmerung durch die hoch gelegenen Fenster heraufziehen, und die aufgehende Sonne überzog den Himmel mit einem Schimmer aus Purpur und Rosa. Sie unterdrückte ein Gähnen, während sich in ihrem Kopf alles drehte von dem Wein und dem Lärm um sie herum.

Lady Mila und Lady Aynee näherten sich ihrem Tisch, gefolgt von einem Gestöber weiterer Hofdamen in bunten Gewändern. Lady Aynee schaute freundlich drein, und Lady Mila lächelte, doch

Seri erkannte klar und deutlich, dass dieses Lächeln nicht freundlich war und es auch nie sein würde. »Ist Eure Gemahlin mit dem Essen fertig?«, erkundigte sich Lady Mila in einem süßen Ton, der die lärmende Menge spielend übertönte. »Sie muss sich doch nach dem Bett sehnen.«

Der Prinz warf einen Blick auf Seris leeren Teller und das fast leere Weinglas, beugte sich zu ihr und flüsterte ihr ins Ohr: »Willst du gehen, Seri?«

Zum ersten Mal hörte sie ihn ihren Namen sagen, und die Wirkung war erstaunlich. »Ich ... ich weiß es nicht.«

Er stand auf und zog sie ebenfalls hoch. »Die Prinzessin ist müde. Bitte geleitet sie in die Gemächer.«

Wieder brandete Gekicher auf, und Lady Mila bedachte den Prinzen mit einem vielsagenden Blick. »Gewiss. Wir werden ihr bei den Vorbereitungen auf ... den Schlaf helfen, Euer Gnaden.«

Jubel und Pfiffe erfüllten die Luft. Seri lief leuchtend rot an, und ihr Herz donnerte vor Angst in ihrer Brust. Die Frauen ergriffen ihre Arme und führten sie durch den Saal und aus dem Gedränge heraus in die verschlungenen Gänge des Schlosses.

Sie brachten sie in ein Gemach, das, zu Seris Schrecken, nicht ihr eigenes war. Der ganze Raum war weit prachtvoller, die ganze Decke geschmückt mit Fresken. Und es gab ein gewaltiges Himmelbett mit dicken, schweren zurückgeschlagenen Vorhängen und Laken, so leuchtend rot wie ihr Gewand.

»Wo sind wir?«

Als die Frauen begannen, ihre Knöpfe zu öffnen, überlagerte Lady Aynees Stimme mit hastigem Geplapper die Stimmen der anderen Damen. »Aber Prinzessin, dies ist das Gemach von Prinz Graeme.« Das kam ihr so leicht über die Lippen, dass Seri annahm, sie war schon viele Male hier gewesen. »Ihr werdet diese Nacht hier verbringen.«

Oh, nein.

Sie war ja so dumm gewesen. Sie dachte an den roten Mantel, der an ihrem Fenster hing, und an den Dolch unter ihrem Kissen, und sie hätte am liebsten geweint. Rilen erwartete sie in jenem Raum, nicht am anderen Ende des Schlosses. Wenn sie ... wenn sie den Prinzen getötet hätte, würde sie zu ihrem Zimmer zurücklaufen müssen, immer vorausgesetzt, sie fand es wieder. Wie dem auch sei, ihre Chancen, lebend aus dieser Sache herauszukommen, standen nicht gut.

Sie räusperte sich. »Mein eigenes Bett wäre mir lieber.«

»Ist es groß genug für zwei?«, fragte Lady Mila gehässig.

»Das ... das weiß ich nicht.« Wieder fühlte sie, wie ihr die Hitze in die Wangen stieg. Daran hatte sie tatsächlich nicht gedacht. Aber ehe sie noch weitere Einwände erheben konnte, wickelten die Frauen eine Lage nach der anderen von ihrem Kleid ab, zupften die Juwelen aus ihrem Haar und lösten ihren Zopf, bis ihr das Haar offen auf die Schultern fiel. Als sie ihr Korsett aufschnürten, packte sie ihre Brüste, um das kleine Giftpäckchen unter ihren Fingern zu verbergen.

Und dann stand sie nackt vor all den glotzenden, flüsternden Edelfrauen, und während sie ihren Körper begutachteten, senkte sich allmählich Stille über den Raum.

»Ihr ... habt überall diese sonderbare Farbe«, stellte Lady Mila in einer Weise fest, die sich anhörte, als handele es sich um einen Makel, nicht um ein ganz normales Merkmal ihres Volkes.

Seri drückte die Schultern durch. Sie schämte sich ihres goldbraunen Körpers nicht. »Ich bin so, wie die Götter mich geschaffen haben.«

Lady Aynee klatschte in die Hände und durchbrach so die zunehmend gespannte Stimmung im Raum. »Also, nun sollten wir sie einkleiden, ehe die Männer hereinkommen.«

Seri wurde ein lockerer, durchsichtiger Morgenmantel angelegt. Ihr Haar fiel ihr in Wellen über den Rücken, und man betupfte sie mit Parfüm, wobei die Frauen ihrem Hals besondere Aufmerksamkeit widmeten. Dann scheuchten sie sie ins Bett. Eine der Damen stellte einen Dekanter mit Wein auf einen nahen Tisch, bei dessen Anblick Seri erleichtert aufseufzte, während das kleine, schweißnasse Päckchen in ihrer Faust sie an ihre Pflicht erinnerte.

Doch auch als sie im Bett war, wollten die Frauen nicht gehen. Stattdessen saßen sie herum und plauderten, als warteten sie auf etwas. Oder jemanden. Vor Staunen errötete Seri erneut, doch sie sprach mit ruhiger, wohlmodulierter Stimme: »Werdet Ihr die ganze Nacht bleiben?«

Die Frage entlockte Lady Mila ein Kichern. »Ich kann mir kaum vorstellen, dass dem Prinzen an Publikum gelegen ist, mein liebes Mädchen. Für den Hof ist es nicht so interessant, ob er die Ehe mit Euch vollzieht oder nicht, doch ich wage zu behaupten, dass er kaum wird widerstehen können, solltet Ihr auch nur halb so gut schmecken, wie es die Legenden besagen.« Sie bedachte Lady Aynee mit einem vielsagenden Blick und Seri mit einem süffisanten Grinsen. »Wie dem auch sei, Ihr habt Glück, den Prinzen in Eurem Bett zu haben.«

Der Gedanke machte sie nur noch nervöser, und sie schob vorsichtig das Giftpäckchen unter die Decke und wischte sich an den Laken die verschwitzten Handflächen ab. Dann räusperte sie sich. »Was sind das für Legenden? Hochzeitsnachtgeschichten?«

Aber Lady Mila antwortete nicht, sondern musterte Seri zunächst nur neugierig. »Ihr habt doch gewiss schon einen Mann gehabt, nicht wahr, meine Liebe?«, fragte sie dann.

Seri erstarrte regelrecht. »Natürlich nicht.«

Für einen Moment kehrte verdutztes Schweigen ein. »Nicht?«, hallte dann Lady Milas ungläubige und doch entzückte Stimme durch die Stille. »Wollt Ihr mir erzählen, dass Euer klägliches Ziegenhirtenvolk nicht nur wild ist, sondern auch prüde?«

Sie krallte die Hände in den Stoff. »In meinem Volk werden Frauen, die sich Männern hingeben, ohne mit ihnen verheiratet zu sein, als liederlich angesehen.«

Die Spannung im Raum war greifbar, aber Lady Mila schluckte den Köder nicht, sondern setzte ein amüsiertes Lächeln auf. »Dann erwartet den armen Prinzen heute Nacht wohl eine Überraschung. Es ist weithin bekannt, dass er für Jungfrauen nicht viel übrig hat.«

»Oder für Vidari«, fügte Seri ihrerseits hohnlächelnd hinzu. »Mich widern die Athoniten auch ziemlich an, also werden wir wohl eine interessante Zeit miteinander verbringen.«

Und der Rest des Schlosses auch, war der tote Prinz erst gefunden.

DREIUNDZWANZIG

Allzu bald hallten polternde Männerstimmen durch den Korridor vor den Gemächern des Prinzen, gefolgt von donnernden Schlägen an der Tür. Die Damen brachen in geschäftige Aktivität aus, räumten Seris abgelegte Kleider weg und verließen den Raum. Lady Aynee warf Seri noch einen eigentümlichen Blick zu und lächelte kurz, ehe sie den anderen Frauen folgte. Als Letzte ging Lady Mila. Prahlerisch stieß sie die Tür weiter auf und zog sie gleich hinter sich zu, sodass niemand hineinschauen konnte.

»Mein Prinz«, hörte Seri Lady Mila vor dem Hintergrund der trunkenen Männerstimmen sagen. »Ich fürchte, ich habe eine bedauerliche Neuigkeit für Euch.« Theatralische Pause, dann: »Eure Prinzessin ist eine Jungfrau.«

Wütend zerrte sie an den Laken. Verdammte Lady Mila. Diese gehässige Frau versuchte sie zu demütigen, wo sie nur konnte. Die Rufe und das Gelächter auf dem Gang wurden lauter, und einen Moment später taumelte der Prinz unter heftigem Schulterklopfen herein, das erst endete, als er die Tür wieder geschlossen hatte. Sein normalerweise perfekt sitzendes schwarzes Haar hing ihm in tintendunklen Locken in die Stirn, und sie spürte, dass die Menge, die sich vor seinem Schlafgemach versammelt hatte, ihn ebenso aus der Fassung brachte wie sie selbst.

Seri zog die rote Decke höher, um ihre Brüste zu verbergen, als der Prinz sich näherte. Ein paar Fuß vor dem riesigen Bett hielt er inne und musterte sie. Als würde er ihr Unbehagen spüren, änderte er die Richtung und ging zur anderen Seite des Betts. Dort zog er sich die schweren Ringe von den Fingern und ließ sie auf ein Silbertablett fallen. »Geht es dir gut? Im Thronsaal hast du ziemlich blass ausgesehen.«

»Es geht mir gut«, sagte sie und rutschte weiter von ihm weg. Die Geräusche von draußen verstummten allmählich. Eine Kerze in der Nähe des Betts warf lange Schatten an die Wände, und eine unheilvolle Spannung schien über dem Raum zu liegen. Sie musste rasch handeln, nicht wahr? Wenn er zu ihr ins Bett käme, wäre er auf andere Dinge aus als auf ein Glas Wein.

Errötend setzte sie sich auf und schaute ihm zu, während er die reich verzierten Ärmelaufschläge seiner Jacke aufknöpfte. »Möchtest du ... hättest du gern ein Glas Wein?«

»Wenn du willst.« Seine Stimme klang höflich und vorsichtig zugleich, und sie wurde von einem Gefühl der Enttäuschung ergriffen. Fort war er, der Hauch der Menschlichkeit, und an seine Stelle war eine hübsche, unnahbare Statue getreten.

Was ihr die vor ihr liegende Aufgabe erheblich leichter machen würde. »Ich hole dir eines«, sagte sie, bemüht, nicht zu eifrig zu erscheinen. Sie schlüpfte aus dem Bett, durchquerte den Raum bis in den Schatten, der ihre Bewegungen verbarg. »Sind die Feierlichkeiten damit vorbei?«, fragte sie, als sie das kleine Giftpäckchen öffnete und seinen Inhalt in einen Kelch schüttete.

»Ich fürchte nicht«, erwiderte der Prinz. »Bei der letzten königlichen Hochzeit haben sie vier Monde gedauert.«

Vier Monde? »Das scheint mir eine arg lange Zeit zum Feiern zu sein.«

»Das ist es auch. Es gibt verschiedene Festlichkeiten in diesem Zeitraum, und sie enden mit einem Ball zur Feier des Segens der Göttin.«

Noch mehr Feste? Diese Leute liebten es, sich in Schale zu werfen. Sie fragte sich, was sie wohl bei seiner Beerdigung tragen würden. Der Gedanke brachte ihre Hände zum Zittern, als sie den Wein in seinen Kelch schüttete. Die Kräuter schwammen oben und waren allzu gut zu sehen, also ließ sie ihn ein wenig kreisen und schenkte auch sich ein Glas ein, um keinen Verdacht zu erregen. Dann stellte sie beide Kelche auf ein Tablett, drehte sich um und erstarrte.

Nun saß der Prinz auf *ihrer* Seite des Betts. Mit entblößtem Oberkörper. Und seine Brust war so fahl und so wohlgestaltet wie sein Gesicht. Muskelstränge spannten sich unter seiner Haut, als er seine Stiefel auszog und einen nach dem anderen quer durch den Raum warf.

Beim Anblick seines halb entkleideten Körpers fing ihr Herz zu rasen an. Das konnte doch nicht sein. Dass er so eine wohlgeformte Gestalt hatte, sollte ohne jede Bedeutung für sie sein. Rilen hatte sie bei der Arbeit viele Male mit blankem Oberkörper gesehen, aber das hatte nicht solch eine Wirkung auf sie gehabt. *Graeme war attraktiv*, das musste sie sich eingestehen.

Und sie hasste es, dass sie sein Aussehen so anziehend fand. Sie wollte es nicht mögen. Sie wollte gar nichts an ihm mögen. Es würde ihr ihre Aufgabe viel, viel leichter machen, wäre er von außen so hässlich, wie er es im Inneren zweifellos war. Aber das Band zwischen ihnen vergiftete ihren Geist, sorgte dafür, dass sie ihn als etwas Besonderes wahrnahm, als etwas, das ihr Freude bereiten, nicht ihren Abscheu wecken sollte.

Wie sie dieses Band hasste.

Graeme stützte eine Hand auf sein Knie und schaute zu ihr hinüber. »Komm näher«, sagte er und fixierte sie mit seinen dunklen Augen. Nicht ihr Gesicht oder ihre Brüste, sondern ihren Hals.

Zögernd tat Seri einen Schritt vorwärts, das schwere Tablett eisern im Griff. »Hier … ist dein Trunk«, sagte sie, stellte es auf dem kleinen Tisch neben dem Bett ab und ergriff sein Weinglas. Grausige Erwartung regte sich in ihrem Inneren. *Bei den vier Göttern, bitte, lasst ihn die Kräuter nicht sehen.*

Mit zitternden Händen hielt sie ihm den Kelch hin. Er war ihr nahe genug, um sie zu berühren, und sie spürte eine sonderbare Hitze, die von ihm ausging, beinahe, als bestünde die Verbindung zwischen ihnen aus purer Wärme. Wie konnte etwas so Furchtbares nur so enorm angenehm erscheinen? Sie wollte das Gefühl auskosten … und schon der Gedanke machte sie ganz krank. Wie schwach sie doch war. Wie leicht sie sich durch diese Magie beeinflussen ließ. Sie biss die Zähne zusammen, als könnte sie so ihren Gefühlen Einhalt gebieten. Ihre Hände zitterten immer noch, als sie ihm den Kelch darbot, und als sie ihm näher kam, fühlte sie die Emotionen unter seiner kühlen Fassade, und plötzlich wusste sie, dass er nicht minder verunsichert war als sie.

In diesem Augenblick war er kein Monster und auch kein rücksichtsloser Eroberer. Ein endloser Moment voller Anspannung zog dahin, in dem er sie nur anstarrte, aber sie sah, dass seine Hand zuckte. Sein Atem ging schneller als zuvor. Er war nervös, stellte sie fest. Sie hingen beide an demselben Band. Er saß so sehr in der Falle wie sie selbst, und es machte ihn ebenso nervös wie sie, mit einer Person verheiratet zu sein, die er kaum kannte. Die Verbindung zwischen ihnen hatte auch ihm keine Wahl gelassen.

Ach, sie wollte ihn doch gar nicht verstehen. Wollte sich ihm nicht noch mehr verbunden fühlen. Es gab keine Ähnlichkeiten zwischen ihnen. Gar keine.

Der Prinz nahm den Kelch. Ihr stockte der Atem, doch er stellte ihn lediglich zurück auf das Tablett. Dann verschränkte er seine Finger mit ihren und zog sie näher zu sich, bis sie zwischen seinen gespreizten Beinen stand.

Sein Blick fing den ihren ein. »Du hast Angst. Ich kann deine

Furcht spüren … in mir.« Er legte eine Hand flach auf die Brust. »Hier. Als wäre sie ein Teil von mir.«

Ihre Lippen bewegten sich stumm. Er fühlte dasselbe wie sie. Kämpfte er dann auch gegen das Wohlbehagen an, das die Verbindung mit sich brachte? Zu gern hätte sie ihn danach gefragt, doch sie wagte es nicht. »Ich weiß, was du bist«, sagte sie nach einer Weile, darauf bedacht, den Wein nicht anzusehen. »Wie sollte ich keine Angst haben?«

Er streichelte ihre Wange. »Du bist die Erlösung von meinem Fluch. Das soll dir keine Qual sein, sondern ein Segen, so wie für mich.«

Ist es nicht, dachte sie ergrimmt. Ein Segen. Wie arrogant er doch war.

Doch dann glitten seine Hände zu ihren Hüften, verharrten auf dem dünnen Stoff, und sie vergaß zu atmen. »Du bist sehr schön, Seri«, murmelte Prinz Graeme. »Nicht wie die Hofdamen, aber sehr … liebreizend auf deine ganz eigene Art. Wie ein wildes Vögelchen.« Seine Finger wanderten weiter hinab und jagten wonnige Schauder durch ihren Körper. Ihr Blick fiel auf seinen Mund, und sie fragte sich, wie er sich wohl an ihrem anfühlen würde.

Der Gedanke erschreckte sie ebenso sehr, wie er sie erregte, und sie schüttelte den Kopf. Sie hasste ihn. Es war nicht Seri, die Vidari, die dachte, ein Athonite hätte einen schönen Körper oder perfekte Lippen. Es zog sie nicht zu ihm hin, und sie fand ihn nicht *nett*. Er war der Feind. An dem Widerstreit in ihrem Inneren war nur die Verbindung zwischen ihnen schuld. Sie schuf Anziehung, wo eigentlich keine war, so sagte sie sich. Gäbe es sie nicht, würde sie ihn genauso hassen wie die Gardisten vor der Tür.

Sie sollte diesen Mann einfach nur vergiften und die Flucht ergreifen. Seri war eine Märtyrerin für ihr Volk, weiter nichts. Sie sollte nicht hier herumstehen und sich von ihm streicheln lassen oder darüber nachdenken, wie sich seine Lippen an ihrem Körper anfühlen würden.

»Prinz Graeme«, setzte sie zu sprechen an, doch er unterbrach sie.

»Ich würde es vorziehen, wenn du, meine Gemahlin, mich nicht Prinz nennst. Ich weiß, wir sind einander fremd, aber ich bitte dich, mich bei meinem Namen zu rufen.« Seine Stimme klang tief und sanft.

Durch das gemeinsame Band fühlte sie pulsierende Emotionen – intensive Lust, vermengt mit einer sonderbaren Zuneigung und … Sehnsucht? Mit einem Kloß im Hals starrte sie das Tablett mit dem vergifteten Wein an. »Nenne ich … nenne ich dich in der Öffentlichkeit Prinz Graeme?«

»›Krone meines Herzens‹ wäre mir lieber.«

Sie zog eine Braue hoch, und als er lächelte, ging ihr auf, dass er einen Scherz gemacht hatte, und ihr entschlüpfte ein nervöses, schrilles Kichern.

»Also nur Graeme«, sagte er und drückte ihre Hüften.

»Graeme«, wiederholte sie mit einem Grummeln im Bauch. Warum, bei allen Göttern, lachte sie mit ihm? Warum lächelte er sie an und gab ihr das Gefühl, dahinzuschmelzen wie eine Kerze? Ihr Blick huschte über die wartenden Kelche, und sie fragte sich, wie schnell das Gift wohl wirkte. Würde er den Wein trinken und einschlafen? Für immer diese wunderschönen Augen schließen? Oder würde er stundenlang leiden müssen? *Ihr Götter*, dachte sie verzweifelt, als sie sich die Qualen vorstellte. *Lasst ihn nicht so leiden.*

Sein Blick folgte dem ihren. »Würdest du dich wohler fühlen, wenn ich trinke?«, fragte Graeme. »Ich fürchte, mich dürstet nicht nach Wein, doch wenn du ihn mir darbietest, werde ich gern mit dir trinken.« Sein ernster, gestrenger Mund verzog sich zu einem schiefen Lächeln, das ihr Herz erneut in Aufruhr versetzte.

Er versucht, mich zu beruhigen, dachte sie. *Er denkt, ich habe Angst vor ihm, und will mir die Angst nehmen.*

Diese kleine Zuwendung erschütterte sie zutiefst. Doch sie musste es tun. Sie musste. Eine kleine Zuwendung war nichts im Angesicht der Unterdrückung ihres Volkes. Seri wappnete sich innerlich und griff mit zitternden Fingern nach dem Weinglas.

Als sie sich wieder umdrehte, stand Graeme direkt vor ihr. Seine Hand glitt über ihre Schulter und dann über ihren Rücken.

Erschrocken über die zarte Berührung keuchte sie auf, und der Kelch entglitt ihren klammen Fingern. Wein spritzte auf ihr dünnes Gewand. *Ach, ihr Götter.* In stummem Entsetzen blickte Seri den Prinzen an.

Er kniff die Augen zusammen und starrte sie einen endlosen Moment lang an. Ihr Herz schlug schneller, ihr Entsetzen verschmolz mit seiner Verwirrung ... und Zorn. Abrupt wandte er sich ab und stolzierte aus dem Raum.

Wie von Sinnen zerrte Seri an ihrem nassen Gewand. Heiße Tränen brannten in ihren Augen. Wusste er Bescheid? Hatte er ihren Plan *gefühlt*, so, wie er ihre Furcht gefühlt hatte? War er nun gegangen, um die Gardisten zu rufen und sie hier in diesem viel zu prachtvollen Raum, in den sie nicht gehörte, niedermetzeln zu lassen?

Sie riss sich das hauchdünne Gewebe vom Leib, das nun mit vergiftetem Wein getränkt war, und warf es ins Feuer. Sofort loderte es auf, und der Raum füllte sich mit beißendem Rauch. Sie öffnete das Fenster, und der Rauch flog hinaus in die kalte Nacht. Außer sich überlegte sie für einen Moment, ob sie ihm folgen sollte, aber der Boden war schwindelerregend weit entfernt. Graemes Gemach war im obersten Stockwerk, und diesen Sturz würde sie nicht überleben.

Beschämt über ihre Feigheit schüttelte sie den Kopf. Auch nur daran zu denken, einfach aus dem Fenster zu springen, statt sich ihrem Schicksal zu stellen, wie es sich für eine starke Vidari geziemte. Sie verschränkte die Arme vor der Brust, schlang sie um ihren Leib und wartete neben dem Bett. Wieder wurde die Tür geöffnet, und Seris Atem ging schnell und hart. Ihre letzten Augenblicke waren gekommen. Sie musste stark sein. Sie drückte die Decke an ihren nackten Körper und zwang sich, nicht wie Espenlaub zu zittern.

»Seri«, rief Graeme, und der Rauch brachte ihn zum Husten. Er verströmte Traurigkeit. »Was hast du getan?«

Sie versuchte, etwas zu sagen, aber es kam nur ein ersticktes Wimmern heraus. Schließlich atmete sie einmal tief durch und riss sich zusammen, schaute ihn an und hielt sich tapfer aufrecht.

Und da sah sie, dass er nicht mit einer Kompanie seiner Männer zurückgekommen war, sondern mit Handtüchern.

Oh.

»Du hättest dein Gewand nicht verbrennen müssen.« Als er neben ihr niederkniete, jagte ihr ein Schauder der Angst über den Rücken, doch alles, was er tat, war, ihre Haut mit dem feuchten Handtuch abzureiben und den vergifteten Wein abzuwaschen.

Als sie wieder sauber war, erhob er sich und ergriff erneut ihre Hand auf die gleiche besänftigende Weise, auf die er sie schon während der offiziellen Zeremonie gehalten hatte. Dann schaute er ihr tief in die furchtsamen, verwirrten Augen. »Seri«, sagte er mit leiser Stimme, und sein Daumen strich über ihre Handfläche, so vorsichtig, als hätte er es mit einem erschrockenen Kaninchen zu tun. »Ich weiß, das wird dein erstes Mal sein. Hab nicht so viel Angst vor mir.«

Ein hysterisches Gelächter wogte in ihrer Kehle auf. Dachte er wirklich, das war der Grund ihrer Angst? Sex? Sie konnte ihm schlecht erzählen, dass sie ihn beinahe ermordet hatte. Dass sie ihre Leute enttäuscht und verraten hatte. Dass Rilen wütend sein würde.

Tausend Gefühle tobten in ihrem Inneren, und sie kämpfte gegen das Bedürfnis, einfach in Tränen auszubrechen. »Es tut mir leid«, sagte sie. »Ich fühle mich nur so …« *Allein*, wollte sie sagen. *Nackt. Verwundbar.*

Er umfasste ihr Gesicht und küsste sie. Nicht so sanft und flüchtig wie zuvor, sondern so herrlich tief und inniglich, wie sie es noch nie erlebt hatte. Süß lagen seine Lippen auf ihren, er schmeckte nach dem Tischwein. Als seine Zunge über ihre Lippen fuhr, öffnete sie den Mund und ergab sich dem unausgesprochenen Befehl.

Seine Lippen auf ihren zu spüren war unfassbar beglückend. Ein Stöhnen entfleuchte ihrer Kehle, und sie drückte die Fäuste an seine warme nackte Brust. Er war fahl, aber auch so warm, so hart an ihrem Körper, und das fühlte sich viel zu gut an. Er zog sie fester an sich, unentwegt glitten seine Lippen über ihre. Rilen küsste hart und leidenschaftlich, als wäre die Begegnung ihrer Münder ein Eroberungsfeldzug, den er gewinnen musste. Prinz Graeme küsste wie ein Verführer, als wäre er das Licht und die Wärme selbst und könnte sie mit der Zärtlichkeit seines Mundes allein umwerben.

Gegen ihren Willen regte sich ein heiß glühendes Bedürfnis in ihrem Körper und erfüllte sie mit einem Kribbeln, das nichts mit dem Wein zu tun hatte, den sie zuvor getrunken hatte, aber alles mit diesem Mann. Graemes Hände glitten über ihren Hals, seine Daumen spielten auf der zarten Haut. Sanft biss er ihr in die Unterlippe, was ihr einen Schauer der Erregung durch den Leib jagte, und als er seine Stirn an ihre legte und sie seinen schweren Atem hörte, klang er wie ihr eigener.

»Hast du immer noch Angst vor mir, Seri?«

Es war sonderbar, aber sie hatte keine Angst. Nun nicht mehr. Aber sollte sie sich nicht fürchten? Nahm der Einfluss des Bandes auf ihren Geist zu? Oder hatte sie nur einfach aufgegeben? Was immer von nun an geschah, es würde geschehen, weil sie es zuließ. Seri schluckte schwer und schüttelte den Kopf, öffnete ihre Fäuste und spreizte die Hände auf seiner Brust. Sie fühlte sich fest an und war überzogen mit Dutzenden alter Narben, nach denen sie ihn fragen wollte. Sie hatte in ihm nie einen Krieger gesehen, aber er trug die Male der Schlacht. Fasziniert folgte sie mit den Fingern den Linien seines Körpers. Warum hatte sie nur geglaubt, alle Athoniten wären weich? Dieser Mann war das glatte Gegenteil.

»Ich werde dich berühren«, ließ er sie wissen. »Überall. Ich werde dich ins Bett tragen und dich als die Meine beanspruchen. Bist du bereit?«

»Graeme …«, begann sie, doch als er ihren Protest mit einem weiteren langsamen, berauschenden Kuss erstickte, konnte sie nicht anders, sie musste die Augen schließen. Ein leises Stöhnen stieg in ihrer Kehle auf, und sie spürte die heftige Begierde, die er verströmte, und sein Verlangen weckte das ihre.

Vorsichtig biss sie in seine Lippe, eine zarte Imitation des Bisses, mit dem er sie für sich eingenommen hatte, und er stöhnte auf. In einer flüssigen Bewegung packte er sie und trug sie zum Bett. Aufkeuchend schlang sie die Arme um seinen Hals, als er sie sacht am Rand der Matratze absetzte und ihren offenen Mund mit einem neuen Kuss verschloss.

Unter seiner Berührung vergaß sie alles andere. Ihre ganze Welt bestand nur noch aus Graeme und Graeme allein, seiner fahlen Haut, seinem dunklen Haar, seinen brennenden Augen.

»Meine Braut«, murmelte er. »Meine Eterna. Meine Segnung von der Göttin.«

Sie wollte protestieren, ihm erklären, dass sie nichts von alldem war, doch seine Hände waren auf ihrem Körper, und sie nahm nichts anderes mehr wahr als seine Haut auf ihrer eigenen. Er schien instinktiv zu wissen, wo er sie berühren musste, dass er nur mit den Fingern über ihre Brustwarzen gleiten musste, um Schockwellen durch ihren Körper zu jagen, dass sie beim Kratzen seiner Zähne an derselben empfindlichen Stelle vor Begierde beinahe von den Laken abheben wollte. Er küsste und streichelte jeden Quadratzentimeter ihrer Haut, erkundete ihren ganzen Körper.

Sein Mund wanderte tiefer, von ihren Brüsten zu ihrem Bauch, ihren Hüften, seine Zähne scharrten über ihre zarte Haut, und sie erschauerte. Sie fühlten sich so ... spitz an. Gefährlich. Wie sonderbar das war. Noch sonderbarer, dass sie es als erotisch empfand. Sie war verloren in einem Meer der Gefühle, und als er über sie glitt, trieb das Gefühl seiner nackten Haut auf ihrer sie beinahe in den Wahnsinn. Seri stöhnte laut auf und klammerte sich an ihm fest. Sie brauchte mehr. Immer mehr. Es war so verwirrend, eine unstillbare Sehnsucht wahrzunehmen, wo zuvor gar nichts war. War das auch die Magie der Göttin? Wenn Rilen sie geküsst hatte, hatte sie nie so empfunden. Aber bei Graeme konnte sie gar nicht genug kriegen und sehnte sich nach etwas, das sich ihrem Verständnis entzog.

Ja, vielleicht war das Band verantwortlich für ihre Unersättlichkeit und diese drängenden, bedürftigen Laute, die sie von sich gab, wann immer er sie berührte. Dieses Band musste ihr all die Angst vor dem, was heute Nacht geschehen sollte, genommen und sie durch Begierde und Ungeduld ersetzt haben.

Graemes Lippen bedeckten die ihren, während sein nackter Körper ihren auf das Bett drückte. Seine Hand bewegte sich zwischen ihre Beine, öffnete ihre Oberschenkel. Von den Gefühlen, die zwischen ihnen waberten, beinahe um den Verstand gebracht, fügte sie sich willig.

Er verlagerte sein ganzes Gewicht auf ihren Körper. Etwas Hartes, Heißes presste sich an sie, dann drang er tief in sie ein, und sie keuchte auf und klammerte sich haltsuchend an ihm fest.

»Pst«, murmelte er und küsste sie wieder.

Sein Geist berührte ihren, und sie spürte seine Leidenschaft, sein Verlangen, das an ihr leckte, bis sie nachgab, sich hingab.

Er legte ihre Beine um seinen Körper und zog sie näher zu sich, und dann bewegte er sich wieder, streichelte sie innerlich. Sie keuchte, erneut verwundert darüber, wie gut es sich anfühlte, und sie spannte die Beine um seinen Körper und klammerte sich an ihm fest, während er sich in einem Rhythmus bewegte, der sie mitzog. Etwas wuchs, süß und drängend, und sie murmelte eine sanfte, wortlose Bitte.

»Ich hab dich«, sagte er zu ihr. »Ich hab dich, Seri.«

Sie bäumte sich unter ihm auf und warf den Kopf in den Nacken.

Wieder fixierte er unwillkürlich ihren Hals, und dann wurden seine Bewegungen mit jedem Moment, der verging, heftiger und besitzergreifender, als gelänge es ihm nicht mehr, sich unter Kontrolle zu halten. Unerbittlich stieß Graeme in ihr weiches Fleisch, hielt ihre Hüften mit eisernem Griff, das Gesicht ernst und angespannt, während er ihr in die Augen sah, aber sie wusste – oh, sie wusste –, dass er hinter dem sorgsam kontrollierten, wunderbaren Gebaren innerlich raste und kurz davor war, die Beherrschung zu verlieren.

Dann spannte sich ihr ganzer Körper, pulsierte vor lustvollem Vergnügen, und sie keuchte auf, staunte mit einem Gefühl, das einem Schrecken nahe war, darüber, wie intensiv – und absolut unfassbar – das alles war. Wonne explodierte in ihrem Geist, und die Verbindung zwischen ihnen sang lauter denn je. Sie rief seinen Namen, und er fiel über sie, ohne je in der Bewegung zu verharren. Seri legte die feuchten Arme um seinen Hals, zog ihn näher heran, wollte ihn küssen, doch seine Lippen fanden nicht den Weg zu ihrem Mund.

Stattdessen stieß er härter in sie, bedeckte die Haut über ihrem Schlüsselbein mit drängenden Küssen. Sie schloss die Augen, bäumte sich unter ihm auf, ergab sich ihm ganz, wünschte, er würde die gleiche alles umfassende Befreiung empfinden, die sie wahrnahm. Sie wollte ihn bei sich haben in diesem Land der endlosen Emotionen.

Der kurze, stechende, süße Schmerz an ihrem Hals überraschte sie, ein Schmerz, der sie aufstöhnen ließ, der einen Schock durch ihren Körper jagte, bis sie sich an seinem Rücken festhielt, während seine Zähne ihre Haut durchbohrten.

Die Gefühle, die sie teilten, schwollen an, bis sein Verlangen und sein Durst donnernd durch ihren Geist hallten und ihre eigenen Gedanken verdrängten.

»Graeme?«, rief sie, und ihre Finger bohrten sich in seine Schultern. Entsetzen vermischte sich mit Lust, als sie spürte, wie Blut über ihren Hals lief. Dann erschauerte er in ihr, sog an ihrem Hals, und dieses Gefühl löste einen neuen Sturm beängstigender Wonne aus, der noch intensiver war als der zuvor.

Fast verlor sie das Bewusstsein, überwältigt davon, ihn so tief in ihrem Körper zu spüren, seinen Mund an ihrem Hals wahrzunehmen, während er ihr Blut trank.

VIERUNDZWANZIG

Seri schrak aus dem Schlaf. Der Raum war stockdunkel, das Bett fremd. Der Geruch männlicher Haut und das Gefühl, dass ein anderer Körper neben ihrem lag, waren falsch. So entsetzlich falsch. Seri schoss aus dem Bett. Bruchstücke von Erinnerungen blitzten in ihrem immer noch schläfrigen Geist auf. Graemes Körper über ihrem, ihre feuchten Glieder ineinander verschlungen, seine Zähne in ihrem Hals …

Seris Finger flogen zu ihrem Hals, und sie betastete die Haut. Sie war empfindlich, verletzt. Mit einem Schluchzer stolperte sie zum Fenster. Wie spät war es? Sie zog einen der schweren Vorhänge zur Seite, und Sonnenlicht ergoss sich in das Gemach.

»Mach das zu«, murmelte der Prinz, und sie spürte einen nagenden Schmerz. Nicht ihren Schmerz. *Seinen.* Das Sonnenlicht machte ihm zu schaffen.

Seri fluchte tonlos, als sie sah, wo die Sonne am Himmel stand. Es war nicht früh am Morgen, es war spät am Nachmittag. *Bei den vier Göttern!* Sie hatte Rilens Rettungsversuch verschlafen. Mit einer Hand umfasste sie ihre Kehle. Sie war eine Verräterin übelster Sorte, oder nicht? Nicht nur, dass sie Graeme geheiratet hatte, nicht nur, dass sie ihn nicht getötet hatte, sie hatte ihn genährt. Hatte zugelassen, dass er sich von ihr nährte. Und es auch noch *genossen.*

»Ist alles in Ordnung?«, fragte der Prinz, und es fiel ihr schwer, diese besorgte Stimme mit dem Mann in Einklang zu bringen, der sie in der Nacht zuvor so leidenschaftlich genommen hatte. »Komm wieder ins Bett.«

»Lass mich.« Ihre Stimme war brüchig, als sie den Vorhang wieder über das Fenster gleiten ließ und das Sonnenlicht ausschloss. Sie hätte ihn einfach ganz wegreißen und es der Sonne überlassen sollen, ihre schlimmste Wirkung zu entfalten. Und doch … brachte sie es nicht über sich, ihm wehzutun. Schon der bloße Gedanke machte sie krank.

Und sie hasste sich dafür, dass sie in sein Bett zurückkehren wollte, dass sie sich an ihn kuscheln und diese blasse, köstliche Haut erneut berühren wollte.

Von den eigenen, widerstreitenden Gefühlen frustriert ging sie zum Tisch, zündete mit zitternden Fingern eine Kerze an und hielt sie vor den Spiegel. Die flackernde, schattenhafte Reflexion bestätigte, was sie vermutet hatte. An ihrem Hals schimmerten zwei rote Punkte, Einstiche, tief, rot und … erotisch. Nun wusste sie, warum die Athonitendamen ihre Hälse versteckten, denn sie empfand gerade das gleiche dringende Bedürfnis.

Graeme tauchte hinter ihr im Spiegel auf und legte ihr den Arm über die Schultern. Sein Haar war zerzaust, und in seinen Augen lag ein quälend flehentlicher Ausdruck, als sein Blick den ihren traf. »Tut es weh?«

Dass sie ihn nach alldem immer noch anziehend fand, erfüllte sie mit Scham. Dass sie sich nach seiner Berührung verzehrte. »Bitte, rühr mich nicht an«, sagte sie und schüttelte seinen Arm ab. Ignorierte das bohrende Gefühl des Bedauerns, das durch ihren Leib schoss und von dem sie nicht wusste, ob es ihres war oder seines.

Graeme tat, worum sie gebeten hatte, und entfernte sich von ihr. Er zog sich ein Hemd mit langen Ärmeln über den hellen Torso, ehe er in seine Hose schlüpfte. »Zeit, den Tag zu beginnen, meine Gemahlin.«

Ach, ihr Götter. Dieses *Wort*.

Ein dumpfes Pochen erklang an der Tür, und Seri huschte zurück ins Bett und zog sich gerade noch rechtzeitig die Decke über den nackten Leib, ehe eine Flut von Dienern und Priestern mit Laternen und Segensschalen hereinstürmte.

Sie näherten sich dem Bett, und Seri lehnte sich zurück und zog die Decke bis zum Kinn hoch.

»Was hat das zu bedeuten?« Seri maß die Priester, die das Bett umzingelten, mit einem finsteren Blick. »Was habt ihr mit mir vor?«

Ein Priester mit grauem Haar errötete ein wenig und schaute sich zu dem Prinzen um. »Prinzessin, wir wünschen Euch lediglich zu untersuchen. Das ist üblich bei einem Verlöbnis.« Als sie sich nicht rührte, räusperte er sich. »Wir müssen uns vergewissern, dass der Prinz die Bindung vollzogen hat. Das ist wichtig für die abendlichen Feierlichkeiten.«

Fassungslos starrte Seri Graeme an und wickelte sich die Decke fester um den Leib. »Und Ihr sagt, meine Leute wären Barbaren.«

Der Geistliche errötete noch mehr. »Wir wünschen nur, Euren Hals zu begutachten, das ist alles.«

»Oh«, machte sie mit schwacher Stimme, strich ihr Haar zurück und entblößte die verfänglichen Bissmale vor den Männern neben ihrem Bett. Während die mit ihren Laternen dicht herangingen und ihren Hals untersuchten, zuckte kurz eine alles vereinnahmende Wonne wie ein Blitz durch ihren Körper. Wütend starrte sie Graeme an. Das war von ihm gekommen. Doch sein Gesicht blieb trotz ihrer Zornesmiene vollkommen ausdruckslos.

Anerkennendes Gemurmel erklang unter den Priestern. »Ein frischer Biss«, sagte einer.

»An einem jungfräulichen Hals«, fügte ein anderer hinzu.

Sie biss die Zähne zusammen, als eine neue Woge intensiver

Wollust von Graeme sie überspülte. »Seid Ihr nun fertig damit, mich zu begutachten wie Vieh?«

»Danke, Prinzessin«, sagte der Priester mit einer leichten Verbeugung. »Wir sind fertig.«

Endlich verließ die Schar aufgeregt flüsternd den Raum. Graeme blieb noch einen Augenblick, wo er war, und schaute nachdenklich zum Bett, als wollte er etwas zu Seri sagen, würde aber durch seine guten Manieren gehindert. Einen Moment später stürmte ein rothaariger Diener mit einer Botschaft für ihn herein, und er wandte sich ab und ließ Seri allein in dem fremden Schlafzimmer, verloren in einem Meer aus Laken, in denen immer noch das nicht minder fremde Parfüm der vergangenen Nacht hing.

Es dauerte nicht lange, da klopfte jemand an die Tür. Gleich darauf trat Idalla ein und machte einen raschen Knicks, sichtlich erfreut, ihre Herrin zu sehen. »Seid Ihr bereit aufzustehen, Prinzessin?«

Eigentlich wollte sie nichts lieber, als sich den ganzen Tag im Bett zu verstecken, die Decke über die Augen zu ziehen und nie wieder an den Prinzen oder den Athonitenhof denken zu müssen. Stattdessen mühte sich Seri mit einem widerwilligen Seufzer aus dem Bett. Kaum streifte sie sich einen Morgenrock über, machte sich Idalla an die Arbeit. Kiane gesellte sich dazu und bereitete ein Bad vor, während Idalla die Kleidung zurechtlegte, die Seri am Abend bei Hofe tragen sollte.

»Bitte sehr, gnädige Frau«, sagte Kiane, als Seri sich in das warme Badewasser sinken ließ, das die fremdartigen Schmerzen in ihrem Körper linderte. Ihr Geist beschwor ein Bild von Graeme, von seinem Körper, der auf ihren sank, in sie eindrang, seinen blassen Händen auf ihrer Haut … Sie kniff die Augen zu. Sie sollte nicht an ihre Hochzeitsnacht denken, sie sollte an die Vidari denken, an denen sie gefehlt hatte.

Und an Rilen.

Kälte breitete sich in ihrer Brust aus. Er würde so wütend auf sie sein. Nicht nur, dass sie bei dem Versuch, den Prinzen zu töten, versagt hatte, sie hatte sich Graeme auch hingegeben. Sie presste die Beine zusammen, schützte instinktiv, was ebenso empfindlich war wie ihre Kehle.

Als sie sich wieder erhob, reichte Kiane ihr ein Handtuch. »Ihr seht besorgt aus.«

Seri wickelte sich das Handtuch um den nassen Leib. »Das bin ich.« *Und kummervoll.* Wie sollte sie das nur wieder in Ordnung bringen?

»Kann ich irgendetwas für Euch tun, Prinzessin?«, fragte Kiane. »Bitte, lasst mich helfen.«

Seri drehte sich um und ergriff Kianes Hände, ehe sie sich rasch umblickte. Sie waren allein, Idalla war hinausgegangen, um Einback aus der Küche zu holen.

»Tust du mir einen Gefallen, Kiane?«, fragte sie. »Es ist sehr wichtig.«

Hoffnung schimmerte in Kianes Gesicht. »Aber ja, Prinzessin. Was immer Ihr wünscht.«

»Du musst für mich in das Vidaridorf nahe der Stadt gehen und einen Mann mit Namen Rilen aufsuchen.«

Furcht schlich sich in Kianes Züge, und ihre Hände spannten sich in denen von Seri. »In das ... Vidaridorf? Aber ...« Sie zauderte. »Die hassen uns.«

Seri schüttelte den Kopf. »Sie werden dir nichts tun, wenn du sagst, dass wir uns kennen. Frag nach dem Mann namens Rilen. Sag ihm, du hast eine Botschaft von Seri für ihn.«

Kiane war blass geworden, aber sie nickte zustimmend. »Werdet Ihr einen Brief schreiben, den ich mitnehmen soll, gnädige Frau?«

»Ich kann nicht schreiben.« Kianes Blick verriet ihr Bestürzung, aber sie fuhr fort: »Du wirst ihm einfach etwas sagen müssen, das ihm die Gewissheit gibt, dass ich dich geschickt habe. Sag ihm …« Sie brach ab und dachte nach. Was konnte sie Rilen sagen, um das wieder in Ordnung zu bringen? »Sag ihm, ich hätte eines seiner Geschenke nicht wie geplant nutzen können, aber das andere …« Wieder unterbrach sie sich, und ihr Mund wurde trocken, als sie an den Dolch dachte. »Sag ihm, das andere habe ich immer noch, und ich beabsichtige, es zu verwenden.«

Kiane wiederholte die Worte vor Seri. »Ich werde es ihm ausrichten, gnädige Frau.«

Noch einmal drückte sie die Hände der jüngeren Frau. »Und sag ihm auch … sag ihm, er möge mich besuchen, falls es ihm möglich ist. Sag ihm, ich fühle mich einsam.« Die aufsteigenden Tränen schnürten ihr die Kehle zu. »Sag ihm, ich fürchte mich, und ich muss ihn sehen.«

Kiane nickte und sah Seri forschend an. »Geht es Euch gut? Hat Prinz Graeme …«

Ihre Wangen glühten. »Darüber möchte ich nicht sprechen.«

»Ich verstehe.« Und der Blick, mit dem sie Seri bedachte, war in der Tat voller Verständnis. »Aber ich habe schon Männer in mein Bett eingeladen. Ich könnte Euch ein paar Tricks zeigen, um sein Interesse zu befeuern, falls Ihr es wünscht.«

Hastig und mit leuchtend roten Wangen schüttelte Seri den Kopf. »Mehr Interesse ist das Letzte, was ich mir wünsche.«

Die Zofe kicherte. »Beneidenswert.«

Ach, ihr Götter, es wurde immer nur schlimmer und schlimmer. »Das war nicht …«

Kiane schenkte ihr ein verständnisinniges Lächeln. »Wann soll ich aufbrechen? Jetzt?«

Seri schaute zur Tür. »Wenn du das tun würdest«, sagte sie und ließ die Hände des Mädchens los.

Der Zofe war anzusehen, dass sie die Aussicht, bei Dunkelheit in das Vidaridorf zu gehen, ängstigte, und Seri ließ sich erweichen. »Du kannst auch morgen früh in der Dämmerung aufbrechen.«

Kiane nickte dankbar. »Ich werde Eurer Bitte nachkommen, Prinzessin.«

»Danke.« Sie strahlte Kiane an. »Das bedeutet mir so viel.«

Kiane erwiderte das Lächeln und flitzte zur Tür hinaus. Auf der Schwelle kam ihr Idalla entgegen und schaute sie fragend an.

»Alles in Ordnung?«, erkundigte sich Idalla.

»Ja«, erwiderte Seri und setzte eine vergnügte Miene auf, damit die Zofe keine Fragen stellte.

Eine der neuen Tuniken war bereits fertig. Idalla half Seri beim Anziehen und richtete den hohen Kragen, um ihren blutunterlaufenen Hals zu verbergen. Anschließend, während Seri aß, fummelte sie an ihren Haaren herum und bürstete die dichten blonden Locken.

»Sag mir, was weißt du über die Blutigen, Idalla«, bat Seri und berührte die Bisswunde an ihrem Hals.

Idalla schien erst überrascht über Seris Anliegen, und dann bang. »Die Dynasten? Was wünscht Ihr zu erfahren?«

Ich will alles über diesen fürchterlichen Fluch wissen, damit ich ihm vielleicht entkommen kann, hätte sie am liebsten entgegnet. »Erzähl mir von dem Prinzen. Wie unterscheidet er sich von anderen Männern?«

»Nun«, begann die Zofe, deren Bürstenstriche langsamer wurden. »Zunächst einmal weiß ich, dass sein Vater ein sehr alter Mann ist.«

»Wie alt?«

»Meine Mutter sagt, meine Großmutter hätte ihm als junges Mädchen gedient, also ist er zumindest damals schon älter gewesen als sie. Sie hat mir auch erzählt, der König sei ein schöner, aber strenger Mann.« Sie legte eine Pause ein und fuhr dann fort: »Prinz Graeme kam vor meiner Zeit zur Welt, aber die Angehörigen der Blutdynastie altern nicht wie Ihr und ich. Sie leben Hunderte von Jahren lang.«

Seri dachte darüber nach und spielte mit der Kruste eines klebrig süßen Gebäckstücks. »Verstehe.«

»Prinz Graeme war immer ein guter Mann«, sagte Idalla. »Ich habe Geschichten gehört. Seine Stiefmutter hat für ihn geschwärmt – wie alle Damen bei Hofe. Er ist immer so aufmerksam. So zuvorkommend. Ich glaube, deshalb konnte ich nie verstehen, warum sein Vater ihm gegenüber so lieblos ist.«

»So?« Seri gab sich Mühe, in beiläufigem Ton zu sprechen. »Hat der König nichts für ihn übrig?«

Eine lange Pause trat ein, und sie spürte, dass Idallas Hände zitterten. »Das wollte ich damit nicht sagen, Prinzessin. Ich ... Ihr solltet Prinz Velair sehen. So ein hübscher Bursche. Er sieht dem König gar nicht ähnlich, aber er ist einer derer vom Blute. Helles Haar. Sehr majestätisch. Er hält nicht hinterm Berg und interessiert sich nur für Krieg und Kampf, genau wie sein Vater.« Sie schüttelte den Kopf. »Er hat Prinz Graeme immer gepiesackt. Er war ein stiller Junge, unser Prinz. Hat immer erst nachgedacht, ehe er den Mund aufgemacht hat, und sich immer Mühe gegeben, die beste Entscheidung zu treffen, eine, die ohne Blutvergießen auskommt. Sein Bruder hätte erst das Schwert gezogen und dann Fragen gestellt, aber nicht Prinz Graeme.«

»Dann nehme ich an, ich kann mich glücklich schätzen, dass die Götter mich nicht als Braut für Prinz Velair vorgesehen haben«, murmelte Seri, auch wenn sie wusste, dass sie sogar sich selbst etwas vormachte. Jenen Mann, einen gedankenlosen Zerstörer, hätte sie viel leichter töten können. Was ihr im Wege stand, war gerade Prinz Graemes Bedachtsamkeit.

»Er hat nicht viel gemein mit seinem Vater«, berichtete Idalla und befestigte Seris Locken mit einer kunstvollen, juwelenbesetzten Haarklammer. »Vielleicht ist das der Grund, warum der König ...« Sie brach ab und tätschelte Seris Schulter. »Ich bin fertig mit Eurem Haar, gnädige Frau.«

»Warum der König was?« Seri drehte sich auf dem hölzernen Stuhl um, um Idalla in die Augen zu sehen. »Warum der König was? Ihn hasst?«

Aber die Zofe war aschfahl. »Ich habe schon zu viel gesagt, gnädige Frau. Vergebt mir.«

»Du kannst jetzt nicht einfach aufhören«, sagte Seri. »Bitte, ich weiß nichts über diese Leute. Hilf mir. Lass mich nicht blind herumstolpern.«

Innerlich zerrissen biss sich Idalla auf die Lippe. »Ihr habt jedenfalls einen guten Mann geheiratet. Er wird Euch wie die ranghöchsten Damen behandeln. Die Göttin hat eine gute Wahl für Euch getroffen.«

Seri sagte nichts dazu. Stattdessen ließ sie den Blick schweifen, während Idalla ihren Morgenmantel nahm und ihn säuberlich zusammengefaltet in eine hübsche, mit Schnitzereien verzierte Truhe legte. »Und ich muss von nun an in diesem Raum bleiben?«, erkundigte sie sich.

Idalla nickte. »Wir holen alles aus Euren Gemächern her, wenn Ihr es wünscht.«

»Das wird nicht nötig sein«, sagte Seri und dachte an den Dolch in ihrem Bett. »Darum werde ich mich selbst kümmern. Ich möchte nicht, dass außer mir jemand meinen Altar anfasst.« Sie schenkte Idalla ein Lächeln, um ihren Worten die Schärfe zu nehmen. »Das ist so Sitte bei uns Vidari.«

»Gewiss«, erwiderte Idalla. »Dann helfe ich Euch mit Euren Kleidern.«

Die Zofe schnatterte fröhlich vor sich hin, als sie zu Seris altem Gemach gingen. Seri lächelte und nickte und tat, als würde sie aufmerksam zuhören, doch in Gedanken war sie bei der Klinge.

»Da wären wir«, sagte Idalla, als sie den Raum betraten. Sie ging direkt zu den dicken, gewebten Vorhängen vor den Fenstern und zog sie zurück, um Sonnenlicht hereinzulassen.

Seri trat ans Fenster und hielt ihr Gesicht in den Sonnenschein. Als sie den roten Umhang betrachtete, der noch am Fenster hing, schnürte die Trauer ihr die Kehle zu. Der war nun nicht länger nötig, nicht wahr? »Den würde ich gern behalten«, sagte Seri und betastete das Gewebe.

»Er ist schmutzig«, stellte Idalla fest und zog an dem roten Stoff. »Soll ich ihn für Euch waschen, gnädige Frau?«

Seri nickte und schnappte nach Luft, als Idalla das Stoffbündel auf ihre Arme lud und den Raum verließ. Nun war sie allein. Sie zögerte nur einen Moment, ehe sie zum Bett huschte. Als alles still blieb, schob sie die Hand unter das Kissen, zog das Messer hervor und ließ es in ihr Korsett gleiten.

Das Gift hatte versagt, die Klinge würde ihr Ziel finden.

FÜNFUNDZWANZIG

Der Abend verging für Seri nur langsam. Graeme hatte mit einigen Beratern hinter geschlossenen Türen getagt, weshalb Seri am zweiten Tag der Feierlichkeiten mit dem Hof allein gewesen war. In einem steifen Gewand hatte sie, allen Blicken ausgeliefert, im Speisesaal auf dem unbequemen Thron auf dem Podest gesessen. Ließ man sie auch während des Tages Tunika tragen, hatte Anneve sie doch gezwungen, für ihren Auftritt bei Hofe ein Kleid zu tragen. Die Leute flüsterten hinter vorgehaltener Hand, während sie sie beobachteten und jede ihrer Regungen genau überwachten. Einmal gähnte sie, woraufhin der ganze Hof in vielsagendes Gekicher ausbrach.

Die Athoniten schienen, wie ihr auffiel, keinen besonders gelehrten Hof zu unterhalten. Die Edelleute tanzten oder spielten alberne Gesellschaftsspiele, mit denen sich bei den Vidari bloß Kinder abgaben. Sie dachte an Graeme und seine Freude an Büchern, und sie fragte sich, wie er es nur ertragen konnte, von so geistlosen Leuten umgeben zu sein. Sie jedenfalls war gelangweilt. Der Abend war lang, und es gab nichts zu tun, außer zuzusehen, wie die Leute herumtollten und sich zum Narren machten.

»Gnädige Frau«, flüsterte eine Stimme neben ihr. Als Seri sich umblickte, sah sie Graemes Kammerdiener, Viktor, der sie früher an diesem Abend begleitet hatte. Er hatte die fahle Haut der Athoniten, aber sein Haar war flammend rot, und er hatte ein süßes schiefes Lächeln. »Prinz Graeme erwartet Euch in seinen Gemächern, gnädige Frau.«

Eine Woge der Nervosität überwältigte sie. »Hat er … hat er gesagt, worum es geht?«

Viktor lächelte nur und verbeugte sich tief vor ihr. »Ich werde es ihm überlassen, sich zu erklären. Es sei denn, natürlich, Ihr wünscht, noch einige Stunden mehr hier zu verbringen, gnä…«

»Nein«, fiel sie ihm ins Wort. Ihre mehrlagigen, langen Röcke raschelten vernehmlich, als sie sich erhob. »Ich wünsche nicht, hier zu verweilen.« Ohne die Anwesenden zu beachten, die bei ihrem Abgang allesamt auf ein Knie sanken, folgte sie Viktor aus dem stickigen Saal. Durch die kühlen dunklen Korridore des Schlosses Vidara führte er sie vorbei an Höflingen und Dienstboten, die sich vor ihr verbeugten, und hinein in das Labyrinth endloser Gänge, bis sie schließlich wieder bei den Gemächern des Prinzen angelangt waren. Viktor öffnete die Tür für sie und verbeugte sich, ging aber nicht hinein. »Einen guten Abend, gnädige Frau.«

Sie trat in den dämmrigen Raum, und er schloss die Tür hinter ihr. Die Vorhänge waren zugezogen und schlossen in Erwartung des Sonnenaufgangs auch jegliches Mondlicht aus. Neben dem Bett brannte eine einsame Kerze. Graeme saß zusammengesunken auf einer Ecke des Betts, und Seri konnte sehen, wie sich seine Schultern unter seinen Atemzügen hoben und senkten. Ihre Röcke raschelten leise in der Finsternis, während sie voranschritt, als würde das Band, das sie beide beherrschte, sie zu ihm ziehen.

Graeme sah auf, als sie sich näherte, und sie hielt inne, als sie seinen brennenden Blick wahrnahm. Schweiß glänzte auf seiner Stirn, und sein sonst so perfekt frisiertes Haar klebte feucht und strähnig an seinem Kopf. Sein Kragen war geöffnet und gab den Blick auf die Haut unter dem Hemd frei, und sie musste den Drang niederkämpfen, zu ihm zu gehen und ihn zu berühren.

Das war nicht sie, die das wollte, so sagte sie sich im Stillen. Es waren die Götter, die sie dazu trieben. Oder ... seine Göttin. Ihre eigenen Götter hatten ihr in jüngster Zeit bedauerlicherweise nicht zur Seite gestanden.

Graeme schien nicht erfreut zu sein, sie zu sehen. Seine vollen Lippen wurden schmaler, und er wandte sich ab. »Warum bist du hier?«

Verunsichert schaute Seri sich zur Tür um. »Dein Diener ... er hat gesagt, du willst mich sehen?«

Begreifen zeigte sich in Graemes Augen, und er strich sich mit der Hand über das Gesicht. »Viktor erlaubt sich zu viele Freiheiten, fürchte ich, auch wenn er das nur um meinetwillen tut. Du musst nicht bleiben. Wir sehen uns in Kürze.« Er klang barsch, ablehnend.

Sie zögerte, doch dann trat sie vor und legte eine Hand auf seine Schulter. Der schlichte Kontakt erfüllte sie mit Freude, auch wenn sie es sich nur ungern eingestand. Es erforderte all ihre Beherrschung, ihm nicht den Arm zu streicheln, um seinen Schmerz zu lindern. »Was plagt dich?«

Er drehte sich zu ihr um, eine schnelle, ruckartige Bewegung, die umso erschreckender war, weil er seine Zähne bleckte, von denen zwei besonders spitz und lang waren. »Du, meine Dame. Du bist, was mich plagt.«

Seri zuckte zusammen, erfüllt von einer inneren Erregung. Wieder wogte die Begierde in ihr auf, als ihre Verbindung auflebte. Ihre Hand flog zu ihrem Hals, und die sengende Erinnerung an die vergangene Nacht blitzte in ihrem Geist auf. »I-ich?«

Graeme wandte sich erneut ab. »Es scheint, als würde ... dieser Bund mich auf eine sehr ernste Weise beeinträchtigen. Gib mir Zeit, dann wird es vergehen.«

Eine neue Woge der Begierde erfasste sie, und ihr Blick huschte zu dem Bett, in dem sie vor wenigen Stunden den Dolch versteckt hatte. In die tiefe Sehnsucht mischte sich die Erkenntnis, dass dies die rechte Zeit zu handeln war. Nun, da er geschwächt war, konnte sie seinem Leben ein Ende machen. Dieser Ehe ein Ende machen. Sie musste ihn nur zurück in das Bett locken.

Für ihr Volk konnte sie das tun.

Sie ergab sich dem Verlangen, die Haut über seinen harten Muskeln zu streicheln. »Willst du ... sollen wir ...?« Sie konnte sich nicht überwinden, kein weiterer Laut wollte in ihrer Kehle aufsteigen.

Graeme drehte sich zu ihr um und musterte sie mit unergründlicher Miene. »Deine Emotionen ...«

»Ich bin immer noch ... ein bisschen ängstlich.« Das Geständnis hing zwischen ihnen in der Luft. Statt noch mehr zu sagen, griff sie nach hinten zu der langen Reihe der Knöpfe in ihrem Rücken. »Aber ich bin deine Gemahlin.«

»Das bist du.« Graeme erhob sich, trat auf sie zu und zog sie in seine Arme. Ihn zu berühren fühlte sich so gut an, dass sie beinahe gewimmert hätte, aber sie durfte sich nicht ablenken lassen. Es kam nicht darauf an, was sie wollte. Sie sollte an alldem überhaupt keinen Genuss finden. Sein Mund suchte ihren, doch sie unterbrach den Kuss und drückte stattdessen ihre Wange an seine Schulter.

»Hilfst du mir, das Kleid auszuziehen?« Sie konnte ihn nicht küssen. Konnte seine Zugewandtheit gerade jetzt nicht ertragen. Also starrte sie das Kissen an und dachte an Rilen. An Josdi und Vater und all die Vidari, denen von den Athoniten Unrecht geschehen war. Sie konnte es schaffen.

Graemes Finger strichen über ihr Kleid, und der Stoff lag schwer auf ihren Schultern. Seine Hände glitten unter die geöffnete Knopfleiste, als sehne er sich verzweifelt danach, ihre Haut durch den Stoff zu ertasten. »Du trägst kein Korsett«, murmelte er an ihrem Haar.

»Nein«, erwiderte sie sanft. »Wenn ich schon ein Kleid tragen muss, dann das nicht auch noch.«

Er küsste ihren Hals und streifte das Gewand von ihren Schultern. Sie schloss die Augen, ließ zu, dass er Lage um Lage entfernte, und wappnete sich gegen den Wirbelsturm der Gefühle, die ihr bei jeder sachten Berührung durch den Körper fuhren. Sie wollte sich umdrehen, wollte in seinen Armen liegen und seinen Körper erkunden, wie er ihren erkundete, aber ihr Stolz zwang sie, aufrecht zu bleiben.

Und dann trug sie nur noch ihr dünnes Unterkleid, und seine langen Finger bearbeiteten die oberen Kragenknöpfe und legten Zoll um Zoll ihre Haut frei. Warm streifte sein Atem ihren Körper, und sie ertappte sich dabei, wie ihr eigener Atem sich seinem schnelleren Rhythmus anpasste.

Das Unterkleid fiel herab, und sie stand nackt vor ihm. Ihre Nippel richteten sich in der kühlen Luft auf, ihr Puls raste vor Verlangen. Sie biss sich auf die Lippe. Nackt stand sie vor ihrem Feind ... und sie begehrte ihn. Ach, Götter, was stimmte nur nicht mit ihr, dass sie schon der Gedanke an seine Berührung so sehr erregte?

Graeme machte erneut Anstalten, sie zu küssen, doch sie zog ihn zum Bett. Er folgte ihr, und bald drückte sein warmer Körper ihren an die Matratze, und sie schlang die Arme um seinen Hals und ignorierte die Schuldgefühle, die sie heimsuchten, weil sie seine Umarmung so sehr genoss. *Nur noch ein kleines bisschen*, beschwichtigte sie sich selbst.

»Fass mich an«, wisperte er und küsste ihre Schulter, dann ihren Hals. »Davon habe ich schon den ganzen Abend geträumt.«

Oh, wie sehr sie das wollte. Ihr Körper sehnte sich danach, ihn zu berühren, obwohl ihr Geist noch protestierte. Doch auch wenn sie eigentlich an den Dolch unter ihrem Kissen denken sollte, überlagerte die Vorstellung von seinem schönen Körper und seinen attraktiven Zügen all ihre Gedanken. Mit den Fingern strich sie zart über seinen Rücken und seine Schultern und war zugleich bemüht, das Wohlgefühl zu bezwingen, das ihre Seele schon bei dieser schlichten Zärtlichkeit flutete. Dann aber glitt seine Hand an ihrer Seite abwärts, seine Oberschenkel zwängten sich zwischen ihre, und es fiel ihr schwer, noch irgendetwas zu denken. Er ließ sich Zeit, berührte und küsste jeden Zoll von ihr, den er erreichen konnte, bis sie sich mit ihm bewegte, verloren in demselben Verlangen. Ihre Hüften hoben sich fordernd unter seinen, wenn er sich nicht schnell genug bewegte, und seine Berührung jagte Schauder durch ihren Leib.

Dann schlossen sich seine Hände um ihre Hüften. Erwartungsvoll öffnete sie die Beine weiter und schlang sie schließlich um seinen Körper. Sie spürte, wie er sich an sie presste, und dann schob er sich mit diesem heißen, harten Teil seines Leibes in sie und bleckte dabei die Zähne. Ihr Körper erglühte bei der Erinnerung an seinen Biss, und ihre Erregung erklomm neue Höhen, als sie sich vorstellte, wie er auf beide Weisen in sie eindrang. Als könnte er ihre Gedanken lesen, beugte er sich vor und neckte ihre Lippen mit seinen Zähnen, eine Andeutung von Gefahr, die ihre Lust noch weiter steigerte, bis sie ihre Finger in seinen Rücken bohrte. Kraftvoll bewegte er das Becken, zweimal, und sie nahm jeden seiner harten Stöße auf, und ihre Glieder bebten, während sein Körper auf ihren klatschte. Immer und immer wieder stieß er in sie, schob sie durch die Kraft seines Körpers über das Bett, bis ihr Kopf gegen das kunstvoll geschnitzte Kopfbrett prallte und sie die Arme hochriss, um sich abzustützen.

Ihre Finger berührten den Dolch in seinem Versteck unter dem Kissen, und es fühlte sich an, als hätte ihr jemand kaltes Wasser auf den Leib gespritzt. Sie wusste, sie musste es tun, auch wenn er ihren Körper mit den süßesten Gefühlen erfüllte und seine Lippen an ihren aufgerichteten Nippeln sogen und ihre leisen Aufschreie durch den Raum hallten. Ihre Finger schlossen sich um das Heft, und als er sich erneut in ihr versenkte, schloss sie die Augen und bog den Rücken durch.

»Ah, Seri«, ächzte er.

»Es tut mir leid«, flüsterte sie und rammte ihm die Klinge in die Seite.

SECHSUNDZWANZIG

Graeme stieß ein wütendes Gebrüll aus, rollte sich herum und presste Seris Hand an das Bett. »Lass los!«, befahl er.

Ein Schluchzer entrang sich ihrer Kehle. Sie starrte in sein zorniges Gesicht und konnte sich doch nicht durchringen, das Messer loszulassen. Es war, als würde sie damit ihr Versagen eingestehen. Sie war zu langsam gewesen. Zu zögerlich. Zu benebelt von seinen Küssen und seiner Zärtlichkeit.

Das ist die Göttin, redete sie sich ein. *Der Fluch.* Aber sie kannte die Wahrheit. Sie war schwach. Erneut hatte sie ihr Volk und sich selbst enttäuscht.

Er drückte ihr Handgelenk fest zusammen, und seine Miene spiegelte Rage und das Gefühl, verraten worden zu sein. »Hasst du mich so sehr?«

Sein Schmerz spülte über sie hinweg, wimmernd ließ sie den Dolch los.

Graeme ergriff ihn und stand auf. Blut rann an seiner Seite herab. Seri schlug die Hände vor den Mund und unterdrückte ein Schluchzen.

»Graeme?«, flüsterte sie in der Dunkelheit.

Er fluchte, und das war zugleich der schönste und der schrecklichste Laut, den sie je vernommen hatte. Im nächsten Moment lief er quer durch den Raum, und sie hastete aus dem Bett, um ihm zu folgen, ohne an ihre Blöße zu denken. Ein Streifen Licht durchbrach die Finsternis, als Graeme die Tür auf der anderen Seite des Raums öffnete. »Hol Viktor«, befahl er so aufgebracht wie scharf. »Sofort. Sag ihm, er soll seine Feldtasche mitbringen.«

Der Gardist bestätigte den Befehl, und die Tür wurde zugeknallt.

Zitternd schlüpfte Seri in einen Morgenrock. Sollte sie etwas sagen? Zu fliehen versuchen? Bei dem Gedanken an Flucht musterte sie die Tür. Konnte sie es an ihm vorbeischaffen? Und aus dem Schloss, ehe die Gardisten sie geschnappt hätten?

Aber Graeme stand so oder so zwischen ihr und der Tür, also kam sie gar nicht aus dem Raum. Umso weniger, wenn sein Schmerz der ihre war und sie nicht wusste, ob es ihm gutging. *Du Närrin*, schalt sie sich. *Du schreckliche, schreckliche Närrin. Was hast du getan?*

Zuvor hatte sie gedacht, sie würde einen Usurpator töten. Aber nun ließ die Verbindung zwischen ihr und Graeme sie spüren, wie falsch ihr Handeln gewesen war, und das erschütterte sie noch mehr als sein Zorn. Sie hatte einen Fehler begangen, das spürte sie bis ins Mark, ganz gleich, wie oft sie sich sagte, sie hätte es nur für das Wohl der Vidari getan.

Stille herrschte in dem weitläufigen Raum, die Minuten zogen quälend langsam dahin. Endlich pochte es an der Tür. »Herein«, sagte Graeme in dem ihr vertrauten kühlen Tonfall.

Viktor trat mit einem Beutel und einer Laterne ein. Graeme saß auf einem Stuhl und presste sich ein zusammengerolltes Hemd auf die Wunde, das von dem Blut dunkel verfärbt war. Ungeduldig winkte er Viktor zu sich.

Ohne Seri anzusehen, ging der Mann zum Prinzen und sank auf ein Knie. »Wie kann ich Euch dienlich sein, mein Prinz?«

»Du musst das nähen.« Er deutete auf seine Seite.

Mehr wurde nicht gesprochen, keine Beschuldigung gegen Seri vorgebracht, doch sie sah, wie Viktor vor Überraschung erstarrte.

Schweigend saßen sie da, während Viktor den Prinzen behandelte. Er rieb eine streng riechende Kräutersalbe in die Wunde – um die Blutung zu stillen und die Umgebung des Stichs zu betäuben, wie er erklärte –, und dann fing er an, die Wunde zu nähen. »Ihr hattet Glück, Euer Gnaden«, sagte Viktor. »Die Verletzung ist nicht tief. Was immer dort eingedrungen ist, wurde von einer Rippe abgelenkt.«

»Ich bin ein Glückspilz«, sagte Graeme und schaute zu Seri hinüber. Sie spürte seinen pulsierenden Zorn und senkte beschämt und verzweifelt den Kopf.

Als Viktor mit dem Nähen der Wunde fertig war, bandagierte er sie und packte seine Sachen wieder in den Beutel. Dann setzte er sich vor seinen Prinzen und wartete.

»Danke, Viktor«, murmelte Graeme und stand auf, als hätte sich gar kein Verrat ereignet.

»Sofern wir hier fertig sind, Euer Gnaden, werde ich mich zurückziehen.« Respektvoll neigte Viktor das Haupt.

»Nur eines noch«, sagte der Prinz und trat auf die Seite des Betts, auf der Seri saß und ihm entgegenblickte. Sie wich zurück, als er die Hand ausstreckte, aber er nahm lediglich den mit Blut verschmierten Dolch vom Laken, drehte sich um und übergab ihn seinem Kammerdiener. »Kümmere dich darum, und sag niemandem, woher du ihn hast.«

Mit großen Augen nahm Viktor den Dolch an sich und nickte, sagte aber nichts. »Verlasst Euch auf mich, mein Prinz. Einen guten Abend.« Damit verbeugte er sich und eilte hinaus.

Stille senkte sich über den Raum. Der Prinz sprach nicht mit Seri, und er sah sie nicht an.

Zitternd glitt Seri über das Bett, fort von ihm, und setzte die Füße auf den weichen Teppich. »Ich … ich werde gehen«, sagte sie, und ihre Stimme kam nicht über ein beschämtes Flüstern hinaus.

Sofort war er neben ihr und packte ihren Arm. »Du gehst nicht«, sagte er gestreng. »Wir werden die Nacht miteinander verbringen, wie es das Gesetz verlangt. Wir werden während der nächsten zwei Monde jede Nacht miteinander verbringen, so lange bis das letzte Fest zur Feier meiner Eterna vorüber ist. Hast du mich verstanden?«

Sie nickte und versuchte, ihren Arm zu befreien. »Du tust mir weh.«

Er lockerte seinen Griff, ließ aber nicht los. »Hast du hier noch andere Waffen versteckt, von denen ich wissen sollte?«

»Nein«, sagte sie und schüttelte den Kopf. »Da ist nichts.«

Wie geistesabwesend streichelte er plötzlich mit dem Daumen die weiche Haut auf der Innenseite ihres Arms. Seine Finger auf ihrem Körper zu spüren war verwirrend, und sie konnte seine Begierde spüren, sein Verlangen – und ihr eigenes ebenso. Schwach, aber spürbar wogte die Scham in ihr auf, und sie versuchte erneut, sich zu befreien. »Lass mich los.«

Aber das tat er nicht. Stattdessen legte er die Hand an ihre Taille und zog sie an sich, und sie spürte seine Erregung, so lebendig, so wild wie zuvor, auch wenn in seinen Augen ein harter Ausdruck lag, der vorher nicht da gewesen war. Ein kaltes Lächeln umspielte seinen wundervollen Mund. »Das ist das Problem mit unserer Vermählung, nicht wahr? Dass man die Person, an die man gebunden ist, zwar hassen kann, sich aber dennoch vor Verlangen nach ihr verzehrt?«

Sie schüttelte den Kopf, wollte seine Worte bestreiten, doch blieb ihr die Luft weg bei dem Versuch. Ihr Körper pulsierte im tiefsten Inneren, ihr Hals fühlte sich überhitzt an, und sie erbebte am ganzen Leib vor Begierde.

Seris Körper an seinem eigenen, legte Graeme sie auf das Bett, öffnete ihre Lippen mit einem Kuss und drehte sie sanft auf den Rücken. Seine Finger glitten über ihre Haut, streiften von ihren Brüsten hinab zu ihren Oberschenkeln. Ihre Hüfte lag am Rand der Federmatratze, und als er ihre Beine öffnete, ließ sie die Knie zur Seite fallen und schlang erneut die Beine um ihn. Und als er dieses Mal seine Zähne in ihrem Hals versenkte, gab sie sich bereitwillig hin.

SIEBENUNDZWANZIG

Am nächsten Abend war Graeme schlechter Stimmung. Seine Seite schmerzte, sein Kopf tat weh, und das Band zwischen ihm und Seri jagte ihm Wogen jämmerlicher Traurigkeit durch das Bewusstsein.

Sie hatte versucht, ihn umzubringen. Seine kratzbürstige, feurige kleine Vidaribraut hatte versucht, ihn zu erdolchen, als er sie in sein Bett geholt hatte. Er hatte gewusst, dass sie irgendetwas im Schilde führte. Ihr Gesicht war blass gewesen, und trotz ihres verführerischen Gebarens hatte er ihre Anspannung und Trübsal gespürt. Sie hatte versucht, ihn umzubringen … und sie hatte die Tat verabscheut. Er hatte ihren Widerwillen ebenso wahrgenommen wie ihre unersättliche Sehnsucht nach ihm.

Das war der einzige Grund, warum er nicht in heillose Wut geriet.

In seinem Studierzimmer strich sich Graeme mit einer Hand durch das kurze Haar und starrte die Karte von Vidara an. Er verstand sie einfach nicht. Hatte jemand sie gedrängt, ihn zu töten? Oder war sie so sehr dem Hass gegen die Athoniten verfallen, dass sie so oder so versucht hätte, seinem Leben ein Ende zu bereiten?

Graeme trommelte mit den Fingern auf seinem Schreibtisch, außerstande, den Brief an seinen Vater zu Ende zu bringen. Er ging noch einmal durch, was er bisher geschrieben hatte: *Mein König, ich habe nun meine Braut geheiratet. Die Zeremonie war erfolgreich, und …*

Und was? *Wir freuen uns auf viele glückliche gemeinsame Anni?* Das wäre eine Lüge. *Meine Braut kann es kaum erwarten, mich zu erdolchen, sobald ich ihr den Rücken zukehre?* Er musterte das Pergament für einen Moment, legte dann die Feder weg und verschloss das Tintenfass. Vielleicht fiel ihm später etwas Sinnvolles ein, das er berichten konnte.

»Euer Gnaden?« Viktor klopfte an die bereits geöffnete Tür und trat ein.

»Ja«, sagte Graeme, dankbar für die Ablenkung.

Viktor räusperte sich, und für einen entsetzlichen Moment fürchtete Graeme, er sei womöglich gekommen, um ihm zu sagen, dass Seri einen weiteren Dolch aufgetrieben und dieses Mal sich selbst entleibt habe.

»Die Königin und ihre Tochter sind hier, gnädiger Herr«, sagte Viktor milde. »Sie erwarten Euch in Eurem privaten Speisesaal.«

Graeme fluchte tonlos. Er hatte nicht so bald mit ihrer Ankunft gerechnet. Er legte den Brief zur Seite und erhob sich. »Bring mich zu ihnen«, bat er seufzend und folgte Viktor zur Tür hinaus und durch die gewundenen Gänge des Schlosses.

»Graeme, ich bin sehr wütend auf dich«, erklärte Königin Lissane schmollend, als er den Raum betrat, um sie und ihre Tochter Melene zu begrüßen. Sie hielt ihm die beringten Hände hin, und ihre schweren Röcke wirbelten herum, als sie aufstand. »Eine wilde Kreatur zu heiraten und nicht einmal lange genug zu warten, dass wir der Zeremonie beiwohnen können? Das gehört sich nicht.«

Zähneknirschend hieß er sie willkommen. »Ich nehme an, mit dieser ›Kreatur‹ meinst du die von der Göttin geschickte Braut?« Er küsste sie höflich auf die Wange. »Ich freue mich auch, dich zu sehen, meine Königin.«

Auch wenn sein Vater wenig mit der Königin anfangen konnte, bemühte Graeme sich stets, ihr gegenüber freundlich und respektvoll aufzutreten. Die Frau war immerhin in der nicht eben beneidenswerten Lage, mit seinem Vater verheiratet zu sein, und sie hatte eine uneheliche Tochter, weshalb der König sie gleich doppelt verabscheute. Und jeder, den der König verachtete, erfreute sich der Wertschätzung des Prinzen.

»Darf ich annehmen, dass ihr eine angenehme Reise hattet?«, fragte Graeme und geleitete die Königin zu ihrem Thron. Als sie mit wehenden Röcken Platz nahm, wandte er sich Melene zu, um sie ebenfalls mit einem Wangenkuss zu begrüßen, und drückte herzlich ihre Hände. »Es ist schön, dich zu sehen, kleine Schwester.«

Melene grinste ihn verschmitzt an und schlang auf höchst unangemessene Weise die Arme um ihn. »Mutter ist ungerecht. Ich freue mich darauf, deine Braut kennenzulernen.«

Königin Lissane rümpfte die Nase. »Gewiss tust du das. Du hattest immer eine Schwäche für Tiere.«

Graeme befreite sich aus Melenes begeisterter Umarmung. Er vergötterte seine kleine Schwester und betrachtete sie als Teil der Familie, auch wenn sie nicht blutsverwandt waren, aber sie hatte erheblich zu viel Spaß daran, das Anstandsgefühl ihrer Mutter zu missachten. »Ich freue mich sehr, dass ihr beide hier seid.«

»Dein Vater hat es nicht geschafft«, verkündete die Königin, klappte ihren Fächer auf und wedelte damit vor ihrem Gesicht. »Hofangelegenheiten.«

»Zu schade«, entgegnete der Prinz artig, wenngleich ihn das nicht verwunderte. In jüngster Zeit brauchte es schon einen ausgewachsenen Krieg, um König Lucan aus Athon herauszulocken, und

Graeme hatte nicht die Absicht, einen zu beginnen. Außerdem war es auf dem Schloss Vidara viel ruhiger und angenehmer, wenn der König nicht zugegen war.

»Er wird rechtzeitig für den Ball zur letzten Feier im nächsten Mond zu uns stoßen«, fügte die Königin hinzu und machte Graemes Hoffnungen zunichte.

»Aha. Und wie geht es meinem lieben Bruder Velair?«

Melene verdrehte die Augen und setzte sich auf einen Hocker in der Nähe ihrer Mutter. Für sie gab es keinen Thron. Es tat Graeme jedes Mal im Herzen weh, wenn er zusehen musste, wie sie behandelt wurde. Vielleicht würde er Melene bitten, bei ihm auf dem Land zu bleiben. Sie hatte für den Hof wenig übrig, und hier konnte er sie ein bisschen besser vor den bösen Worten und den grausamen Blicken schützen, die ihr dort begegneten. »Velair ist so unausstehlich wie immer«, sagte Melene. »Erzähl uns ein bisschen mehr von dir und deiner neuen Braut.«

»Keiner von uns ist besonders begeistert von dieser Vereinigung, aber wir werden tun, was die Göttin verlangt«, sagte er vorsichtig, obwohl sich in seiner Wunde wieder ein pulsierender Schmerz bemerkbar machte. »Wir sind einander fremd, aber im Laufe der Zeit werden wir uns gewiss anfreunden.«

»Du bist der Prinz«, kommentierte die Königin und zeigte mit dem Fächer auf ihn. »Lass sie fallen, wenn du damit nicht glücklich bist. Töte sie, wenn es sein muss, und vermähle dich mit einem netten Athonitenmädchen. Wer war deine letzte Geliebte? Lady Delune? Sie ist jung genug, um dir Kinder zu schenken. Heirate doch sie anstelle deiner Braut.«

Delune war schon zwei Geliebte länger her, und sie hatte ständig geplappert, wenn er versucht hatte zu lesen. »Mir ist bewusst, dass es in der Familie liegt, die Göttin zu brüskieren, doch ich werde ihre Wünsche respektieren. Wenn es vom Himmel verfügt ist, werde ich darauf vertrauen.« *Und beten, dass meine Braut nicht noch einmal versucht, mich umzubringen.*

»Aber du kannst diese Kreatur nicht nach Athon bringen«, wandte die Königin mit weit aufgerissenen Augen ein. »Was sollen wir bei Hofe mit einem Vidarimädchen anfangen?«

Ich habe nicht die Absicht, in nächster Zeit an den Hof zurückzukehren, falls ich es überhaupt je tue. Diese Entgegnung verkniff er sich und sagte stattdessen: »Ich bin überzeugt, wir werden wunderbar zurechtkommen.«

»Mutter, wirklich«, schimpfte Melene und zog die Nase kraus. »Das ist nicht irgendeine junge Frau. Er kann sie nicht einfach beseitigen. Das ist eine Eterna. Du weißt, was das bedeutet.«

»Ein Mythos«, schnaubte die Königin verächtlich.

»Ich habe das Licht mit eigenen Augen gesehen«, widersprach Graeme. *Und ich kann sogar jetzt die Verbindung spüren.* Trotz seines Zorns, trotz des Schmerzes in seinen Rippen konnte er nicht abstreiten, dass er sich zu Seri hingezogen fühlte. Dass er sie wollte – nein, *brauchte.* »Das ist kein Mythos.«

»Dennoch muss sich die Göttin irren.« Lissane zuckte mit den Schultern. »Du solltest zu ihr beten, damit sie dir eine passendere Partnerin schenkt.«

Melene biss sich auf die Lippe und schaute Graeme hilflos an.

Der verbeugte sich steif vor der Königin und ließ sich seinen Ärger nicht anmerken. »Dann werde ich das gleich tun.« Er streckte die Hand nach Melene aus. »Willst du dich mir anschließen, Schwester?«

»Ja, danke«, antwortete sie und sprang von ihrem Hocker auf.

»Schick mir meine Zofen herein«, bat die Königin mit gerunzelter Stirn und wedelte schneller mit ihrem Fächer. »Und sag ihnen, sie sollen einen Wedelträger herbeischaffen. Bei der Göttin, es ist heiß in diesem heidnischen Land.«

»Gewiss«, sagte Graeme, hakte Melene unter und ging rasch hinaus. Dann schickte er die vor der Tür wartenden Frauen in den Speiseraum. Kaum waren sie fort, atmete er erleichtert auf. Die Königin war am erträglichsten … in kleinen Dosen. Nun, da er sich wieder ein wenig befreit fühlte, wandte er sich an Melene. »Ich hoffe, ich habe dich nicht zu sehr überfallen.«

»Göttin, nein!«, rief sie. »Du hast es länger in Mutters Gegenwart ausgehalten, als ich erwartet habe. Sie ist mit den Jahren ein wenig … schroffer geworden.« Melene verzog das Gesicht. »Eigentlich wollte sie gar nicht herkommen, aber der König hat sie gezwungen. Wahrscheinlich, damit er sie los ist.« Sie drückte Graemes Arm. »Wie dem auch sei, ich bin überglücklich, hier zu sein.« Sie deutete auf die gemauerten Gänge des Schlosses. »Dieser Ort ist so interessant!«

»Nicht wahr?« Unter dem Einfluss der unbekümmerten Art seiner Schwester entspannte er sich. »Das Schloss selbst ist schon sehr alt, aber einige Teile wurden nach meinen Wünschen umgebaut.«

Ihre Augen glänzten. »Hast du altes Zeug von den früheren Bewohnern gefunden? Vielleicht altes Steinzeug? Oder Metalle? Münzen?« Melene war bei Hofe bekannt für ihre schrullige Vorliebe für Artefakte.

Er gluckste. »Ich werde meinen Männern sagen, sie sollen zuerst zu dir kommen, wenn sie im Hof oder im Keller etwas Interessantes ausgraben.«

»Das wäre wunderbar!«, rief sie kichernd, und sie setzten ihren Weg noch einen Moment länger fort, ehe sie ihn musterte. »Weißt du, für einen Mann, der gerade ein wildes Mädchen geheiratet hat, siehst du gar nicht so unglücklich aus.«

Graeme ließ die Worte seiner Schwester auf sich wirken, ehe er antwortete: »Ich bin nicht unglücklich. Dass die Göttin beschlossen hat, mir eine Eterna zu gewähren, ist verwirrend, beinahe so sehr wie die Tatsache, dass sie dafür Seri ausgewählt hat. Ich weiß nicht recht, was das für uns beide zu bedeuten hat.«

Melene stupste ihn an. »Und Seri? Bist du mit ihr unglücklich?«

»Unglücklich?«, wiederholte Graeme und wusste nicht recht, was er sagen sollte. Die Antwort auf diese Frage hing wohl davon ab, ob sie noch einmal versuchte, ihn zu töten.

ACHTUNDZWANZIG

Als Seri am nächsten Abend erwachte, war Graeme nicht da. Nach dem verheerenden Geschehen der letzten Nacht verspürte sie bloß Erleichterung darüber. Also zog sie sich an, ohne besonders auf das Geplapper der Zofen zu achten, und ging, gefolgt von Idalla, hinaus in den großen Hof.

Sie war so in Gedanken versunken, dass es mehrere Minuten dauerte, bis ihr auffiel, dass etwas nicht stimmte. Idalla war an ihrer Seite, aber von Kiane war nichts zu sehen. Seri legte die Stirn in Falten und wandte sich an ihre Zofe. »Wo ist Kiane?«

Idalla zuckte mit den Schultern und fummelte am Gürtel von Seris Tunika herum. »Ich weiß es nicht, gnädige Frau. Das faule Mädchen hat sich heute noch nicht blicken lassen.«

Sorge stieg in Seri auf. Sie hoffte nur, dass, was immer Kiane fernhielt, sie nicht daran gehindert hatte, Rilen ihre Botschaft zu überbringen. Für einen Moment regte sich das schlechte Gewissen in ihr, als sie an ihre arme Familie dachte. An Josdi und Vater – seit dieser lächerlichen Hochzeit hatte sie keine Gelegenheit bekommen, sie zu sehen.

»Und wo ist mein Gemahl heute Abend?« Die Worte wollten ihr kaum über die Lippen kommen.

»Er ist ausgeritten, gnädige Frau, zusammen mit dem Waffenmeister. Sie besuchen den Großknecht, um die Getreidespeicher zu prüfen, und werden einige Stunden lang fort sein.« Idalla lächelte strahlend. »Er hat seinen Kammerdiener Viktor mitgenommen, was mir recht sonderbar erscheint. Normalerweise nimmt er Viktor nur mit, wenn er krank ist.«

»Vielleicht fühlt sich mein Gatte nicht gut«, sagte Seri und bemühte sich, Graemes gelassene, kühle Mimik zu kopieren, obwohl sie erneut von Schuldgefühlen erschüttert wurde. »Wie dem auch sei, wenn sie zurück sind, würde ich gern mit ihnen darüber reden, meine Familie auf das Schloss zu holen.« Wenn sie schon die Prinzessin spielen musste, würde es sie doch beruhigen zu wissen, dass für Josdi und ihren Vater gesorgt war.

»Für den letzten Ball?«, fragte Idalla vergnügt.

»Ja, für den Ball«, log Seri. »Ich freue mich schon sehr darauf.« Sie freute sich überhaupt nicht, aber das konnte sie ihrer Zofe schlecht sagen. *Tatsächlich ist es mir zweimal nicht gelungen, meinen Gatten zu ermorden, darum sitze ich jetzt hier fest und hätte gern meine Familie um mich.* Der Ball war als Ausflucht gut geeignet, außerdem war er das letzte Ereignis in dieser endlosen Kette lächerlicher Feierlichkeiten. »Meine Schwester würde zu gern solch einer Festivität beiwohnen.«

Idallas breites Grinsen legte ihre Zahnlücken bloß. »Das wird ein prächtiger Ball werden, Prinzessin, wartet es nur ab. Die Köche entwerfen bereits kunstvolle Skulpturen aus köstlichen Speisen, und die Schneider wurden mit Aufträgen für neue Gewänder überschüttet. Und ich wage zu behaupten, dass all die Frauen nun nicht mehr versuchen, Graemes Gunst zu gewinnen, sondern Eure.«

Seri hörte zwar nicht auf zu lächeln, doch wurde ihr schwer ums Herz. Sie wollte keine Horde Athonitinnen um sich haben, sie wollte einfach nur in Ruhe gelassen werden. »Wirst du dich um meine Familie kümmern?«

»Sehr wohl.« Idalla nickte. »Ich werde den Wesir unterrichten lassen, dann wird er das in seine Hände nehmen.« Sie berührte Seris

Schulter. »Der Prinz hat eine Nachricht für Euch. Die Königin und seine Schwester sind eingetroffen und wünschen, Euch kennenzulernen.«

Die Königin war eingetroffen? Das kam unerwartet … und war lästig. Sie hatte keine Ahnung, was sie zu der Frau sagen sollte. *Seid gegrüßt, Königin. Ich wurde gezwungen, Euren Sohn zu ehelichen, und obwohl ich versucht habe, ihn zu ermorden, können wir anscheinend nicht aufhören, miteinander zu schlafen.* Seris Stirnrunzeln vertiefte sich, und sie hielt in dem langen Korridor inne. »Hast du gesagt, er hat eine Schwester?«

Idalla errötete und sah peinlich berührt aus. »Hat er, gnädige Frau. Zumindest bezeichnet er sie als seine Schwester.«

»Aber ich dachte … Graeme sagte …«

Die Zofe bekam wieder etwas Farbe, beugte sich vor und flüsterte: »Sie ist keine von *denen*, gnädige Frau, falls Ihr versteht, was ich meine.«

Es dauerte einen Moment, doch dann weiteten sich Seris Augen. »Ach, du meinst, die Königin …«

Idalla nickte. »Hat sich einen Liebhaber genommen, gnädige Frau. Der König meidet sie seither. Dass sie einen Liebhaber hat, kümmert ihn nicht, aber dass sie ihm eine Tochter geschenkt hat, das ist eine tödliche Beleidigung für seine Familie.« Sie bedachte Seri mit einem vielsagenden Blick. »Ihr wisst doch, dass die Königin nicht seine Mutter ist, oder?«

»Ist sie nicht?« Bei den vier Göttern, die Athonitenpolitik wies mehr Knoten auf als Josdis Kissen.

»Nein, natürlich nicht. Prinz Graeme ist viel älter als die Königin. Sie ist seine Stiefmutter und die achte Gemahlin seines Vaters.«

Acht Ehefrauen, meine Güte. »Wo sind sie?«

»Im Salon, zusammen mit den anderen Damen, gnädige Frau.«

Bei dem Gedanken zuckte Seri innerlich zurück. Wenn sie mit

den anderen Damen zusammen waren, hieß das, dass Lady Mila und Lady Aynee – die sie beide sorgsam gemieden hatte – auch dort waren. »Gibt es nicht irgendetwas anderes, das ich tun könnte?«, fragte Seri.

Idalla kicherte leise. »Ich fürchte nicht. Und ich wage zu behaupten, dass die Königin Eure Garderobe nicht billigen wird.«

Seri strich ihre Kleidung glatt, eine feminine Version der Kleider des Prinzen: eine Tunika mit einer weiten, locker fallenden Hose, die sie in die Stiefel gesteckt hatte, und einem schmückenden Gürtel um die Leibesmitte. »Wenn es denn gänzlich unvermeidbar ist, dann lass uns hingehen und sie kennenlernen«, sagte Seri seufzend.

Der Salon war ein großer, luftiger Raum auf der anderen Seite des Schlosses. Lady Milas Gelächter drang bereits in Seris Ohren, ehe sie den Raum betrat, und ihr Magen verkrampfte sich vor Nervosität.

Als würde sie ihr Unbehagen spüren, zögerte Idalla vor der Tür. »Gnädige Frau?«

Doch Seri drückte die Schultern durch und warf den Kopf zurück. »Es geht mir gut«, versicherte sie der Zofe mit einem raschen Lächeln. »Danke.«

Idalla öffnete die Tür für ihre Herrin.

Stille senkte sich über den Raum, als Seri eintrat. Von den dicht an dicht aufgebauten Stickständern und Stühlen abgesehen, gab es wenig Mobiliar. Vor jedem der Ständer saß eine Athonitin in einem eng geschnürten Kleid mit hohem Kragen und langen Röcken. Jede der Frauen blickte ihr argwöhnisch entgegen, doch Seri erkannte nur wenige der Gesichter. Da war Lady Jinda, die stolz auf einem Hocker thronte. Lady Penella kauerte neben ihrer Mutter. Die auf kühle Art wunderschöne Lady Aynee saß neben Lady Mila, die aussah, als hätte sie gerade einen Mundvoll Dung hinuntergewürgt. Die wütende Spannung im Raum war beinahe greifbar.

Allein Lady Aynee erhob sich bei Seris Anblick mit höflicher Miene und machte einen tiefen Knicks. »Prinzessin.«

Als würden sich nun alle ihrer Manieren erinnern, sprangen auch die anderen Frauen auf und folgten ihrem Beispiel. Lady Mila ließ sich am meisten Zeit und verbeugte sich mit einem blasierten, höhnischen Gesichtsausdruck vor ihr.

Nur eine Frau, die ganz vorn saß und einen Stickrahmen in Händen hielt, blieb sitzen. Sie hatte einen dicken Zopf, und ihr Haar war mehr silbern als schwarz. Ein bitterer Zug zeichnete ihren Mund, und ihre Haut wies die Falten des Alters auf. Sie trug einen hohen Kragen, der sich unter dem Kinn nach außen wölbte, und eine schwere Halskette aus roten Edelsteinen.

Das musste die Königin sein.

Von Graemes Schwester war nichts zu sehen.

Die Königin musterte Seris Kleidung mit abfälligem Blick und rümpfte die Nase. »Wollt Ihr Euch nicht vor mir verbeugen?«

Die Spannung im Raum nahm noch weiter zu. Von der Königin abgesehen, hatten alle die Köpfe gesenkt, doch Seri erkannte trotzdem die Andeutung eines Grinsens auf Lady Milas Lippen.

Sie rauschte an den knienden Frauen vorüber, quer durch den Raum, als wäre alles in bester Ordnung, und setzte sich auf den freien Platz neben der Königin, umfasste die Armlehnen und zwang sich, ruhig zu bleiben. »Ich bin Vidari, gnädige Frau. Wie Ihr wisst, verbeugen wir uns vor niemandem.«

Zorn verfinsterte das faltige Gesicht der Frau, und sie schürzte die Lippen. »Mein Stiefsohn muss den Zorn der Göttin erregt haben, dass sie Euch all den Damen bei Hofe vorgezogen hat.«

»In diesem Punkt, gnädige Frau, sind wir zweifellos einer Meinung.«

Lady Jinda hüstelte unbehaglich, dann richtete Lady Aynee sich auf und nahm ihren Platz wieder ein. Die anderen Frauen taten es ihr gleich, huschten zurück zu ihren Stühlen und nahmen ihr Stickzeug zur Hand. Die Königin verströmte unverhohlene Feindseligkeit. Unter ihrem düsteren Blick blieb Seri keine andere Wahl, als mit gelassener Miene so zu tun, als wäre dies nicht eine der unerfreulichsten Erfahrungen ihres ganzen Lebens.

Eine Dienstmagd fiel vor Seri auf die Knie. »Darf ich Euch Stickzeug bringen, gnädige Frau?«

Seri bedachte das Mädchen mit einem schwachen Lächeln. »Ich sticke nicht, danke.«

»Dann möchtet Ihr vielleicht ein Gedicht lesen?«, erkundigte sich Lady Mila in einem unschuldigen Tonfall.

Seris Lächeln verlor ein wenig von seiner Glaubwürdigkeit. »Ich lese nicht.«

»Spielt Ihr ein Instrument? Oder singt Ihr? Wir möchten Euch gewiss nicht langweilen?«, fragte Mila mit vorgeblicher Scheu.

»Nichts dergleichen.«

Geflüster brandete auf, und aus dem Augenwinkel sah Seri, wie mehrere Frauen die Köpfe zusammensteckten und sich leise unterhielten.

Neben ihr ergriff die Königin das Wort: »Was ist nur mit Eurer barbarischen Kultur, dass sie Frauen die feineren Aspekte zivilisierten Lebens nicht lehrt? Wie wollt Ihr da einen Gemahl finden?«

War ihrer aller Dasein so jämmerlich und klein? Zorn lebte in Seri auf, da sie anhand so lächerlicher Dinge wie der Frage, ob sie singen konnte, bewertet wurde. »Ich fürchte, die Vidari zerbrechen sich weniger über Poesie den Kopf als darüber, wie sie Essen auf den Tisch bringen können. Wenn man gezwungen ist, seine Tage als Sklave auf Euren Feldern zu verbringen und einem grausamen Eroberer zu dienen, stellt man rasch fest, dass die Sorge um die Ernährung der eigenen Familie eine Menge Zeit beansprucht.«

Wieder senkte sich Stille über den Raum.

Lady Mila strich ihre Röcke glatt. Die Stickarbeit lag vergessen auf ihrem Schoß. »Meine Königin«, sagte sie mit einer Stimme, süßer, als Seri sie je hatte sprechen hören, »wo ist die liebreizende Lady Melene?«

»Spielt zweifellos in den Ställen mit den Tieren«, entgegnete die Königin. »Das Mädchen ist eine Närrin und besteht darauf, sich wie ein Kind aufzuführen, obgleich es hier sein und mit Erwachsenen parlieren sollte.«

»Ich verstehe«, sagte Lady Mila, doch ihr Ton deutete an, dass sie rein gar nichts verstand.

Wenn es Lady Melene gelungen war, diesen schrecklichen Weibern aus dem Weg zu gehen, dann war sie ein gutes Stück klüger als Seri, die diese kleine Information zum Anlass nahm, um sich zu erheben. »Graeme hat mich gebeten, mich seiner Schwester vorzustellen«, sagte sie. »Ich werde hinausgehen und sie suchen. Bitte, entschuldigt mich.«

Damit rauschte sie durch den stillen Salon und verschwand zur Tür hinaus.

Kaum war die Tür hinter ihr ins Schloss gefallen, lehnte sich Seri keuchend an die Wand und versuchte, sich zu beruhigen und wieder zu Atem zu kommen. Ihr Herz raste, als hätte sie gerade eine erbitterte Schlacht geschlagen, dabei waren da nur Damen mit Stickarbeiten in edlen Gewändern. Doch sie hatte sich behauptet.

Sie war Vidari, und sie war Prinzessin. Und sie würde sich von niemandem herablassend behandeln lassen – nicht einmal von der Königin.

NEUNUNDZWANZIG

Seri bekam nur selten Gelegenheit, sich ohne Begleitung durch das Schloss Vidara zu bewegen, und sie hatte es nicht eilig, wieder jemanden an ihren Fersen kleben zu haben. Aber die Königin hatte gesagt, Melene sei in den Stallungen, und wie sehr Seri sich auch bemüht hatte, sich die labyrinthartigen Gänge des Schlosses einzuprägen, sie hatte keine Ahnung, wie sie aus dem Bergfried *hinaus* und zu den Stallungen gelangen konnte. Als sie auf dem Weg zu den Küchen um eine Ecke kam, sah sie einen jungen Gardisten mit sandfarbenem Haar.

»Pardon«, sagte sie, rannte hinter ihm her und berührte seine Schulter.

Der Mann drehte sich um, seine haselnussbraunen Augen weiteten sich, und er verbeugte sich tief vor ihr. »Prinzessin.«

»Das ist nicht nötig«, sagte Seri und wedelte mit der Hand. »Aber ich brauche deine Hilfe.«

»Wie kann ich Euch dienen?«, fragte er und legte eine Hand auf das Heft seines Schwerts.

»Ich habe gehofft, du kannst mir den Weg zu den Stallungen zeigen. Man sagte mir, Lady Melene könnte sich dort aufhalten.«

Er nickte. »Es ist mir eine Ehre.«

»Danke«, sagte Seri und folgte ihm einen Korridor hinunter, den sie zuvor noch nie betreten hatte. »Wie ist dein Name?«

»Kell, gnädige Frau.« Er warf ihr einen Seitenblick zu und wartete einen Moment, ehe er mit leiser Stimme hinzufügte: »Eure Tunika gefällt mir.«

Sie grinste ihn an. »Diese Meinung teilen nicht alle. Ich fürchte, die Königin war schockiert.«

Kell lachte. »Mag sein, aber die Frau, mit der ich mich treffe, ist Vidari. Sie ist genauso eigensinnig, wie Ihr es seid.« Sein Gesicht wurde ernst, als er sie aus dem Gemäuer führte. »Ich bewundere, was Ihr zu tun versucht. Und ich wünschte, wir alle könnten in Frieden leben.«

»Wären doch alle Athoniten so aufgeschlossen wie du«, entgegnete Seri, ehe sie den belebten äußeren Hof betraten und in Schweigen verfielen. Dienstboten und Soldaten huschten in Dunkelheit und Lampenschein umher. Der Wind fegte durch den dünnen Stoff ihrer Tunika, und sie rieb sich die Arme, während Kell sie zu den Stallungen geleitete, die in einem großen Gebäude untergebracht waren, das nach Heu und Mist roch. Die beißende Mischung erinnerte sie an ihr Zuhause und an Rilen, und der Gedanke schnürte ihr die Kehle zu.

»Wenn ich nicht irre, Prinzessin, dann ist die Lady Melene in dem hinteren Stand bei einer Katze, die vor wenigen Tagen Junge geworfen hat.«

Seri schenkte dem Mann ein Lächeln und dankte ihm dafür, dass er sie hergebracht hatte. »Bitte«, fügte sie hinzu, »nenn mich Seri.«

Respektvoll berührte er seine Stirn. »Ich werde draußen warten, falls Ihr eine Begleitung für den Rückweg wünscht.«

»Gern«, stimmte sie zu und bahnte sich einen Weg durch den Stall.

Seri hatte angenommen, Melene wäre unnahbar und arrogant, eine eiskalte Hofdame wie Lady Mila oder ihre Mutter, doch die Frau in dem Stand, die ein winziges Kätzchen an ihrer Brust wärmte und dicke lederne Arbeitsstiefel trug, war alles andere als das.

Melene war wunderschön. Ihr Haar war lang und schwarz, die Augen dunkelblau. Auf den vollen Lippen unter der Adlernase zeigte sich ein Lächeln, als Seri näher kam.

»Wie schön!« Vorsichtig legte Melene das Kätzchen neben seiner Mutter auf den Boden, strich mit schmutzigen Händen ihren Rock glatt, sodass dunkle Flecken auf dem Gewebe zurückblieben, und streckte lächelnd die Hände nach Seri aus. »Ich habe mich so darauf gefreut, die Braut meines Bruders kennenzulernen.«

Bass erstaunt über die warmherzige Reaktion der Frau, ergriff Seri ihre Hände und erwiderte das Lächeln. »Woher wusstet Ihr, wer ich bin?«

Ein Grübchen zeigte sich in Melenes Wange. »Man sagte mir, es würden nicht allzu viele Vidari in Männerkleidung durch das Schloss streifen.«

»Es sind gar keine anderen Vidari in diesem Schloss«, korrigierte Seri und wich zurück. »Der Einzige, den ich zu sehen bekommen habe, war über dem Tor aufgeknüpft.« Erbitterung schlug sich auf ihre Stimme nieder.

Melene tat einen scharfen Atemzug. »Oh.« Dann neigte sie den Kopf zur Seite und musterte Seri einen endlosen Moment lang, als wüsste sie nicht recht, was sie von ihr halten sollte. »Ihr habt meinen Bruder geheiratet, doch Ihr liebt ihn nicht, richtig?«

Seri lachte und schüttelte kläglich den Kopf. »Ich kann keinen Mann lieben, der mein Volk unterdrückt. Wir können kaum zivilisiert miteinander reden.« Miteinander schlafen war allerdings eine andere Geschichte.

»Wie eigenartig.« Die Athonitin schien Seris Worte nicht zu verübeln. Sie wirkte lediglich verwundert. »Und es ist der König, der Euer Volk unterdrückt, nicht Graeme.«

»Graeme ist hier, der König nicht«, beharrte Seri stur.

Melene zuckte mit den Schultern. »Es kann schon eine Weile

dauern, bis man sich über das Dekret des Königs hinwegsetzen kann.«

Skeptisch musterte Seri die Frau, erhob aber keine Einwände.

»Aus irgendeinem Grund habe ich immer angenommen, Graeme würde eine der Hofdamen ehelichen. Da er aber Euch geheiratet hat, dachte ich, er müsse Euch lieben«, sagte Melene.

»Die Verlöbniszeremonie hat uns beide der Entscheidung enthoben, fürchte ich.«

»Richtig«, stimmte Melene zu. »Die Göttin bekommt stets, was sie will. Aber ich habe es noch nie erlebt, dass mein Bruder sich zu etwas hat zwingen lassen, das *er* nicht wollte.«

»Es gibt für alles ein erstes Mal«, konterte Seri leichthin und betrachtete die Kätzchen. »Störe ich?«

Wieder erschien auf Melenes Gesicht ein strahlendes Lächeln. »Die Kätzchen sind gerade vor einem Siebentag zur Welt gekommen«, berichtete sie aufgeregt und kniete sich wieder in das Stroh, ohne auf ihr Kleid zu achten. »Ihre Augen sind noch gar nicht offen, aber die Stallknechte haben mir versprochen, dass ich eines bekomme, wenn wir lange genug hier sind.«

Seri sank neben Graemes Schwester in das Stroh und ließ zu, dass Melene ihr ein Kätzchen gab. Es war so weich, so winzig und so unfassbar zerbrechlich. Vorsichtig barg sie es an ihrer Brust. »Ich war überrascht, Euch hier draußen zu finden«, gestand Seri. »Ich dachte, Ihr würdet zusammen mit den übrigen Hofdamen im Salon sein.«

Melene kraulte das kleine Katzenköpfchen mit kurzen, abgenagten Fingernägeln. »Nein, ich fürchte, die Hofdamen mögen mich nicht sonderlich.« Sie lächelte schwach. »Sie können die Umstände meiner Geburt einfach nicht vergessen.«

Plötzlich wurde Seri von einer innigen Zuneigung zu dem Mädchen ergriffen, und sie musste so herzlich lachen, wie sie es seit

Ewigkeiten nicht mehr getan hatte. »Dann sind wir wohl in einer ähnlichen Lage, Ihr und ich.«

»Schwestern in mehr als nur einer Hinsicht«, stimmte Melene zu, zögerte kurz und fügte dann hinzu: »Ihr solltet Graeme eine Chance geben, Seri. Ich kenne meinen Bruder, und er ist ein guter Mann. Er ist nicht wie Velair oder der König.«

»Sind die so anders?«

Melenes Lächeln erstarb. »Hätte Velair diese Kätzchen gefunden, dann … nun, seien wir einfach froh, dass er das nicht hat.«

Seris Augen weiteten sich vor Entsetzen. »Ich habe Gerüchte über ihn und den König gehört«, gestand sie, in Gedanken bei dem, was Idalla ihr erzählt hatte. Beide waren schlimme Kriegstreiber.

»Graeme ist nicht wie die beiden«, sprach Melene leise. »Darauf könnt Ihr vertrauen. Wenn er etwas ablehnt, dann, weil er selbst noch nicht ganz davon überzeugt ist. Er muss die Dinge stets durchdenken, ehe er handelt. Gebt ihm etwas Zeit.«

Seri dachte an Graeme. An seine Hände an ihren Hüften in ihrer Hochzeitsnacht. An die Fürsorge, die er ihr vor dem versammelten Hof erwiesen hatte, obwohl all die anderen sie angestarrt hatten wie eine Promenadenmischung. Sein Schweigen, nachdem sie ihn vergangene Nacht verwundet hatte. Vielleicht kannte Melene ihren Bruder, aber Seri wollte ihm keine Zeit geben. Sie wollte ihr eigenes Leben zu ihren eigenen Bedingungen.

»Ich hoffe, wir bekommen in den kommenden Tagen Gelegenheit, uns näher kennenzulernen«, fuhr Melene fort, setzte ein Kätzchen auf den Boden und hob ein anderes hoch.

»Das tue ich ebenfalls«, sagte Seri und meinte es auch.

»Reitet Ihr? Ich könnte es Euch lehren. Dann können wir ausreiten und Geheimnisse über meinen Bruder teilen.« Melene grinste vergnügt.

»Das würde mir sehr gefallen«, entgegnete Seri.

»Das dachte ich mir.« Kichernd hob sie das Kätzchen, das sie in den Fingern barg, an ihre Lippen und gab ihm einen Kuss. »An Graeme ist nicht leicht heranzukommen, aber wenn man ihn erst kennt, ist er einfach liebenswert.«

Seri hockte sich auf die Fersen. Sie mochte Melene, aber in dem Punkt würden sie sich nicht einig werden.

DREISSIG

Die Dinge in Vidara spitzten sich in der Tat zu. Auch wenn seit Graemes Vermählung mit Seri erst ein paar Tage vergangen waren, hatte sich die Nachricht über die Heirat des Athonitenprinzen und des Bauernmädchens längst verbreitet, und es schien, als wäre niemand besonders erfreut darüber.

Statt den nahen Getreidespeichern ganz friedlich einen Besuch abzustatten, hatte sich Prinz Graeme Mistgabeln und Fackeln gegenübergesehen. Trotz der späten Stunde hatten sie auf ihn gewartet, und beim Anblick von Graeme und seinen Männern waren sie »Monster« brüllend vorgerückt. Ein »gieriges Monster« hatten sie ihn genannt. Alles nur, weil er ein Vidarimädchen geehlicht hatte?

Graeme hatte sich bemüht, die Aufständischen zu beruhigen, aber sie wollten keine Vernunft annehmen. Einer hatte einen Stein nach ihm geworfen, der einen Kratzer auf seiner Wange hinterlassen hatte. Am Ende hatten er und seine Männer einfach kehrtgemacht, nicht gerüstet, es gerade jetzt mit der Menge aufzunehmen.

Nun ritt er düsterer Stimmung zurück zum Schloss Vidara. Die Auseinandersetzung war sinnlos gewesen. Hatten die gedacht, er sei gekommen, um das eingelagerte Getreide zu stehlen, statt nur eine Bewertung vorzunehmen? Er war nicht wie sein Vater. Er hatte nicht die Absicht, die gegnerische Partei unter seinem Absatz zu zertreten. Die Vidari sollten ihr Land bestellen und Steuern zahlen wie alle anderen auch. Aber er wusste, damit wären sie nie zufrieden. Sie wollten die Athoniten loswerden.

Und dazu würde es nicht kommen.

Am Stall angelangt, übergab er die Zügel einem seiner Männer. Die Dämmerung nahte. Er musste in den Schutz des Schlosses zurückkehren, und zwar schnell.

»Mein Prinz«, stammelte der Mann. »Euer Gesicht.«

Er betastete seine Wange und stellte fest, dass sie mit getrocknetem Blut verklebt war.

Der Stallmeister reichte ihm ein feuchtes Tuch, das nach Pferden roch, und Graeme schrubbte sich die Haut damit ab. »Besser?«, fragte er, als er ihm den Lumpen zurückgegeben hatte.

Der Mann nickte und verbeugte sich, als der Prinz hinausging.

Immer noch mieser Stimmung eilte Graeme zu seinem Studierzimmer. Er brauchte ein wenig Zeit für sich allein, um sich zu sammeln. Dort angekommen, zündete er Kerzen an, setzte sich an seinen Schreibtisch und rieb sich die Stirn.

»Euer Hoheit?« Jardish klopfte im Eintreten an das Türblatt.

Graeme seufzte müde. »Was ist jetzt wieder?«

Der Wesir mit dem faltigen Gesicht hatte die Stirn gerunzelt. »Euer Hoheit, da sind ein paar Vidari vor den Toren des Schlosses. Ich habe die Truppen zweimal angewiesen, sie zu verscheuchen, aber sie kommen immer zurück und fordern, Euch zu sprechen.«

»Tatsächlich?« Vielleicht würde er ein paar Einsichten über seine reizbare Braut und die wütenden Leute, die ihn gerade angegriffen hatten, gewinnen können, wenn er mit ihnen redete. »Dann schick sie herein.«

Jardish riss die Augen auf. »Das kann nicht Euer Ernst sein.«

»Natürlich ist das mein Ernst. Warum sonst hättest du mich überhaupt damit behelligen sollen?«

Jardish räusperte sich. »Damit Ihr Anweisung geben könnt, sie zu hängen.«

»Hängen? Weil sie reden wollen?« Er stieß ein bellendes Gelächter aus. Kein Wunder, dass Seri die Athoniten für herzlose Bestien hielt. »Bring sie einfach her. Mit Geleit.« Er hatte den Dolch seiner Gemahlin nicht vergessen, und wenn sie bewaffnet war, dann dürften andere es auch sein.

Der Wesir sah nicht gerade erfreut aus, verbeugte sich aber und sagte: »Wie Ihr wünscht.«

Ungeduldig schritt Graeme in seinem Studierzimmer auf und ab und wartete. Der König hätte sie in seinem Thronsaal empfangen, aber Graeme wollte ihnen als Ebenbürtiger begegnen.

Vier zerlumpte Männer wurden von sieben Gardisten in voller Rüstung in sein Studierzimmer geleitet. Zwei Männer hatten blutige Nasen, und einer trug eine Tunika mit zerfetzter Schulter, aber alle standen hoch aufgerichtet da – und starrten ihm zornig entgegen.

Einer der Soldaten trat einem Mann mit braunen Locken von hinten an das Bein. »Verbeug dich vor dem Prinzen, du dreckiger …«

Graeme reckte eine Hand hoch, in Gedanken bei Seri in dem lächerlichen Goldfederkostüm, die sich geweigert hatte, sich vor ihm zu verbeugen. »Das ist unnötig. Danke.«

Der Soldat ließ von dem Mann ab und verbeugte sich tief. »Bitte um Vergebung, Euer Gnaden.« Dann trat er einen Schritt zurück und schaffte es dabei, den Vidari finsteren Blicks anzurempeln.

Graeme deutete zu dem großen Holztisch. »Möchtet Ihr Euch setzen? Einen Trunk, vielleicht?«

»Das ist kein Höflichkeitsbesuch«, sagte der Älteste der vier, ein Mann mit grau meliertem Haar. »Wir haben Forderungen.«

Der Prinz zog eine Braue hoch. »So?«

Der Mann nickte und trat vor. »Zuerst …«

»Wie lautet Euer Name?«, fiel ihm Graeme ins Wort. Er wollte wissen, mit wem er es zu tun hatte.

»Damit Ihr meine Frau und meine Kinder drangsalieren könnt?« Der Mann spuckte auf den Boden.

»Ich habe nicht die Absicht, etwas Derartiges zu tun«, entgegnete Graeme kühl. »Ich ziehe es nur vor, Euch nicht mit ›Bursche‹ anzureden.«

»Dann nennt mich ›Freiheit‹.«

»›Freiheit‹ wird es tun.« Graeme würde sich von diesen Männern nicht dazu treiben lassen, die Beherrschung zu verlieren. Umso mehr, da er in jedem sonnengebräunten Gesicht ein bisschen von Seri sah.

Freiheit maß ihn mit einem bösen Blick. »Werdet Ihr Euch unsere Forderungen anhören?«

»Ich höre. Aber ich mache keine Versprechungen. Was wollt Ihr?« Seiner Erfahrung nach stellten Männer, die sich auf solch dreiste Art aufdrängten, keine Ansprüche, die er erfüllen konnte. Zudem würde jedes Zugeständnis nur zu weiteren Forderungen führen. Heute würde er einfach nur zuhören, sie mit leeren Händen wegschicken und sich einen Kompromiss überlegen, der für beide Seiten tragbar wäre.

»Wir wollen, dass Eure Truppen von unserem Land verschwinden«, verkündete der Vidari.

»Eurem Ackerland?«, fragte Graeme.

Freiheit schürzte die Lippen. »Von jeglichem Land. Wir wollen Euch hier weghaben!«

Graeme lehnte sich auf seinem Stuhl zurück. »Das ist kein Vidariland mehr, und das war es während Eurer Lebenszeit auch nie. Es gehört der Krone der Athoniten.«

Der Vidari machte einfach weiter, als hätte er Graeme gar nicht gehört. »Und wir wollen, dass die ungerechten Steuergesetze außer

Kraft gesetzt werden. Wir wollen uns Häuser in der Stadt leisten können, nicht nur in den Außenbezirken. Wir wollen, dass Eure Leute aufhören, unser Land an sich zu reißen, als gäbe es uns gar nicht.« Er ballte die Faust.

Graeme blickte ihm gleichgültig entgegen. »Sonst noch etwas?«

Ein anderer Mann mit leuchtend grünen Augen und rötlichem Haar trat vor: »Wir wollen, dass Ihr das Vidarimädchen freilasst, das Ihr gefangen haltet.«

Graeme lag auf der Zunge zu entgegnen, er halte keine Frau gefangen. Dann sah er wieder Seri vor seinem geistigen Auge. Seri, die sich auszog. Seri, die beide Arme um ihn geschlungen hatte, während seine Zähne an ihrer Kehle lagen. Seri, die ein Messer schwang. Plötzlich flammte Wut in ihm auf und das starke Gefühl, verteidigen zu müssen, was ihm gehörte. »Sprecht Ihr von meiner Gemahlin?«

Der Mann tat einen Satz auf Graeme zu, als wollte er ihn angreifen. Sofort stürmten zwei Gardisten herbei und packten seine Arme. »Ihr haltet sie gefangen«, knurrte er und wehrte sich gegen die Soldaten. »Sie will nicht bei Euch sein.«

Graeme kniff die Augen zusammen und musterte den Mann, betrachtete seinen kräftigen Körperbau, sein braunes Gesicht und die hellen Augen, die ihn mit unverhohlenem Hass anstarrten. War dies der Mann, dem Seri versprochen gewesen war? Wieder machte sich der Besitzanspruch in ihm bemerkbar. »Sie war nicht abgeneigt, als sie mich letzte Nacht in ihr Bett eingeladen hat.«

Knurrend versuchte der Vidari erneut, sich auf Graeme zu stürzen, doch die Soldaten hatten ihn fest im Griff, und einer der anderen Vidari bemühte sich ebenfalls, seinen Landsmann im Zaum zu halten.

»Monster«, schrie der Mann. »Lasst sie gehen!«

Das war an diesem Tag schon das zweite Mal, dass er sich als Monster hatte bezeichnen lassen müssen, und er hatte genug davon.

»Wir sind hier fertig«, sagte Graeme zu den Soldaten, und sein Ton war scharf vor Zorn. »Eskortiert diese Männer aus dem Schloss hinaus. Auf der Stelle!«

»Wie Ihr befehlt, Euer Gnaden«, antwortete der Soldat, und Graeme verschränkte die Arme vor der Brust und wütete still vor sich hin, während die Männer aufgebracht und unter Protest zur Tür hinausschlurften.

Seufzend rieb sich Graeme die Stirn, bemüht, die Woge eifersüchtiger Rage zu bezähmen, die der grünäugige Vidari in ihm ausgelöst hatte. Gegen seinen Willen hatte seine Bindung an Seri einen zunehmend ungesunden Charakter angenommen. Er schloss die Augen, atmete tief durch und suchte sie auf mentalem Wege. Doch statt der vagen Trübsal, die er gewöhnlich wahrnahm, begegnete ihm nun Freude. Lächelnd erhob er sich.

Er wollte sie sehen. Er wollte wissen, wie es war, wenn sie sich freute. Also verließ er sein Studierzimmer und ging in die gemeinsamen Gemächer. Viktor und eine von Seris Zofen waren dort gerade dabei aufzuräumen. Bei seinem Erscheinen hielten beide in ihrer Arbeit inne und verbeugten sich. »Wo ist meine Gemahlin?«

Viktor räusperte sich. »Eure Schwester hat sie zu einem Ausritt mitgenommen, gnädiger Herr. Sie sind vor nicht allzu langer Zeit aufgebrochen. Soll ich jemanden schicken, um sie zurückzuholen?«

»Das wird nicht nötig sein«, entgegnete Graeme, griff nach einem der Gobelins, die die Fenster bedeckten, und zischte, als seine Finger vom Sonnenschein gestreift wurden. Es brannte wie Feuer. Er trat einen Schritt zurück und winkte Viktor zu. »Mach das auf.«

»Sofort, gnädiger Herr«, sagte Viktor, eilte zum Fenster, zog den Gobelin zur Seite und klemmte ihn in einem Wandhaken fest.

Das Licht der Morgensonne flutete herein, und Graeme spürte, wie sie ihm prompt die Kraft raubte. Er kämpfte gegen eine Woge der Übelkeit an, blinzelte in das Licht und zog sich in den Schatten zurück. Von hier hatte er einen freien Blick auf den äußeren Schlosshof. Er konnte Seri und seine Schwester gerade noch erkennen. Seri, die eine Tunika von dem gleichen Schnitt wie seine eigene trug, versuchte lachend, ihr Bein über das Pferd zu schwingen. Endlich gelang es ihr, und sie sagte etwas und deutete gestikulierend die Größe des Rosses an. Er nahm ihre Besorgnis wahr, die jedoch gleich von erneutem Gelächter und echter Freude verschluckt wurde.

Und Graeme verzehrte sich vor Sehnsucht. Er wollte ihr Gelächter. Ihre Freude. Er wollte *sie*.

Die Vidarimänner hatten von ihm verlangt, er solle ihnen Seri zurückgeben. Seine Eterna. Aber Seri war nun ein Teil von ihm, war ihm tief verbunden, und er konnte sie so wenig zurückgeben, wie er seinen eigenen Arm weggeben konnte.

EINUNDDREISSIG

»Was ist mit diesem rosaroten Unterrock, Prinzessin?«

Seri musste ein Stöhnen unterdrücken. Da Kiane noch unterwegs war, hatte man ein paar neue Mädchen abbeordert, um die Prinzessin hinsichtlich ihrer Garderobe zu »unterstützen«, und die wichen ihr nicht von der Seite und trieben sie langsam in den Wahnsinn. »Keine Unterröcke.«

»Aber …« Das Mädchen runzelte die Stirn. »Eure Röcke werden unkleidsam herunterhängen.«

»Ich würde lieber Tunika und Hose tragen«, sagte Seri gähnend. Sie hatte nicht viel geschlafen, nachdem sie schon früh am Nachmittag aufgestanden war, um mit Melene reiten zu gehen. Oder, genauer, mit Melene und den zwanzig Soldaten, die ihnen als bewaffnete Eskorte die ganze Zeit auf den Fersen geblieben waren.

Idalla schüttelte den Kopf. Sie stand direkt vor Seri und wickelte ihr den Zopf wie ein geflochtenes Diadem um den Kopf. »Das wird bei dieser Feierlichkeit nicht gehen, gnädige Frau. Dafür ist sie zu bedeutend.«

»Sag mir noch mal, welche es ist.« Die Athoniten liebten ihren Prunk, Seri konnte sich all die Anlässe kaum merken.

»Es ist ein Fest im Namen der Göttin, bei dem traditionelle Speisen serviert werden. Wenn alle sechzehn Gänge gegessen wurden, zündet jeder eine Kerze an und bringt der Göttin an ihrem Altar ein Opfer dar. Das ist wirklich sehr fein.«

Es hörte sich eher sehr langweilig an, nur noch eine Nacht in einer endlosen Reihe der Festivitäten zur Feier einer Vermählung, die sie nie gewollt hatte. »Dann trage ich aber kein Korsett«, grollte sie. »Da passe ich nicht rein, wenn ich so viel essen muss.«

»Die meisten traditionellen Speisen sind recht … fad.« Idalla steckte eine Nadel in Seris Haar. »Ihr werdet Euch damit gewiss nicht vollstopfen wollen.«

Ihr standen sechzehn Gänge mit scheußlichem Essen bevor? So verschwenderisch konnten nur Athoniten sein. Sie schaute sich zu den Zofen um und unterdrückte eine bissige Bemerkung, als sie sah, dass sie ein goldenes Gewand mit drei Unterröcken herbeibrachten. Dieser Abend versprach, eine Qual zu werden.

Noch als ihr dieser Gedanke durch den Kopf ging, verspürte sie eine Woge des Amüsements. Neugierig blickte sie zur Tür und sah Graeme dort stehen. Er lehnte sich an das Holz und sah zu, wie sie in ihrem Morgenrock frisiert wurde.

Tausend wütende Kommentare schossen ihr durch den Kopf und gerieten doch rasch in Vergessenheit. Da war eine Spur eines Lächelns auf seinen Lippen, sie spürte seinen Frohsinn. Das brachte sie aus dem Konzept. Sollte sie ihn begrüßen? Ignorieren? Ohrfeigen? Sie dachte einen Moment nach und sagte dann: »Sag es mir nicht, am Ende des Abends gehen wir nach draußen, sehen dem Gras beim Wachsen zu und meditieren dann darüber, welcher Halm der längste ist.«

Er bedachte sie mit einem schiefen Grinsen und trat ein, woraufhin die Mädchen kreischend mit den Kleidern hinaushasteten. Idalla tätschelte Seris Haar, entfernte sich und machte sich diskret auf der anderen Seite des Raums zu schaffen. Seri richtete sich auf ihrem Hocker auf und zog sich den Kragen ihres Morgenrocks fester um den Hals, um die Bissmale und die blauen Flecken zu verbergen, die er dort hinterlassen hatte.

»Was tust du hier?«, fragte sie ihn.

»Ich habe deinen Trübsinn gespürt«, sagte Graeme, baute sich vor ihr auf und bot ihr seinen Arm.

Stirnrunzelnd musterte sie erst den Arm und blickte dann zu ihm auf.

»Wir werden den abendlichen Festlichkeiten entfliehen. Du hast Kopfschmerzen, und ich kümmere mich um dich.«

Dieser Vorschlag war ihr nicht unwillkommen, also stand sie auf und hakte sich unter. »Warum muss ich diejenige sein, die Kopfschmerzen hat?«

Da lachte er, und sie war überrascht über den reinen Klang seines Lachens. Für einen Moment raubte allein sein Anblick ihr den Atem, so groß, so blass, ein wunderschöner Prinz mit funkelnden dunklen Augen und glänzendem Haar, so anziehend, dass es ihr in den Fingern juckte, es zu berühren. »Nun gut«, sagte er, »dann werde ich eben Kopfschmerzen haben, und du spielst das Kindermädchen für mich.«

»Besser.« Dennoch zauderte sie. »Aber werden die nicht denken ...?«

»Das tun sie so oder so.«

Seri lief rot an und kniff in seinen Arm. »Muss ich mich anziehen?«

»Kommt darauf an, wo wir hingehen«, entgegnete Graeme. »Such dir etwas aus.«

»Irgendwohin, wo wir unter uns sind«, sagte sie, als sie aus dem Augenwinkel sah, dass die Tür einen Spalt weit geöffnet wurde und die Zofen hereinschauten. »Irgendwohin, wo uns niemand stört.«

»Da weiß ich genau den richtigen Ort«, sagte er und legte eine Hand auf ihre. Seine Finger fühlten sich warm an, und die Hitze aus ihren Wangen breitete sich in ihrem ganzen Körper aus.

»Ich werde die Herrschaften entschuldigen«, sagte Idalla und verbeugte sich knapp. »Soll ich Speisen servieren? Wo auch immer?«

Graeme nickte ihr zu. »Etwas für meine Gemahlin. Lass es in mein Studierzimmer bringen.«

»Dort werden wir nicht gestört?«, fragte Seri und dachte daran, wie leicht sie dort hineingelangt war.

»Nicht, solange ich es nicht wünsche«, sagte Graeme und führte sie aus den gemeinsamen Gemächern.

Sie nahmen einen anderen Weg als den, an den Seri sich erinnerte, und Graeme erklärte ihr, so würden sie weniger Leuten begegnen als auf den stärker frequentierten Gängen. Zwei Gardisten standen vor der Tür und verbeugten sich, als sie hineingingen. Falls ihnen aufgefallen war, dass Seri noch ihren Morgenmantel trug, so ließen sie es sich nicht anmerken, dennoch lief sie vor Verlegenheit rot an.

»Ich habe für den Hof nicht viel übrig«, erzählte Graeme unverblümt. »Tatsächlich habe ich mich darauf gefreut, in dieses Land zu kommen, weil ich gehofft habe, die Höflinge würden bald nach Athon zurückkehren und aufhören, mir auf die Nerven zu gehen. Bis es so weit ist, habe ich vor, so viel Zeit wie möglich hier zu verbringen.« Mit einer ausholenden Geste erfasste er den ganzen, mit Büchern vollgestopften Raum. »Ich genieße meine Studien. Du bist natürlich jederzeit willkommen.«

Sie hielt sich den Kragen zu, als sie durch den Raum ging. Regalfach um Regalfach enthielt ledergebundene Bücher, die zweifellos ein kleines Vermögen wert waren. Auf einem Tisch lagen Dinge, die sie noch nie zuvor gesehen hatte – ein langes Messingrohr, eine runde Karte, die auf ein ballförmiges Gestell gespannt war, sonderbare Instrumente aus Metall, deren Zweck sich ihr nicht erschloss.

Und auf all das starrte das Porträt des grausamen Mannes herab.

Mit großen Augen ging sie darauf zu. Nun, da sie es erneut betrachtete, erkannte sie, dass der Mann auf dem Bild Graeme auf schaurige Weise ähnelte. Wäre da nicht das längere Haar und der grausame Zug um den Mund, so hätte das Porträt ebenso gut ihren Gemahl darstellen können. »Ist das dein Vater?«

»König Lucan«, sagte er und fügte in trockenem Ton hinzu: »Lang möge seine Herrschaft dauern.«

Das hörte sich nicht gerade beruhigend an. »Und er ist in Athon?«

»Man sagte mir, er könnte zu unserem letzten Ball am Ende der Festlichkeiten anlässlich unserer Vermählung herkommen, aber wer weiß das schon?« Er zuckte mit den Schultern. »Ich hoffe, er tut es nicht.«

»Verstehe«, sagte Seri leise und fragte sich im Stillen, was genau zwischen Vater und Sohn vorgefallen sein mochte. Sie konnte sich nicht vorstellen, ihrem Vater oder Josdi gegenüber so abweisend zu sein.

»Ich habe dich verärgert. Verzeih.«

»Nein, das ist es nicht«, versicherte sie ihm. »Ich vermisse nur meine eigene Familie. Ich habe nach ihnen geschickt, damit sie zu uns auf das Schloss kommen.«

»Nun, ich würde sie sehr gern kennenlernen, wenn sie hier sind.« Graeme zeigte auf das Regal hinter ihm. »Bis dahin, gibt es hier irgendetwas, das du dir ansehen möchtest? Hast du Interesse an einem der Bücher?«

Das brachte sie erneut in Verlegenheit. »Prinz ...«

»Graeme«, korrigierte er sie.

»Graeme«, wiederholte sie und fühlte seine Freude. So viel Freude, nur weil sie ihn beim Namen nannte? Prompt reagierte auch ihr Körper auf seine Gegenwart, und sie spürte, dass sie wieder rot anlief. Wie so oft in seiner Gegenwart. »Ich kann nicht lesen oder schreiben. Vidarikinder dürfen die städtischen Schulen nicht besuchen. Außerdem werden wir daheim und auf dem Feld gebraucht.«

»Ah«, machte er zurückhaltend und schaute sich um, als wollte er ihrem Blick ausweichen. »Ich lese gern.«

Sein Unbehagen war aus irgendeinem Grund ganz entzückend, und sie ertappte sich bei einem Lächeln. »Ich würde es gern lernen.«

Das zauberte ein Lächeln in sein ernstes Gesicht, und ihr stockte wieder einmal der Atem angesichts seiner Attraktivität. In diesem Moment hatte er keinerlei Ähnlichkeit mit dem grausamen Mann auf dem Bild. »Ich würde es dir sehr gern beibringen.«

Lange sahen sie einander in die Augen, und ihr stieg die Hitze in die Brust. Bei den vier Göttern, er war wirklich wunderschön.

Ein leises Klopfen ertönte an der Tür, und der Augenblick war zunichte. Er sah sich um, räusperte sich und rief: »Herein.«

Idalla hastete mit einem Tablett herein. »Euer Gnaden, gnädige Frau«, sagte sie und ging zu dem großen Tisch in der Mitte des Raums. »Ich habe ein paar Dinge aus der Küche geholt, ein erlesenes Schmorgericht, ein paar Kekse und das süße Gebäck, das Ihr so gern mögt, Seri. Und etwas heißen Tee, denn Tee schmeckt uns doch allen gut, nicht wahr?« Sie legte zwei bestickte Servietten auf den Tisch und stellte mehrere filigrane Teller dazu. »Bitte sehr. Ich werde mich dann rarmachen, es sei denn, Ihr benötigt noch etwas.«

»Das ist alles«, sagte Graeme.

Idalla verbeugte sich, huschte zur Tür hinaus und zog sie hinter sich ins Schloss.

Unbehagliche Stille kehrte ein.

»Bitte«, sagte Graeme schließlich und zeigte auf das Essen.

»Wirst du auch essen?«, erkundigte sich Seri und ging zu dem gedeckten Tisch.

»Das hängt ganz von dir ab«, sagte er mit ernster Stimme und rückte ihr einen Stuhl zurecht.

Oh. Nun lief sie erst richtig rot an. Seri legte sich eine Serviette in den Schoß, wie sie es die Hofdamen hatte tun sehen, auch wenn ihr das ein wenig albern vorkam, da sie immer noch ihren Morgenmantel trug. Sie trank einen Schluck heißen Tee und zupfte ein Stück von dem süßen Gebäck ab, das so delikat schmeckte. In dem Raum brannte kein Feuer, also legte sie es zur Seite, um es später auf ihrem Altar zu opfern.

Graeme setzte sich neben sie und sah ihr beim Essen zu. Er war still, die Verbindung schwach, wie ein leises Summen, das zwischen ihnen hing. Das alles wirkte entspannend auf sie, und nach ein paar Bissen bot sie ihm etwas von ihrem Essen an. »Kannst du das probieren? Es ist wirklich sehr gut und viel zu viel für mich.«

Er schüttelte den Kopf. »Ich werde dir einfach zusehen.«

Das schüchterte sie ausreichend ein, dass sie für eine Weile nur in ihrem Essen herumstocherte. »Dann rede wenigstens mit mir, damit ich mir nicht so komisch vorkomme.«

»Erzähl mir mehr von den Vidari«, bat er sie, stützte einen Ellbogen auf den Tisch und beobachtete sie. »Erzähl mir mehr über dein Volk.«

»Was möchtest du wissen?«, fragte sie und aß einen Bissen Huhn. »Vielleicht etwas über die Götter?« Jeder schien ständig etwas über die Religion von ihr erfahren zu wollen.

»Über Kriege«, sagte er. Prompt nahm er durch ihre Verbindung ein banges Gefühl wahr.

»Kriege?« Sie schluckte schwer und nahm noch einen Schluck Tee, um sich die Kehle anzufeuchten.

»Sag mir, warum deine Leute lieber kämpfen als reden wollen.«

Ihr wurde mulmig, und sie schob das Essen weg. »Weil die Gesetze ungerecht sind. Wir werden nicht so behandelt wie die Athoniten.«

»Erzähl mir mehr. Ich weiß nicht genug über dieses Land und seine Leute. Alles, was ich weiß, steht in Büchern, die von Athoniten verfasst wurden. Erklär mir, warum sie ungerecht sind.«

Einen endlosen Moment lang starrte sie ihn forschend an und fragte sich, ob das eine Falle war, doch sie konnte nichts Verdächtiges spüren, also legte sie los. Sie erzählte ihm von den Gesetzen, den ungerechten Steuern, den Leuten, die wegen kleiner Vergehen hingerichtet wurden. Davon, dass man sie ihre Religion nicht nach ihren Wünschen ausüben ließ, dass man ihnen ihren Besitz stahl und von all den anderen schrecklichen Dingen, die ihr in den Sinn kamen. Sie erzählte ihm sogar von Kasmar, der über dem Tor hing, und war erleichtert, als er erbleichte.

»Ich werde ihn sofort herunterholen lassen. Ich wusste das nicht. Ich dachte, er wäre ein Verbrecher.«

»Sein einziges Verbrechen war, ein Vidari zu sein«, entgegnete sie mit leiser Stimme.

»Und wenn sich herausstellt, dass er doch ein Verbrechen begangen hat, das die Todesstrafe verdient?«

Sie kniff die Augen zusammen. »Das hat er nicht.«

»Du klingst sehr überzeugt.« Graeme neigte den Kopf zur Seite. »Können Vidari nicht wie Athoniten Verbrechen begehen?«

»Jetzt versuchst du, mir eine Falle zu stellen«, sagte sie, warf ihre Serviette auf den Tisch und sprang auf. »Ich will nicht mehr darüber sprechen. Ich ...«

»Warte«, sagte er und packte sie, ehe sie davonlaufen konnte. »Es tut mir leid. Ich wollte dich nicht piesacken.«

»Warum glaubst du mir dann nicht, wenn ich dir sage, dass er unschuldig war?« Sie hoffte, dass er ihren Zorn und ihre Enttäuschung spüren konnte.

»Es ist nicht so, dass ich dir nicht glaube«, sagte er und strich ihr eine Locke von der Schulter. Sein Blick ruhte auf ihrem Hals, und sie erkannte, dass ihr Kragen sich geöffnet hatte und den Blick auf ihre Haut freigab. »Es ist nur so, dass ich das selbst herausfinden muss, um ein guter Herrscher zu sein. Verstehst du das?«

Sonderbarerweise tat sie das. Enttäuschung und Zorn schwanden dahin und machten Platz für ein neues Bedürfnis. Hunger, obwohl sie gerade gegessen hatte.

Nein, begriff sie. *Sein Hunger.* Der Anblick ihres Halses hatte ihn ausgelöst. Seri erstarrte mit geweiteten Augen, während er sie anstarrte. Und dann näherte sie sich ihm. Seine Hand glitt zu ihrem Hals und streichelte ihn, und dann zog er sie an sich und strich mit seinen Lippen über ihren Mund.

Sie konnte vage spüren, wie seine Fangzähne über ihre Lippen glitten.

»Ich möchte nicht, dass wir uns streiten.«

»Was willst du dann?«, fragte sie mit zitternder Stimme.

»Ich will meine Gemahlin lieben, wenn sie mich will.« Er sah ihr direkt in die Augen und zog an dem Gürtel ihres Morgenmantels.

Und sie hätte sich wehren können. Hätte sagen können, dass es nicht das war, was sie wollte, dass sie ihn nicht lieben wollte. Oder nähren.

Aber das wäre eine Lüge gewesen. Denn so nahe bei ihm, während sie seinen maskulinen, würzigen Duft roch und seine Haut an ihrer eigenen spürte …

Seri sehnte sich so sehr nach ihm wie er sich nach ihr. Und sie wehrte sich nicht, als ihr Morgenmantel sich öffnete und seine Küsse leidenschaftlicher wurden.

ZWEIUNDDREISSIG

»Immer noch keine Nachricht von Kiane?«, fragte Seri am nächsten Abend, als sie sich anzog, um ein weiteres Mal mit Melene auszureiten.

Idalla zuckte mit den Schultern und fummelte am Saum von Seris neuester Tunika herum. »Vielleicht ist sie krank. Oder ihr Vater. Er ist Falkner hier auf dem Schloss.«

Seri runzelte die Stirn. »Ich mache mir nur Sorgen. Es passt nicht zu ihr, einfach zu verschwinden.«

»Ich bin sicher, es geht ihr gut«, sagte Idalla und strich Seris Tunika glatt. »Na also, so ist der Saum perfekt.«

Sie nickte geistesabwesend. »Sagst du es mir, wenn du Kiane siehst?«

»Gewiss, gnädige Frau.«

Doch sie war immer noch besorgt, als sie schließlich ihre Gemächer verließ und sich auf den Weg zu dem alten Dienstbotenquartier in Lady Milas Flügel des Schlosses machte. Der Frau traute sie durchaus zu, ihr die Zofe einfach wieder wegzunehmen. Doch als sie den Hauptkorridor erreicht hatte, hielt ein Gardist sie auf und verbeugte sich rasch vor ihr.

»Prinzessin, man sagte mir, der Prinz warte ungeduldig darauf, Euch zu sehen. Bitte kommt mit mir.«

»Ich bin beschäftigt«, entgegnete sie und versuchte, an ihm vorbeizugehen.

»Es tut mir leid, gnädige Frau.« Er richtete sich zu voller Größe auf. »Aber ich habe Befehl, Euch zu ihm zu bringen. Es ist dringend.«

Ein Schauer der Besorgnis erfasste sie, und statt sich weiter zur Wehr zu setzen, nickte sie. Etwas fühlte sich … falsch an. Ein Schwarm wirrer, gequälter Gefühle flutete sie. *Graeme.* Seri folgte dem Gardisten, und als sie in einen anderen Gang einbogen, tauchten zwei weitere auf und flankierten sie. Schützten sie.

Mehr Soldaten?

Ein Diener öffnete die Tür zum Thronsaal, und Seri, der das Herz bis zum Hals schlug, wurde hineingeleitet. Der Prinz saß auf einem Thron am Ende des Raums. Der kleinere Thron neben seinem war leer, die Königin nirgends zu sehen, wofür Seri dankbar war. Stattdessen füllte sich der Raum nun mit Gardisten und Priestern, die alle besorgt und erzürnt dreinblickten. Die sie aus wütenden Augen anstarrten. Ihr wurde bang zumute.

Was war passiert?

Ein älterer Mann mit einem langen Bart stand neben Graeme. Er trug eine prachtvolle Robe und hielt ein Tablett in der Hand. Bei ihrem Anblick runzelte er die Stirn, ein kaum verhohlenes höhnisches Grinsen unter der langen Nase. Das musste der Wesir sein, von dem so oft die Rede war.

Stille trat ein, als sie zum Thron schritt, und das Herz wollte ihr in der Brust zerspringen. Graeme deutete vage auf den Thron neben seinem. Sie setzte sich und schluckte schwer, als er eine Hand ausstreckte und die ihre ergriff. Seine Finger fühlten sich kalt an, und etwas Düsteres, Gefährliches pulsierte zwischen ihnen.

Der Wesir trat vor und räusperte sich. »Seine Majestät, der Prinz, bittet, die Gefangenen vorzuführen.« Seine schneidende Stimme hallte durch den Thronsaal.

Seris Herz setzte für einen Schlag aus, als sie die Kleidung der Männer sah, die hergeführt wurden. Derbe Hemden, fleckige Hosen, keine Schuhe. Diese schmutzigen Gefangenen waren Vidari. Die Gardisten schubsten die Männer vor sich her, und Seri zuckte zusammen, als sie in demütigem Gehorsam auf die Knie fielen.

Der letzte Mann in der Reihe starrte sie direkt an und schürzte angewidert die Lippen. Seris Herz flatterte und setzte dann ganz aus, als sie in ein Paar vertrauter grüner Augen blickte.

O ihr Götter. *Rilen.*

Sie biss sich auf die Lippe, um nicht laut aufzuschreien. Sein Gesicht war zerschlagen und geschwollen. Schlamm und Dreck bedeckten seine Kleider, und er schonte sein rechtes Bein. Er starrte sie aus kalten Augen an, in denen sich tiefe Enttäuschung kundtat, ehe sein Blick dorthin huschte, wo Graeme ihre Hand hielt. Neben ihm sah sie Timmar und Jovis, ebenso zerschlagen und blutig wie Rilen.

Tränen brannten in ihren Augen, und sie entzog Graeme ihre Hand und schlug sie vor den Mund.

»Verlest die Beschuldigungen, die gegen diese Männer vorgebracht werden, auf dass alle sie hören können«, befahl der Wesir. »Seine Gnaden, der Prinz, werden über ihre Strafe befinden, sobald alles genannt wurde.«

Einer der Gardisten trat vor. »Gnädige Herren«, sagte er und verbeugte sich vor dem Wesir und dem Prinzen. »Einer der Falkner, Jastin von Suth, kam in der letzten Nacht zu den Gardisten und erklärte, seine Tochter Kiane habe zwei Tage zuvor das Schloss verlassen, um das Vidaridorf aufzusuchen, und sei noch nicht zurückgekehrt.«

Ein säuerlicher Geschmack brannte in Seris Kehle, und ihr Magen krampfte sich vor lauter Angst zusammen. *Nein, nein, nein.* Sie starrte in Rilens Gesicht und betete im Stillen, dass es nicht wahr war, doch er begegnete ihrem Blick nur mit eisigen, anklagenden Augen.

»Eine Suche im Dorf wurde veranlasst, und in einer der Hütten fanden die Soldaten diese Männer und den Leichnam der besagten Frau.«

Im Hintergrund erklang ein leises Schluchzen, und Seris entsetzter Blick huschte zu dem älteren Mann mit dem sich lichtenden Haar, der seinen Hut in Händen hielt und die Vidari mit kummervollen Augen anstarrte. Kianes Vater. O ihr Götter, das war ihre Schuld. Sie hatte Kiane ins Dorf geschickt und ihr versichert, ihr würde kein Leid geschehen. Sie war dafür verantwortlich. Die fröhliche, freundliche Kiane war tot, ermordet durch ihre eigenen Leute. Der Selbsthass wollte sie zerreißen.

Der Wesir fuhr fort. »Die Frau ist von diesen Männern brutal geprügelt und erdrosselt worden. Im Verhör haben die Vidari, die vor Euch stehen, die Tat gestanden und dann versucht, die Gardisten anzugreifen. Wir waren gezwungen, sie zu überwältigen.«

Seri stieg die Galle hoch. Sie presste die Fingerspitzen an die Lippen und flehte ihren Magen an, sich zu beruhigen. Doch als sie sich Kiane vorstellte, geprügelt und erdrosselt, entfleuchte ihr ein Schluchzen. Graemes scharfer Blick zuckte zu ihr, während im Thronsaal wütende Rufe aufklangen.

»Mörder!«

»Wilde!«

»Die sind kaum mehr als Tiere!«

»Hängt sie alle!«

Seri ließ den Kopf hängen. Bei den vier Göttern, dafür war sie verantwortlich. Sie alle hatten die Freiheit der Vidari um jeden Preis gewollt, aber sie war nicht bereit gewesen, diesen Preis zu bezahlen. Das war so sehr eine Botschaft für sie wie für Graeme, oder nicht? Indem sie den Prinzen hatte leben lassen, indem sie ihn während der letzten vier Nächte in ihr Bett gelassen hatte, hatte sie die Männer ihres Dorfes in Monster verwandelt. In *Mörder*.

Und Kiane. Oh Kiane. Ihre Freundin. Wie hatte Seri ihr ihre

Güte vergolten? Sie hatte sie in einen gewaltsamen Tod geschickt. Heiße Tränen rannen ihr über das Gesicht, während weiter zornige Rufe durch den Saal hallten. Und das alles war allein ihr schrecklicher, nicht wiedergutzumachender Fehler.

»Ruhe!« Graeme erhob sich, und sofort kehrte Stille ein. Mit einem befriedigten Nicken nahm er wieder Platz. »Diese Männer werden nicht vor Gericht gestellt?« Seine Stimme klang kühl und ungerührt, und auf einmal fühlte Seri Wut auf ihn. Ihre Welt brach um sie herum zusammen, und er war so distanziert und gefühlskalt wie eh und je.

»Das werden sie nicht«, bestätigte der Wesir. »Sie haben die Tat bereits gestanden.«

»Und wir würden es wieder tun«, brüllte Jovis. »Das blüht jedem Athoniten, der in unser Dorf kommt. Wir werden nicht ruhen, bis wir euer grausames Volk aus unserem Land vertrieben haben.« Er sah Seri an, und ein hasserfüllter Zug erschien auf seinen Lippen, ehe er in ihre Richtung spuckte.

Wieder senkte sich Stille über den Raum. Seri zitterte am ganzen Leib, als Prinz Graeme aufstand. Seine angespannte Haltung verströmte puren Zorn. Er ging auf die Gefangenen zu, und einige der Gardisten traten sichtlich beunruhigt einen Schritt zurück. Graeme trat neben Jovis und packte sein schmutziges Kinn, hob es an und drehte sein Gesicht in die Richtung, in der Seri bebend auf dem Thron saß.

»Du hast meine Gemahlin beleidigt.«

»Sie ist eine Verräterin«, höhnte Jovis und versuchte, sich aus Graemes Griff zu befreien. »Sie hat ihr Volk für ein Monster aufgegeben.«

»Entschuldige dich, oder deine ganze Familie wird vernichtet werden.« Graeme sprach leise, und doch hallte seine Stimme schneidend durch den ganzen Saal. »Ich dulde keine Affronts.«

Oh nein. Bitte nicht. Seri umklammerte die Armlehnen des Throns, hin- und hergerissen zwischen dem Wunsch, sich Graeme zu Füßen zu werfen und um Gnade für ihre Leute zu bitten ... und dem, gleich selbst über sie herzufallen. Jovis war ein Narr, seine ganze Familie in Gefahr zu bringen. Sie kannte sie alle – seine liebe Mutter Claeva und seinen Vater Rog, der immer rübergekommen war, um ihrem Vater beim Pflügen zu helfen. Seine Schwester Ninna, mit der Seri befreundet gewesen war, ehe die Not sie gezwungen hatte, all ihre Zeit dem Bemühen zu widmen, Essen für Vater und Schwester auf den Tisch zu bringen.

Das kann Graeme nicht machen, dachte sie, doch sein Gesichtsausdruck war so erbittert, dass er ihr Angst machte.

Spannung hing in der Luft, und einen Moment später drehte sich Jovis widerwillig in ihre Richtung und nickte.

Eine große Entschuldigung war das nicht, aber Graeme schien damit zufrieden zu sein. Er ließ Jovis los, und der Mann fiel bäuchlings zu Boden und knallte mit der Wange auf die harten Steinplatten. Rilen und Timmar sahen unruhig zu, wie der Prinz zu seinem Thron zurückschritt. Die Sehnen in seinem Nacken traten auch dann noch vor wütender Anspannung hervor, als er mit elegantem Schwung wieder Platz nahm.

Er streckte erneut die Hand nach Seris aus, was einem unausgesprochenen Befehl gleichkam. Sie spürte, wie die Gefühle, die sie verbanden, brodelten, wie sich finstere Rage mit Eifersucht mischte.

Seri zögerte, schaute für einen Moment schuldbewusst zu Rilen und legte dann ihre Hand in Graemes. Wieder rannen ihr die Tränen über das Gesicht, und sie wischte sie hastig mit der anderen Hand weg.

»Zwei Schläge hat meine Gemahlin von Euch erfahren«, begann Graeme. »Einen hier, und einen durch den grausamen Mord an ihrer Kammerzofe. Also soll sie entscheiden, wie die Rebellen zu bestrafen sind.« Seine Finger spannten sich um ihre, eine kurze, besitzergreifende Geste, als könnte er sie ihrem Volk entreißen, wenn er einfach nur ihre Hand fest genug hielt.

Seri keuchte auf. Sie sollte entscheiden?

Ihr war klar, dass er wollte, dass *sie* diese Männer, diese Mörder verurteilte. Bei den Vidari war es Brauch, Mörder zu hängen, und sie wusste, dass die Gesetze der Athoniten das Gleiche verlangten. Der Mord an Kiane war eine grässliche Tat, und sie sollte sie nicht davonkommen lassen.

Doch wenn sie ihren Tod forderte, wäre sie in den Augen ihrer Leute für alle Zeiten eine Verräterin. Eine Stiefelleckerin der Athoniten, für immer verhasst bei den Vidari.

Aber konnte sie sie einfach gehen lassen?

Gepeinigt blickte Seri von Timmar zu Jovis und zu Rilen, dem Mann, mit dem sie die Handfeste hatte schließen wollen. Den sie ihr ganzes Leben lang kannte. Sie kannte die Familien der Männer. Sie hatten zusammen auf dem Frühlingsfest getanzt und Scheunen gebaut, hatten gemeinsam gefeiert, wenn die Ernte gut gewesen war, und sich die Brosamen geteilt, wenn ihre Felder sie im Stich gelassen hatten. Diese Männer waren ihre Angehörigen. Sie waren ein Teil ihrer Familie. Sie waren Vidari.

Sie hielt Rilens Blick stand. Ein flehentlicher Ausdruck lag in seinen geschwollenen Augen. Diese Männer kämpften nur für ihr Volk, für ihre Freiheit. Diese Rebellion – und ihre eigene götterverfluchte Dummheit – hatte die arme junge Kiane das Leben gekostet. Das war so sehr ihr Fehler wie der dieser Männer. Rilens Gesicht bat sie, das zu begreifen. Seine Sichtweise zu erkennen.

Sie sah Graeme an. Seine Miene war kalt. Distanziert. Unnachgiebig.

Er wollte, dass sie die Bande zu ihren Leuten durchtrennte. Mit einer Entscheidung sollte sie zwischen ihm und den Vidari wählen.

Sie wusste, was sie zu tun hatte. Ihr Entschluss war herzzerreißend und bedauerlich, aber auch eindeutig.

»Lasst sie frei«, sagte sie, gepeinigt von tiefem inneren Schmerz.

Der Wesir starrte sie fassungslos an. »Was habt Ihr gesagt?« Der Prinz warf ihm einen Blick zu, woraufhin er auf ein Knie fiel und mit unsicherer Stimme »gnädige Frau« hinzufügte.

Mit gebrochenem Herzen und voller Selbstverachtung ergriff Seri erneut das Wort: »Ich bitte Euch, lasst diese Männer zum Volk der Vidari zurückkehren. Nur ein Vidari kann über einen anderen Vidari urteilen. Dort, im Vidaridorf, wird man ein angemessenes Urteil über sie fällen.« Sie erhob die Stimme. »Sie sind keine Athoniten und sollten nicht nach den Gesetzen der Athoniten belangt werden.«

Ungläubige Stille kehrte ein, und sie spürte Graemes Rage wie einen Gewittersturm. Sie wusste, er war wütend, aber welche Wahl war ihr geblieben? Hätte sie ihre Angehörigen zum Tode verdammen sollen? Das konnte sie nicht tun. Das konnte sie ihren Leuten nicht antun. Oder dem Mann, dem sie die Handfeste versprochen hatte.

Seri sah erneut Rilen an und musste feststellen, dass der flehentliche Ausdruck einem selbstgefälligen Feixen gewichen war. Er wechselte einen Blick mit Jovis, und plötzlich erkannte Seri, dass sie sich schrecklich verrechnet hatte. Daheim würde man sie nicht bestrafen. Schlimmer, die Leute wären stolz auf das, was sie getan hatten. Stolz, dass sie die süße, fröhliche Kiane ermordet hatten, die an Seris Altar gedacht und ihn geholt hatte, weil sie gewusst hatte, wie wichtig er ihr war.

Kianes Vater schluchzte laut und wehklagend. In Seri krampfte sich alles zusammen, sein Leid schmerzte sie zutiefst. Sie presste die Arme auf den Bauch und fürchtete, sie könnte sich noch hier im Thronsaal übergeben.

»Mein Prinz?«, stotterte der Wesir, offenkundig nicht bereit, Seris Entscheidung zu akzeptieren. »Ihr könnt doch gewiss nicht ...«

Graeme antwortete mit tonloser Stimme: »Dies ist die Entscheidung meiner Gemahlin. Sie war die, die angegriffen wurde. Nichts anderes soll geschehen als das, was sie wünscht. Ihr seid alle entlassen.«

Damit erhob er sich.

Seri folgte seinem Beispiel und wollte zu Rilen und den anderen gehen. Sie musste mit ihnen reden, musste herausfinden, was geschehen war. Aber Graeme hielt sie auf.

»Lass mich gehen. Ich muss wissen ...«

»Nein. Sie sind Gefangene.« Er war barsch und kochte vor Wut. »Das ist kein Gartenfest. Sie werden aus dem Schloss gebracht und außerhalb der Stadt freigelassen.«

Ihr Protest erstarb in ihrer Kehle. Seine Worte hatten sie getroffen wie eine schallende Ohrfeige. Dachte er denn, sie wüsste nicht, wie ernst die Sache war? Aber seine Hand spannte sich um ihre, und als er sie aus dem Thronsaal in ein Vorzimmer führte, folgte sie ihm ohne Widerworte, doch ihre Schritte waren hölzern, ihre Gedanken trostlos.

Kaum waren sie in dem Nebenraum, ließ Graeme sie los. Er schwieg, doch sie konnte seine Missbilligung spüren.

»Urteile nicht über mich«, sagte sie mit belegter Stimme. »Du hast schon zu viel von mir verlangt.«

»Ich habe kein Wort gesagt, meine Dame.«

Aber es stand direkt zwischen ihnen, das fühlte sie deutlich. Und sie hätte seinen Zorn begrüßt, denn dann hätte sie auch selbst wütend werden können, doch stattdessen fühlte sie nur Trauer, tiefe Enttäuschung, Sorge und Reue.

Sie hatte *ihn* enttäuscht.

Sie wandte sich ab und schlang die Arme um den Leib, nicht imstande, ihm in die Augen zu sehen. Tränen stiegen ihr in die Augen, doch sie grub die Fingernägel in ihre Seiten und kämpfte sie nieder.

»Diese Männer haben wir nicht zum letzten Mal gesehen«, stellte Graeme mit angespannter Stimme fest. »Nun werden sie denken, der Thron würde sie schützen, weil die Prinzessin eine von ihnen ist. Sie werden noch mehr Frauen überfallen, mehr Rinder stehlen und sich zu solch einer Landplage entwickeln, dass ich gezwungen sein werde, das Kriegsrecht über die ganze Stadt zu verhängen.«

»Was hast du von mir erwartet?«, fragte sie schluchzend. »Dass ich Anweisung gebe, meine Freunde, meine Leute umzubringen? Dass ich allein ihren Tod verantworte? War es das, was du wolltest? Dass ich verleugne, wer ich bin? Dass ich den Mann verleugne, mit dem ich die Handfeste hätte schließen sollen?«

Seine Augen funkelten. »Hast du sie deswegen leben lassen?«

»Ich habe sie leben lassen, weil ich eine Vidari bin!«

Graeme richtete sich zu voller Größe auf und ragte bedrohlich über ihr auf. »Du bist jetzt Regentin dieser Leute, ganz gleich, wie armselig deine Sippe auch sein mag. Ich erwarte von dir, dass du die richtigen Entscheidungen triffst und dich nicht davon beeinflussen lässt, dass du nach diesem rebellischen Bauernjungen lechzt.«

Sie versetzte Graeme eine Backpfeife. Ihre dunkle Hand klatschte auf seine fahle Wange. »Ich werde sie euch immer vorziehen.« Sie schluchzte vor Zorn. »Ich bin eine von ihnen. Das werde ich immer sein! Das sind meine Leute, und ich werde immer eine Vidari sein!«

Er starrte sie nur wortlos an. Seine Lippen bildeten eine gestrenge, tadelnde Linie, und auf seiner Wange zeichnete sich ein roter Handabdruck ab.

Als sie es nicht mehr aushielt, flüchtete Seri aus dem Raum und weinte, als würde ihr Herz in Stücke gerissen. Sie rannte zu den gemeinsamen Gemächern, hastete auf der Suche nach einer Zuflucht durch die verschlungenen Gänge des Schlosses. Als sie endlich angekommen war, knallte sie die Tür hinter sich zu, und die Tränen liefen ihr über das Gesicht. Ihr unsteter Blick landete auf ihrem Altar und den fröhlichen Götterbildern, die Kiane für sie gerettet hatte.

Mit einem zornigen Aufschrei fegte sie die Figuren zu Boden und sank zu einem weinenden Häufchen Elend zusammen.

DREIUNDDREISSIG

»Darf ich Euch irgendetwas bringen, gnädige Frau?« Idallas Stimme war heiser und leise. Sie hatte geweint.

»Hast du etwas Neues über meine Familie gehört? Hat der Wesir sie hergebracht?«, fragte Seri ebenso leise. Auch ihre Kehle war rau vom Weinen. Sie rollte sich im Bett herum und drückte das Kissen an sich. So allein und so verschmäht hatte sie sich noch nie in ihrem Leben gefühlt.

»Wir haben eine Nachricht geschickt«, entgegnete Idalla steif. »Man sagte mir, es werde sich darum gekümmert.«

Seri seufzte.

»Werdet Ihr Eure Gemächer heute verlassen?«, wollte Idalla wissen.

Seri schüttelte den Kopf. »Nein. Lass mich einfach hier allein, bitte.«

Stumm ging Idalla hinaus. Früher hätte sie Seri aufgezogen, ihr gesagt, sie solle nicht so faul sein, sie solle aufstehen, denn es gäbe viel zu tun. Aber seit Kianes Tod war Idalla anders. Stiller. Bitter. Und das konnte Seri ihr nicht verübeln. Sie hatte Kianes Mörder davonkommen lassen.

Seit drei Tagen hatte sie nun das Bett nicht verlassen. Graeme hatte sie nicht besucht. Ihr Körper schmerzte vor Sehnsucht. Seine Lust und Leidenschaft, das spürte sie, waren einem steten, unerträglichen Hunger gewichen.

Sie fragte sich, wie sich seine selbst auferlegte Abstinenz auf Graeme auswirkte. Auch sie war reizbar, und in ihrem Kopf war ein ständiges Pochen. Nagende, zornige Eifersucht machte Seri zu schaffen, während sie sich fragte, ob er zu dem Schluss gekommen war, dass Lady Aynee eine bessere Gefährtin für ihn sei. Sie stellte sich den Prinzen in Aynees Armen vor, die fahlen Beine ineinander verschlungen. Und dann hasste sie sich dafür, dass sie überhaupt darüber nachdachte. Das sollte wahrlich die geringste ihrer Sorgen sein.

Jede Nacht träumte sie vom Thronsaal, von Kianes schluchzendem Vater, und jedes Mal erwachte sie todtraurig und mit zugeschnürter Kehle. Sie hatte sich entschieden, Rilen zu retten, weil es das Richtige gewesen war. Es war das einzig Richtige für die *Vidari*, so sagte sie sich, doch tief in ihrer Seele wusste sie, dass sie die falsche Wahl getroffen hatte.

Sie hatte ihre engste Freundin auf Schloss Vidara losgeschickt, nur damit sie von ihren eigenen Leuten ermordet wurde.

Und ihre Leute hatten sie hintergangen. Sie benutzt, denn sie hatten gewusst, sie würde sie niemals dem Tode weihen.

Also, nein, sie fühlte sich nicht danach, aus dem Bett aufzustehen. Stattdessen zog sie sich wieder einmal die Decke über den Kopf, ergab sich den heißen Tränen und sank schließlich zurück in einen unruhigen, unglücklichen Schlaf.

Mitten am Tag erwachte Seri, weil Idalla sie an der Schulter schüttelte. »Jemand ist hier, um Euch zu sehen, Prinzessin.«

Verdattert setzte Seri sich im Bett auf. »Graeme?«

Ein mitleidiger Ausdruck huschte über Idallas Gesicht. »Nein, gnädige Frau. Seine Schwester ist hier.«

Seri glitt aus dem Bett und gestattete Idalla, sie in einen seidenen Morgenmantel zu wickeln. »Melene?«

Melene trat ein, ging selbstsicheren Schritts über den Fliesenboden zum Fenster, riss es auf und ließ die strahlende Nachmittagssonne herein.

Seri blinzelte und schirmte ihre Augen ab. Nach Tagen in tiefer Dunkelheit war das Licht viel zu grell. »Ich dachte, dein Volk mag kein Sonnenlicht.«

Melene band die Vorhänge zurück und bewunderte seufzend die Szenerie außerhalb des Schlosses. »Ich habe keinen Tropfen dieses Blutes im Leib, weißt du noch?« Argwöhnisch musterte sie Seri. »Und du auch nicht, wie du jedem, der dir zuhört, ständig unter die Nase zu reiben pflegst.«

Seri verzog das Gesicht. Ihre Finger flogen zu ihrer Stirn, als die Kopfschmerzen schlimmer wurden. Götter im Himmel, wann war sie so schwach geworden? »Du billigst meine Handlungsweise nicht.«

»Mörder laufen zu lassen und dich dann in deinem Schlafgemach zu verkriechen, um nur niemandem zu begegnen? Nein, das billige ich nicht.«

»Das ist … kompliziert. Du verstehst das nicht.«

Melene eilte mit wehenden gelben Röcken an ihre Seite. »Dann erklär es mir. Hilf mir zu verstehen, warum du meinen Bruder demütigst und seine Bemühungen untergräbst. Sag mir, warum ich nicht wütend auf dich sein soll.« In ihrer Stimme aber lag kein Zorn, nur Enttäuschung. »Du bist mit ihm verheiratet.«

»Nicht freiwillig«, gab Seri scharf zurück und sah, erfüllt von Sehnsucht, zu dem viel zu hellen Fenster hinüber. Die Welt war so viel einfacher bei Tag. Keine Schatten, keine Geheimnisse, nichts als strahlendes Licht. »Wollen wir einen Spaziergang machen?«, fragte sie und konnte die sehnsuchtsvolle Note in ihrer Stimme nicht unterdrücken.

»Ja«, stimmte Melene zu. »Wenn du versprichst, mir zu sagen, was dieses schreckliche Drama ausgelöst hat.«

Binnen Minuten war Seri mit einer fließenden Tunika und Strumpfhosen bekleidet und schritt mit Melene durch den Innenhof. Ein paar Gardisten folgten ihnen, und Seri nahm an, Graeme wollte sicherstellen, dass sie nicht versuchte, dem Gefängnis zu entkommen, das Schloss Vidara für sie war.

»Wo ist Graeme?« Seri gab sich alle Mühe, die Frage unbeschwert klingen zu lassen.

Melene bedachte sie mit einem vielsagenden Blick. »Er tagt ständig hinter verschlossenen Türen mit seinem Wesir und seinen Beratern.«

»Gibt es ... Probleme?«

»Sei nicht so naiv«, entgegnete Melene mit einem verächtlichen Schnauben. »Es gibt immer Probleme.« Einen Moment später fügte sie hinzu: »Er hat sich keiner anderen zugewandt, falls du deswegen fragst.«

Seri errötete. Diese Frage hatte sie nicht gestellt ... und doch war sie froh, die Antwort zu hören. Seufzend blinzelte sie zum Himmel empor.

»Die Männer ...«, sagte sie, als sie sich ein Stück von den Gardisten entfernt hatten. »Einer von ihnen ... hätte mein Gemahl werden sollen.«

Ein gespannter Zug zeigte sich um den Mund ihrer Schwägerin. »Verstehe. Aber du hast stattdessen meinen Bruder geheiratet. Du musst diese alten Hoffnungen aufgeben und dich darauf konzentrieren, ihm eine gute Frau und den Athoniten eine gute Eterna zu sein. Du bist jetzt mit einem von uns verheiratet.«

»Aber das sollte ich nicht sein.« Stattdessen hätte sie ihn töten und fliehen sollen, aber das konnte sie seiner Schwester nicht erzählen.

Das Mädchen drückte Seris Arm. »Wir alle müssen nehmen, was die Göttin uns bestimmt, und das Beste daraus machen.«

Zu ihrem Entsetzen stiegen ihr die Tränen in die Augen, und sie blinzelte sie hastig weg. »Die Männer ... Rilen ... ich kann nicht fassen, dass sie sie getötet haben. Der Mann, den ich gekannt habe, hätte so etwas niemals getan. Er hat sich verändert.«

»Wir alle verändern uns«, sagte Melene, drehte sich zu ihr und packte sie an den Armen. »Denkst du nicht, mein Bruder hätte sich auch verändert? Gerade jetzt spricht er mit seinen Beratern, um so viel wie möglich darüber zu erfahren, wie die Vidari behandelt werden, damit er gerecht handeln kann.«

Seri wischte sich die Tränen aus dem Gesicht. »Er ... er tut was? Wirklich?«

Melene nickte. »Er will verstehen, Seri. Du musst ihm eine Chance geben. Hast du überhaupt versucht, mit ihm zu reden?«

»Wir sind nicht gut darin, miteinander zu reden«, entgegnete Seri trocken, und Melene kicherte. Doch Seri schüttelte den Kopf. »So habe ich das nicht gemeint.« Dennoch schlich sich zum ersten Mal seit Tagen ein Hauch eines Lächelns in ihr Gesicht, und sie blickte Melene offen an. »Ich möchte das in Ordnung bringen, aber ich weiß nicht, was ich tun soll. Hilf mir, bitte.«

Über ihnen kreiste ein Vogel, und dort, wo in der Ferne die Soldaten Schwertübungen machten, erklang das Klirren von Metall auf Metall. Melene neigte den Kopf zur Seite. »Nun, was willst du denn?«

Ihre spontane Antwort lautete, dass sie frei sein wollte. Nach Hause gehen. Aber die Worte gefroren ihr auf der Zunge. Sie wollte bei Josdi und Vater sein, aber wollte sie auch wirklich *nach Hause?* Zu Rilen, dessen intensiven, zornigen Blick sie im Thronsaal gesehen hatte? Das war nicht der Mann, den sie ihr Leben lang gekannt hatte; der Rilen, den sie gekannt hatte, hätte niemals ein Mädchen einfach nur deshalb *ermordet*, weil es im falschen Volk geboren worden war.

»Ich weiß nicht, was ich will«, gestand sie niedergeschlagen.

»Du solltest mit meinem Bruder reden«, sagte Melene milde. »Erzähl ihm von deinem Kummer. Er wird dich verstehen.«

Seri lachte, und es klang hart und bitter. »Wird er? Mir scheint, er ist nur an mir interessiert, wenn er ...« Die Worte blieben ihr im Halse stecken. Solch einen schmerzlich intimen Akt konnte sie einfach nicht beim Namen nennen.

Melene runzelte die Stirn. »Ich glaube, du irrst.«

»Vielleicht. Vielleicht auch nicht.« Noch immer konnte sie seinen Zorn und seine Enttäuschung wahrnehmen.

»Er möchte dich glücklich machen und ein guter Herrscher sein, Seri. Mein Bruder ist ein guter Mann. Das ist er wahrlich. Er ist nicht wie König Lucan oder Prinz Velair. Rede mit ihm. Erzähl ihm, was dich bedrückt. Wenn er helfen kann, wird er das tun. Ich weiß es. Ich kenne ihn.«

Sie schenkte dem Mädchen ein schwaches Lächeln. »Ja, ich nehme an, ich kann versuchen, mit ihm zu reden.«

Melene umarmte sie kurz. »Das wird alles verändern, du wirst sehen.«

Sie gingen noch ein wenig länger umher, während Seri ihren Gedanken nachhing. Vielleicht konnte sie Graeme heute Abend zum Essen einladen, nur sie zwei. Sie könnten bei einem Wein miteinander reden und sagen, was gesagt werden musste. Selbst wenn sie in Streit geraten und sich gegenseitig anfauchen sollten, wäre das immer noch besser als das schreckliche Schweigen, das sie unerfüllt und voller Sehnsucht zurückließ.

Als die Sonne unterging, verabschiedete sich Seri von Melene und kehrte zurück in ihre Gemächer. Zu ihrer Verwunderung erwartete Idalla sie mit einem höfischen Kleid. »Oh, gnädige Frau, ich wollte mich gerade auf die Suche machen. Mehrere Hofdamen haben sich nach Euch erkundigt. Sie warten im Salon auf Euch. Wollt Ihr Euch umziehen?«

»Hofdamen?« Seri glättete ihre Tunika. »Wer?«

»Lady Mila, Lady Aynee und Lady Penella. Sie sind überaus besorgt um Eure Gesundheit, da Ihr die letzten Tage das Bett gehütet habt.« Idalla blinzelte und hielt das Gewand hoch. »Das würde wunderbar zu Eurer Haut passen.«

Am liebsten hätte sie die Damen zurückgewiesen, doch Melenes Worte ließen sie innehalten. Wenn Graeme so viel wie möglich über die Vidari zu erfahren versuchte, konnte sie ihm dann nicht auf halbem Wege entgegenkommen und versuchen, mit den Hofdamen Frieden zu schließen? »Ich werde hingehen.«

Sie ließ sich von ihrer Zofe aus der bequemen Tunika und in das steife, dreilagige Gewand helfen. Ihr Haar wurde zu einem schlichten Zopf geflochten, und sie war bereit, sich zu stellen.

Als sie sich zum Gehen wandte, berührte sie sacht Idallas Arm. »Vergibst du mir?«, fragte sie. »Ich wusste es nicht. Ich hätte sie nie dort hingeschickt, hätte ich auch nur geahnt …«

Idalla schüttelte den Kopf. »Sie war so ein liebes Mädchen.«

Seris Kehle war wie zugeschnürt. »Sie war entzückend.«

»Es ist nur so … Ihr müsst irgendwann Stellung beziehen.« Idallas dunkle Augen suchten die ihren. »Und Euer Gemahl ist Athonite.«

Und meine Freunde haben ein unschuldiges Mädchen gemeuchelt. »Ich weiß«, sagte Seri matt.

Einige Stunden später flüchtete sich Seri wieder in ihre Gemächer. Ihr Kopf dröhnte nach all dem unnützen Geschwätz und den hinterhältigen Anspielungen. Lady Aynee hatte sich im Hinblick auf Seris Lage in höflichem Mitgefühl ergangen, und Lady Penella hatte unentwegt gekichert. Lady Mila war ganz sie selbst gewesen, forsch und boshaft, aber das war beinahe erfrischend gewesen. Zumindest wusste Seri, was sie von ihr zu erwarten hatte.

Die Hofdamen hatten sich flüsternd über den Tod ihrer Zofe ausgelassen und über die Rebellen getratscht … um in der folgenden Stunde nur noch über Stoffe und Mode zu schwatzen. Der bevorstehende Ball versprach, ein spektakuläres Ereignis zu werden, der Abschluss der endlosen Festivitäten anlässlich ihrer Hochzeit. Während die Damen planten, welche Kleider und Schuhe sie tragen würden, hatte sie aus dem Fenster in die Dunkelheit gestarrt, nur um alsbald Kopfschmerzen vorzuschieben und sich zu entschuldigen. Wenn das eine Athonitin ausmachte, wusste sie nicht recht, ob sie diese Rolle je würde ausfüllen können.

Von Idalla war nichts zu sehen, als sie in ihre Gemächer zurückkehrte. Zu Seris Überraschung stand jedoch ein Tablett mit heißem Tee und ihrem Lieblingsgebäck für sie bereit. Gerührt gab sie sich der Hoffnung hin, dass Idalla ihr vielleicht doch vergeben würde.

Sie nahm sich eines der süßen Brötchen, ging gemächlich zum Fenster und starrte auf die mondbeschienene Ebene hinaus, die sich unter dem Schloss erstreckte. Es gab so viel Platz auf der Welt, sinnierte sie bekümmert. Warum konnten sie sich den nicht teilen?

Sie zupfte ein großes Stück aus dem Gebäck und opferte es den Göttern, ehe sie wenig begeistert den Rest verspeiste. Sie war nicht hungrig, und in ihrer Trauer schmeckte so oder so alles wie Asche. Schließlich schickte sie den Rest samt Tablett zurück in die Küche und verkroch sich ins Bett.

Vielleicht sähe morgen alles gar nicht mehr so schlimm aus. Vielleicht konnten die Athoniten und die Vidari irgendwie Frieden schließen. Doch dann schüttelte sie den Kopf. Sie war keine naive Gänsemagd mehr. Und tief im Inneren fürchtete sie, dass ein Krieg ausbrechen würde.

VIERUNDDREISSIG

Frustriert rieb sich Graeme die Stirn. Er konnte sich weder auf die Karte konzentrieren, die vor ihm lag, noch auf das, was Jardish vor ihm und seinen Beratern herunterleierte. Alles, woran er denken konnte, war Seri, seine wilde kleine Gemahlin. Seri in den opulenten Kleidern des Athonitenhofes und qualvoll fehl am Platz. Seri in ihrer Männertunika, wie sie durch die Außenanlagen des Schlosses spazierte. Seri mit den sanften braunen Augen und dem scheuen Lächeln. Seri, wie sie verschwitzt unter ihm in ihrem Bett lag und leise Laute von sich gab, wenn er sich an ihrer Kehle nährte.

Ein schwaches Ächzen entfuhr ihm. Allein diese letzte Vorstellung war ausreichend, um seinen Körper vor Verlangen in Aufruhr zu versetzen. Seine Hände zitterten ein wenig. Er hatte seit drei Tagen nicht mehr das Blut getrunken, das er zum Überleben brauchte – seit er mit seiner Eterna gestritten hatte. Der Gedanke, von einer anderen Frau zu trinken, drehte ihm den Magen um, auch wenn Aynee sich ihm angeboten hatte und sichtlich betrübt gewesen war, als er abgelehnt hatte.

Er konnte ihr nicht erklären, dass Seri ihn bis ins tiefste Innere erschüttert hatte. Dass sie bei Tag und Nacht in seinem Kopf war, ganz gleich, wie sehr er sie daraus zu vertreiben suchte. Dass sein Herz raste, wann immer sie den Raum betrat oder ihm ein seltenes trauriges Lächeln schenkte.

»Mein Prinz, ist alles in Ordnung?« Jardish räusperte sich und blickte beunruhigt die anderen Männer im Raum an. »Ihr seht … unwohl aus.«

Graeme drückte die Schultern durch und ermahnte sich, nicht zu vergessen, dass er nicht allein war. »Nur Kopfschmerzen.« Er winkte ab und starrte mit gerunzelter Stirn die Markierungen auf der Karte des nicht weit entfernten Udtals an. »Und Ihr sagt, die Stämme kommen von dort?«

Jardish zauderte einen Moment, ehe er erneut mit einem knochigen Finger auf die Karte deutete. Graemes mangelndes Interesse erzürnte ihn unverkennbar. Jardish war der überheblichste Angehörige seines ichbezogenen Hofes, aber seine Arbeit tat er mit Hingabe, daher war es nicht von Bedeutung, ob Graeme ihn mochte oder nicht. »Die Barbaren haben sich über die Ostseite des Gebirges verteilt, seit Euer Vater sie vor hundert Jahren bezwungen hat.« Mit dem Finger zog er einen Kreis um einen See. »Die Mehrheit der wilden Stämme lagert hier, aber kleinere Gruppen von ihnen haben sich wie hier in Vidara außerhalb der größeren Städte angesiedelt. Solche wie Eure Gemahlin sind …« Er hielt inne auf der Suche nach unverfänglichen Worten. »… zivilisierte Verwandte.«

Er dachte an Seris Abneigung gegen Unterröcke und Korsetts, an die nackten Füße unter ihren Kleidern. Dann dachte er an die Männer, die ihre Zofe brutal ermordet hatten. *Zivilisiert* traf den Punkt nicht ganz. »Weiter.«

»Während der vergangenen paar Monate haben Kundschafter die Wilden in großer Zahl gen Süden ziehen sehen. Sie scheinen in diese Richtung zu wandern, Prinz, genau, wie Euer Vater befürchtet hat. Die Forderungen, die sie Euch gegenüber gestellt haben … die Morde an Soldaten und an der Zofe. Die Krawalle. Die niedergebrannte Taverne. Das sind keine isolierten Vorkommnisse. Das ist der Anfang eines großen organisierten Aufstands. Während wir schlafen, versammeln sie sich in den Dörfern und verschwören sich gegen Euch.«

Er dachte an Seri und ihre weiche braune Haut, daran, wie sie geweint hatte, als er sie hatte zwingen wollen, gegen ihr eigenes Volk zu entscheiden. *Ich werde immer eine Vidari sein*, hatte sie ihn angeschrien, ehe sie schluchzend davongerannt war. Da war er sich vorgekommen wie ein Esel. Er hätte sie nie auffordern dürfen, das Urteil über die Verräter zu fällen; darum hätte er sich selbst kümmern müssen, und zwar in aller Stille. Der wütende, eifersüchtige Teil seiner selbst hatte ihr vorführen wollen, wie ihre Leute wirklich waren. Ihr zeigen, wie grausam und rücksichtslos sie waren, damit sie aufhörte, so verächtlich auf ihn und die Seinen herabzublicken. Sie sollte sehen, dass ihre Leute keine unbeteiligten Zuschauer waren, sondern wütende Aufständische, die eine Rebellion anzetteln wollten, die vielen Unschuldigen, Vidari wie Athoniten, Leid zufügen würde.

Vor allem aber hatte er gewollt, dass sie ihn mit diesem ruhigen Lächeln anblickte und nicht mit einem Blick voller Trauer.

Aber sein Plan hatte sich gegen ihn gewendet, und nun redeten sie nicht mehr miteinander, und sein halbes Königreich befand sich in einem Aufruhr. Seine Edelleute konnten nicht verstehen, dass er die »mörderischen Wilden« mit ihrem Verbrechen hatte davonkommen lassen, und in der nahen Stadt zettelten die Rebellen Tumulte an.

So viele Probleme in solch einem kleinen Teil des Königreichs. Graeme rieb sich erneut die pulsierenden Schläfen und starrte die Karte an.

»Hört Ihr überhaupt zu, Euer Gnaden?«

Jardish überschritt die Grenzen der Höflichkeit nicht nur mit seinen Worten, sondern auch mit seinem Tonfall. Graeme bedachte den Wesir mit einem finsteren Blick und erhob sich. »Wir sind hier fertig. Schickt einen Boten zu meinem Vater und sagt ihm, wir brauchen hier mehr Truppen, und zwar so schnell wie möglich. Die Zwistigkeiten zwischen Vidari und Athoniten werden zunehmend schlimmer, und ich will, dass wir gut bewaffnet sind, sollte sich die Sache zu sehr zuspitzen. Und sagt meiner Schwester und meiner Stiefmutter, dass es sicherer für sie wäre, würden sie Vidara verlassen und nach Süden reisen. Vielleicht an die Küste nach Craelish.« Seine Schwester liebte das Meer. »Sorgt dafür, dass sie am Morgen abreisen. Bitte.«

»Gewiss, gnädiger Herr.« Jardish verbeugte sich.

Wieder rieb sich Graeme die Stirn und fühlte sich … unsicher. Vielleicht lag es an seiner Verbindung mit Seri und der Tatsache, dass er seit Tagen nicht von ihr getrunken hatte. Er war krank vor Hunger, aber er konnte schlecht zu seiner Gemahlin gehen, solange sie trauerte, nicht wahr?

Nacheinander verließen die Edelmänner und Berater den Raum, und Graeme blieb mit der Karte allein zurück. Der rote Bereich, der das Königreich der Athoniten darstellte, überzog den Großteil des Kontinents, den Großteil der bekannten Welt. Die wenigen Überbleibsel einst unzivilisierter Kriegerstämme zu bezwingen sollte lächerlich einfach sein.

Also warum zögerte er dann?

Jardish verweilte an der Tür. Schließlich schloss er sie von innen und kehrte zu seinem Prinzen zurück. Nun waren sie unter sich. »Ihr hättet sie nicht heiraten sollen, mein Prinz«, sagte der Wesir mit einer Stimme, die zugleich müde und erzürnt klang. »Das schafft nichts als Ärger. Solange sie sich als eine Gefangene betrachtet, werden ihre Leute kämpfen, um sie zu befreien. Statt die Athoniten und die Vidari zu einen, treibt Ihr uns weiter auseinander.«

Graeme setzte ein bitteres schiefes Lächeln auf. »Selbst ich kann einen Befehl der Göttin nicht ignorieren, mein guter Wesir. Tatsächlich glaube ich, die Göttin befiehlt mir gerade jetzt, meine Braut aufzusuchen. Ihr seid entlassen.«

»Aber, gnädiger Herr ...«

Graeme machte wortlos kehrt und ging hinaus. Plötzlich wollte er nichts mehr, als behaglich neben Seri im eigenen Bett zu liegen. Vielleicht gestattete sie ihm, ihre Tränen wegzuküssen, und vielleicht würde sie sich ihm mit dem gleichen schrecklichen Verlangen zuwenden, das ihn in jeder Stunde des Tages quälte und ihm den Schlaf raubte. Hunger und Verlangen waren zwei Feuer, die in seinem Inneren loderten und ihn auf der Suche nach seiner liebreizenden, wilden Braut durch das Schloss trieben. Schnellen Schritts eilte er zu seinen Gemächern, und als auf sein Klopfen keine Reaktion erfolgte, drehte er den Knauf und stieß die Tür auf. Keine einzige Kerze brannte in dem Raum, dennoch konnte er ihre zierliche Gestalt auf einer Seite des Betts ausmachen. Er entzündete eine Laterne, hängte sie auf und ging zum Bett. »Seri?«

Sie regte sich nicht. Er streckte die Hand aus und strich ihr über die Wange. Sie fühlte sich heiß an und atmete in kurzen, raschen Zügen.

Ihm gefror das Blut in den Adern. »Seri?«, sagte er wieder, packte sie an den Schultern und schüttelte sie, doch sie reagierte nicht. Nun tastete er mit seinem Geist nach ihrem ... und fand ihn nicht. Da war nichts außer einer schwachen, dumpfen Regung.

»Viktor«, rief er. Sofort erschien einer der Gardisten auf der Schwelle.

»Mein Prinz?«, fragte er.

»Hol Viktor!« Er legte eine Hand an Seris braune Wange. Ihr goldenes Haar klebte schweißnass an ihrem Kopf, ihr Nachtgewand an ihrer grau erscheinenden Haut. Schweißperlen tüpfelten ihr Gesicht.

Bei diesem Anblick krampfte sich sein Magen zusammen, und

er zog sie in seine Arme, ohne auf die Dienstboten zu achten, die den Raum betraten. Sie rührte sich nicht, als er sie streichelte, aber ihr Atem ging nun etwas ruhiger, und ihr Gesicht wandte sich dem seinen zu. Sogar bewusstlos erkannte ihr Körper den seinen.

Er beugte sich hinab und nahm einen fauligen und vertrauten Geruch in ihrem Atem wahr. Ruckartig hob Graeme den Kopf. »Wo sind ihre Zofen?«

Nach einiger Aufregung war eine Frau gefunden, die weinend vortrat. »Sie hat gesagt, sie sei müde und wolle ein Nickerchen machen, mein Prinz. Ich ...«

»Was hat sie gegessen?«, fragte er.

Die Augen der Frau weiteten sich vor Verwunderung. »Aber ... Hat sie gegessen? Ich habe ihr kein Mahl gebracht. Ich ...«

»Sie riecht nach Dunkelwurz.«

Die Dienstmagd keuchte auf. »Der Altar«, rief sie und rannte hinüber. »Sie lässt immer einen Bissen für die Götter dort zurück.« Gleich darauf nahm sie etwas von dem Altar und brachte es dem Prinzen.

Es war ein Stück süßes Gebäck. Er hielt es sich unter die Nase und erkannte augenblicklich den untrüglichen Geruch von Dunkelwurz. »Schaff sofort den Heiler her«, befahl er leise und wandte sich wieder Seri zu. »Weck ihn und bring ihn in das Gemach der Prinzessin. Sag niemandem, was vorgefallen ist.« Er sah sich noch einmal zu der Frau um. »Und schaff die anderen hier raus.«

Sie nickte mit fest zusammengepressten Lippen und scheuchte die weinenden, verängstigten Dienstboten hinaus.

Graeme hielt seine Frau in den Armen und strich ihr mit den Fingern über das Gesicht.

Bitte, Göttin, lass mich nicht spüren, wie sie stirbt.

FÜNFUNDDREISSIG

Trotz der Abführmittel, die die Heiler ihr einflößten, erlangte Seri das Bewusstsein den ganzen Abend nicht zurück. Das Fieber stieg immer höher, und der Schüttelfrost wurde mit jeder Stunde schlimmer. Graeme blieb an ihrer Seite und hielt ihre Hand. Wann immer er auch nur für einen Moment fortging, schrie sie auf, als litte sie Todesqualen. Zwar hätte er zu gern sämtliche Edelleute des Hofes zusammengetrieben und ihnen in die Augen gesehen, um herauszufinden, wer der Übeltäter war, doch er wollte Seri nicht allein lassen. Nicht, solange es ihr so schlecht ging.

Gegen Sonnenuntergang am folgenden Tag verschlechterte sich ihr Zustand. Graeme musste verzweifelt zusehen, wie ihr Körper auf dem Bett krampfte und sie immer wieder drei Namen rief.

Josdi.

Vater.

Rilen.

Sie wollte ihre Familie, so viel war ihm klar. Aber dass sie auch nach diesem Vidarimann rief – dem, mit dem sie die Handfeste hätte eingehen sollen, dem, den sie gerettet hatte –, erfüllte ihn mit einem tiefen Schmerz.

Endlich, als er es nicht länger ertragen konnte, erhob sich Graeme und ließ Seris Hand los. Wieder schrie sie auf, erwachte aber nicht. Als er sich von ihr abwandte, erhob sich der Heiler, der in der Nähe wachte.

»Was wünscht Ihr, gnädiger Herr?«

»Meine Gemahlin ruft nach ihrer Familie. Bitte sagt ihnen, sie mögen herkommen.« Er war so beschäftigt gewesen, dass er nie eine Gelegenheit bekommen hatte, sie kennenzulernen … bei der Göttin, er war wahrhaftig ein Esel. Ihre Angehörigen waren gewiss ebenfalls besorgt um sie.

Der Heiler nickte und ging hinaus, und Graeme blieb mit Seri allein zurück. Haarsträhnen klebten an ihrer feuchten Stirn, und er strich sie zur Seite und studierte ihr Gesicht.

Er wünschte, wer immer das getan hatte, hätte statt ihrer ihn zum Ziel genommen. Er war versiert in höfischer Politik und wusste, wie man mit bösartigen Höflingen umzugehen hatte. Seri war unschuldig. So verdammt unschuldig. Er fuhr mit dem Daumen über ihren leicht geöffneten Mund. Tiefe dunkle Ringe lagen unter ihren Augen, und sie sah unendlich zerbrechlich aus.

»Du wirst wieder gesund«, murmelte er und beugte sich über sie. »Wenn du nur ein langes Leben lebst, darfst du mich gern noch mehr quälen.« Seine Fingerspitzen folgten der Linie ihres Kinns. »Zu wissen, dass du nahe bist, dich in meiner Nähe zu spüren und nicht fähig zu sein, dich zu berühren … das ist wirklich eine Qual, gnädige Frau.«

Seine Worte blieben unbeantwortet.

Hinter ihm erklang ein Räuspern, und Graeme drehte sich um und sah Idalla. »Ja?«

Sie machte einen Knicks und richtete sich mit verwirrter Miene wieder auf. »Gnädiger Herr, ich bin ein wenig durcheinander. Ihr habt nach der Familie der gnädigen Frau verlangt?«

»Das ist richtig.«

Idalla schüttelte den Kopf. »Sie ist nicht hier, gnädiger Herr. Prinzessin Seri fragt schon seit Tagen nach ihnen, doch uns hat man nur gesagt, der Wesir kümmere sich darum.«

Zorn loderte in Graeme auf. »Dann schaff mir den Wesir her.«

Binnen Minuten stolperte der Wesir im Morgenmantel und mit wirrem Haar zur Tür herein und rieb sich die Augen. Offenbar hatte man ihn aus dem Schlaf gerissen. Mit besorgter Miene fiel er vor dem Prinzen auf die Knie. »Ihr habt mich rufen lassen, mein Prinz?«

Graeme deutete auf Seri, die hingestreckt im Bett lag. »Meine Gemahlin hat nach ihrer Familie verlangt. Bitte sagt mir, warum sie nicht weisungsgemäß ins Schloss gebracht wurde.«

Erschrocken schaute der Wesir zum Bett, ehe er Graeme wieder anblickte, und ein nervöses Lachen entfleuchte seiner Kehle. »Ich … ich bitte um Vergebung, mein Prinz, aber ich verstehe nicht.«

»Was versteht Ihr nicht?« Graeme musterte ihn aus zusammengekniffenen Augen.

Wieder huschte der Blick des Wesirs zum Krankenbett. »Gnädiger Herr … ich dachte … ich hatte angenommen, Ihr würdet keine weiteren Vidari hier im Schloss wünschen.« Als der Prinz schwieg, platzte er heraus: »Sie gehören nicht hierher.«

Stille senkte sich über den Raum, und einen endlosen Moment lang sprach niemand ein Wort. Zu Graemes Füßen zitterte der Wesir.

Als Graeme dann etwas sagte, war seine Stimme eisig, so kalt wie die Reihe der Könige, der er entstammte. »Sie ist meine Gemahlin, ganz gleich, welches Blut in ihren Adern rinnt. Habt Ihr mich verstanden?«

Jardish nickte. »Ja, Euer Gnaden.«

»Ihr seid entlassen.«

Sichtlich erleichtert erhob sich der Wesir und verbeugte sich vor dem Prinzen. »Wenn das alles ist, mein Prinz, werde ich mich in meine Gemächer zurückziehen …«

»Nein«, fiel ihm Graeme ins Wort. »Ihr seid gänzlich entlassen. Ihr werdet Schloss Vidara augenblicklich verlassen.«

»Aber, gnädiger Herr …«, stotterte der Mann.

»Augenblicklich.«

Für einen Moment arbeitete es in dem schmalen, runzligen Gesicht des Wesirs. Dann verbeugte er sich erneut. »Sehr wohl, mein Prinz.«

Graeme kehrte zu der bewusstlosen Frau in dem Bett zurück und küsste sie auf die Stirn. »Bleibt bei ihr«, befahl er den Heilern, ehe er den Raum verließ und einem der Gardisten winkte, er möge ihm folgen. Der Mann trottete mit klirrender Rüstung hinter ihm her. »Sorg dafür, dass mein Wesir noch heute Nacht aus dem Schloss eskortiert wird«, wies er den Mann an. »Mir ist egal, wo er hingeht, solange er nur nicht hierbleibt.«

»Sehr wohl, mein Prinz.«

»Außerdem brauche ich ein Gefolge bewaffneter Männer und meine Rüstung. Ich muss hinunter ins Dorf.«

Der Soldat verbeugte sich. »Sofort, Euer Gnaden.«

»Meine Eterna liegt im Sterben«, sagte der Prinz erbittert. »Wir haben keine Zeit zu vergeuden.«

SECHSUNDDREISSIG

Die Vidari waren ärmer, als es dem Prinzen bewusst gewesen war. Die schmalen Dorfgassen bestanden aus zerfurchtem Schlamm, die kleinen Häuser waren kaum mehr als Hütten. Ziegen und Gänse liefen frei herum, und braune Gesichter lugten aus glaslosen Fenstern unter strohgedeckten Dächern.

Graeme trug seine volle Rüstung. Das Metall schimmerte im Mondlicht, und das Rascheln seines Umhangs im Wind war neben dem Klappern der Pferdehufe das einzige Geräusch, das weit und breit zu hören war.

All die Häuser sahen gleich aus, tüpfelten den Boden wie Schmutzhalden. Es waren Dutzende, und sie verteilten sich über etliche Hektar Ackerland. Seris Haus zu finden würde Stunden dauern, und so viel Zeit hatte er nicht.

Graeme zügelte sein Pferd vor einem Haus, aus dem ein schwacher Lichtschein fiel. Jemand musste dort drin sein. Er winkte einem seiner Männer zu abzusteigen. Der Mann tat wie geheißen, ging zu der aus Strohgeflecht bestehenden Tür und klopfte an den Rahmen.

Niemand reagierte. Der Soldat pochte erneut. »Seine Hoheit wünscht euch zu sprechen«, blaffte er. »Kommt heraus, oder ich brenne das Haus um euch herum nieder!«

Tja, kein Wunder, dass seine Truppen bei den Vidari keine Untertanentreue hatten hervorrufen können. Graeme reckte eine Hand hoch. »Schon gut, Soldat. Versuchen wir es beim nächsten Haus.«

Sie wandten sich der nächsten Tür zu, und der Soldat pochte auch dort. Dieses Mal aber ging Graeme dazwischen, ehe er die Bewohner bedrohen konnte. »Ich biete jedem, der diese Tür öffnet, einen *Dru*«, rief er laut, und sein Versprechen hallte durch die Nacht.

Zunächst geschah nichts, doch dann wurde die Tür einen Spalt weit geöffnet, und er hörte das verängstigte Schluchzen einer Frau im Inneren des Hauses. Die Gestalt, die zur Tür gekommen war, war klein, nicht älter als fünf Anni. Das Mädchen drückte eine Strohpuppe an die Brust und starrte den Männern mit einer Mischung aus Trotz und Furcht entgegen.

Graeme erstarrte im Sattel. Dieses Kind mit den großen Augen und der abweisenden Miene erinnerte ihn an Seri, und ein scharfer Schmerz regte sich in ihm, als er daran dachte, dass sie nun allein in ihrem Bett lag und Todesqualen litt. *Beim Blut der Göttin, ich verweichliche.*

Er stieg ab und ging zu dem Mädchen. Zu seinem Amüsement wich es nicht zurück. Mit steifen, von der Rüstung behinderten Bewegungen ging er vor ihm in die Knie, nahm eine Münze aus seiner Gürteltasche und hielt sie ihm lächelnd hin. Für einen Moment starrte das Kind sie nur an. Es hatte langes rotes Haar, so wirr, als hätte es noch nie eine Bürste gesehen, aber, ach, der Ausdruck in seinen Augen war dem von Seri so ähnlich. »Danke, dass du mir geöffnet hast«, sagte Prinz Graeme sanft und gab ihm die Münze. »Ich suche jemanden.«

Das Mädchen neigte den Kopf zur Seite und schaute dann argwöhnisch die Soldaten an. »Bist du der böse Mann, der Seri geholt hat?«

Wie sollte er darauf antworten? Er schaute in das Innere der Hütte, doch da rührte sich nichts. »Die Göttin hat mich aufgefordert, Seri zu heiraten, also habe ich sie zur Prinzessin gemacht.«

»Aber sie mag dich nicht.«

Innerlich zuckte Graeme zusammen. »Tja, ich mag sie sehr«, entgegnete er milde. »Und ich hoffe, sie wird mich irgendwann auch mögen.«

Das Kind musterte ihn und steckte die Münze ein. »Dein Mantel ist schön.«

Er lächelte. »Ich schenke ihn dir, wenn du mir verrätst, wo Seri wohnt.«

»Ich soll nicht mit dir reden.« Sie schaute in die Hütte.

Graeme nahm seinen Umhang ab und faltete den glänzenden blauen Stoff zusammen. »Bitte«, sagte er und bot ihr das Bündel dar. »Sie ist krank und fragt nach ihrer Familie.«

Das Mädchen zauderte. Dann aber tauchte ein neues Gesicht in der Tür auf, faltig und braun und vorzeitig gealtert. Die Frau hob ihr kleines Mädchen auf die Arme und drückte es fest an sich.

Graeme erhob sich wieder und hielt ihr den Umhang hin. »Ich wüsste es sehr zu schätzen, wenn du mir sagen könntest, wo Seris Haus ist.«

Die Frau starrte erst den Umhang und dann wieder Graeme an. »Ist das wahr? Ist sie krank?« Ihre Stimme klang anklagend.

Er nickte knapp. »Ich möchte so schnell wie möglich zu ihr zurückkehren.«

Die Frau schwieg eine volle Minute, ehe sie schließlich die Straße hinunterzeigte. »Noch eine Meile in diese Richtung, um die Kurve herum, dann seht Ihr ein altes Gehöft inmitten von Brachfeldern. Dort werden keine Lichter brennen. Das ist ihr Zuhause.«

Graeme legte ihr dankbar den Umhang zu Füßen, und machte sich dann mit seinen Männern wieder auf den Weg.

Seris Haus war genau, wie die Frau gesagt hatte. Nicht der schwächste Lichtschein war zu sehen, und aus dem Kamin stieg kein Rauch auf. Die Felder waren zugewuchert, und ein paar einsame Gänse irrten über den Hof und schnatterten wütend, als sie anritten.

Rasch stieg der Prinz ab, auf dem Fuß gefolgt von einem der Soldaten. Ein Pochen an der Tür erzielte keine Wirkung. Ohne auf den Protest seiner Männer zu achten, probierte Graeme die Klinke. Die Tür glitt auf.

Im Inneren des vollgestopften Hauses war es stockfinster. Kein Feuer im Kamin, keine flackernden Kerzen. Graeme trat ein und tastete unbewusst nach seinem Schwert. »Hallo?«

»Rilen?« Die Stimme klang schwach, gebrochen. »Bist du das?« Eine Gestalt stand auf der anderen Seite des Raums, machte aber keine Anstalten, näher zu kommen.

Es war ein jämmerlich kleines Haus. Ein Stuhl, eine Feuerstelle und ein ramponierter Tisch, das war das ganze Mobiliar in dem vorderen Raum, von dem ein mit einem zerfetzten Vorhang verhängter Durchgang in ein weiteres Zimmer führte, in dem er gerade noch das Ende eines schmalen Betts erkennen konnte. Eine Leiter stand auf einer Seite des Raums und führte hinauf auf den Boden. Die zusammengekauerte weibliche Gestalt saß hinter der Leiter.

»Ich bin nicht Rilen«, sagte Graeme. »Aber ich komme in Seris Namen. Sie ist krank und fragt nach ihrer Familie.«

Die Gestalt erhob sich und trat vor. Mondschein, der durch ein nahes Fenster hereinfiel, beleuchtete ihre Züge. Das Gesicht der jungen Frau war eingefallen, das Haar schmutzig und verfilzt. Ihre Augen waren weit aufgerissen, aber blicklos, ihr Kleid bestand aus dreckigen Lumpen, und sie trug keine Schuhe.

Sie streckte eine hagere Hand aus. »Habt Ihr … ich … Habt Ihr etwas zu essen? Zu trinken?« Sichtlich beschämt ließ sie den Kopf hängen. »Wir haben seit drei Tagen nichts gegessen.«

Graeme ergriff ihre tastende Hand und fühlte die dünnen, zerbrechlichen Knochen unter der Haut. Zorn flammte in ihm auf. Und Scham. Er schämte sich, keine Gedanken an Seris Familie vergeudet zu haben, während die hier im Dunkeln saß und hungerte, nicht imstande, für sich selbst zu sorgen.

Drei Tage. Vor drei Tagen hatten Rilen und seine selbstgefälligen Kumpane Seri mit Graeme im Thronsaal gesehen. Er hatte sie gezwungen, eine Wahl zu treffen. Sie hatte sie gewählt, doch selbst das hatte ihnen nicht gereicht. Und ihre Familie musste dafür bezahlen.

Das war alles seine Schuld.

»Bist du Josdi?« Er sprach so freundlich, wie er eben konnte, und fädelte seinen Arm unter ihren.

»Ja«, sagte sie. Sie zitterte am ganzen Körper, als könnte sie jeden Moment zusammenbrechen. »Mein Vater schläft im Hinterzimmer. Er hat die Zehre und kann nicht aus dem Bett aufstehen.«

Graeme drehte sich zu einem der Soldaten um und gab ihm ein paar Münzen. »Schaff den nächsten Wagen her, den du finden kannst. Kauf ihn seinen Eignern ab und bezahle, was immer nötig ist. Unter keinen Umständen wirst du sie bedrohen. Gib ihnen einfach, was sie verlangen.«

Der Soldat nickte und schoss davon.

»Gehen wir irgendwohin?«, fragte Josdi und schaute ihn an.

Graeme führte sie vorsichtig in Richtung Tür. »Zum Schloss. Ich sorge dafür, dass die Köche ein Festmahl für euch zubereiten.«

»Das wäre wundervoll«, sagte Josdi. »Und Seri? Darf ich dann meine Schwester besuchen?«

»Natürlich«, sagte Graeme und tätschelte ihr die zitternde Hand.

Hätte sie ihn nach dem Rebellenführer gefragt, er hätte auch ihn herbringen lassen. Alles, was Seri helfen und sein schlechtes Gewissen lindern konnte, dass er sie in eine Welt geholt hatte, in der sie nie hatte sein wollen. Dass er nicht begriffen hatte, wer sie war und woher sie kam. Dass er nie daran gedacht hatte, was sie hatte zurücklassen müssen.

»Ihr seid ein netter Mann«, sagte Josdi und lächelte zu ihm hinauf.

»Nein, gnädige Frau, das bin ich nicht.« Er musterte sie forschend. »Ich bin Athonite.«

»Ich weiß«, sagte sie, und ihre Finger berührten seinen Ärmel. »Das ist viel zu kostbar für einen Vidari. Eure Stimme klingt anders, und eure Seife ist parfümiert. Ihr seid der Feind, aber Ihr seid so nett, zu mir und meinem Vater zu kommen, wenn die anderen uns im Stich lassen.«

»Ihr seid jetzt meine Familie«, sagte Graeme und war umso entschlossener, alles dafür zu tun, dass Seri wieder gesund wurde. Sie musste einfach gesund werden. Er wollte, er durfte sie nicht verlieren.

SIEBENUNDDREISSIG

»Ist sie immer noch ohne Bewusstsein?«

Graeme, der neben Seris Bett auf einem Stuhl saß, blickte auf und sah Josdi am Arm einer Dienstbotin. Sie war frisch gebadet, und ihr Haar, das etwas dunkler war als Seris, war zu einem dicken Zopf geflochten, der über ihrer Schulter hing. Trotz des dicken, reich bestickten Kleides war unübersehbar, wie dünn sie war.

Er ließ Seris Hand los, trat zu Josdi und berührte kurz ihre Schulter, damit sie wusste, wo er war, ehe er sie zum Bett führte. »Sie ist noch nicht wieder erwacht, nein.« Er unterdrückte die Gefühle der Verzweiflung und des Zorns, die ihn zu überwältigen drohten. »Hat man dich gut behandelt? Ist alles nach deinem Gusto?«

Josdi lachte leise. Sie streckte die Hand aus, tastete sich über die Decke zu Seris Hand und ergriff sie. »Ich wurde gebadet, in einem großen Gästegemach untergebracht, von einer Zofe umhegt, mit Essen vollgestopft und in feine Kleider gesteckt. Ich wage zu sagen, dass ich behandelt wurde, als wäre ich eine Prinzessin, nicht nur die Schwester einer Prinzessin.« Sie strich ihr Kleid glatt. »Ihr seid sehr freundlich.«

»Ihr gehört zu Seris Familie, und darum gehört ihr nun auch zu meiner Familie.« Göttin, wie tat das weh, Josdi anzusehen, während Seri so krank war. Trotz des schmaleren Gesichts und des dunkleren Haars sah sie ihrer Schwester so ähnlich, dass seine Sehnsucht bei ihrem Anblick noch intensiver wurde. Er setzte sich an den Rand des

Betts und ergriff Seris andere Hand. Ihre Finger waren kraftlos und warm, und er streichelte sie träge, während er ihr Antlitz betrachtete. »Die Heiler sagen, sie können nichts mehr für sie tun. Entweder sie erwacht, oder …« Er konnte den Satz nicht zu Ende bringen.

»Sie wird erwachen«, verkündete Josdi mit sanfter Stimme. »Sie muss. Ich kann sie nicht auch noch verlieren.«

Graeme kam sich gefühllos und selbstsüchtig vor. Hier saß er und erging sich in Selbstmitleid, während Josdi ganz elend vor Sorge sein musste. »Dein Vater. Wie geht es ihm?«

»Die Heiler sind bei ihm. Sie sagen, es steht sehr schlimm um sein Bein, darum wollen sie es aufschneiden und die Wunde ausbrennen. Aber sie glauben, er wird sich erholen«, sagte sie mit einem schwachen Lächeln.

Er drehte Seris Hand um und betastete ihre Handfläche. Schon nach wenigen Wochen im Schloss hatten sich die Schwielen zurückgebildet. Aus irgendeinem Grund vermittelte ihm das ein Gefühl des Verlusts. »Auch wenn sich die Dinge zum Schlimmsten entwickeln, Josdi, werde ich für dich sorgen. Du sollst ein gutes Leben haben, und es soll dir an nichts mangeln, das verspreche ich dir.«

Lächelnd senkte sie den Kopf. »Ihr seid sehr nett.«

Graeme lachte bitter, stand auf und fing an, auf und ab zu gehen. »Ich bin nicht nett. Ich bin selbstsüchtig, denn ich habe deiner Schwester diese Vermählung aufgezwungen, und sogar jetzt zwinge ich sie, bei mir zu bleiben. Und schau, was ihr das eingebracht hat.«

»Habt Ihr sie gern?«

Er antwortete nicht. Allzu viele Jahre am Hofe König Lucans hatten ihn gelehrt, dass das Eingeständnis von Zuneigung auch ein Eingeständnis von Verwundbarkeit war, eine Waffe, die gegen einen genutzt werden konnte. Und er brachte Seri gemischte Gefühle entgegen. Sie beherrschte seine Gedanken, und ohne sie fühlte er sich verloren. In all seinen hundert Anni hatte er sich nie um jemanden so gesorgt wie um sie. Nie jemanden so vermisst, wenn er fort war, sich nie so sehr nach einem Lächeln gesehnt, dass es schon wehtat.

»Schon gut«, sagte Josdi. »Ihr müsst es nicht aussprechen. Ich kenne die Antwort.«

»So?«

»Sie liegt in Eurer Hingabe und Euren Taten. Darin, dass Ihr stets an ihrem Bett seid und ihre Hand haltet. Dass Ihr gekommen seid, um Vater und mich zu holen, weil Ihr wusstet, dass Seri uns bei sich haben wollte. Hättet Ihr sie nicht gern, dann hättet Ihr nicht zwei schmutzige Vidari auf Euer schönes Schloss geholt.«

»Du bist nicht schmutzig.«

Ihr leises Lachen klang genauso wie das von Seri und jagte ihm erneut einen sehnsüchtigen Stich durch den Leib. »Jetzt, dank Eurer Damen und ihrer feinen Seifen. Aber Ihr habt Sorge um uns getragen, weil wir zu Seri gehören. Ihr habt mehr an uns gedacht, als es unsere eigenen Freunde getan haben. Das verrät mir, dass Ihr Zuneigung empfindet.« Sie seufzte leise. »Und die liebe Seri kann wirklich sehr stur sein.«

Nun konnte er sich ein Lachen nicht verkneifen. »Ich bewundere ihre Sturheit. Und ich bin selbst ziemlich stur.«

»Ja, aber mit Euch musste ich mich bisher noch nicht streiten.« Zwei liebreizende Grübchen zeigten sich in Josdis Gesicht, als sie lächelte.

Es klopfte, und Viktor kam mit einem Korb herein. »Gnädiger Herr«, sagte er und verbeugte sich tief. »Ich hörte, die schöne Josdi leistet Euch Gesellschaft, und ich dachte, ich bringe ein paar Dinge herüber, um sicherzustellen, dass sie sich bei uns wohlfühlt.«

Graeme winkte ihm, näher zu kommen.

Josdi drehte sich zur Tür um. »Noch mehr Dinge? Du hast mich doch schon so sehr verwöhnt.«

»Soso.« Graeme musterte seinen Diener und stellte fest, dass sein Gesicht beinahe so rot war wie sein Haar.

»Sie ist viel zu dünn, gnädiger Herr«, sagte Viktor und wich dabei Graemes Blick aus. »Ich habe ihr Einback und Trockenfrüchte aus der Küche gebracht. Sie sollte gut essen, wenn sie wieder zu Kräften kommen will. Und sie hat erwähnt, dass sie gern Kissen macht, also habe ich ihr etwas Stoff mitgebracht. Und ein Paar Schuhe, weil ...«

Josdi lachte. »Seht Ihr, gnädiger Herr? Alle sind so nett zu mir.«

»So scheint es wohl«, sagte Graeme und musterte Viktor mit hochgezogener Braue. Dann sah er zu, wie Viktor sich dem Vidarimädchen näherte, sah, wie sie sich ihm strahlend zuwandte, und plötzlich verspürte er nagende Eifersucht.

Abrupt machte Graeme auf dem Absatz kehrt und ging zur Tür hinaus. »Ich bin bald zurück.«

Er konnte dort nicht bleiben. Nicht, solange Viktor und Josdi einander mit so sehnsüchtigen Mienen gegenüberstanden. Nicht, solange Seri reglos im Bett lag und einfach nicht wach wurde. Stattdessen ging er zum Flügel der Heiler, um sich nach Seris Vater zu erkundigen. »Wie geht es ihm?«

»Nun, Euer Gnaden«, sagte die Hohe Heilerin, eine stämmige Frau mit einem schlichten roten Gesicht und einem geradlinigen Charakter. »Es wird Zeit brauchen, aber es wird verheilen.«

Er nickte. »Hervorragend. Falls ihr irgendetwas braucht, lasst es mich wissen. Und sorgt dafür, dass immer jemand bei ihm ist.«

Sie verbeugte sich.

Von innerer Unruhe getrieben, eilte er zur Bibliothek. Dort studierte sein neuer Wesir inmitten von heruntergebrannten Kerzen Aufzeichnungen und alte Gesetze der Vidari. Einen Moment sah er dem Mann nachdenklich bei der Arbeit zu. Dann blickte der Wesir auf, und sein grauer Bart sträubte sich, als er die Stirn in Falten legte. »Stimmt etwas nicht, Euer Gnaden?«

Graeme schüttelte den Kopf. Wie sollte er auch die heillose Rastlosigkeit beschreiben, die ihn befallen hatte. »Nein, mach nur weiter.« Er machte kehrt und streifte durch die Gänge des Schlosses, ohne so recht zu wissen, wo er als Nächstes hinwollte. Irgendwann fand er sich in der Kapelle der Göttin wieder. Das Licht der Kerzenflammen, die singenden Priester: Normalerweise empfand er diese Atmosphäre als friedvoll, doch heute erzürnte sie ihn. Er ging auf den mit Kerzen übersäten Altar zu und starrte ihn an, und seine Finger zuckten unter dem Bedürfnis, die Kerzen herunterzufegen und der Göttin seine Enttäuschung zu zeigen.

»Du hast sie mir geschickt«, sagte er leise. »Also lass sie mir auch.«

Die Göttin antwortete nicht, schickte ihm kein heiliges Licht, kein Signal, dass er erhört worden war. Mit einem knappen Kopfschütteln wandte er sich ab. Er fand nirgends Ruhe, also konnte er ebenso gut wieder an Seris Seite eilen und darauf warten, dass sie wieder ins Leben zurückkehrte ... oder sich dem Tode ergab.

Am Ende des Korridors entdeckte er Lady Aynee, die ihren Fächer öffnete und sich energisch genug Luft zufächelte, dass ihr silbernes Haar in Wallung geriet. »Mein Prinz«, sagte sie und machte einen tiefen Knicks. »Ist alles in Ordnung? Du siehst so bekümmert aus.«

»Meine Gemahlin ist krank«, antwortete Graeme, ein Akt der Höflichkeit gegenüber einer ehemaligen Geliebten.

Aynee neigte den Kopf zur Seite. »Wie furchtbar. Als ich sie kürzlich gesehen habe, schien sie wohlauf zu sein. Zu schade. Sie war so ein nettes Mädchen.« Sie klappte den Fächer zu und strich damit über seinen Arm. »Ich bin hier, falls du ... etwas brauchst ... mein Prinz.«

Aus schmalen Augen musterte er sie. Er hatte ihr erzählt, dass Seri krank war, nicht, dass sie im Sterben läge. »Du hast meine Gemahlin kürzlich gesehen?«

»Ich, Lady Mila und Lady Penella.« Sie zog einen Schmollmund. »Das arme kleine Ding hat doch so wenig Freunde.«

Und so viele Feinde, dachte er. Und plötzlich rückten alle Teile an ihren Platz. Lady Mila führte ein großes Mundwerk, doch steckte nicht viel dahinter, und Lady Penella war eine Närrin. Aber Lady Aynee? Seine jüngst abgelegte Geliebte? Sie würde eine Rivalin vergiften, ohne mit der Wimper zu zucken. »Wenn du meine Gemahlin noch einmal anrührst, rotte ich deine Familie bis auf den letzten Mann aus«, presste er zwischen zusammengebissenen Zähnen hervor.

Aynees Augen weiteten sich, und sie wich einen Schritt zurück. »Aber, Graeme, du denkst doch nicht ...«

»Genau das denke ich«, sagte er. »Und wenn dir dein Hals etwas wert ist, dann bist du bis zur Morgendämmerung von hier verschwunden. Haben wir uns verstanden?«

In dem Gesicht, das ihm einmal so liebreizend erschienen war, zeigte sich ein säuerliches Lächeln. »Nur zu gut, mein Prinz.«

Wütenden Schrittes kehrte Graeme in Seris Schlafgemach zurück. Bei seiner Ankunft standen Viktor und Josdi auf, um hinauszugehen, doch als er neben Graeme war, hielt Viktor inne. »Ruht Euch ein wenig aus, gnädiger Herr. Ihr seht erschöpft aus.«

Er nickte knapp und trat neben Seris Bett. Dort ließ er sich matt auf den Hocker fallen und griff wieder nach ihr. »Meine Schwester und die Königin?«

»Sind an diesem Nachmittag nach Craelish abgereist, gnädiger Herr.«

Gut. Also waren sie in Sicherheit. »Danke.«

Die Tür fiel ins Schloss, und Graeme war wieder allein mit Seri. Er streichelte ihre Hand, die winzigen, stumpfen Fingernägel und die gebräunten Finger. »Es tut mir so leid«, sagte er sanft. »Wenn ich daran denke, dass du meinetwegen hier liegst, wegen dieser

Frau …« Der Gedanke an Lady Aynee ließ seinen Zorn erneut aufflammen. Er dachte, sie hätte begriffen, welcher Art ihre Beziehung war – dass sie vorübergehend war, bedeutungslos. Stattdessen hatte sie versucht, die eine Frau zu vergiften, die er … Graeme blickte auf. Die eine Frau, die er … liebte? War das überhaupt möglich?

»Seri, bitte, komm zurück zu mir«, flehte er. »Ich werde alles tun, wenn du nur zurückkommst.«

Und da, als hätte die Göttin endlich seine Gebete erhört, drehte Seri sich um und schlug die Augen auf.

ACHTUNDDREISSIG

Seri fühlte sich am ganzen Körper wund und schwach, ihr Kopf schmerzte, und sie nahm ein schwaches, aber peinigendes Flackern am Rande ihres Blickfelds wahr.

Graeme beugte sich über sie. Der Ausdruck in seinen Augen war sanft, und auf seinen wundervollen Lippen lag ein herzzerreißendes Lächeln. Er strich ihr eine verirrte Haarsträhne von der Wange. Instinktiv erstarrte sie und wusste nicht recht, was sie mit dem warmen Gefühl anfangen sollte, das seine Berührung in ihr auslöste. Als hätte er sich verbrannt, wich er abrupt zurück, richtete sich auf, und die reservierte Miene des Prinzen kehrte in seine Züge zurück.

»Ich bin froh, dass du erwacht bist«, sagte er leise. »Ich möchte dich nicht stören, also werde ich mich jetzt verabschieden.« Er stand von dem Bett auf, und jemand anderes nahm seinen Platz ein, jemand, der ihr unsagbar gefehlt hatte.

»Josdi!« Seris Stimme war zu schwach, um einen Freudenschrei hervorzubringen, aber ihr traten die Tränen in die Augen, als sie die Hand ihrer Schwester ergriff. »Du bist hier.«

»Bin ich«, antwortete die vergnügt, und ihre Finger glitten über Seris Schultern aufwärts, um ihr Gesicht zu ertasten. Sie weinte vor Erleichterung. »Wir haben uns alle solche Sorgen um dich gemacht.«

»War ich krank?«, fragte Seri, in deren Geist dichter Nebel herrschte. Das Letzte, woran sie sich erinnerte, war, dass sie Einback gegessen hatte und furchtbar müde geworden war.

Ein angespannter Zug trat in Josdis Gesicht. Genau in diesem Moment betrat Idalla den Raum, gefolgt von einer anderen Zofe, die Seri nicht kannte. Sie stellte ein Tablett an Seris Bett ab und richtete die Kissen. »Zeit, etwas zu essen, gnädige Frau.«

Seri lächelte ihr zu. »Hoffentlich kein Einback. Dafür scheine ich den Appetit verloren zu haben.«

Idalla bedachte sie mit einem spröden Blick. »Suppe, gnädige Frau.«

»Gibst du bitte erst einen Löffel den Göttern?«, fragte Seri.

»Gewiss.« Idalla tauchte ein winziges Keramiktässchen in die dampfende Schale, zeigte es Seri und stellte es dann auf den Altar, was Seri mit einem dankbaren Lächeln quittierte. Ehe sie Gelegenheit bekam, selbst etwas zu essen, stürmte die neue Dienstbotin herbei, tauchte ihren eigenen Löffel in Seris Suppe und kostete vorsichtig.

Auf Seris fragenden Blick hin deutete Idalla auf die fremde Frau. »Das ist Zaiya. Sie ist Eure Vorkosterin.«

Seri blinzelte verdattert. »Vor...kosterin?«

»Anweisung des Prinzen«, erklärte Idalla peinlich berührt.

»Verstehe«, sagte Seri gedehnt. »Nicht krank, sondern vergiftet.«

»Wir haben uns solche Sorgen gemacht«, beteuerte Josdi.

Seri schwirrte der Kopf, als sie sich wieder an Idalla wandte. »Weiß man, wer das war?« *Ich würde drei Dru auf Lady Mila oder ihre Hexe von einer Dienerin setzen*, dachte Seri finster. Die einzige andere Athonitin, die ihr offen feindselig entgegengetreten war, war die Königin. Die anderen bedachten sie lediglich mit neidischen Blicken.

Idalla räusperte sich. »Ich weiß es nicht, aber ich bin überzeugt, der Prinz wird sich darum kümmern. Nun solltet Ihr Euch ausruhen. Solltet Ihr etwas brauchen, wir sind gleich vor der Tür.«

Kaum waren Idalla und Zaiya gegangen, nahm Seri einen Schluck von ihrer Suppe und verdrängte den Gedanken wieder. Später wäre noch mehr als genug Zeit, sich um den Giftmischer zu kümmern. Sie lebte, und ihre Schwester war bei ihr, das war alles, was jetzt zählte. Sie zupfte an Josdis Zopf. »Ich habe dich so vermisst.«

»Und wir dich.« Josdis Lippen zitterten. »Wir wussten nicht, ob im Schloss etwas Schlimmes passiert war oder ob du uns verlassen hast.«

Bei diesen Worten runzelte Seri die Stirn. »Ihr habt nichts von mir gehört? Gar nichts? Was ist mit Rilen? Hat er sich nicht um euch gekümmert?«

Josdi schüttelte den Kopf. »Rilen ist zu Beginn noch gekommen, dann nicht mehr. Keine Nachricht, keine Nahrung, nichts. Uns ist das Feuerholz ausgegangen. Ich habe versucht, mich um die Gänse zu kümmern, aber ich …« Hektisch blinzelnd kämpfte sie gegen die Tränen an. »Jemand ist gekommen, als du fort warst, und hat sie mitgenommen. Der Stall war leer und das Tor aufgebrochen. Sogar die alte Bialla ist weg.«

Das Gefühl, hintergangen worden zu sein, erfüllte Seri mit glühendem Zorn. »Rilen hat euch im Stich gelassen?« Nicht zu fassen, dass sie ihn gerettet hatte und er ihre Familie zum Dank dem Hungertod ausgeliefert hatte.

»Wir hatten noch etwas altbackenes Brot, aber … ich musste die Opfergaben auf dem Altar essen«, flüsterte Josdi beschämt. »Und das rohe Maismehl für die Gänse. Es war einfach nichts anderes mehr da.«

Seri tätschelte das Knie ihrer Schwester und zwang sich, mit ruhiger Stimme zu sprechen. »Die Götter werden deine Not verstehen. Das ist in Ordnung, Josdi. Jetzt sind wir wieder zusammen, und alles wird besser werden.«

»Das ist es schon!« Begeisterung breitete sich in Josdis Gesicht aus. »Oh Seri, dieser Palast ist so zauberhaft.«

Diese Bemerkung entlockte Seri ein schiefes Grinsen. »Meinst du?«

»Oh ja«, hauchte Josdi mit einem glückseligen Funkeln in den Augen. »Und dein neuer Ehemann ist so nett. Er war derjenige, der uns gerettet hat.«

Seri richtete sich etwas weiter auf. »Was?«

»Er ist gekommen, um uns zu holen. Damit wir Vater mitnehmen konnten, hat er sogar einen Wagen von Alarens Hof gekauft. Kannst du dir vorstellen, dass Alaren für einen uralten, wackeligen Wagen sechs Dru verlangt hat? Und der Prinz hat sie bezahlt, ohne mit der Wimper zu zucken. Denk nur!« Sie lachte fassungslos. »Ich dachte, der arme Alaren muss doch bei dem Gedanken an all das Geld lang hinschlagen.«

Seri schüttelte den Kopf. »Ich verstehe kein Wort.«

»Ich habe bei Prinz Graeme gesessen, als wir zum Schloss geritten sind«, fuhr Josdi fort, und eine scheue Röte breitete sich über ihre Wangen aus. »Er hat ja so wunderbare Manieren, Seri. Ich kam mir vor wie ein dummes Landmädel, als er mir auf sein Pferd geholfen hat, aber er hat gesagt, ich solle stolz darauf sein, die Schwester einer Prinzessin zu sein, und mir keine Gedanken darüber machen, was andere denken mögen.« Sie beugte sich vor, als wolle sie ein Geheimnis mit Seri teilen. »Er hat mir erzählt, dass er seinen Wesir fortgeschickt hat, weil der seinem Befehl nicht gehorcht hat.«

Seri wollten die Sinne schwinden. »Das hat er gesagt?«

»Ich glaube, er liebt dich sehr, Seri. Er ist die ganze Zeit an deinem Bett geblieben, während es dir so schlecht ging, und es war erkennbar, dass er sich schreckliche Sorgen um dich gemacht hat.«

»Sei nicht albern, Josdi«, sagte Seri mit einem Kloß im Hals. »Prinz Graeme ist pflichtbewusst, aber das ist alles.«

»Du irrst dich«, widersprach Josdi und schien für einen Moment viel weiser zu sein, als es ihre siebzehn Anni erlaubten. »Ich mag blind sein, aber es gibt ein paar Dinge, die ich gar nicht sehen muss.«

Seri schlug die Augen auf. Es war strahlend hell. Graeme war an ihrer Seite, und das Licht der Göttin hing über ihren Köpfen. »Geht es dir gut, meine Eterna?«

Das tat es, aber sie litt. Ihr ganzer Körper litt unter der Sehnsucht nach ihm. Warum wollte er sie nicht mehr anrühren? Warum hielt er sich fern von ihr? »Ich will dich hier bei mir haben«, sagte sie und zog die Decke zurück, um ihn in ihr Bett einzuladen. »Du bist mein, und ich bin dein, weißt du noch?«

Er kroch zu ihr, doch da war so viel Platz zwischen ihnen. Sie schob sich näher heran, unbekümmert ob ihrer Nacktheit oder des Umstands, dass auch er plötzlich nackt war. Sie wollte seinen Körper an ihrem spüren, seine Wärme, seine Berührung. Doch er wich zurück.

»Warum willst du mich nicht anfassen?«, fragte sie.

»Du bist diejenige, die das wollen muss«, erklärte Graeme. »Bitte mich, und ich berühre dich.«

Natürlich wollte sie ihn. Ihre Sehnsucht nach ihm erfüllte sie so sehr, dass ihre Haut erwartungsvoll kribbelte. Jede Faser ihrer selbst verlangte nach seiner Berührung. Sie rückte näher an ihn heran und versuchte, ihn zu küssen.

»Bitte mich, und ich berühre dich«, wiederholte Graeme. Sie lag nackt neben ihm, und seine Hände glitten über ihre Oberschenkel. Er küsste ihren Bauch, und dann … glitten seine Lippen tiefer. Und dann hörte er auf.

»Mach weiter«, rief sie.

»Bitte mich, und ich berühre dich«, wiederholte er noch einmal. »Du fragst nie. Du stößt mich einfach nur fort.« Seine Lippen verharrten über dem empfindlichsten Bereich ihres Körpers, und ihr

Verlangen war grenzenlos. Stöhnend hob sie ihre Hüften zu einem stummen Flehen.

»Bitte«, sagte er noch einmal, und sie konnte seinen heißen Atem auf ihrer Haut spüren. Ach, und sie hätte das Wort so gern ausgesprochen.

Aber kein Ton kam heraus. Ihre Lippen bewegten sich, und sie versuchte zu sprechen, aber … da war nichts.

Graeme setzte sich im Bett auf. Enttäuschung zeichnete sein schönes Gesicht, und seine starken Schultern verspannten sich vor Gram. Dann verschwand er, und mit ihm jegliches Licht. Seri blieb allein in der Dunkelheit zurück.

Keuchend schoss sie im Bett hoch.

Auf der Schlafstatt, die man neben Seris Bett gestellt hatte, hob Josdi den Kopf. »Alles in Ordnung? Brauchst du etwas?«

Es war nur ein Traum gewesen, doch die Erinnerung reichte, damit ihr ganzer Körper vor Verlangen pulsierte. Wenn sie die Augen schloss, konnte sie Graemes Haut beinahe auf ihrer eigenen spüren, seinen Duft in ihrer Nase, die Wärme seines Leibs, der ihren auf die Matratze drückte.

Du fragst nie. Du stößt mich einfach nur fort.

Sie schüttelte den Kopf, um wieder klar zu werden. »Mir geht es gut.« Sie tätschelte Josdis Hand. »Schlaf weiter.«

Josdi gab ein schläfriges Geräusch von sich und legte sich wieder hin.

Einen Moment später schloss auch Seri die Augen, doch vor ihrem geistigen Auge sah sie noch immer das Licht, das sich auf das Bett ergoss. Es fühlte sich seltsam an, Graeme nicht neben ihr zu spüren. »Josdi?«

»Hmm?«

»War … war Graeme hier?«

Ihre Schwester gähnte. »In letzter Zeit nicht. Soll ich ihn holen?«

»Nein, schon gut.« Seri ließ sich wieder in die Kissen sinken, schloss erneut die Augen und tastete nach ihrer Verbindung, gespannt darauf, was sie dort würde wahrnehmen können. Sein Geist berührte den ihren, und sie wurde erfasst von seiner Sehnsucht, seiner Begierde, seinem Verlangen.

Warum kam er dann nicht zu ihr?

Du stößt mich einfach nur fort.

Tat sie das wirklich? Sie umfasste ihre schmerzenden Brüste. Ihre Nippel hatten sich in Erinnerung an den Traum aufgerichtet, und zwischen ihren Beinen pulsierte es wie zur Erinnerung an seinen Körper und daran, wie sehr sie sich nach seiner Berührung sehnte. Ihr Gesicht erglühte. Sie hatte ihn nicht weggestoßen, oder doch? Er war ihr Gemahl, und sie war seine Gemahlin. Da konnten sie doch wenigstens das Bett teilen und den Schmerz des Verlangens lindern, den die Göttin ihnen auferlegt hatte.

Schön. Am Morgen würde sie sich auf die Suche nach ihm begeben. Und wenn er dann versuchte, sie zu küssen, würde sie ihn nicht daran hindern.

NEUNUNDDREISSIG

Es war noch dunkel, als Seri das nächste Mal erwachte, aber sie hielt es im Bett nicht länger aus. Mit Idallas Hilfe schlüpfte sie in eine weiche Tunika und eine Hose. Dann machte sie sich auf den Weg, um mit ihrem Gemahl zu sprechen. Auf zittrigen Beinen ging sie zu seinem Studierzimmer, wo sie ihn, das Kinn aufgestützt, beim Studium eines dicken Wälzers antraf, der aufgeschlagen auf seinem Schreibtisch lag. Das Fenster hinter ihm war offen und gab den Blick auf den dämmrigen Himmel frei. Eine kühle Brise wehte herein und brachte die Laternen an den Wänden zum Schwanken. Bald würde die Sonne aufgehen, aber noch schützte tiefer Schatten sein Antlitz.

Bei den vier Göttern, er sah erschöpft aus. Beim Anblick seiner eingefallenen Augen regte sich das schlechte Gewissen in ihr. Es war, als würde er schwächer, je mehr sie von ihrer Kraft zurückgewann. Und trotzdem, selbst so ermattet war er von einer herzerweichenden Schönheit. Beim Anblick seiner breiten Schultern und der starken Arme wurde ihr Mund ganz trocken.

Graeme blickte auf und erhob sich, als er sie sah. Zugleich loderten die Gefühle in dem Band zwischen ihnen auf. Er kam hinter seinem Schreibtisch hervor und bot ihr seinen Arm. »Geht es dir besser?«

Sie ignorierte das Angebot, enttäuscht darüber, dass er sie behandelte, als wäre sie das zerbrechlichste Gut auf der Welt. »Ich bin wohlauf«, sagte sie leichthin. »Was liest du?«

Er deutete auf das Buch. »Eine Schrift über die Geographie dieser Gegend. Nichts Wichtiges.«

Seri betrachtete den Wälzer und erkannte die Blume von Kasla. »Wie ich sehe, studierst du die Vidari.«

»Ein Thema, zu dem es mir an ausreichendem Wissen mangelt, wie ich zugeben muss.« Er zeigte auf den Stuhl gegenüber seinem Schreibtisch. »Bitte, nimm Platz.«

Sie setzte sich und strich sich das Haar von den Schultern. Sofort huschte Graemes Blick zu ihrem Hals, und sie errötete, fasste an ihren Kragen und fummelte an den Knöpfen herum. Besaß sie den Mut, sie zu öffnen und ihn dazu einzuladen, von ihr zu trinken? Sie sah sich in dem Gemach um und sagte dann: »Wenn du mehr über die Vidari erfahren willst, hättest du mich fragen können.«

»Ich wollte dich nicht stören, solange du unwohl warst«, entgegnete er höflich.

»Mmm.« Sie suchte nach einer Antwort, abgelenkt vom Anblick seiner vollen Lippen und von dem dunklen Haar, das sich über dem Kragen kräuselte. »Ich habe jetzt eine Vorkosterin.«

Er nickte. »Die hast du. Um deiner Sicherheit willen.«

»Weißt du, wer das getan hat?«

Er drehte sich zu seinem Schreibtisch um und setzte sich mit geschmeidigen, wohlkontrollierten Bewegungen wieder auf seinen Stuhl. »Die schuldige Person wurde vom Hof entfernt.«

»Verstehe«, sagte sie und dachte über seine Worte nach. »Entfernt, aber nicht verurteilt. Oder ist solch ein Schicksal nur ungebildeten Vidari vorbehalten?«

Er bedachte sie mit einem kalten Blick. »Ich glaube mich an eine gewisse Vidarifrau zu erinnern, die versucht hat, jemanden zu ermorden, und nicht verurteilt wurde.«

Schamesröte stieg ihr in die Wangen. »Du hättest mich töten sollen.«

»Und doch habe ich es nicht getan. So wenig, wie ich diese Frau töten werde. Um sie wurde sich gekümmert. Zerbrich dir darüber nicht länger den Kopf.«

Seri seufzte. Sie fühlte sich merkwürdig. Leichtsinnig. Zu energiegeladen. Und so nahe bei Graeme zu sein, ohne ihn zu berühren, war eine Qual. Gerade jetzt juckte es sie in den Fingern, wenn sie nur daran dachte, diese harten Muskeln zu betasten. »Wo ist deine Schwester? Ich habe sie seit ein paar Tagen nicht gesehen.«

Er widmete sich seinem Buch und blätterte eine Seite weiter. »Sie ist mit ihrer Mutter an der Küste.«

Sie war weggeschickt worden? Seri keuchte auf. »Nicht ...«

Erschrocken blickte Graeme auf. »Nein. Nicht Melene. Das hat damit nichts zu tun, das versichere ich dir.« Ein Lächeln huschte über sein Gesicht. »Meine Schwester hat dich sehr gern.«

Erleichterung breitete sich in ihr aus. »Ich mag sie auch. Kommt sie wieder zurück?«

»Wenn wieder Ruhe eingekehrt ist. Im Augenblick haben wir hier zu viele Rebellen. Das ist eine Zeit, in der eine junge Frau nicht sicher ist.«

Seri zuckte zusammen. »Ich nehme an, das habe ich verdient.«

Er rieb sich die Stirn. »Es war nicht meine Absicht, dich zu kränken. Verzeih. Normalerweise gehe ich vorsichtiger mit meinen Worten um.«

»Schon gut.« Sie musterte ihn forschend. Er hatte tiefe Ringe unter den Augen und sah abgemagert aus. Und blasser als sonst. »Du siehst ... unpässlich aus.« Am Rand des Schreibtischs stand eine Karaffe mit einer tiefroten Flüssigkeit, doch sie schien unberührt zu sein. »Hast du ... hast du gegessen? Getrunken?«

Sein Blick schoss zu ihr, und seine Augen wurden dunkler, als er für einen Moment zu ihrer Kehle huschte, ehe er zu ihrem Gesicht zurückkehrte. Dabei schien es, als würde er auf seinem Stuhl erstarren. »Ich kann von niemandem außer meiner Eterna trinken, und ich hätte dich keinesfalls in deinem Krankenbett überfallen, meine Gemahlin.«

»Was ist mit Lady Aynee?«, fragte sie und versagte in dem Bemühen, den eifersüchtigen Ton zu unterdrücken, der sich in ihre Stimme schlich. »Ich bin überzeugt, sie wäre dir bei all deinen Bedürfnissen gern zu Diensten.«

Graeme behielt eine neutrale Miene bei. »Sie wurde vom Hof entfernt.«

Sie wartete darauf, dass er ihr erklärte, auch Lady Aynee sei um ihrer Sicherheit willen fortgeschickt worden, genau wie Melene. Doch als er schwieg, erkannte Seri, dass dies ihre Antwort war. Schwer lehnte sie sich zurück, während sie diese neue Erkenntnis verarbeitete. *Lady Aynee?* Sie leckte sich die Lippen, versuchte, sich eine passende Entgegnung einfallen zu lassen. Wie tröstete man den eigenen Gemahl darüber hinweg, dass er seine ehemalige Geliebte hatte fortschicken müssen? »Gut.« Sie dachte nach und fügte hinzu: »Ich bin froh, dass du sie weggeschickt hast, aber es tut mir leid, dass du sie verloren hast.«

»Ich habe sie nicht verloren. Ich würde nicht einmal von ihr trinken, wenn mir der Hungertod drohte.«

Und davon war er nicht weit entfernt, das sah sie ihm an. Sein Hunger zehrte an ihr, lockte ihr Mitgefühl ebenso hervor wie diese schmerzhafte, rastlose Begierde. Sie stellte sich vor, wie er, ganz wie Josdi gesagt hatte, an ihrem Bett gewacht hatte. Wie er mitten in der Nacht ihre Familie gerettet, Josdi zu essen gegeben und die besten Heiler zu ihrem Vater geschickt hatte, obwohl er noch nicht hatte wissen können, ob sie je wieder erwachte. Während sie in seine unergründlichen Augen starrte, raste eine Hitze durch ihre Adern, die sie dazu trieb, sich von ihrem Stuhl zu erheben und zu ihm zu gehen.

»Was tust du?« Graemes Stimme klang scharf und heiser zugleich.

Seri strich mit dem Finger über die Seite seines Gesichts. Von den feinen Bartstoppeln an seinem Kinn abgesehen, fühlte sich seine Haut weich an. »Du brauchst Nahrung.«

Er rührte sich nicht vom Fleck, als sie sich auf die Schreibtischkante setzte. Mit zitternden Händen öffnete sie die Reihe winziger Knöpfe auf der Rückseite ihrer Tunika. Dieser Hunger, den er litt, war die perfekte Ausrede, um ihn zu berühren. So musste sie ihr eigenes Herz nicht riskieren. Nicht, solange seine Begierde von solch einer rein praktischen Not getrieben wurde.

Der Kragen öffnete sich, das schwere Gewebe fiel herab, umschmeichelte ihre Schultern und entblößte ihre Kehle. Nun blickte sie auf und sah direkt in seine glühenden Augen. Seine Gefühle loderten so sehr wie ihre eigenen. Was immer sonst zwischen ihnen war, dies war echt, und es war das, was er brauchte.

Und sie brauchte es auch.

Beim Anblick seiner Augen und der Art, wie sich sein Mund öffnete, stockte ihr der Atem. Als er ihren Hals streichelte, erschauerte sie und gab sich den sanften Zärtlichkeiten hin. Bald ragte er über ihr auf, verströmte eine wärmende Glut, und sie schloss die Augen. Ein wenig Furcht regte sich in ihr beim Gedanken an diese spitzen Zähne, die sich in ihre Haut bohren würden. Doch statt sich direkt auf ihre Kehle zu konzentrieren, küsste er ihr zartes Kinn. Sie verspannte sich unter dieser kleinen Berührung, wartete auf das schrecklich-köstliche Gefühl seiner Zähne auf ihrem Körper.

Er küsste sie wieder und glitt allmählich zu ihrem Hals. »Warum tust du das?«

Seri spürte, wie sein Körper sich gegen ihren presste und sie beinahe auf dem Tisch festnagelte. Ein Seufzen entfleuchte ihren Lippen, während sie die Hände in seinem Haar vergrub. »Warum tue ich was?«

Da war es, das zarte Kratzen seiner Zähne an ihrem Hals. Sie erbebte am ganzen Leib.

»Das«, sagte er an ihrer Haut. »Du bietest dich mir an. Dabei kann ich deine Furcht spüren.«

»Ich ...« Es fiel ihr schwer, einen klaren Gedanken zu fassen. »Du hast so viel für mich und meine Familie getan, da kann ich dich doch nicht verhungern lassen.«

Abrupt zog er sich zurück. »Allerdings.« Von der Leidenschaft in seinen Augen war nichts mehr zu sehen, stattdessen stand ihm der Ärger ins Gesicht geschrieben.

Verwirrt berührte Seri ihre Kehle. »Was ist los? Willst du nicht trinken?« Sie deutete auf ihre entblößte Haut, bemüht, das Gefühl des Verlusts und der Verletztheit zu ignorieren.

»Darum geht es dir? Darum, dass du mir etwas schuldig bist?« Seine Stimme war so eisig wie seine Aura. Mit präzisen Bewegungen zog er ihren Kragen wieder hoch. »Das ist ein großzügiges Angebot, Gemahlin. Doch wie dem auch sei, dein Volk mag Gefallen an Märtyrern finden, ich jedoch nicht.«

Sie richtete sich auf und schlang die Arme um den Oberkörper, wie um ihn vor seinen Blicken zu verbergen. Plötzlich kam sie sich schrecklich dumm vor. »Nein«, sagte sie. »Darum geht es nicht. Ich wollte mich nur bei dir bedanken. Und dir helfen, wie du mir geholfen hast.«

»Mir helfen«, höhnte er. »Sollte ich je Vidari um Almosen bitten, dann, das versichere ich dir, wirst du es als Erste erfahren.«

Verletzt entfernte sie sich einen Schritt weit von seinem Schreibtisch. »Warum hast du dann bei mir gewacht, als es mir schlecht ergangen ist? Warum hast du meine Familie gerettet?« Sogar in ihren eigenen Ohren hörte sie sich kindisch an.

»Warum?« Er lachte, ohne sie anzusehen. »Pflichtgefühl. Wie hätte es denn ausgesehen, hätte ich die Familie meiner Gemahlin dem Hungertod ausgeliefert?«

Die hasserfüllten Worte erschütterten sie zutiefst. Vergessen waren die Tränen der Scham, die über ihre Wangen rannen. »Verstehe.«

Sie war ein Dummkopf gewesen, dass sie ihn aufgesucht hatte, dass sie versucht hatte, ihm zu danken. Dass sie sich nach ihm sehnte und sich einbildete, er sehne sich ebenso nach ihr.

Sollte ich je Vidari um Almosen bitten.

Die Worte schmerzten in ihrem Geist. Mit zitternden Fingern versuchte sie, die Knöpfe ihrer Tunika zu schließen, aber die kleinen, lästigen Knopflöcher widersetzten sich ihr. Schließlich packte sie krampfhaft schluckend den Stoff und knotete ihn in ihrem Nacken zusammen. »Ich hasse dich«, sagte sie, kläglicher, als sie es sich wünschte, und stürmte zur Tür.

»Warte«, rief er hinter ihr her, doch sie hielt nicht inne. »Seri, warte.«

In einem Wirrwarr aus flatternder Seide, das Haar zerzaust, rannte sie aus dem Zimmer. Die Gardisten ließen sie passieren. Ihre nackten Füße klatschten über den Boden, als sie den Gang hinunterhastete.

»Seri«, hörte sie ihn wieder rufen, während die Dienstboten ihr aus dem Weg sprangen.

Bei den Göttern, sie wollte nur weg. In einem wilden und gefährlichen Tempo flog sie förmlich die Treppe hinab und zu dem einen Ort, von dem sie wusste, dass Graeme ihr dorthin nicht folgen würde.

Endlich stieß sie eine der schweren hölzernen Türen zum Innenhof auf und spürte sogleich die Wärme der aufgehenden Sonne auf ihrer Haut. Ihr Haar kräuselte sich im Wind, und die Tunika klebte an ihrem Körper und betonte ihre Figur so deutlich, dass die Gardisten in der Nähe sie angafften und die Leute auf dem Hof vergaßen, was sie gerade getan hatten, und stattdessen sie taxierten. Doch das war ihr egal.

Hier, in der Sonne, war sie frei.

Niemand näherte sich ihr. Man beobachtete sie, ein paar Leute hoben respektvoll die Hand an die Stirn, aber die meisten hielten ganz einfach Abstand zu der weinenden Prinzessin, und das war Seri nur recht. Endlich wieder imstande, tief durchzuatmen und sich zu sammeln, schaute sie sich zum Schloss um. Die schwere Holztür war zu, davor einer von Graemes Gardisten.

Schön. Sollte Graeme nur ein Gefangener dieses Schlosses sein. Sollte er doch hungern. Sie hatte versucht, sich ihm zuzuwenden, und er hatte sie fortgestoßen.

Ihr Blick fand die Ställe am Rande des Hofes, und sie ging darauf zu. Vielleicht waren die Kätzchen, die Melene gefunden hatte, immer noch dort. Sie brauchte einen Ort, an dem sie allein sein und ihren Zorn und ihre Enttäuschung verarbeiten konnte.

Doch kurz bevor sie die Stallungen betreten konnte, ergriff eine Hand ihren Ellbogen und zog sie zur Seite. »Wir müssen reden.«

Aufkeuchend drehte Seri sich um und starrte direkt in Rilens zornige Augen.

VIERZIG

Bei Rilens Anblick schlug Seri das Herz bis zum Hals. Er trug wieder die gestohlene Uniform eines Gardisten der Athoniten. Kaum fähig zu atmen, ließ sie sich von ihm in die Stallungen führen. Sobald das massive Tor hinter ihnen zugefallen war, stürzte Rilen sich auf sie, umfasste ihren Hals und küsste sie mit all der wilden Begierde, an die sie sich erinnerte. Sein Mund presste sich auf ihren, und seine Zunge wollte ihre Lippen öffnen.

Es war, als würde ein Fremder sie küssen. Ihr Körper reagierte nicht auf seine Berührung, und als er sie an die Tür drängte, kam sie sich sonderbar abwesend vor. Sein Mund fühlte sich auf ihrem rau an, und das Holz in ihrem Rücken trieb Splitter durch den dünnen Stoff der Tunika in ihre Haut.

Graeme wäre nicht so grob, regte sich ein Gedanke in ihr. Sofort vertrieb sie ihn aus ihrem Kopf und fühlte sich wie eine Verräterin, als sie sich aus Rilens Griff befreite. »Was tust du hier?«

»Ich wollte dich sehen.« Er lachte und drückte ihr noch einen sorglosen Kuss auf die Lippen, ehe er mit seinem Mund über ihr Kinn hinab zu ihrem Hals wanderte. Es fühlte sich falsch an. Ihr Kragen war immer noch offen, nachdem sie versucht hatte, Graeme zu verführen. Plötzlich zuckte er zurück, strich das lange Haar von ihrer Schulter und legte einen Bluterguss an ihrem Hals frei.

Seri versuchte, sich von ihm zu befreien, aber er hielt sie fest. Dann fluchte er und strich mit dem Daumen über den blauen Fleck und die punktförmigen Wundmale. »Was ist passiert?«, verlangte er zu erfahren.

Diese kleine Zärtlichkeit jagte einen Schauder der Erinnerung durch ihren Körper, der sich bei dem Gedanken an Graeme sofort vor Sehnsucht verzehrte. Seri wandte den Blick ab. »Nur ein Unfall.«

»Hat er dich *gebissen?*« Rilen kniff die Augen zusammen.

Hitze stieg ihr ins Gesicht. »Das ist nichts.« Ihre Finger krallten sich in seinen Arm. »Rilen, was machst du hier? Wenn die dich in der Uniform eines Gardisten erwischen, nach allem, was du getan hast …«

»Ich wollte dich sehen.« Wieder drückte er ihr einen Kuss auf den Mund, doch sie entzog sich hastig. »Was ist mit dir los?«, fragte er stirnrunzelnd.

»Was mit mir los ist? Was ist mit *dir* los?« Sie stieß ihm die Hände gegen die Brust, als er sie wieder in seine Arme ziehen wollte. »Du hast Kiane ermordet!«

»Das war ein Unfall. Wir haben uns mitreißen lassen. Nachdem *dein* Gemahl unsere Forderungen abgeschlagen hat. Wir mussten etwas tun, um denen zu zeigen, dass wir uns nicht einfach ignorieren lassen.« Er zuckte mit den Schultern. »So ist das nun einmal im Krieg, Seri.«

»Wir sind nicht im Krieg, Rilen. Wir haben verloren, weißt du noch? Die Athoniten haben jede Schlacht gewonnen.«

»Wir sind *noch* nicht im Krieg.« Eine feurige Glut flammte in seinen Augen auf. »Nur Geduld. Die Dinge sind in Bewegung.«

»Die Dinge sind in Bewegung?«, fauchte sie. »Erfordern diese Dinge so viel Zeit, dass du meinen Vater und Josdi hungern lassen musstest? Du hast sie im Stich gelassen, während ich darauf vertraut habe, dass du dich um sie kümmerst, Rilen!«

Er sagte nichts, aber der harte Ausdruck in seinen Augen verriet ihr, dass er kein Bedauern empfand. »Ich habe nach ihnen gesehen, Seri. Es ist nur … diese Dinge brauchen Zeit.«

Das sagte er so dahin, als hätte sie ihn nur gefragt, wie die Ernte ausgefallen war, und das bereitete ihr Magenschmerzen. Er zeigte keinerlei Reue dafür, dass er ihre Familie im Stich gelassen hatte. Schlimmer noch, die Tatsache, dass er hier war, bedeutete, dass er, Jovis und Timmar tatsächlich nicht für ihr Verbrechen zur Verantwortung gezogen worden waren. Sie hatte gewusst, dass es so kommen würde, und doch … und doch hatte sie auch gehofft, ihr Volk würde das Richtige tun. Gehofft, nicht sie wären diejenigen, die vor uraltem Hass blind geworden waren.

Plötzlich war sie all das so leid. Niemand verhielt sich vernünftig – nicht die Athoniten, nicht die Vidari, niemand. Matt presste Seri eine Hand an die Stirn. »Geh heim, Rilen. Ich bin müde.«

»Sind meine Küsse nicht mehr gut genug für dich, nun, da du die Hure für einen dieser Athoniten gibst?« Mit brutaler Gewalt packte er ihren Oberarm, und sie zuckte zusammen. »Schläfst du mit ihm?«

»Was hast du gedacht, würde passieren, wenn ich mich mit ihm vermähle?«

»Ich dachte, du würdest ihn töten«, bellte Rilen. »Das war der Plan.«

»Ich habe es versucht«, entgegnete Seri.

»Dann hast du es nicht eifrig genug versucht«, konstatierte er kalt. »Oder war es insgeheim dein Wunsch, einen dieser Mistkerle zu ehelichen? Dir einen Gemahl mit fetter Börse zu schnappen, ganz gleich, ob er nun Athonite oder Vidari ist? War es das?«

Zu ihrem Entsetzen stiegen ihr die Tränen in die Augen. »Du verstehst nicht.«

Seine Finger gruben sich in ihre Haut. »Dann erklär es mir. Erklär es mir, damit ich es verstehen kann.« Auf einmal strahlte er eine stille Gewalt aus, die Seri ängstigte. »Sag mir, dass er dir nichts antut.«

»Mir geht es gut«, sagte sie. »Aber das ist kompliziert, Rilen.«

»Hält er deine Familie gefangen? Hat er sie deswegen mit einem Kontingent Soldaten aus dem Dorf entführt?«

»Was? Nein.« Wieder versuchte Seri, sich aus seinem schmerzhaften Griff zu winden. »Er hat sie nicht entführt. Ich habe ihn gebeten, sie zu mir zu bringen.«

Ein Hauch des alten Frohsinns meldete sich zurück. »Dann bist du ein Genie, Seri. Alle denken, sie wären entführt worden und er hätte euch alle hier im Schloss eingesperrt, sodass ihr nicht entkommen könnt.«

»Das ist nicht wahr ...«

»Wen interessiert, ob es wahr ist oder nicht?«, fiel Rilen ihr ins Wort. »Wichtig ist nur, dass wir es gegen ihn und für unseren Aufstand nutzen können.«

Ihr wurde flau. »Aufstand?«

»Daran arbeiten wir schon seit so langer Zeit, und allmählich tragen unsere Bemühungen Früchte«, sagte er mit leuchtenden Augen. »Alle sind wütend, weil die Athoniten es gewagt haben, dich und deine Familie herzubringen, und weil er dich gezwungen hat, ihn zu heiraten. Das ist genau das, was wir brauchen, um unsere Leute zu einen. Ich war bereits in zwei anderen Städten und habe Reiter ausgeschickt. Sie mit Waffen versorgt. Zwei Dörfer weiter gibt es einen Schmied, der uns Speere angefertigt hat.«

Stumm vor Entsetzen lauschte sie seinen Worten.

»Sie kommen zu Hunderten ins Dorf, Seri. Ich habe gehört, die letzten der wilden Clans werden in wenigen Tagen eintreffen. Sobald sie da sind, werden wir das Schloss angreifen und uns unsere Heimat zurückholen.«

»Warte, nein ...« Ihre Kehle war wie zugeschnürt. »Rilen, das ist zu gefährlich.« Sollte er versagen, würden die Athoniten nicht ruhen, ehe die Vidari bis zum letzten Mann vernichtet wären.

Aber sollte er obsiegen …

Oh Graeme. Wie ein Seufzer hallte der bekümmerte Gedanke durch ihren Geist.

Rilen, getrieben von seinem Zorn, bemerkte ihre Verzweiflung nicht. »Er versteckt dich hier in diesem Schloss, als wärest du eine von denen, aber das bist du nicht. Die Spione, die wir hier haben, sagen, du weinst in deinem Bett.« Sanft berührte er ihre Wange. »Ich weiß, dass du Angst hast, aber sei unbesorgt. Morgen reise ich nach Uday ab, und dort treffen wir uns mit dem Rest des Heeres, das wir aufgestellt haben. Wir werden dich bald von ihm befreien.«

Befreien? Zum Preis von Graemes Leben? Zum Preis des Lebens all der Dienstboten, die sich alle Mühe gegeben hatten, damit sie sich wohlfühlte? Sie hatte ihnen nichts als Leid und Schmerz eingetragen, und nun würde sie ihren Untergang herbeiführen … oder den ihres eigenen Volkes.

Ein hysterisches Schluchzen bahnte sich einen Weg durch ihre Kehle. »Rilen, bitte …«

Verwundert hob er eine ihrer Locken. »Seri? Warum bist du nicht glücklich darüber? Das ist doch, wovon wir geträumt haben.«

»Das ist, wovon *du* geträumt hast, nicht ich. Begreifst du denn nicht, wie töricht das ist? Begreifst du nicht, wie viele Menschen sterben könnten? Wie viele schon gestorben sind?«, beschwor Seri ihn eindringlich.

»Aber die Freiheit ist das alles wert. Ich verstehe nicht, warum du nun dagegen ankämpfst …« Abrupt brach er ab und starrte sie mit diesem furchterregenden Ausdruck in den Augen an. »Seri, warum hast du Graeme in deiner Hochzeitsnacht nicht getötet?«

»Ich habe dir doch gesagt, ich habe es versucht«, protestierte sie. »Ich war nicht stark genug. Ich habe es zweimal versucht.«

Rilen gab sich unheimlich ruhig. »Dann werde ich ihn an deiner Stelle töten. Ich werde dich von ihm befreien.«

Stumm schüttelte sie den Kopf, doch als er wieder nach ihr griff, schrak sie zurück.

»Komm mit mir, Seri. Gleich jetzt«, bat er mit rauer Stimme. »Lass mich dich von hier wegbringen. Ich kümmere mich an deiner Stelle um alles.«

Sie schlug seine Hand weg. »Ich kann allein für mich sorgen, Rilen. Und ich werde meine Familie nicht hier zurücklassen.«

Oder Graeme, beharrte eine leise Stimme in ihrem Hinterkopf.

»Ich verstehe.« Sein Ton klang hart. »Dann kann ich darauf vertrauen, dass du ihm nicht von dem Aufstand erzählst?« Als sie zögerte, bedachte er sie mit einem ernsten, gewichtigen Blick. »Das wäre unser Tod, Seri.«

Schuldgefühle und Zorn überwältigten sie. Wieder wurde sie gezwungen, sich zwischen Rilens hitzköpfigen Taten und ihrem Gemahl zu entscheiden. »Wie kannst du das von mir verlangen?«

Er ergriff ihre Hand. »Ich bitte dich, weil ich niemand anderen bitten kann. Du bist die Einzige, die uns helfen kann, sollten wir wieder geschnappt werden.«

Sie schloss die Augen und dachte an Graemes wütende Miene. An Graeme, wie er sie küsste, wie er sie sanft in ihrem gemeinsamen Bett in den Armen hielt, wie er ihr die schweißnassen Haare aus der Stirn strich, als sie krank darniedergelegen hatte.

Graeme, der sie fortgestoßen hatte, als sie ihm ihren Körper angeboten hatte. *Almosen einer Vidari.*

Sie reckte das Kinn vor. »Ich werde nichts sagen.«

Er berührte noch einmal ihr Kinn und sah sie mit einem traurigen Ausdruck in den Augen an. Dann nickte er und schlüpfte zum Tor hinaus, während Seri allein in den Stallungen zurückblieb.

Endlich unbeobachtet, ließ sie den Tränen, die schon so lange lauerten, freien Lauf und schlug die Hände vor das Gesicht. Ganz egal, was sie tat, stets schien sie zwischen zwei Welten gefangen zu sein.

EINUNDVIERZIG

Als die Tränen versiegt waren, ging sie wieder hinein und suchte die Räume der Heiler auf. Ihr Vater lag in einem kleinen Raum ganz hinten, getrennt von den anderen Patienten. Die schweren Vorhänge waren zugezogen, sanfter Kerzenschein erhellte den Raum. Garn lag über seinen Fingern. Er hielt es für eine alte Priesterin, die strickend auf ihn einplapperte. Josdi und Viktor waren ebenfalls dort, und Viktor spannte den Stoff, während Josdi an neuen Kissen arbeitete und kichernd seinen Scherzen lauschte.

Ihr Vater sah besser aus, wie Seri erleichtert feststellte. Er hatte wieder Farbe im Gesicht, und seine Wangen sahen schon nach einigen wenigen gesunden Mahlzeiten voller aus. Sein Bein stank nicht mehr nach faulendem Fleisch, und soweit sie es erkennen konnte, war auch die Schwellung zurückgegangen. Er setzte sich sogar auf und sah Seri erfreut entgegen, als sie näher kam.

»Meine Tochter«, sagte er leise. »Du siehst wunderschön aus. So strahlend wie deine Mutter. Setzt du dich zu mir?«

Lächelnd nahm Seri an seiner Seite Platz. »Du siehst auch gut aus, Vater. Das freut mich sehr.«

»Diese Athoniten gehen großzügig mit ihren Arzneien um. Es kommt mir vor, als würde mir jedes Mal, wenn ich mich umdrehe, wieder jemand irgendetwas Scheußliches in den Rachen kippen.« Er gluckste leise, und die alte Heilerin wackelte drohend mit dem Zeigefinger.

Sie nahm ihr Garn an sich. »Ich ziehe mich zurück, damit Ihr ungestört seid, Prinzessin, aber wir sind immer in der Nähe, falls Ihr etwas benötigt.«

Als sie davonwatschelte, kam Seri die Heilerin in den Sinn, die versucht hatte, ihr einen überhöhten Preis zu berechnen, weil sie Vidari war, und ihr Lächeln verblasste. »Nicht alle Athoniten sind so nett. Diese würde dich vermutlich links liegen lassen, wäre ich nicht mit ihrem Prinzen verheiratet.«

»Mag sein, aber das bist du.« Er zog seine Decke glatt. »Ich nehme an, wenn wir schon die Seiten wechseln müssen, ist es von Vorteil, auf der Seite des Geldes zu sein.«

Hielt also auch ihr eigener Vater sie für eine Verräterin? Seris Unterlippe bebte, und sie senkte den Kopf.

Vater räusperte sich und bedachte Viktor und Josdi mit einem bedeutungsschweren Blick.

Viktor stand auf. »Komm, Josdi«, sagte er. »Lass uns einen kleinen Spaziergang zur Küche machen. Sie backen Torten mit sechzehn Schichten, und ich glaube, die müssen gekostet werden, damit man sicher sein kann, dass sie auch gut sind.« Als sie kicherte, nickte er Seri und Vater kurz zu, ergriff Josdis Arm und führte sie hinaus. »Wir sind bald wieder zurück.«

Sehnsüchtig sah Seri ihnen nach, bewunderte wehmütig, wie sie die Köpfe zusammensteckten wie zwei Turteltäubchen. Dann stellte sie sich vor, Rilen würde Josdi mit einem Athoniten poussieren sehen. Wenn er in das Schloss eindränge, würde er dann Josdi ebenso umbringen, wie er Kiane umgebracht hatte? Würde die bevorstehende Rebellion das zerbrechliche Glück ihrer Schwester zerstören?

»Du wirkst beunruhigt«, stellte Seris Vater fest.

Mit Tränen in den Augen sah sie ihn wieder an. Vater streckte die Hand aus und strich ihr eine Haarsträhne hinter das Ohr. Diese kleine Geste reichte, dass alle Dämme brachen, denn sie fing an zu schluchzen, warf sich in die Arme ihres Vaters und ließ sich von ihm trösten wie damals, als sie noch ein Kind gewesen war, ganz so, als wäre sie nicht die unglückliche Prinzessin dieser Tage. »Ich bin so durcheinander, Vater.«

Er streichelte ihr Haar. »Erzähl mir davon. Erzähl mir alles. Was bekümmert dich?«

Und sie erzählte ihm alles. Sie erzählte ihm von Rilens Mord an Kiane, von der Verlöbniszeremonie und dem emotionalen Band, das sie auch jetzt mit Graeme vereinte. Von den Blutigen und den Töchtern der Eterna, die nur sie ihm schenken konnte. Von Graeme und dem unerschöpflichen Anstand, mit dem er ihr begegnete, und davon, dass sie wieder und wieder gezwungen war, zwischen ihm und den Vidari zu wählen.

»Ich verstehe«, sagte ihr Vater nur, als sie ihm ihr Herz ausschüttete. »Macht dir der Fluch zu schaffen? Macht es dir zu schaffen, dass er Blut trinkt?«

»Anfangs schon. Aber nun ... es ist ein Teil von ihm, und ...« Ihre Stimme verlor sich, und sie spürte, wie sie schon bei dem Gedanken, ihn zu nähren, rot anlief.

»Liebst du ihn?«, fragte ihr Vater.

Seri schaute ihren Vater an. Sofort glühte ihr Gesicht, und sie wandte rasch den Blick ab. »Ich weiß es nicht. Das ist nicht so einfach, Vater. Er ist Athonite, und ich bin Vidari.«

»Den Göttern scheint das nichts auszumachen, Kind. Warum sollte es dann euch etwas ausmachen?« Er hielt für einen Moment inne. Dann: »Liebt er dich?«

Sie dachte an Graemes ernstes Gesicht, an seine dunklen Augen, wenn sein Körper über ihren glitt. Dann erinnerte sie sich an den Schmerz in seiner Stimme, als er ihr gerade eben hinterhergerufen und seine harten Worte offenkundig bereut hatte. Nun erkannte sie, warum er so heftig reagiert hatte. Er war verletzt gewesen, genauso wie sie, als er sie abgewiesen hatte. Was sie hatten, war zart und kompliziert, aber es war da.

»Ich glaube, schon.« Sie schüttelte den Kopf. »Aber Rilen ... und die Rebellion ...« Sie bedachte ihren Vater mit einem verzweifelten Blick. »Weißt du, was die vorhaben?«

»Diese närrischen Hitzköpfe schmieden schon seit langer Zeit dunkle Pläne, und dank deiner Vermählung tragen die nun Früchte.« Ihr Vater tätschelte ihr Knie. »Rilen war einmal ein guter Junge, aber er lässt sich allzu leicht etwas einreden. Ich hätte zugelassen, dass du die Handfeste mit ihm schließt, weil ich dachte, das wäre dein Wunsch, aber ich bin gewiss nicht unglücklich darüber, dass du einen anderen geheiratet hast. Lass ihn allein mit seinen Problemen fertigwerden. Er spricht nicht für alle Vidari.«

»Aber ...« Sie senkte die Stimme und schaute ihren Vater beschämt an. »Ich hätte den Prinzen in unserer Hochzeitsnacht töten sollen. Ich hätte nicht seine Frau bleiben sollen.«

Ihr Vater legte die Stirn in Falten. »Nicht?«

Ach, ihr Götter, nun würde sie ihm von ihrer schändlichen Rolle in dem verpfuschten Mordanschlag erzählen müssen. Doch sie war nicht bereit dazu. Nicht, solange sie selbst nicht wusste, wo sie stand. Seri schluckte und ergriff die Hand ihres Vaters. Sie war vernarbt von der harten Arbeit und fühlte sich rau an. Ihre eigene Haut wurde von Tag zu Tag weicher. Das war nur eine weitere Veränderung, die deutlich machte, dass sie dabei war, sich vom Leben ihres Volkes abzuwenden. »Das ist nicht wichtig, Vater. Wichtig ist, dass die Athoniten unsere Feinde sind. Sie versuchen, die Vidari zu unterdrücken. Ich würde alle verraten, würde ich meinen Gemahl lieben.«

Ihr Vater schenkte ihr ein freundliches, verständnisvolles Lächeln. »Unsere Herzen fragen uns nicht, wen sie lieben sollen, mein Kind. War er gemein zu dir?«

Sie schüttelte den Kopf.

»Unfreundlich zur Dienerschaft? Zu anderen in deiner Umgebung? Josdi singt Loblieder auf ihn. Sie sagt, er sei der netteste Mann, der ihr je begegnet ist.«

Der Kloß in Seris Kehle schien noch größer zu werden. »Er ist sehr anständig.«

»Und wenn du ihm von den Problemen unserer Leute erzählst, denkst du, er würde sie ignorieren? Oder meinst du, er würde versuchen, auch ihnen gegenüber anständig zu sein?«

Aus seinem Mund hörte sich das so einfach an. Warum war es nicht genauso einfach, wenn sie an Rilen und den Aufstand dachte?

»Denk nach«, forderte ihr Vater sie auf. »Überleg doch, was du erreichen kannst, wenn du dich zusammen mit deinem Gemahl für unser Volk einsetzt, statt ihn zu bekämpfen, nur weil er keiner von uns ist. Ich kann mich des Gedankens nicht erwehren, dass er die Vidari in einem ganz anderen Licht sähe, würdest du dein Wissen mit ihm teilen. Rilen ist ein Dummkopf, denn für ihn sind Krieg und Tod der einzige Weg. Dein Weg kann aussichtsreicher und wirkungsvoller sein.«

Sie dachte an ihr letztes Gespräch mit Graeme, daran, wie er sich über ihre Leute informiert hatte, über ihre Religion. Melene hatte ihr erzählt, er lese schon seit Wochen alles, was er darüber in die Hände bekäme, weil er verstehen wolle.

»Krieg ist nicht die einzige Antwort, meine Tochter«, sagte ihr Vater.

»Ach, Vater, glaubst du das wirklich?«, flüsterte sie und wagte kaum zu hoffen, dass er recht hatte.

»Ich bete darum.« Er gähnte schläfrig und machte es sich im Bett bequem. »Es tut mir leid, aber ich bin erschöpft.«

»Schon gut«, sagte sie, tätschelte seine Schulter und stand auf. »Ruh dich aus. Ich muss so oder so eine Weile nachdenken.«

Ihr Vater nickte. »Komm, und küss deinen Vater auf die Wange, ehe du davonläufst.«

Sie tat wie geheißen und verließ den Raum. Unterwegs musterte sie die Gesichter der Männer, die ihr begegneten. Bei allen vier Göttern, wie kam es nur, dass ihr nie aufgefallen war, wie viele Gardisten mit Helmen den Palast zu jeder Zeit bevölkerten? Rilen und seine Männer könnten gerade jetzt unter diesen Soldaten sein und ihre Ausrüstung zerstören oder das Brunnenwasser vergiften.

Aber wenn sie Graeme unterrichtete ... dann gäbe es kein Zurück mehr. Lieferte sie die Vidari aus, wäre sie für immer eine Verräterin.

ZWEIUNDVIERZIG

An diesem Morgen ergoss sich Sonnenschein auf den Boden unter den schweren Vorhängen in Seris Gemach. Nicht imstande, Schlaf zu finden, starrte sie den hellen Fleck an. Graeme war noch nicht zu Bett gegangen, und es wurde allmählich »spät«. Ihr Kopf ruhte auf dem Kissen, das immer noch vage nach ihm roch, nach seinem Haar, seiner fahlen, warmen Haut. Ihr Körper pulsierte vor Begierde, und ihre Beine bewegten sich rastlos unter der Decke.

Sie konnte ihn einfach nicht aus dem Kopf bekommen, ganz gleich, wie lange sie sich in dem weichen Bett von einer Seite zur anderen wälzte. Und die Worte ihres Vaters hallten in ihrem Geist nach. War es so falsch, den eigenen Gemahl zu begehren? War es so falsch, eine Prinzessin zu sein?

Glücklich zu sein mit dem Weg, der ihr bestimmt worden war?

Seri stand auf und schlüpfte in einen Morgenmantel aus fließender Seide, hielt sich den Kragen zu und ging zu der schweren Tür.

Der Gardist, der auf dem Gang Wache hielt, schrak hoch, als sie hinausblickte. »Kann ich Euch behilflich sein, Prinzessin?« Respektvoll berührte er seine Stirn. »Soll ich Eure Kammerzofe rufen?«

»Nein«, sagte sie ein wenig zu hastig, und sofort stieg ihr die Röte ins Gesicht. Wie sollte sie sich ausdrücken? Sie zauderte einen Moment und seufzte dann verlegen. »Ich suche meinen Gemahl.«

»Gewiss.« Der Gardist schien ihre Verlegenheit nicht zu bemerken. »Wenn Ihr mir folgen wollt, werde ich Euch zu ihm bringen.«

Sie zog den hohen Kragen des Morgenmantels noch etwas fester zu. »Danke.«

Die Gerüchteküche würde brodeln, aber das war ihr egal. Vor einer Tür am Ende des Gangs eine Treppe tiefer blieb der Gardist stehen. Zwei seiner Kameraden flankierten sie, was sie von allen anderen Türen in diesem Korridor unterschied. Dies war das königliche Domizil, kein Zweifel. Und es wirkte sonderbar vertraut auf sie. Den Grund dafür erkannte sie, kaum dass die Soldaten sie hatten passieren lassen.

Dies war ihr altes Gemach.

Von allen Gemächern des Schlosses hatte Graeme ausgerechnet ihres gewählt, um sich zur Ruhe zu begeben.

Sie nickte den Männern dankend zu und schloss die Tür von innen. Kein Diener hielt sich in dem Gemach auf, und die Vorhänge waren fest geschlossen. Der dicke Teppich dämpfte ihre Schritte, als sie zum Bett ging und die Umrisse ihres schlafenden Gemahls anstarrte.

Er lag auf der Decke. Seine Kleidung war verrutscht, der Kragen seines Hemds weit genug offen, um den Blick auf einen Teil seiner Brust freizugeben, und sein dichtes dunkles Haar bildete einen wilden Lockenkranz um seinen Kopf. Ihn so schutzlos vorzufinden, erschreckte sie. Hitze stieg in ihrem Inneren auf. Vorsichtig setzte sie sich auf den Rand des Betts und stellte ihre Kerze auf den Nachttisch.

Graeme erwachte augenblicklich. Sein harter Blick wich einem sanften Ausdruck, als er sie erkannte. Er stützte sich auf einen Ellbogen und rieb sich das Gesicht. »Seri? Was ist los?«

Sie holte tief Luft, betete, dass der Mut sie nicht verlassen möge, und öffnete den Würgegriff, mit dem sie den Kragen ihres Gewands umklammert hatte. Das schlüpfrige Material glitt über ihre Schultern und hinab zu ihren Hüften, sodass sie mit blankem Oberkörper vor ihm saß.

Sie hörte, wie er scharf die Luft einsog, während ihr der Atem stockte. Würde er zurückweisen, was sie ihm anzubieten hatte, während sie nur wenige Zoll von ihm entfernt saß, entblößt und ungeschützt? Endlose Minuten schienen zu vergehen, während sie seine Mimik studierte.

Endlich rollte er sich auf ihre Seite des Betts und setzte sich auf. »Tu das nicht.«

Dieses Mal hatte sie damit gerechnet, dass der Prinz sie höflich, doch mit kühlem Blick zurückweisen würde wie zuvor. Aber sie nahm auch eine heisere Note in seinem Ton wahr, die ihren Körper zum Vibrieren brachte, und als er nun versuchte, ihr den Morgenmantel wieder über die Schultern zu ziehen, neigte sie sich zu ihm, sodass seine Hand über ihre Brust glitt. »Das ist kein Almosen.«

Seine Finger zuckten, doch er hielt inne und schaute ihr in die Augen.

»Das ist eine Frau, die zu ihrem Gemahl kommt, weil sie ihn braucht. Graeme, ich will es.« Ihre Worte hingen zwischen ihnen in der Luft. Sie streichelte seinen Arm, glitt aufwärts zu seinem entblößten Hals, und ihre Finger tanzten über seine Kehle. Seine Augen wurden noch dunkler, fixierten ihren Hals, und sie spürte das Verlangen und den Hunger, den er empfand. »Ich will dich.«

»Warum?«, fragte er nur.

Erregung breitete sich in ihrem Inneren aus, und sie schob sich weiter auf das Bett und trat den Morgenmantel auf den Boden. Er wich vor ihrem nackten Körper zurück, aber sie wusste, sie hatte ihn. Sanft drückte sie seine Schultern nach hinten, bis er sich zurück auf das Bett fallen ließ. Dann beugte sie sich über ihn und vergrub die Finger in der Verschnürung seines Hemds.

»Spürst du das nicht?«, fragte sie. »Diese entsetzliche Sehnsucht, die mit jedem Moment, in dem wir nicht zusammen sind, schlimmer wird? Mir bereitet sie Qualen.« Sie küsste die weiche Haut an seiner Kehle. »Sie macht mich unruhig. Und ich weiß, die einzige Möglichkeit, sie zu lindern, ist, bei dir zu sein. Diese Macht, die uns zusammentreibt, macht es uns unmöglich, Frieden zu finden, wenn wir ihr nicht geben, was sie verlangt.« Sein Hemd öffnete sich und gab den Blick auf die vernarbte Brust frei. Sie zog den Stoff weiter zur Seite, um noch mehr Haut zu entblößen.

Er zögerte nur einen Moment, dann spürte sie, wie seine Hand über ihre Hüfte glitt, und Wohlbehagen ergriff Besitz von ihr. Ehe er noch irgendetwas sagen konnte, legte sie seine Hand auf ihre Brust und schwang ihr Bein über ihn, sodass sie rittlings über seinem Hosenbund saß.

Er zischte leise, seine Lippen öffneten sich, und seine Fangzähne wurden unter ihren Augen länger. Seine Finger streichelten ihre Nippel, und sie ließ die Hüften aufreizend über seinem Schoß kreisen.

Oh ja, das war es, was sie wollte. Was sie brauchte. »Ja«, stöhnte sie, und er stöhnte mit.

Dann lag sein Mund auf ihrem, und sie spürte das Kratzen seiner Zähne auf ihrer Zunge und ihren Lippen. »Du willst mich, Weib?«

Sie nickte, außer sich vor Begierde.

Ehe sie noch einen Gedanken fassen konnte, lagen seine Hände auf ihrem Hintern, und er drehte sich mit ihr, presste sie unter sich auf das Bett. Während er seine Hose abstreifte, streichelte sie seine nackte Brust, sehnte sich danach, ihn überall zu berühren. Dann lag sein Körper wieder auf ihrem, und sie schlang die Beine um seinen Unterleib und zog ihn noch fester an sich. *Ja. Ja. Ja.*

Vor dem Eindringen zögerte er, hielt Abstand. Sein Blick suchte ihre Augen. Seri wimmerte, als er sich nicht rührte.

Dann, endlich, stieß er in sie hinein. Seri schrie auf und klammerte sich an ihm fest. Seine schwere, wunderbare Wärme erschütterte sie zwischen den Beinen und trieb beide vor Lust beinahe in den Wahnsinn. Ihre Hände bewegten sich auf seinem Körper, und sie ermutigte ihn mit kurzen Küssen, mit ihren Fingernägeln, die sie über seinen Rücken zog, mit dem Wiegen ihres Beckens unter seinem.

Und noch während er sich in ihr bewegte, war es nicht genug. Sie brauchte mehr, sie brauchte die Verbindung, die sie wirklich zusammenbrachte, also zog sie sein Gesicht an ihre Wange, neigte ihren Kopf zur Seite, um ihm den Hals darzubieten, aber er wollte nicht trinken. Seine Fänge schrammten nur über ihre Kehle.

»Bitte, Graeme«, murmelte sie.

»Ich werde das nicht tun«, sagte er und stemmte sich von ihrem Hals weg. Stattdessen küsste er ihre Schulter. »Nur weil ich dazu gezwungen bin, musst du es nicht auch sein. Lass mich dich lieben, ohne dir meinen Fluch aufzubürden.«

»Aber es peinigt dich«, widersprach sie und umfasste sein Gesicht mit beiden Händen. »Ich kann deinen Schmerz spüren. Deinen Hunger.«

Ein gequälter Ausdruck trat in seine Augen. »Ich will nicht, dass du denkst, nur das wäre mir wichtig an dir.«

Und diese wunderbaren Worte zertrümmerten die harte Schale, in die Seri ihr Herz geschlossen hatte. »Das denke ich nicht«, sagte sie sanft und umfasste seinen Nacken. »Bitte, Graeme, koste von mir.«

Und mit einem letzten Stöhnen versenkte er seine Zähne in ihrem Hals.

Sie schrie auf, als sie kam, bog den Rücken durch unter dem Gefühl dieser unfassbaren Erleichterung, die sie überwältigte, dieser Befreiung von der endlosen Unruhe, die sie seit der Verlöbniszeremonie verspürte. Er brauchte nicht viel länger, dann explodierte auch er mit solcher Energie, nur um gleich darauf mit einem lauten Ächzen auf ihr zusammenzubrechen.

Und das Band zwischen ihnen vibrierte unter dem Einfluss intensiver Befriedigung.

»Also, was ist nun zwischen uns?«, fragte er und zeichnete mit dem Finger kleine Kreise auf ihre bloße Haut.

Sie nahm ihn in die Arme und zog ihn an sich. Gott, sie liebte es, ihn zu berühren und seinen starken, geschmeidigen Körper zu spüren. »Vorerst Waffenstillstand. Ich will nicht, dass wir Athonite und Vidari sind. Ich will auch nicht, dass wir Prinz und Prinzessin sind. Ich will, dass wir einfach nur wir sind.«

Ich will dich lieben und von dir geliebt werden.

Er küsste ihren Hals und schlang seine Beine um ihre. »Ich glaube, das kriege ich hin. Aber ... du musst wissen, dass Graeme verrückt nach seiner Frau ist. Er könnte dich die ganze Nacht im Bett festhalten, statt Zeit bei Hofe zu verbringen.«

Lachend schmiegte sie sich an ihn. Zum ersten Mal seit langer Zeit fühlte sie sich unbelastet und ... glücklich. Froh. War er wirklich verrückt nach ihr? Bei dem Gedanken klopfte ihr das Herz vor Aufregung bis zum Hals.

»Die ganze Nacht im Bett?«, fragte sie lächelnd. »Ich glaube, das würde seiner Frau gefallen.«

DREIUNDVIERZIG

»Das ist doch verrückt«, zog Seri Graeme auf, als sie in die Kutsche stieg.

»Was denn, gnädige Frau, machen deine Leute keine nächtlichen Picknicks?«

Sie kicherte. »Zu dieser Stunde liegen alle anständigen Vidari in ihren Betten.«

Graeme grinste. »Komisch. Ist dir noch nicht aufgefallen, wie heiß es bei Tag wird?«

Sie schlug nach ihm, als er sich neben sie in die Kutsche setzte. Es schien ihr albern, ein Pferdefuhrwerk zu nehmen, doch obwohl Seri schon seit drei Wochen wieder auf den Beinen war, ging Graeme extrem vorsichtig mit ihr um. Ihre Spaziergänge hatten kurz zu sein, ihre Speisen vorgekostet, und sie durfte keiner wie auch immer gearteten Belastung ausgesetzt werden. Eigentlich müsste es ihr lästig sein, aber das war es nicht; stattdessen genoss sie die Aufmerksamkeit sogar.

Die Kutsche setzte sich in Bewegung, und Graeme verschränkte seine Finger mit ihren. Während der letzten paar Wochen hatten sie vorsichtig Frieden geschlossen und sich mit ihrer Ehe angefreundet. Und Seri versuchte, sich an ihr neues Leben zu gewöhnen.

Bei Tage schlief sie, bei Nacht war sie eine Prinzessin vom Blute und Graemes neue Gemahlin. Mit ihm nahm sie an endlosen Festen teil – endlosen Festen zur Feier ihrer von der Göttin gesegneten

Beziehung. Mit ihm ritt sie aus, erkundete das Land und besuchte wichtige Edelleute. Mit ihm saß sie im Gerichtssaal, wenn der Gerechtigkeit gedient werden musste. Und wenn der letzte Ball zur Feier ihrer Vermählung erst vorüber wäre, dann würden sie endlich unter sich sein. Keine Galas mehr. Keine täglichen Gebetsstunden mit den Priestern der Göttin. Nur noch Seri und Graeme, die über das Land herrschten.

Darauf freute sie sich, auch wenn das Leben zweifellos noch viele Hürden bereithielt.

Niemand wusste so recht, was er mit einer Eterna anfangen sollte, die eine Vidari war. Selbst die Bewohner aus der Stadt, die ständig auf Vidari trafen, starrten sie an, als fürchteten sie, sie könne beißen. Auch Seri selbst hatte immer noch damit zu kämpfen. Sie war keine Athonitin und würde niemals ihre Wurzeln vergessen, ihr Volk. Aber wenn Graeme sie zu Bett brachte und sie so liebevoll umfangen hielt? Da war es schwer zu rebellieren.

Sie war hin- und hergerissen. Endlos hin- und hergerissen. Und während sie sich ganz allmählich in ihrem neuen Leben einrichtete, war das schlechte Gewissen ihr ständiger Begleiter. Ein schlechtes Gewissen, weil sie Graeme Rilens Pläne vorenthielt. Ein schlechtes Gewissen, weil sie ihm davon erzählen wollte.

Und auch jetzt hatte sie ein schlechtes Gewissen, einfach nur, weil sie einen angenehmen Ausflug unternahm. Graemes Finger spannten sich um ihre. Zweifellos spürte er ihre innere Unruhe.

Die Kutsche hielt nicht weit von den Klippen, die sie aufsuchen wollten. Diener mit Laternen und Körben voller Essen schwärmten über die Anhöhe. Idalla legte eine Decke mit ein paar Kissen für sie bereit, während Zaiya darauf wartete, die Speisen vorzukosten. Eine weitere Decke wurde gleich neben ihrer für Josdi und ihren Vater ausgebreitet.

Die Laternen wurden entzündet, und Seri setzte sich und sah

lächelnd zu, wie Josdi es sich mit ihrem Nähzeug im Schoß inmitten der Kissen bequem machte. Vater saß neben ihr, und Viktor huschte davon, um ihnen Speisen und Getränke zu bringen. Die Nachtluft war kühl, der Himmel klar, und Mond und Sterne funkelten hell über ihnen. Die Klippe vor ihnen war steil, und in der Ferne konnten sie die winzigen, blinkenden Lichter von Vidara-Stadt und die Rauchwolken aus den Schornsteinen der Bewohner sehen, die sich gerade zu Bett begaben. »Das ist wundervoll«, gestand sie.

»Ja, das ist es.«

Als sie sich zu Graeme umdrehte, ertappte sie ihn dabei, wie er sie musterte. Hitze erfasste sie, und Seri fummelte am Saum ihrer Tunika herum, bemüht, ihr Lächeln zu unterdrücken. Die körperliche Seite ihrer Beziehung war außerordentlich befriedigend, und ihr wurde bewusst, dass sie sich schon wieder auf die verstohlenen Momente mit Graeme freute, auf Küsse zwischen offiziellen Anlässen.

»Bist du hungrig?«, fragte er und ließ sich zu ihr auf die Decke nieder.

Ihre Mundwinkel zuckten amüsiert, als er seinen Kopf in ihren Schoß legte, und sie griff den nicht allzu feinen Hinweis auf und fing an, mit seinem Haar zu spielen. »Noch nicht. Erst einmal möchte ich eine Weile die Aussicht genießen.«

»Mmm.«

»Also, was machen Athoniten bei diesen nächtlichen Picknicks?«

»Ich glaube, das ist die Stelle, an der ich ein paar Gedichte rezitieren und Loblieder auf deine Schönheit singen sollte.«

»Ach? Dann dürfen wir uns wohl schon freuen?«, stichelte sie und konnte nicht aufhören, ihn zu berühren, folgte mit den Fingern seinem markanten Kinn. Auf der anderen Decke lachte Josdi leise, und Vater grinste zufrieden.

»Du hast mich offensichtlich noch nicht singen gehört«, entgegnete Graeme. »Das ist eher eine Folter.« Als sie kicherte, blickte er auf. »Eigentlich dachte ich, wir könnten uns einfach unterhalten.«

»Unterhalten klingt gut.«

Er nickte und strich mit seinen Fingern über ihre, die sie in seinen Locken vergraben hatte. »Ich habe heute ein Gesetz außer Kraft gesetzt.«

»So?«, fragte sie leise.

»Das, laut dem Vidari dreimal so viel Steuern bezahlen sollen wie Athoniten. Ich sehe keinen Unterschied zwischen Vidari und Athoniten, sie sind alle Bürger dieses Landes, wie wir alle ein Teil des Athonitenreichs sind.«

»Habt Ihr das schon verkündet?«, fragte Seris Vater. »Ich kann mir vorstellen, dass die Vidari diese Neuigkeit sehr begrüßen werden.«

»Ja, ich habe früher am Tag einen Boten ausgeschickt. Mein Vater wird mir zweifellos ein wütendes Schreiben zukommen lassen«, bemerkte er.

Sorge regte sich in ihr. Sein Ton war gelassen, aber sie konnte eine Spur von Unbehagen in ihm wahrnehmen. Sie strich weiter durch sein dichtes schwarzes Haar. »Und wird er das Gesetz wieder in Kraft setzen?«

»Nein. Mein Vater hat mir Vidara überlassen, als ich mündig wurde. Auch wenn mein offizieller Titel Prinz lautet, bin ich hier der König. Öffentlich wird er sich nicht dazu äußern. Privat wird er mir erklären, dass ich mit der Hose denke.«

»Hast du das Gesetz meinetwegen geändert oder weil du es für ungerecht hältst?«

»Kann es nicht beides sein?«, fragte er und runzelte die Stirn.

»Kann es«, stimmte Seri zu. Aber so einfach war es nicht. Denn selbst wenn sie Graeme nähergekommen war, fühlte es sich jedes

Mal, wenn sie sich ihm hingab, wie ein Verrat an, beinahe, als hätte sie sich kaufen lassen.

»Nun, ich zumindest denke, das ist ein Schritt in Richtung Frieden.« Seris Vater bedachte sie mit einem bedeutungsschweren Blick, als wollte er sie ermutigen, Graemes freundliche Geste anzunehmen.

»Ich möchte, dass du mir hilfst, Seri«, sagte er, setzte sich auf und wies auf ihre Familie. »Ich möchte, dass ihr *alle* mir helft. Ich möchte verstehen, und ich möchte dies zu einem besseren Ort für euer Volk machen. In der Hoffnung, dass das die Spannungen lindern kann.« Graemes Miene verfinsterte sich. »Es gibt Gerede. Irgendetwas ist im Busch, auch wenn ich keine Informationen darüber habe, was es ist.«

Seri wusste genau, was im Busch war. Rebellion. Aufruhr. Schuldbewusst und hilfesuchend sah sie sich zu ihrem Vater um. Als sie seinen traurigen Gesichtsausdruck sah, wusste sie, dass er das Gleiche dachte wie sie – Menschen, die sie kannten, würden sterben. Aber was konnten sie tun? Selbst wenn sie Graeme von Rilens Plänen erzählte, würden die Vidari dennoch kämpfen. Und die Athoniten würden sich umso mehr gegen sie rüsten. Sie konnte nur verlieren.

Redete sie, lieferte sie den Athoniten einen Vorteil und zog sie ihrem Volk vor.

Redete sie nicht, half sie den Vidari, denn der wesentliche Punkt in ihrem Plan war das Überraschungsmoment.

Unbehagliches Schweigen kehrte ein, und Seri wechselte einen weiteren besorgten Blick mit ihrem Vater.

»Wisst ihr, was komisch ist«, sagte Josdi, der die gespannte Stimmung entgangen war, plötzlich mit vergnügter Stimme. »Kürzlich bin ich durch die Gänge des Schlosses gegangen und hätte schwören können, dass ich Rilens Stimme gehört habe.«

Seri erstarrte. War es möglich, dass die Rebellion bereits begonnen hatte?

»Du musst dich irren, Liebes«, sagte Vater und gab Josdi ein Stück blauen Stoffs für ihr Kissen. »Du weißt doch, wir drei sind die einzigen Vidari im Schloss.«

»Natürlich. Ich kann mich auch verhört haben.« Josdi schenkte ihm ein scheues Lächeln.

Seri, deren Gedanken wieder einen düsteren Gang nahmen, seufzte. »Können wir bitte über etwas anderes reden, Graeme?«

»Sollen wir dann vielleicht über den Ball sprechen?«, fragte er leichthin, doch in ihrer Verbindung vibrierte immer noch die Anspannung.

Seri ächzte. »Das ist der letzte, oder?«

»Ja. Die Feierlichkeiten anlässlich unserer Vereinigung enden morgen Nacht«, bestätigte Graeme.

»Was für ein Brimborium, all diese Feierlichkeiten. Als Vidari hat man es leichter«, konstatierte Vater. »Werdet ihr zwei auch noch die Handfeste nach Vidariart eingehen?«

Seri blinzelte verdattert. Daran hatte sie kaum einen Gedanken verschwendet. Eine verbindliche Vereinigung war eine verbindliche Vereinigung, oder etwa nicht?

»Das ist allein die Entscheidung meiner Gemahlin«, verkündete Graeme. So gelassen seine Worte fielen, Seri konnte eine Woge der Sehnsucht und der Besitzgier spüren. Wollte er, dass sie ihn auf Vidariart für sich beanspruchte? Ihre Hände zuckten in ihrem Schoß, und als sie sich Graeme mit einem Blumenkranz auf dem Kopf vorstellte, wie er seinen kostbaren Saum an ihren nähte und sie dann leidenschaftlich im strahlenden Sonnenschein küsste …

Aber dergleichen würde es für sie nicht geben, nicht wahr? Graeme konnte sich niemals der Sonne aussetzen. Die Blumen blühten nicht zu dieser Jahreszeit. Und Graeme glaubte nicht einmal an ihre Götter.

Graemes höfliches Lächeln kehrte zurück, und er schnippte einen imaginären Fussel von seiner Tunika. »Wir müssen keine Vidarizeremonie durchführen, wenn dir das nicht gefällt, Seri.«

Wieder wurde sie von Schuldgefühlen überwältigt. Sie spürte seine Traurigkeit; er dachte, sie wolle ihn nicht, dabei hatte sie nur Angst davor, wie sehr sie ihn wollte. »Das ist es nicht.«

Sowohl Vater als auch Josdi waren in Schweigen verfallen und hatten sich rücksichtsvoll abgewandt.

Graeme nahm Seris Hand in seine. Ein schwaches Lächeln umspielte seine Lippen, dann drückte er ihr einen Kuss auf das Handgelenk. »Meine Gemahlin, ich weiß, du hast dir dein Schicksal nicht ausgesucht. Du musst dich nicht äußern. Ich werde dich nicht drängen.«

Sie umfasste seine Hand, ehe er sie loslassen konnte. »Warte. Bitte.« Schüchtern griff sie nach dem Saum seiner Tunika. »Wir haben keine Blumen für die Kränze, aber wir können den Rest der Zeremonie abhalten.«

Josdi quietschte vergnügt. »Jetzt?«

»Jetzt«, bekräftigte Seri und blickte Graeme standhaft in die Augen, in denen sich im Mondschein reine Freude spiegelte, während sich auf seinen Lippen ein Grinsen abzeichnete. Ihre Knie wurden weich. Bei den vier Göttern, dieser Mann konnte sie mit einem Blick vernichten. »Darf ich mir dein Nähzeug leihen, Josdi?«

Josdi nickte eifrig. Augenblicke später saß Seri mit Nadel und Faden neben Graeme auf der Decke und griff mit zitternden Fingern nach seinem Saum. »Normalerweise stehen wir vor dem ganzen Dorf und rezitieren die heiligen Worte.«

»Es macht mir nichts, dass nur unsere Familie hier ist«, sagte Graeme milde.

Seri drehte sich zu ihrem Vater und Josdi um. Graeme erkannte die beiden als Teil der Familie an? Ihr Vater lächelte erfreut, und Josdi strahlte vor Begeisterung über das ganze Gesicht.

»Wenn du ganz sicher bist«, fing sie an.

»Bin ich. Wir wissen, was es bedeutet. Die Götter wissen, was es bedeutet.«

Nun schnappte sie nach Luft. Er erkannte ihre Götter an? Eine Woge der Liebe spülte über sie hinweg, und sie strahlte ihn an und hoffte, dass er es auch spürte. Dann senkte sie den Kopf und fing an, die Säume ihrer Tuniken zusammenzunähen.

Es waren nur ein paar zeremonielle Stiche – es ging dabei vor allem um die Symbolik. Während sie nähte, sprach sie die Worte, mit denen sie aufgewachsen war und die sie Hunderte von Malen gehört hatte. »Göttin Kasla, Herrin der Wiedergeburt, schau auf unsere Vereinigung, und schenke uns dein Lächeln. Ich nehme diesen Mann zu meinem Gemahl, und gemeinsam werden wir ein Heim zu deinen Ehren errichten.«

Dann gab sie ihm die Nadel.

Er nahm sie, und schon die kurze Berührung ihrer Finger jagte ihr Schockwellen purer Wonne durch den Leib. »Was muss ich sagen?«

»Sprich einfach ein Gebet aus tiefstem Herzen für deine Göttin, und nähe deine Tunika an meine«, schlug Seri vor.

Er nickte und stach die Nadel in den edlen Stoff. Sie ruinierten ihre kostbaren Tuniken, aber sie empfand kein Bedauern. »Göttin«, murmelte er. »Danke, dass du mir diese Frau als meine Eterna geschickt hast. Ich gelobe, sie für immer zu lieben und zu schätzen, unbeeinträchtigt von jenen, die sich zwischen uns stellen wollen.«

Ach, ihr Götter. So schöne Worte. Sie wartete, und die Tränen traten ihr in die Augen, während er sorgsam ihre Säume zusammenfügte. Anschließend hielt er die Nadel hoch. »Was nun, Liebste?«

»Nun küssen wir uns«, sagte sie und zitterte vor Aufregung.

»Ich glaube, das ist meine Lieblingsstelle«, kommentierte er und zog sie zu einem langen, ruhigen Kuss in seine Arme, der sie in Staunen versetzte.

Ihr Vater und Josdi jubelten, und Idalla fing an zu klatschen. Errötend löste sich Seri von Graeme und sah, dass Viktor und die Dienstboten um sie herum anerkennend grinsten. Das jedoch war kein Anlass, um verlegen zu sein.

Graeme strich mit dem Daumen über ihre Lippen. »Ich habe ein Geschenk für dich, meine Gemahlin.«

»Wirklich?« Immer noch benommen von dem Kuss, blickte sie auf. »Das gehört nicht zu unserer Zeremonie. Wir haben gewöhnlich nicht viel zu geben ...«

Er schüttelte den Kopf. »Das ist kein Teil irgendeiner Zeremonie. Ich wollte nur, dass du es bekommst.« Er wollte aufstehen und wurde von den zusammengenähten Säumen aufgehalten. Lachend streckte er die Hand nach ihr aus. »Begleitest du mich?«

Seri nickte mit rasant pochendem Herzen, biss den Faden durch, um die Nadel abzunehmen, stach sie in das Nadelkissen und legte es zurück in Josdis Korb. Dann ließ sie sich von ihrem Gemahl über das Feld zur Kutsche führen. Dort zog er eine Truhe unter einem der Sitze hervor und reichte ihr eine mit Schnitzereien verzierte hölzerne Schatulle.

»Die ist wunderschön.« Mit den Fingern strich sie über die Maserung. »Vielen Dank.«

Er schmunzelte. »Das Geschenk ist darinnen.«

»Oh.« Nervös öffnete sie den kleinen Kasten und schaute hinein. Sogleich entfleuchte ihr ein ersticktes Keuchen. Es war ein Kamm für ihre Haare, mit Juwelen besetzt, kunstvoll mit Saphiren, Rubinen und Gold verziert. Vier Symbole waren in das Metall eingearbeitet worden, eines für jeden der vier Götter der Vidari.

Sie berührte ihn mit den Fingerspitzen, schaute dann Graeme an und schenkte ihm ein strahlendes Lächeln. »Er ist wundervoll.«

»Ich wollte, dass du bei dem letzten zeremoniellen Ball etwas ganz Besonderes tragen kannst, etwas, das zu dir passt«, erklärte er. »Gefällt er dir?«

»Ich liebe ihn«, antwortete sie wahrheitsgemäß, auch wenn sie bei dem Anblick schon wieder das schlechte Gewissen plagte. Sie musste daran denken, dass dieser Kamm eine ganze Vidarigemeinde ein Annum lang ernähren könnte. Sie musste daran denken, dass sie ihm die Information über die bevorstehende Rebellion vorenthielt, eine Rebellion, die alle vernichten konnte, die ihr am Herzen lagen – Vidari und Athoniten gleichermaßen.

Sie hatte Rilen versprochen, es nicht zu erzählen, aber was würde geschehen, sollte Graeme herausfinden, dass sie solch ein Geheimnis hütete? Würde er wütend sein, oder würde er verstehen?

Seri schaute sich zu Vater und Josdi um. Viktor war bei ihnen und bückte sich zu Josdi hinab, um ihr einen Becher Wein anzubieten, während sie fröhlich plapperte. Ihr Vater, der an einem Stück Obst knabberte und seine jüngere Tochter beaufsichtigte, sah zufrieden und gesund aus. Graeme hatte das ermöglicht, er hatte ihre Familie gerettet. Heiße Tränen brannten in ihren Augen.

Rilen hatte ihre Familie in seinem Befreiungseifer völlig vergessen. Graeme, der als Prinz Dutzende von Verpflichtungen hatte, der von so viel höherem Stand war als sie, hatte sich die Zeit genommen und sie in seinem Schloss willkommen geheißen. Er war die Handfeste mit ihr eingegangen und hatte ihren Göttern Respekt erwiesen.

Vielleicht musste Seri am Ende gar nicht wählen. Vielleicht musste sie nur ihrem Gemahl Vertrauen entgegenbringen und hoffen, dass er ihr helfen konnte, einen Weg zu finden, die Menschen zu retten, an denen ihr Herz hing.

Sie küsste den Prinzen. »Graeme?«

»Ja?«

»Ich muss dir etwas sagen.« Ihr Magen verkrampfte sich vor Angst, und sie schickte ein kurzes Gebet an die Götter. Und dann erzählte sie Graeme alles, was sie wusste.

VIERUNDVIERZIG

Seri ging in ihrem Schlafgemach auf und ab, die Hände fest in die Seiten gestemmt. Vielleicht hatte sie einen Fehler begangen, als sie die Rebellion der Vidari aufgedeckt hatte. Sie hatte ihm wirklich alles erzählt, was ihr im Gedächtnis geblieben war. Graeme jedoch hatte nur geschwiegen. Das Picknick war umgehend beendet worden, die Fahrt zurück schweigend verlaufen. Anschließend hatte sich Graeme mit seinen Beratern zurückgezogen, und seither waren Stunden dahingegangen. Bald würde die Dämmerung heraufziehen, und er brauchte Schlaf. Und wenn sie wieder erwachten, wäre die Zeit für den letzten Ball gekommen.

Vor ihrer Frisierkommode, auf der die hölzerne Schatulle stand, die er ihr geschenkt hatte, hielt sie inne. Sie öffnete das Kästchen und berührte kurz die Symbole der einzelnen Götter. Dieses Geschenk war mit Bedacht gewählt. Er wollte, dass sie etwas trug, das all den adligen Athoniten verdeutlichte, dass sie Vidari war. Dass sie ihre Prinzessin war, aber auch ein Teil ihres eigenen Volkes.

Sie hielt die Warterei keinen Moment länger aus. Rasch warf sie sich ihren Morgenmantel über und gürtete ihn an der Taille, ehe sie die Tür ihres Schlafgemachs öffnete. Wenn er nicht zu ihr kam, würde sie eben zu ihm gehen. Sie mussten reden – und planen. Sie war all die Kämpfe und die Sabotageakte so leid.

Als sie den Kopf zur Tür hinausstreckte, verbeugte sich der dort stationierte Gardist.

Sie nickte ihm zu. »Hast du meinen Gemahl gesehen?«

»Nein, Prinzessin. Soll ich ihn suchen?«

»Nein, schon gut, das mache ich selbst.« Sie eilte den Gang hinunter. Wo mochte Graeme sich aufhalten? Im Studierzimmer? In der Kapelle?

Das Schloss wirkte beinahe verlassen, ihr begegneten nur ein paar gähnende Gardisten, die sich jedoch eifrig verbeugten, als sie vorbeifegte. Graeme war an keinem der üblichen Orte. Als sie ihn auch in seinem Studierzimmer nicht antraf, begann sie, sich Sorgen zu machen. Auf dem Rückweg zu ihren Gemächern sah sie eine Dienerin in roter Uniform, die ihr unbekannt war. Die Frau trug ein Tablett mit Wein und schwatzte mit einer der grau gekleideten Zofen. Der Wein erinnerte sie daran, dass die Dynasten ihn gern dann tranken, wenn die gesellschaftlichen Bedingungen den Trunk aus einem Hals als unhöflich erscheinen ließen. Sie sprach die Frau in Rot an: »Wohin bringst du das?«

Die Dienstbotin verbeugte sich. »Zum Thronsaal, Prinzessin«, sagte die Fremde und starrte Seri aus geweiteten Augen an.

Zum Thronsaal? Was wollte er da? Sie machte kehrt und ging den beiden Bediensteten voran. Der Thronsaal diente auch als Ballsaal und sollte derzeit geschlossen sein, damit die Dienstboten ihn für die bevorstehende Festlichkeit schmücken konnten. Sie hatte endlose Ketten von Seidenblumen und Girlanden gesehen, die den Raum zieren sollten, alle im heiligen Gelbton der Göttin gehalten. Banner mussten aufgehängt und die Böden auf Hochglanz poliert werden. Wie rücksichtslos, dass er dort drin war, wenn es doch so viel Arbeit zu tun gab, und …

Als sie die Tür aufstieß, vertrieb das, was sie vor sich sah, diesen Gedanken gleich wieder aus ihrem Kopf.

Graeme war nicht allein. Er saß auf dem Thron. Seris Thron war entfernt worden. Bei diesem Anblick wollte ihr das Herz stehenbleiben. Ein Dutzend weiterer Männer war in dem Saal, einer davon kauerte auf einem Knie vor dem Prinzen. Anhand ihrer Kleider erkannte sie, dass es sich um Berater, den neuen Wesir und mehrere Priester handelte. Als sie sich nun wie ein Mann umdrehten und sie anblickten, fiel ihr auf, dass der Mann, der ganz vorn stand, das gleiche dunkle Wams trug wie Graeme vor einigen Stunden, und…

Oh.

Sie starrte den Mann auf dem Thron an, und nun sah sie, dass das Haar des Mannes, der sie mit einem amüsierten Lächeln auf den verkniffenen Lippen musterte, länger war.

Der König. Ihre Augen wurden riesengroß. Hier stand sie nun vor all diesen Männern in ihrem Morgenmantel und mit offenem Haar, und der König war unter ihnen. König Lucan von Athon. Graemes Vater. Sie warf dem Prinzen, der an ihre Seite eilte, einen hilflosen Blick zu.

»Mein Vater ist rechtzeitig für den letzten Ball eingetroffen«, murmelte er.

Der König neigte den Kopf zur Seite und studierte Seri, als Graeme sie zu ihm geleitete. »Verbeugt sie sich nicht?« Seine Stimme klang schärfer als die von Graeme, lebensüberdrüssiger.

»Das widerspricht ihrer Religion, mein König. Ich werde es nicht von ihr fordern.«

Der König bedachte Seri und Graeme mit einem schmallippigen Lächeln. »Gewiss.« Er betrachtete sie noch einen Moment länger, und ihr schlug das Herz bis zum Hals. Dies war der Mann, der die Vidari besiegt und so viele ihrer Leute niedergemetzelt hatte. Dies war der grausame Diktator und der Vater ihres Gemahls.

Der keinen Tag älter aussah als sein Sohn, was sie als zutiefst beunruhigend empfand.

»Mir war nicht bewusst, dass Ihr herkommen würdet«, sagte

Seri tapfer und reckte das Kinn vor, als der König sie weiter aus zusammengekniffenen Augen anstarrte.

»Offensichtlich«, gab der König desinteressiert zurück. »Ich fürchte, ich wäre in der Tat nicht hier, hätte ich nicht schlimme Neuigkeiten zu überbringen.«

Besorgt schaute sie sich zu Graeme um. Seine Miene war angespannt, und sie spürte seine Traurigkeit. Spontan ergriff sie seine Hand, um ihm Kraft zu geben.

»Mein Bruder ist tot«, sagte Graeme.

Seri keuchte auf. »Was? Wie?«

»Wie begegnen jene vom Blute ihrem Schicksal? Er ist einem Verbrechen zum Opfer gefallen.« Die Stimme des Königs war schneidend vor Zorn. »Und nun scheint es, als hätte ich ein größeres Problem, denn mir bleibt nur ein Sohn. Dieser Sohn.« Herablassend zeigte er auf Graeme.

Seri verkniff sich eine wütende Entgegnung. Dies war nicht die Reaktion eines Mannes, der unter dem Tod seines Sohnes litt. Er klang verärgert, dass ihm nur Graeme geblieben war, nicht traurig, dass einer seiner Söhne zu Tode gekommen war. Wie konnte ein Vater nur so grausam und gefühllos sein?

»Was mich zum Grund meiner Anwesenheit bringt«, fuhr König Lucan fort. »Mit meinem verbliebenen Sohn zu sprechen. Was ich gerade tun wollte, bevor wir so rüde unterbrochen wurden.«

Sie spürte, dass Graeme neben ihr förmlich erstarrte. »Seri ist meine Gemahlin und die Prinzessin«, stellte er fest, legte ihr den Arm um die Taille und zog sie an sich. »Es gibt nichts, was in Gegenwart der Berater ausgesprochen werden kann, das sie nicht auch hören darf.«

»Welch unfehlbare Loyalität«, bemerkte der König sarkastisch. Erneut plagten Seri Schuldgefühle. Wusste er, was sie Graeme vorenthalten hatte? Oder hatte er diese Worte aus heiterem Himmel gewählt? »Nun gut.« Der König beugte sich auf dem Thron vor und nickte seinem Sohn zu. »Da du nun mein einziger Erbe bist, bin ich zu dem Schluss gekommen, es könnte für das Königreich nutzbringender sein, würdest du eine strategische Heirat eingehen.«

Leises Gemurmel ging durch den Raum. Seri spürte Rage in Graeme aufflackern und hielt sich an ihm fest, ohne so recht zu wissen, was sie mit den Worten des Königs anzufangen hatte.

»Ich bin bereits vermählt, Vater.« Graeme bebte vor Zorn, doch er sprach in kühlem, distanziertem Ton. »Schon morgen findet der letzte Ball zur Feier unserer Vermählung statt.«

»Was nur heißt, dass ich gerade rechtzeitig eingetroffen bin.« König Lucan trommelte mit den Fingern auf der Armlehne des Throns herum. »Du kannst das wilde Mädchen immer noch wegschicken und eine Athonitin ehelichen, die geeignet ist, eine wahre Königin zu werden.«

Seri schluckte ihren Wutschrei hinunter. Sie würde dem König nicht die Befriedigung geben, ihm zu zeigen, wie gekränkt sie war. Zugleich spürte sie deutlich, wie Graeme schäumte, auch wenn er seine Haltung wahrte. »Das kannst du nicht tun, Vater. Die Göttin hat sie auserwählt.«

»Ach, aber ich bin der König«, entgegnete Lucan und beugte sich auf dem Thron vor. »Ich kann tun, was immer ich will, und du hast keine andere Wahl, als dich meinen Wünschen zu beugen.«

FÜNFUNDVIERZIG

Zitternd saß Seri vor ihrem Toilettentisch, dessen Spiegel ihr eine Dame in feinem Staat zeigte, während Idalla sie frisierte. Ihr silbernes Kleid war mit goldenen Fäden durchwirkt. Acht Lagen Unterröcke schlossen sich an das mit Juwelen bestickte Leibchen an. Der gerüschte Kragen, dessen Stoff sich um ihren Hals herum auffächerte, war erstickend hoch und strotzte noch mehr vor Edelsteinen. Idalla flocht Perlenketten und winzige Zöpfe in Seris goldenes Haar und schmückte es zum Abschluss mit dem Kamm, den Graeme Seri als Zeichen seiner Liebe geschenkt hatte.

Heute Abend würde sie erfahren, ob ihr Gemahl sie zugunsten einer adligen Athonitin davonjagte, wie es der König von ihm verlangt hatte, oder ob sie seine Frau bleiben würde. Sie hatte die Vidari verraten und den Athoniten von ihren Plänen erzählt. Sie hatte den Prinzen nicht getötet. Sie hatte die Rebellion nicht unterstützt.

Und nun würde ihr Gemahl sie womöglich fortschicken, um eine andere zu ehelichen.

Graeme hatte sich dem König energisch widersetzt. Noch jetzt schauderte sie, wenn sie an den Zorn dachte, der ihn ergriffen hatte. Die Göttin hatte ihre Wahl getroffen, so hatte Graeme argumentiert. Sie hatte entschieden, und sie hatten sich vermählt, wie es ihre Pflicht war. Aber der König beharrte darauf, dass die Dinge sich geändert hätten. Nun, da Graeme der einzige Anwärter auf den Thron von Athon und all seine Lande war, konnte er sich nicht länger an eine religiös begründete Ehe »vergeuden«, nicht, wenn eine geeignetere Vermählung, die der Krone Ländereien und Geld eintragen würde, doch so viel angesehener wäre.

Und er hatte vorgeschlagen, Graeme möge Lady Mila de Vray als seine neue Frau erwählen. Sie war reich. Sie war geeignet. Aber er dürfe Seri als »Futtertrog« behalten.

Diese Vorstellung hatte Seri aus dem Gleichgewicht gebracht. Graeme hatte sie mit einem Kuss auf die Stirn und dem Versprechen, er bringe das alles in Ordnung, weggeschickt, doch als der Tag voranschritt, ohne dass Graeme sich blicken ließ, wurde ihr bang zumute.

Was, wenn sein Vater ihn überzeugt hatte, Lady Mila zu heiraten? Was, wenn er Seris Halbwahrheiten leid war?

Wieder einmal war ihr ganzes Leben in einem kurzen Moment auf den Kopf gestellt worden, und sie hatte keine Ahnung, was sie tun sollte.

»Ihr seid wunderschön, gnädige Frau«, sagte Idalla sanft, als sie den Kamm in Seris Haar feststeckte.

»Danke«, flüsterte Seri. Das Herz tat ihr weh. Sie hatte all das nicht gewollt, hatte sich so sehr dagegen gewehrt, und doch war die Vorstellung, Graeme aufzugeben, nun so ... quälend. Sie schmerzte so sehr, dass sie kaum atmen konnte.

»Braucht Ihr noch etwas?«, fragte Idalla gut gelaunt. Sie wusste nicht, dass der Ball für Seri eine unerfreuliche Wendung nehmen könnte, also freute sie sich einfach für ihre Herrin.

»Nur einen Moment für mich allein, denke ich«, entgegnete Seri und rang sich ein Lächeln ab. »Ich würde gern beten.«

»Gewiss, gnädige Frau. Gebt mir nur Bescheid, wenn Ihr bereit seid, zum Ball zu gehen«, sagte Idalla, huschte hinaus und schloss die Tür hinter sich.

Unglücklich betrachtete Seri ihr Spiegelbild. Würde sie morgen um diese Zeit noch aussehen wie eine Prinzessin? Oder wie eine abgelegte Liebhaberin? Bei dem Gedanken krampfte sich in ihr alles zusammen. Sollte er sie zu kaum mehr als einem Trinkgefäß herabwürdigen, dann würde sie gehen.

Sie nagte an ihrer Lippe, fest entschlossen, nicht aus purer Angst, Graeme zu verlieren, in Tränen auszubrechen. Was immer heute Abend geschah, sie würde stark sein und ihr Volk mit Stolz vertreten. Falls Graeme beschloss, sie nicht zu behalten … nun, dann war immer noch Zeit genug, um sich darüber den Kopf zu zerbrechen.

Hinter ihr wurde die Tür geöffnet, und sie wischte sich hastig die Tränen aus den Augen. »Idalla, ich bin noch nicht …«

Schnell wurde die Tür wieder geschlossen, und sie sah einen Gardisten im Spiegel hinter sich stehen, dessen rote Uniform vor den Schatten im Hintergrund aufleuchtete. Ihr Herz pochte vor Besorgnis, doch dann weiteten sich ihre Augen, und sie keuchte auf. »Rilen, was machst du hier?«

Er trat näher. »Hast du gehört, Seri? Der König ist hier. Wir können zwei Fliegen mit einer Klappe schlagen!«

Oh nein. »Wir werden heute Nacht gar nichts tun, Rilen.« Seri schüttelte den Kopf und verschränkte die Arme vor der Brust. »Das muss aufhören.«

Er packte ihre Arme so fest, dass sich die Juwelen auf ihrem Kleid in ihre Haut bohrten. In seinen Augen leuchtete eine ruchlose Freude. »Jetzt geht es richtig los, Seri. Die Warterei hat ein Ende. Unsere Leute sind bereit. Gerade jetzt schwärmen sie wie Ratten durch das Schloss, um alles niederzureißen.« Er grinste. »Es wird wunderbar sein, dem Untergang des Königreichs der Athoniten beizuwohnen.«

Sie durfte Rilen nicht zeigen, wie sehr seine Worte sie erschütterten, also zwang sie sich, in einem gelösten Ton zu sprechen, widerstand dem Drang, sich seinem Griff zu entziehen. »Ein Mann kann gegen all die Gardisten der Athoniten nichts ausrichten, Rilen. Sei vernünftig.«

»Ah, aber während du dich mit unserem Eroberer hier im Schloss verkrochen hast, war ich fleißig. Nicht nur einer von uns ist hier, Seri, sondern Hunderte, bewaffnet mit Klingen. Wir werden diese Adligen in ihrem feinen Staat in Stücke hauen. Und was deinen Gemahl betrifft – diesen Eindringling werde ich heute Nacht töten«, verkündete Rilen. »Also, wirst du mir nun helfen oder nicht?«

Ihr wurde übel. Sie verlor die Geduld und versuchte, sich zu befreien. »Er ist kein Eindringling! Er will unserem Volk helfen!«

»Erzählt er dir das, um dich in sein Bett zu locken?«, höhnte Rilen.

»Das ist die Wahrheit«, beharrte Seri. »Ich sehe ihn arbeiten. Gerade jetzt versucht er, die Gesetze ...«

»Wenn die Vidari die Herrschaft über das Königreich übernommen haben, werden wir unsere eigenen Gesetze machen.«

Er war völlig uneinsichtig. Mit einem Ausdruck voller Pein und Bedauern starrte sie ihn an. »Ich will ihm nicht wehtun, Rilen. Ich liebe ihn. Bitte.«

Rilen holte aus und schlug ihr auf den Mund. Schmerz flammte auf, so scharf und bitter wie der in ihrem Herzen.

»Was soll das heißen?«, wütete er mit brechender Stimme.

»Das soll heißen, dass ich mich in ihn verliebt habe«, sagte sie und berührte vorsichtig ihre blutenden, anschwellenden Lippen, während ihr die Tränen über das Gesicht rannen. »Ich habe es versucht, das habe ich wirklich. Aber er ist ... anders.«

»Du solltest mir gehören.« Sein Gesicht war nah vor ihrem, seine zürnenden Augen nur wenige Zoll von ihren entfernt.

»Ich bin nicht irgendein Ding«, stieß sie hervor. »Ich gehöre dir nicht. Und ich treffe meine eigenen Entscheidungen.«

Ein wildes Flackern trat in seine Augen. »Ich verlange eine Erklärung! Du kannst ihn nicht lieben.«

Aber das tat sie. Die Göttin hatte richtig entschieden, als sie Seri an Graeme gebunden hatte – sie wusste das, und sie hoffte bei den Göttern, dass Graeme es auch wusste. »Du hast mich gezwungen, ins Schloss zu gehen, Rilen. Du hast mich gezwungen, Graeme zu ehelichen«, erinnerte Seri ihn. »Aber es sind Dinge geschehen, die sich unser aller Kontrolle entziehen. Ich habe ihn nicht geliebt, als ich mich mit ihm vermählt habe, aber ich tue es jetzt. Er ist ein guter Mann. Und wenn du ihm etwas Zeit gibst, wirst du sehen, dass er das Richtige für unser Volk tut.«

Rilen bleckte die Zähne. »Ihm Zeit geben? *Zeit?* Wir haben denen die letzten hundert Jahre Zeit gegeben, Seri! Was hat sich seither geändert?«

»Er hat mich«, sagte sie sanft.

Er holte erneut aus, um sie zu schlagen.

»Nicht«, warnte sie ihn. »Wenn du mich noch einmal schlägst, töte ich dich.«

Stattdessen packte er ihren Arm und brachte sein Gesicht wieder auf wenige Zoll an ihres heran. »Wenn du so wichtig für ihn bist, dann wirst du uns die Freiheit bringen, Seri.«

Und dann zog er ein Messer.

Sie versuchte, sich loszureißen. »Rilen, das ist doch Wahnsinn!«

»Auch der Wahnsinnigste braucht seine Freiheit.« Er bedachte sie mit einem abscheulichen Grinsen. »Ich bin bereit, für meine zu sterben. Und du?«

Sie kämpfte gegen ihn an, doch als sich das Messer über dem juwelenbesetzten Kragen unter ihr Kinn schob, gab sie auf. »Ich dachte, du liebst mich.«

Er kam ihr noch näher. »Ich liebe mein Volk mehr als mein Leben. Ich dachte, ich hätte in dir die gleiche Flamme brennen sehen. Wir haben uns wohl beide geirrt.«

Seri spuckte ihn an. »Du bist das Monster, nicht Graeme.«

Rilen wischte sich mit ergrimmter Miene das Gesicht ab und hielt ihr erneut das Messer an die Kehle. »Komm, meine schöne Gefangene. Bereiten wir diesem Wahnsinn ein Ende.«

SECHSUNDVIERZIG

Als Seri und Rilen das Gemach verließen, sah Seri Idalla mit einem sonnigen Lächeln auf dem Gang warten. Es dauerte einen Moment, bis sie das Messer, Seris geschwollene Lippen und die angespannten Mienen wahrnahm, doch dann verblasste ihr Lächeln und machte einer entsetzten Miene Platz.

»Gnädige Frau«, flüsterte Idalla, und ihr Blick zuckte zu Rilen.

»Schon gut, Idalla«, würgte Seri hervor. »Wirklich.«

Idalla schaute mal Seri an, mal Rilen. Hinter ihr näherte sich ein anderer Soldat, und Seri erstarrte und fragte sich, ob er Rilen angreifen und der ihr im Zuge des Kampfes die Kehle aufschneiden würde.

Stattdessen deutete der Soldat mit einem Nicken auf Idalla. »Sollen wir die töten?«

O ihr Götter! Sie kannte die Stimme. »J-Jovis?«

»Hallo, Seri«, sagte er spöttisch.

Waren denn all die Gardisten Rebellen? »Was macht ihr hier?«, fragte Seri.

»Zu Ende bringen, was du angefangen hast«, sagte er und packte Idalla am Arm.

Seris Puls raste. Wie war es möglich, dass niemand gemerkt hatte, dass die Gardisten verkleidete Vidari waren? Die Lederhelme boten zwar einen gewissen Schutz, verbargen ihre Gesichter aber nicht vollständig. Wie hatten sie sich in so großer Zahl ins Schloss schleichen können?

Oder hatten sie sich den Weg freigemordet? Bei dem Gedanken durchlief es sie eiskalt.

»Mir ist egal, ob sie lebt oder stirbt«, sagte Rilen achselzuckend, woraufhin Jovis ein Messer zog.

»Nein«, platzte Seri heraus und streckte die Hand nach ihrer verängstigten Zofe aus. »Warte! Sie hat nichts damit zu tun.«

»Sie ist Athonitin«, grollte Rilen, und sein Messer bohrte sich in das zarte Fleisch an Seris Hals.

»Sie hat auch eine Familie«, gab Seri stur zurück und stemmte sich der Klinge entgegen, forderte ihn geradezu heraus, ihr den Hals aufzuschlitzen. Als sie einander in die Augen sahen, begriff sie, dass von dem Mann, den sie einmal gekannt hatte, nicht mehr viel übrig war. Noch vor zwei Monden hätte sie behauptet, Rilen könnte einem anderen niemals wehtun. Doch das war, bevor Kiane getötet worden war, bevor sie den Feind geheiratet hatte. Plötzlich dämmerte ihr ein neuer, finsterer Gedanke – was würde Rilen tun, wenn er herausfand, dass der König von Prinz Graeme verlangte, Seri zu verstoßen und eine andere zu heiraten? Würde er ihr dann gleich jetzt und hier die Kehle durchschneiden? Ihre Furcht erklomm einen neuen Höhepunkt, und sie hatte Mühe, ruhig zu bleiben.

»Wenn wir sie gehen lassen, warnt sie die anderen«, sagte Jovis. »Besser, wir töten sie und lassen den Dingen ihren geplanten Gang.«

Schluchzend sackte Idalla gegen den Vidari, als wäre jegliche Kraft aus ihrem Körper gewichen.

»Bitte«, flehte Seri. »Wenn es sein muss, dann schließt sie doch in mein Gemach ein, dann kann sie niemanden warnen.«

Die Männer wechselten einen Blick, dann deutete Rilen auf ihre Räumlichkeiten. »Verbarrikadier einfach die Tür, für mehr haben wir keine Zeit. Unser echtes Ziel ist weiter unten im Schloss.«

Das Schluchzen der Zofe wurde heftiger, als Jovis sie in Seris Gemächer schubste und die Türklinken mit einem Speerschaft blockierte. »Wenn du versuchst zu fliehen oder jemanden zu warnen«, rief Jovis durch die Tür, »dann weide ich dich aus.«

Sofort verstummten Idallas Schreie.

Jovis grunzte zufrieden. »Dann los.«

Seri ließ sich mitziehen, entsetzt darüber, was aus den Freunden ihrer Kindheit geworden war. Als sie die Treppe hinunterstiegen, gesellten sich noch mehr Gardisten zu ihnen, mehr Rebellen in gestohlenen Uniformen.

Bei den vier Göttern, war denn das ganze Schloss voller Verräter, die nur darauf warteten, die Athoniten zu ermorden? Wie konnte Graeme dann nicht in Gefahr sein? Sie konnte nur hoffen, dass er ihre Furcht und ihre Besorgnis wahrnahm. *Bitte, denk nicht, dass ich nur wegen deines Vaters so außer mir wäre*, dachte sie nachdrücklich, um den Gedanken in ihre Verbindung zu leiten. *Bitte, bring dich in Sicherheit. Bitte erkenne, dass alles, wovor ich dich vergangene Nacht gewarnt habe, gerade jetzt Früchte trägt.*

Allzu schnell hatten sie die Doppeltür zum Ballsaal erreicht, durch die aufgeregtes Geschnatter und Musik zu hören waren. Plötzlich musste sie an den Verlöbnisball denken, an dem sich ihr Leben so unwiderruflich verändert hatte. Damals hatte sie mit Lady Mila in diesem Gang gestanden und ein lächerliches Kostüm getragen. Sie hatte Graeme verabscheut und jeden Athoniten als Feind betrachtet. Hätte die Göttin nicht interveniert, dann wäre sie jetzt vielleicht auf Rilens Seite und würde in das Kampfgetöse mit einstimmen. Aber das Schicksal hatte sie in eine andere Richtung geleitet, und während der letzten beiden Monde war Seris Welt größer und komplexer geworden, wohingegen Rilens lediglich geschrumpft war.

Rilen packte ihren Arm fester und zog sie an sich. Das Messer bohrte sich wieder in ihre Kehle, als er murmelte: »Mach keine Dummheiten. Wenn wir heute sterben, dann sterben wir für unser

Volk. Ich weiß, das kümmert dich nicht mehr, aber vielleicht kümmert dich ja, was mit deinem Hals passiert, hmm?«

Das Messer drang in ihre Haut ein, und sie fühlte, wie ein Tropfen Blut ihren Hals hinunterrann. Sie schluckte schwer und leckte sich die Lippen. »Ich werde nichts tun.«

»Gut. Also schön, Zeit für unseren großen Auftritt. Jovis?«

Jovis riss die Tür weit auf. Rilen und die getarnten Rebellen versammelten sich um Seri herum und führten sie in den Ballsaal. Gardisten in roten Umhängen und silberner Rüstung säumten die Wände, und ein ganzes Kontingent Soldaten stand vor dem Podest, auf dem Graeme neben seinem Vater saß. Aber waren die Soldaten Athoniten – oder Rebellen? Seris Herz hämmerte in ihrer Brust. Die Männer um sie herum waren ganz ruhig. *Zu* ruhig. Das musste eine Falle sein. Das alles. Die Athoniten dachten, sie würden sich schützen, dabei spielten sie den Rebellen in die Hände.

»Geh weiter«, sagte Rilen leise. »Tu, als wäre alles in Ordnung. Wenn du auch nur blinzelst, töte ich dich.«

Seri nickte und stieg mit kleinen, gleichmäßigen Schritten die Stufen hinab, während sie in Gedanken nach Graeme tastete. *Schau her*, flehte sie stumm. *Schau dich um. Siehst du, was hier passiert?*

Vor ihr teilte sich die Menge, und als hätte er ihre Not wahrgenommen, erhob sich Graeme von seinem Thron, ein Stirnrunzeln in dem königlichen Gesicht. Sie spürte seine Panik auflodern, hörte das Keuchen anderer Adliger, als sie durch den Ballsaal schritt, jede Bewegung gesteuert von Rilen und seinem Dolch.

»Seri!«, rief Graeme. Die Musik und das Gelächter verstummten augenblicklich. Todesstille senkte sich über den Raum. Der König musterte seinen Sohn ungehalten aus zusammengekniffenen Augen, als der auf sie zustürzte.

Ein Soldat näherte sich ihrem Gemahl von hinten.

»Jetzt geht es los!«, beschied Rilen ihr.

Seris Augen weiteten sich, als der Soldat ein Messer hochhielt.

»Nein!«, schrie sie und wollte losrennen, doch Rilen packte ihren Arm erneut und riss sie brutal an sich.

Es war zu spät. Die Klinge drang in Graemes Rücken. Er brach zusammen.

»Schnappt euch den König!«, brüllte jemand, und noch bevor König Lucan auch nur aufstehen konnte, ging ein Kontingent Gardisten auf ihn los und zerrte ihn unter Triumphgeheul vom Thron.

Nun brach endgültig Chaos aus. Adlige schrien, Soldaten rissen sich ihre Helme vom Kopf, unter denen entsetzlich vertraute Gesichter zum Vorschein kamen. Timmar, Maester Grimald, Geeven. Es schien, als fordere ihr ganzes Dorf Blut, unterstützt von Dutzenden von Männern mit harten Zügen, die sie noch nie gesehen hatte.

»Ich habe dich gewarnt, Seri«, sagte Rilen, der sie noch immer in seinem Klammergriff hatte.

Sie drehte sich zu dem Mann um, den sie einmal geliebt hatte, und starrte ihn durch den roten Nebel ihres Zorns an. »Ihr habt ihn *ermordet!*« Sie stürzte sich auf Rilen, warf sich gegen ihn und hämmerte mit beiden Fäusten auf ihn ein. »Ihr habt ihn ermordet! Wie konntet ihr das tun?«

»Er ist der Feind, Seri!«

»Du«, geiferte sie. »Du bist der Feind! Du bist ein Mörder!«

Rilen erhob erneut den Dolch, aber Seri riss sich los und rannte zu Graeme. Er lag bäuchlings am Boden, und sein dunkler Mantel breitete sich auf dem Boden aus.

»Graeme«, schluchzte sie und warf sich über ihn. Als ihre Hand jedoch seinen Rücken berührte, spürte sie etwas Hartes unter seiner Tunika.

»Ganz ruhig«, murmelte er so leise, dass sie erst dachte, sie hätte es sich nur eingebildet, doch dann wurde sie von einer Woge aus Liebe und Ruhe erfasst.

Seri beugte sich über seinen Kopf, darauf bedacht, ihr Gesicht zu verbergen. *War das möglich?*

»Sieh dich um«, flüsterte er.

Keuchend und unter Tränen blickte Seri auf. Sie hatte damit gerechnet, Vidari zu sehen, die nichtsahnende Adlige niedermetzelten, doch nun zogen die hohen Herren in ihren Hermelinumhängen und den samtenen Tuniken Dolche und Schwerter. Das Klirren von Metall auf Metall zerriss die Luft, als die Edelleute die sichtlich erschrockenen Vidari zurückschlugen.

»Ist das *Kell?*«, fragte Seri, als sie das schroffe Gesicht des Mannes erblickte, während der gerade geschickt einen Soldaten austrickste, ihn entwaffnete und zu Boden stieß.

Sie drehte sich wieder zu Graeme um. Tränen liefen ihr über die Wangen, und dann begriff sie. Dies waren keine Edelleute, sondern Gardisten, ausgebildet und bereit, sich dem Überfall zu stellen. Sie hatten mit einem Angriff gerechnet und ihren Gegnern aufgelauert.

»Hilf mir auf. Dieser Brustharnisch ist steif«, ächzte Graeme und stützte sich schwer auf Seri, um auf die Beine zu kommen. Als er stand, strich er ihr eine Haarlocke hinter das Ohr. »Meine Gemahlin, ich leiste Abbitte, sollten wir dich geängstigt haben.«

Sie konnte nicht aufhören zu weinen. »Ich … ich begreife das nicht.«

Er klopfte sich an die Brust. »Ein Brustharnisch. Deine Warnung war nicht die einzige, die mich erreicht hat, also haben mein Vater und ich beschlossen, den Angreifern eine Falle zu stellen. Uns kam zu Ohren, was die Vidari möglicherweise im Schilde führten, und mein Vater hat auf seinem Weg hierher einen Spion gefangen genommen, der unseren Verdacht bestätigt hat.«

»Verstehe«, sagte sie hektisch blinzelnd, bemüht, die Tränen loszuwerden, die zu vergießen sie einfach nicht aufhören konnte.

Auf dem Podest erhob sich der König und brach mit dem Gardisten an seiner Seite in Gelächter aus. War das für ihn alles nur ein kolossaler Witz?

Graeme berührte ihre Schulter. Sein Blick wanderte zu Seris geschwollenen Lippen, und er streichelte zärtlich ihr Gesicht und die Wunde an ihrem Hals. »Er hat dir wehgetan.«

»Mir geht es gut«, sagte Seri. »Das ist nur ein Kratzer.«

Ein grimmiger Ausdruck breitete sich in Graemes Gesicht aus, versteinert vor Zorn, und für einen Moment sah er genauso grausam aus wie sein Vater. Eisig starrte er Rilen an, der gegen zwei Männer in Tuniken kämpfte, die ihn zu beiden Seiten mit ihren Klingen flankierten.

Graeme zog sein eigenes Schwert und trat vor. Auf sein Nicken hin traten die als Edelleute verkleideten Gardisten zurück, sodass sich nur Graeme und Rilen von Angesicht zu Angesicht gegenüberstanden.

»Wenn du meine Gemahlin noch einmal anrührst, töte ich dich«, sagte Graeme.

»Sie ist nicht freiwillig deine Gemahlin geworden«, konterte Rilen. »Das hat sie mir selbst gesagt. Wenn sie dich nährt, dann nur aus Mitleid mit deiner erbärmlichen Gattung. Sie hat mich beinahe angefleht, sie vor den athonitischen Dämonen zu retten.«

»Das ist eine Lüge«, schrie Seri.

Graemes wundervolle Augen zuckten kurz zu ihrem Gesicht, ehe er sich wieder an Rilen wandte. »Dann lassen wir sie doch wählen. Wenn sie bei ihrem Volk sein will, werde ich augenblicklich gehen und nie zurückkehren.« Sein Ton wurde düsterer: »Aber du wirst ihr nie wieder wehtun.«

»Schön«, spottete Rilen. »Soll sie zwischen dem Monster von einem Gemahl und dem Volk wählen, das schon viel zu lange unter eurer Gewaltherrschaft leidet. Heute kann sie dieses Volk retten.«

Plötzlich richteten sich Hunderte von Augen auf sie. Seri jedoch fixierte die beiden Männer. Den Athoniten und den Vidari. Feind und Kindheitsfreund.

Die Kerzen im Raum flackerten, als sie sich vor Graeme aufbaute. Dann, vor den Augen all der Vidarirebellen, ergriff sie seine Hände. Entsetztes Gemurmel breitete sich im Raum aus und übertönte beinahe ihre Worte.

»Mein Prinz«, sagte sie mit erstickter Stimme. »Ich bin in jeder Hinsicht deine Gemahlin.« Sie senkte den Kopf. »Ich liebe dich.«

Graeme barg sie an seiner Brust, und sie fühlte die harte Rüstung, die sich unter seiner Kleidung verbarg, und die Wölbung, dort, wo ein Messer in seinem Gürtel steckte. Sein Kopf lag direkt an ihrem, und er presste seine Lippen in ihr Haar. »Ich liebe dich auch, Seri.«

Der Kloß im Hals machte es ihr unmöglich, auch nur ein Wort zu erwidern, aber sie streckte sich, um ihn zu küssen und ihm zu zeigen, dass sie sein und allein sein war.

»Verräterin«, knurrte Rilen.

Jemand begann, theatralisch langsam zu klatschen. Seri und Graeme drehten sich um und begegneten dem gelangweilten Blick des Königs. »Das war wundervoll«, sagte er. »So ergreifend.« Er zog eine Braue hoch. »Hat mein weichherziger Sohn auch eine Entscheidung getroffen?«

Graeme ergriff Seris Hände und küsste beide Handrücken. »Die Göttin hat uns zusammengebracht. Niemand außer der Göttin darf uns wieder trennen.«

»Dann, nehme ich an, zeuge ich besser einen neuen Erben«, bemerkte der König trocken. Seri wusste nicht recht, ob er amüsiert war oder verärgert.

»Wenn du das tust, verzichte ich mit Freuden auf meinen Anspruch auf den Thron«, beschied Graeme seinem Vater und legte einen Arm um Seris Schultern. »Vidara ist mein Land, und ich wünsche, hier mit meiner Gemahlin zu leben.«

»Dieses Land ist nicht dein Land«, geiferte Rilen und wollte auf ihn zustürmen.

»Rilen, nein«, sagte Seri und stellte sich schützend vor Graeme.

Entsetzt musste sie erleben, wie sich der Freund aus ihrer Kindheit auf sie und Graeme stürzte. Dem sicheren Tod entgegen.

Wenn wir heute sterben, dann sterben wir für unser Volk. Rilen war egal, ob er überlebte, und sie hatte keine Möglichkeit, den Lauf der Ereignisse aufzuhalten. Dafür ging alles viel zu schnell. Im einen Moment griff Rilen mit wutverzerrtem Gesicht nach ihrem Kleid, im nächsten lag er mit einem Dutzend Speere im Rücken auf dem Boden.

Graeme versuchte, Seri zu sich zu drehen. »Schau nicht hin, Liebes. Du hast deine Wahl getroffen und er die seine.«

Aber sie wandte sich nicht ab. Sie konnte nicht. Seri starrte das Blut an, das sich auf den blassblauen Bodenfliesen des Ballsaals sammelte, den Mann, dem sie sich einst versprochen hatte. In seiner leblosen Hand hielt er immer noch eine schimmernde Klinge – den Dolch, mit dem er sie hatte töten wollen.

Die Menge wich einen Schritt zurück und behielt dabei Graeme und Seri argwöhnisch im Auge. Nur Jovis trat vor und fiel neben Rilen auf die Knie.

Der Schock stand ihm ins Gesicht geschrieben, als er zu Seri aufblickte. »Du hättest das verhindern können, Seri. Du hättest die Handfeste mit ihm eingehen sollen, stattdessen hast du zugesehen, wie die Athoniten ihn töten.«

»Meine *Gemahlin* hat gar nichts getan«, sagte Graeme in eisigem Ton und legte beschützerisch eine Hand an Seris Taille. »Er wollte sie angreifen. Das hätte ich niemals zugelassen. Solange ich lebe, wird niemand ihr ein Leid antun.«

Jovis' anklagender Blick kehrte zurück zu Seri. »Du bist nicht länger eine Vidari.«

»Ich werde *immer* eine Vidari sein«, widersprach Seri und wurde mit jedem Wort lauter. »Aber ich bin eine Vidariprinzessin und Eterna – und deine Herrscherin. Gemeinsam werden Graeme und ich dieses Land zu einem sichereren Ort machen, an dem Athoniten und Vidari in Frieden miteinander leben können.«

Der König seufzte, und Geflüster raste wie ein Wildfeuer durch die Reihen. Jovis erhob sich. Rilens Blut befleckte seine Kleider. »Und diese Lügen glaubst du?«

Seri hakte sich bei Graeme unter und wandte sich der Menge zu. »Das sind keine Lügen«, erklärte sie. »Gerade jetzt arbeiten wir daran, die Gesetze zu ändern, um sicherzustellen, dass keine Unterschiede mehr zwischen Vidari und Athoniten gemacht werden.«

»Mein Prinz, was sollen wir mit all diesen Rebellen machen?«, fragte einer der als Adlige verkleideten Soldaten und schaute sich verunsichert zum König um.

»Tötet sie alle«, befahl König Lucan.

Seri keuchte auf. *Alle töten? Aber ...*

»Vater«, ging Graeme dazwischen und packte Seris Taille fester, um ihr Mut zu machen. »Wenn ich die Rebellion beenden soll, meinst du nicht, dass es unserem Ziel dann dienlicher wäre, die Leute zu versöhnen?«

»Du bist zu weich«, entgegnete König Lucan in angeödetem Ton. »Die Sache ist ganz einfach: Wenn du alle Rebellen tötest, gibt es keine Rebellion mehr.«

»Und wir haben weitere hundert Jahre voller Zwistigkeiten vor uns. Bin ich nicht der Prinz in diesem Land? Ist dies nicht mein Land?«

Seri erstarrte. Der König setzte eine finstere Miene auf, aber Graeme ließ sich nicht beirren.

»Du stellst meine Geduld auf die Probe, Junge.« Nach einem

endlosen Augenblick wedelte der König seufzend mit der Hand. »Es ist dein Königreich. Mach, was du willst.«

Im Saal wurden zögerliche Blicke gewechselt.

Graeme wandte sich an die Rebellen. »Dies ist nicht der rechte Zeitpunkt, um die Konsequenzen dessen zu besprechen, was sich heute hier zugetragen hat. Wir werden uns alle zusammensetzen – Vidari und Athoniten –, um eine angemessene Strafe zu beschließen.«

Der König schnaubte verächtlich.

Die Vidari blickten erleichtert drein – und verdattert. Jovis zauderte, dann: »Und sollen wir uns nun vor dir verbeugen, Seri?«

Seri schüttelte den Kopf. »Kein Vidari verbeugt sich vor einem anderen, wenn es nicht sein eigener Wunsch ist. Und ich habe mir euren Respekt noch nicht verdient.« Sie begegnete Jovis' Blick mit ruhiger, souveräner Miene. »Aber ich hoffe, das werde ich eines Tages.«

Der Vidari schwieg. Dann hob er ganz langsam die Hand und berührte seine Stirn zum Zeichen des Respekts. Doch in seinen Augen lag immer noch Argwohn.

Es würde seine Zeit brauchen, aber das war in Ordnung.

Immerhin lebten jene vom Blute ewig.

EPILOG

Sechs Monde später

Vage beunruhigt saß Seri auf dem Thron, die Finger mit denen ihres Gemahls verschränkt. Zu ihren Füßen feierten die Gäste im Ballsaal des Schlosses Vidara die Vermählung von Viktor und Josdi. Es war eine einfache Angelegenheit, eine Mischung aus den Gebräuchen der Athoniten und der Vidari, und so war die Dienerschaft ebenso zugegen wie der Adel und die Dorfbewohner. Kränze aus Frühlingsblumen schmückten die Balustraden, und die Braut trug einen Lorbeerkranz mit leuchtenden rosaroten und blauen Blüten.

Neben ihr lachte Graeme leise, und ihr wurde ganz warm. »Du siehst aus, als wärest du bereit, die Gäste heimzuschicken, meine Gemahlin.«

»Ich bin nur ein wenig beunruhigt«, sagte sie, den Blick weiter auf das Geschehen gerichtet.

Zwar waren einige der Blutdynasten und des Hofstaats im Schloss geblieben, doch der Großteil hatte sich nach Athon zurückgezogen. Der König war kurz nach dem geplanten Ball, der unter solch einem schlechten Stern gestanden hatte, abgereist, nicht ohne die Vidari als dumm und untauglich abzuqualifizieren. Die Damen Mila, Penella, Jinda und der Rest des Hofes waren ihm bald darauf gefolgt. Tagelang hatte die Karawane die schmalen Straßen verstopft, ein gewaltiger Exodus mit seidenen Bannern, reich verzierten Kutschen und wedelnden Fächern.

Seri war nicht traurig gewesen, sie ziehen zu sehen. Zweifellos würden sich ihre Wege wieder kreuzen, vielleicht in der Hauptstadt oder bei einer Verlöbnisfeier, aber die staubigen Ländereien der Vidari blieben besser denen überlassen, die das Land und seine Bewohner schätzten.

Dennoch, diejenigen, die geblieben waren, bereiteten ihr Unbehagen. Dies war der erste formelle Anlass, zu dem sich Hof und Dorfbewohner trafen, und niemand tanzte. Die Athoniten drängelten sich in einer Ecke des Ballsaals, Seris Freunde und Verwandte in der anderen.

Stirnrunzelnd zog sie ihr himmelblaues Gewand zurecht. Es brüstete sich zwar mit dem für Athoniten so typischen Kragen, erinnerte aber durch seinen einfachen Schnitt an ihre alten Kleider. »Meinst du, das war ein Fehler?«, fragte sie Graeme. »Sie alle hier zusammenzubringen? Ist es dafür noch zu früh?«

Er schüttelte den Kopf und zeigte zur anderen Seite des Raums. »Schau. Deine Schwester beschämt uns alle.«

Und tatsächlich zog Josdi Viktor mit leuchtenden Augen auf die Tanzfläche. Er wirbelte sie einmal herum, fing sie dann auf und führte sie durch einen Tanz. Vor Glück strahlte sie über das ganze Gesicht, während sie sich furchtlos im Takt der Musik drehte und ihren Gemahl anlächelte.

Dann schritt Melene – ohne Korsett, wie Seri erfreut bemerkte – über die Tanzfläche und forderte Seris ehemaligen Nachbarn Alaren zum Tanz auf. Der sah sich unter den anderen Männern hinter ihm um, ehe er Melene mit einem schüchternen Lächeln bedachte. Sie legte seine Hand an ihre Taille und zeigte ihm die Schritte.

»Unsere Schwestern sind wunderbar«, sagte Seri und sah ihren geliebten Gemahl an. »Sie bereiten den Weg mit Schönheit und Charme, wenn alle Speere auf der Welt versagen würden.«

»Allerdings.« Graeme hob Seris Hand an seine Lippen und küsste sie. Die Berührung jagte ihr eine Gänsehaut über den Leib.

Während der nächsten paar Stunden blieb es voll im Ballsaal. Seris Vater tanzte hemmungslos von Josdi zu Melene und weiter zu der alten Heilerin, die ihn so verhätschelt hatte, als er im Schloss eingetroffen war. Als Idallas Gemahl um eine Pause flehte, wirbelte Lord Tedrov sie über das Parkett, dass ihr die Röcke um die Beine flogen. Sogar Fräulein Anneve hatte rote Wangen, trank sichtlich fidel ihren Wein und lachte mit dem Waffenmeister.

Als die Spielleute schließlich ihre Musik unterbrachen, drehte Seri sich zu Graeme um.

»Sollen wir uns zurückziehen?«, fragte sie leise und mit rauer Stimme. »Ich glaube, ich bin ein wenig … ermattet.«

»Ich stehe stets zu Diensten, meine Eterna«, entgegnete Graeme mit einem Schmunzeln.

Sie erhoben sich, und statt sich vor ihnen zu verbeugen, berührten die Gäste nur alle zugleich ihre Stirn. Seri gab ihrem Vater und ihrer Schwester einen Gute-Nacht-Kuss und winkte dem Rest der Anwesenden zum Abschied zu.

Kaum hatte sie den Ballsaal verlassen, raffte Seri ihre Röcke und rannte lachend den Korridor hinunter. Graeme setzte hinterher, und so jagten sie einander wie Kinder durch das endlose Labyrinth der Gänge von Schloss Vidara, bis sie in ihrem Gemach angelangt waren. Dort schlossen sie die Tür, fielen einander in die Arme, und ihre Lippen fanden sich, während ihre Hände eifrig danach strebten, ihre Leiber aus den Kleidern zu befreien.

Und als ihre Körper Stunden später befriedigt waren und Seris Hals unter den Nachwirkungen von Graemes Verlangen kribbelte, seufzte sie behaglich in seinen Armen.

»Es fühlt sich an wie ein Traum, Graeme«, sagte sie leise. »Deine Leute und meine, vereint wie du und ich. Kann dieser Frieden von Dauer sein?«

Er beugte sich zu ihr hinüber und küsste sie auf die Stirn. »Vertrau auf uns, Liebes. Es wird Unruhen geben, das ist immer so. Aber die Veränderung ist schon im Gang, und wir sind hier, um Vidara im Guten wie im Bösen zu regieren. Dies ist jetzt unsere Heimat.« Ein Hauch eines Lächelns umspielte seinen herrlichen Mund. »Und den Göttern sei Dank dafür. Ich glaube, in Athon wären wir nicht allzu gern gesehen.«

»Stört dich das?« Mit ernster Miene schaute sie ihn an. »Dass du mit mir hier in Vidara festsitzt?«

»Ich könnte gar nicht glücklicher sein«, sagte Graeme nur und zog sie fest an sich.

»Ich habe mir einen Namen für unsere Tochter überlegt«, erzählte Seri mit weicher Stimme.

Ruckartig setzte er sich im Bett auf. »Tochter?«

Sie nickte und streichelte ihren Bauch. »Noch sieht man es nicht, aber in ein oder zwei Monden wird sich das ändern.«

Er bekam große Augen. »Eine Tochter«, sagte er und streckte mit ehrfurchtsvoller Miene die Hand nach ihrem Bauch aus. »Du bist unglaublich, meine Gemahlin.«

»Willst du den Namen, den ich mir ausgesucht habe, gar nicht hören?«, stichelte sie.

»Mehr als alles in der Welt.« Seine Augen leuchteten vor Freude, und sie konnte seine Aufregung und seinen Stolz in ihrem ganzen Sein spüren.

»Kiane«, sagte sie und verschränkte ihre Finger auf ihrem Bauch mit seinen. »Und Melene, nach deiner Schwester.«

»Kiane Melene«, wiederholte er. »Das ist wunderbar.« Er küsste ihre Schulter. »So wunderbar wie ihre Mutter.«

Sie strahlte ihn an, und die emotionale Verbindung zwischen ihnen vibrierte vor Wonne. In diesem Moment wusste Seri tief in ihrer Seele, dass die Göttin mit ihnen zufrieden war. Kiane Melene,

Prinzessin aus der Dynastie vom Blute. Sie würde Vidari und Athonitin sein, mächtig und doch auch liebenswürdig, ein Leuchtfeuer der Hoffnung für die einst dem Untergang geweihte Familie ihres Vaters. Und Fluch hin oder her, alle würden sie lieben.